W0238313

TANJA VOOSEN

Kein KUSS WIE DIESER

im.press

Kein Kuss wie dieser

Alle Rechte vorbehalten.
Unbefugte Nutzungen, wie etwa Vervielfältigung, Verbreitung, Speicherung oder Übertragung, können zivil- oder strafrechtlich verfolgt werden.

Im.press
Ein Imprint der CARLSEN Verlag GmbH
Mai 2017
© der Originalausgabe by CARLSEN Verlag GmbH, Hamburg 2017
Text © Tanja Voosen, 2016
Lektorat: Petra Förster
Umschlagbild: shutterstock.com / © Pressmaster / © Nik Merkulov / © tomertu
Umschlaggestaltung: formlabor
Schrift: Alegreya, gestaltet von Juan Pablo del Peral
Satz und Umsetzung: readbox publishing, Dortmund
Druck und Bindung: CPI, Birkach
ISBN 978-3-551-30084-3
Printed in Germany
www.carlsen.de/impress

Alle Bücher im Internet: www.carlsen.de

Für meine Mutter. Du inspirierst mich jeden einzelnen Tag.

(Irgendjemand sollte ihr an dieser Stelle Bescheid geben. Sie liest nämlich keine Jugendromane, in denen es um sarkastische Teenager und gestohlene Küsse geht. Hab dich lieb, Mum!)

PROLOG

Als ich noch jünger war, beschäftigte mich immer wieder die Frage: Wie fühlt es sich an, jemanden zu verlieren, den man aufrichtig liebt? Das hatte vor allem mit dem Job meines Dads zu tun. Die Antwort darauf ließ sich so schwer in Worte fassen wie meine Gedanken. Und dann kam der Moment, als die Dinge, über die ich mir in der Theorie den Kopf zerbrochen hatte, zu etwas Realem wurden. Etwas, mit dem ich mich selber auseinandersetzen musste: echten Gefühlen.

Das lag bereits einige Jahre zurück, als ich nun, wie so oft, auf dem alten Dachboden hockte, der trotz der vielen Staub- und Spinnweben, meine Zufluchtsstätte war. Hier oben war ich allein. Der Dachboden war mein Reich, bestimmt von meinen Regeln. Vor allem aber kam ich hier hinauf, um das Farbenspiel der Sonne zu beobachten. Ich wusste genau, an welche Stelle ich mich setzen musste, um betrachten zu können, wie die Sonnenstrahlen durch das Buntglasfenster fielen und Lichtmuster auf den Boden malten. Ich liebte diesen Anblick und je länger ich in das Kaleidoskop aus Farben starrte, umso mehr sah ich darin. Schemenhafte Umrisse wurden zu Gesichtern, Farbtupfer zu besonderen Orten. Das hier war meine persönliche Inspirationsquelle. Ich verließ den Dachboden nie ohne eine Zeichnung.

Die Stille, die hier oben immer Einzug hielt, versetzte mich in einen Zustand der Ruhe und meine Finger zeichneten oft wie in Trance Bilder. Die Zeit verging immer viel zu schnell, besonders, wenn ich in der Abwesenheit von Menschen und Geräuschen gerade wieder einen kreativen Fluss hatte. Dad nannte das immer den Jessa-Träumer-Modus und ich fand, das passte ziemlich gut.

Heute war jedoch etwas anders. Heute wollten die Geräusche um mich herum einfach nicht verstummen, als habe jemand irgendwo in der Ferne ein Radio angemacht, das immer wieder die Frequenz wechselte. Laut. Dann leise.

Es war unmöglich sich zu konzentrieren, zu träumen. Ich verließ meinen Platz, erhob mich von einem Sitzkissen in der hinteren Ecke und ging langsam, stets darauf bedacht, die Dielen nicht zum Knarren zu bringen, ans andere Ende des Raums. Dorthin, wo der Luftschacht bis hinunter in den Keller führte. Er war ein gutes Sprachrohr, um Unterhaltungen belauschen zu können – das hatte ich schon vor einer Weile festgestellt. Dort unten lagen die Arbeitsräume, wie mein Dad sie immer nannte. Es war uns zwar nicht verboten sie zu betreten, aber was dort hinter Schloss und Riegel für Geschäfte gemacht wurden, war nichts, das ich dauerhaft in meiner Erinnerung verankern wollte. Früher hatte ich nie verstanden, was genau mein Dad eigentlich für einen Job ausübte, und als ich älter wurde, verstand ich es viel zu gut. Er war Bestatter. Wöchentlich gingen weinende, trauernde und verzweifelte Menschen bei uns ein und aus. Sie waren wie unliebsame Geister, deren Überbleibsel man nie mehr loswurde, sobald sie einmal erschienen waren. Tatsächlich glaubte ich, dass jeder Mensch, der unser Haus jemals betreten hatte, ein kleines Stück von sich zurückließ. Ich war sogar überzeugt davon, dass mein Zuhause etwas Magisches an sich hatte. Hinter diesen Wänden blieben Bruchstücke dunkler Gefühle zurück. Magie war eben doch nicht immer nur märchenhaft und gut.

Ich lauschte neugierig. Die Frau, die dort unten Worte mit meinem Dad austauschte, wirkte ruhig, fast gelassen. Das kam sehr selten vor. Ich ließ meine Zeichensachen liegen und kletterte flink die Leiter in den zweiten Stock hinunter. Dort beugte ich mich leicht über das Geländer und lugte in den Flur hinab. Vom Anblick der Wendeltreppe wurde mir jedes Mal schwindlig. Ganz unten stand ein Junge, der etwa dreizehn war. Vielleicht schätzte ich ihn aber auch nur jünger, als er eigentlich war. Ich starrte ihn lange an. Sein Haar war so schwarz wie das Gefieder der Raben, die sich auf den meisten Beerdigungen ansammelten, als würde etwas für sie dabei herausspringen. Sein Gesicht war bleich, weshalb seine Augen scharf daraus hervorstachen. Ich konnte ihn auch nur so gut sehen, weil er immer wieder den Kopf drehte und nach oben sah, als würde er meine Anwesenheit spüren. Irgendwie war er mir unheimlich. Ehe er mich wirklich entdecken konnte, trat ich zurück. Am Ärmel meines Pullovers hatte sich ein Faden gelöst und weil das Holz des Geländers schon alt und spröde war, blieb ich kurz daran hängen.

Mit einem Ruck machte ich mich los, doch dabei sprang ein Knopf von meinem Ärmel ab und fiel im Sturzflug hinab. Vorsichtig spähte ich wieder in den Flur hinunter. Der Junge hatte offenbar eine Hand ausgestreckt und den winzigen Knopf aufgefangen. Nun hielt er ihn zwischen Daumen und Zeigefinger. Überrascht gab ich einen Laut von mir. Seine dunkelblauen Augen blitzten wie zwei Lichtstrahlen zu mir herauf und sein Blick hielt mich gefangen. Er presste die Lippen zu einer schmalen Linie zusammen, die Miene ein Ausdruck aus kalter Wut und etwas, das mich stark an Misstrauen erinnerte.

Nachdem er mich mit seinem Blick fast erdolcht hatte, senkte er den Kopf. Den Knopf steckte er einfach ein. Unwillkürlich fuhr ich über die Stelle an meiner Kleidung, wo nun ein paar lose Fäden mehr hingen. Ein mulmiges Gefühl zwang mir den Gedanken auf, dass mir der Junge mehr als nur einen Knopf gestohlen hatte.

»Quinn«, sprach ihn eine kühle Stimme an. Es war die ruhige und klare Stimme der Frau, mit der mein Dad eben verhandelt hatte. Sie war gerade aus einem der Nebenräume zu dem Jungen gekommen. Sie war hübsch. Wie eine Eiskönigin aus einem der Märchen, die mein kleiner Bruder Felix so gerne mochte – vermutlich, weil es ihn intuitiv daran erinnerte, dass Mom sie ihm früher immer vorgelesen hatte. Die Frau sah dem Jungen kein bisschen ähnlich. Ihre Blicke trafen sich und es schüttelte mich. Die Luft schien plötzlich schwerer. Quinn sah aus, als würde ihm der Rest Blut aus dem Gesicht weichen, aber die Frau ließ keinerlei Anzeichen von Sorge erkennen. Mit einer schnellen Bewegung packte die Eiskönigin die Hand des Jungen und zog ihn zur Tür. Plötzlich verspürte ich den Drang, ihm ein paar tröstende Worte mit auf den Weg zu geben.

»Irgendwann …«, begann ich, aber meine Stimme glich einem Flüstern. Ich nahm meinen Mut zusammen und legte all mein Mitgefühl in die Worte hinein, als ich um einiges lauter erneut ansetzte. »Irgendwann wird wirklich alles wieder gut! Das verspreche ich dir, Quinn. Gib die Hoffnung nicht auf.«

Obwohl seine Mom ihn schon fast nach draußen befördert hatte, schnellte sein Kopf herum. Er hatte mich gehört.

Im nächsten Moment waren die beiden endgültig verschwunden.

KAPITEL 1

Ich kannte nicht einmal seinen Namen und ließ mich trotzdem vom ihm küssen. Seine Lippen waren weich, aber kalt. Er war ein ziemlich guter Küsser. Seine Hände wanderten meinen Körper entlang und wollten unter mein Top fahren, aber das war der Moment, in dem ich ihn aufhielt. Er löste sich von mir und grinste mich an. Sein Atem kam in unregelmäßigen Zügen.

»Sag bloß, das ist alles gewesen, was ich bekomme?«

Er beugte sich vor, ganz offensichtlich mit der Absicht, mich erneut zu küssen. Aber ich legte einen Finger auf seinen Mund, bevor er meinem zu nahe kommen konnte.

»Ach, komm schon, Jessa!«, protestierte er in beleidigtem Tonfall.

Dass er meinen Namen kannte, erstaunte mich dann doch.

»Das war nicht mehr als ein Spiel«, erinnerte ich ihn.

»Unsere sieben Minuten sind sicher noch nicht um«, erwiderte er und setzte dabei ein schiefes Lächeln auf. Seine Augen glitzerten verschwörerisch.

»Vielleicht nicht«, erwiderte ich und schob ihn jetzt komplett von mir weg. Meine Hand ruhte auf seiner Brust, damit er erst gar nicht auf die Idee kam, den Abstand zwischen uns wieder zu überbrücken. Meine Lippen kribbelten noch immer von unserer wilden Knutscherei, auch wenn mein Herz ganz normal schlug. Es war aufregend gewesen, aber *so* aufregend nun auch wieder nicht, guter Küsser hin oder her. Manchmal fragte ich mich, ob ich überhaupt jemals einen Kuss von der Sorte »Filmreif« erleben würde. So richtig mit Pulsrasen und Alles-um-sich-herum-Vergessen. Wahrscheinlich nicht. Vielleicht war das vergleichbar mit dem Konsum von Medikamenten – je öfter man sie einnahm, umso weniger reagierte der Körper darauf, und je öfter ich jemanden zum Spaß küsste, umso geringer wurde meine Hoffnung, dass es wirklich weltbewegende Kuss-Momente gab. Der Gedanke irgendwie abzustumpfen war mir schon etwas unheimlich. Aber das hier war eben mein Ding. Einfach zurücklehnen und abschalten. Sich auf nichts Ernstes einlassen. Spaß haben. Das taten Teenager doch.

»Du konntest deine Hände nicht bei dir behalten, also selber schuld«, fügte ich reichlich spät hinzu. »Das war total gegen die Regeln, ähm ...« Ich betrachtete eingehend sein Gesicht, aber mir war glatt sein Name entfallen. Plötzlich meldete sich mein schlechtes Gewissen, doch ehe ich das Ganze mit einem Witz überspielen konnte, hatte er meinen Patzer offensichtlich schon durchschaut.

»Ist das dein Ernst? Wir sitzen zusammen in Algebra drei.«

Ich lehnte mich gegen die Wand in meinem Rücken. »Sorry, ich kann mir Gesichter nur schlecht merken.« Vermutlich klang ich ziemlich unfreundlich, aber vielleicht war das auch besser so. Aus Erfahrung wusste ich, dass sich Kerle, deren Ego man verletzte, kein zweites Mal mit einem abgaben. Vielleicht hatte ich unterbewusst schon einen Selbstschutz-Mechanismus entwickelt, damit erst gar niemand auf die Idee kam, mich daten zu wollen. Jedes Mal, wenn ich durch die Flure meiner *Highschool* ging und irgendein Pärchen sah, lief es mir eiskalt den Rücken herunter. Nähe konnte schön sein, einen jedoch auch verletzen. Wahrscheinlich machte ich mich damit selber zum Klischee. Das Mädchen, das wahllos Jungen küsste, aber keine Beziehung wollte, aus Angst verletzt zu werden. Aber war es denn so verwerflich, wenn ich nicht wollte, dass man mir das Herz brach? Dass ich am Ende von Gefühlen erdrückt würde? Bisher hatte ich keine richtige Beziehung zu einem Jungen gehabt, sicher. Doch von jemandem verlassen zu werden, den man liebte ... das kannte ich nur allzu gut. Einmal reichte diese Erfahrung völlig.

»Kellen Thomas«, nannte mein Wandschrank-Kuss-Freund mir mit ungläubigem Blick seinen Namen. »Wir haben uns gestern noch unterhalten!«

»Ach, du warst der Idiot, der mir im Bus ein Trinkpäckchen gegen den Kopf geschmissen hat, weil das deine Ansicht von Spaß war?«, fragte ich, weil sich etwas in meiner Erinnerung regte, jetzt, da ich mir sein Gesicht im Schein des Lichtstreifens, der durch einen Türspalt drang, genauer ansah.

»Das war keine Absicht. Hab ich dir doch erklärt.«

»Spielt sowieso keine Rolle mehr«, sagte ich lässig. »Ich gehe jetzt.«

»Moment mal, Jessa ... Du willst mir nicht mal deine Nummer geben?«, fragte Kellen sichtlich perplex und mit vor Staunen weit aufgerissenen Augen.

Meine Güte, der nahm dieses Party-Spiel aber wirklich einen Tick zu ernst. Armer Kellen!

»Hatte ich nicht vor, nein«, antwortete ich und weil das auch in meinen Ohren erneut so furchtbar unfreundlich klang, setzte ich hinzu: »Hör mal, Kellen ... Du scheinst nett zu sein, aber für mich war das nur eine Art Mutprobe. Und der Kuss – die vielen Küsse, wenn wir genau sind ... Das alles hat mir nichts bedeutet. Ich denke, es ist besser, gleich ehrlich zu sein, verstehst du?«

»Aber du hast die Flasche gedreht«, meinte Kellen mit verwirrtem Gesichtsausdruck.

»So geht das Spiel«, erwiderte ich entschuldigend. »Man dreht die Flasche und dann verschwindet man mit der Person, auf die sie zeigt, im Wandschrank.«

»Oh«, machte Kellen und es klang hohl.

Ich zögerte einen Moment, dann klopfte ich ihm kurz ziemlich unbeholfen auf die Schulter, um mein Bedauern zu signalisieren. Anschließend wandte ich mich der Tür des Wandschranks zu, um diese zu öffnen. Etwas wacklig auf den Beinen taumelte ich mitten hinein in den Kreis der versammelten Partymeute. Mit einem Schlag war es, als würde eine Welle an Geräuschen über mich hinwegrollen, als wäre der Wandschrank ein vollkommen von der Umwelt abgeschirmter Bereich gewesen. Laute Musik, Gesprächsfetzen und jede Menge Lachen. Ich sah noch einmal zurück und registrierte, dass Kellen mir gefolgt war. Als sich unsere Blicke trafen, verschwand er dann doch in eine andere Richtung. Ein bisschen tat er mir schon leid, aber ich konnte ja nicht ahnen, dass er von »Sieben Minuten im Himmel« mehr erwartete als eine rasante Rummach-Orgie. Das Spiel war ein ganz guter Zeitvertreib, wenn man Glück hatte und nicht gezwungen war, die Zeit mit jemandem zu verbringen, den man nicht ausstehen konnte. Kellen sah ziemlich gut aus, aber ich würde mit ihm nach den Ferien in der Schule keine Freundschaftsbändchen flechten, so viel stand fest.

Ich verließ das Zimmer, das im ersten Stock lag, und quetschte mich durch den rappelvollen Flur an etlichen Leuten vorbei, ehe ich die Treppe erreichte. Kaum im Erdgeschoss angekommen, stieß Miranda zu mir. Bevor es für mich und Kellen in den Wandschrank gegangen war, war sie aufs Klo verschwunden, und ich war froh, sie so schnell wiedergefunden zu haben. Das Haus war zwar nicht überragend groß, aber aktuell befanden sich auf dieser Party mehr Leute, als die Quadratmeter des Grundstücks hergaben. Was im Klartext bedeutete: Man konnte sich kaum frei bewegen und wurde ständig angegrapscht.

Miranda legte mir einen Arm um die Schulter. »Und – hast du dich von Kellen um den Verstand küssen lassen?«, fragte sie. *Super! Sogar Miranda hatte sich seinen Namen gemerkt!* Schwungvoll drückte mir meine beste Freundin ein Bier in die Hand und grinste breit. »Ich wusste doch, du würdest es nicht bereuen heute mit mir auf die Party zu gehen! Ist sie nicht der helle Wahnsinn? So etwas Geniales werde ich den Rest der Ferien nicht mehr erleben! Die Stimmung ist kurz vorm Explodieren, oder?«

Ein Lächeln stahl sich auf meine Lippen. Miranda war fast immer für eine coole Party zu haben und als beliebte Cheerleaderin unserer Schule wurde sie zu diesen auch immer eingeladen. Aber dieses Event hier war ein Geheimtipp gewesen. Vergangene Woche hatte sich das Gerücht verbreitet, dass eine abgefahrene Party am Abend des letzten Schultags vor den Sommerferien stattfinden würde. Alle hatten sich das Maul darüber zerrissen, um herauszufinden, wo genau dieses sagenumwobene Fest stattfinden würde. Miranda hatte über zig Ecken schließlich herausgefunden, wo es steigen würde, und mich überredet mitzukommen. Normalerweise brauchte es bei mir nicht viel Überredungskunst für so etwas. Ich mochte Partys und ich mochte es, unter Menschen zu sein – das war aufregend und lustig. Was ich nicht mochte, war, keinen Plan zu haben, wer eine Party veranstaltete. Irgendwie fühlte ich mich besser, wenn ich wusste, wer die Fäden in der Hand hielt – besonders, was die *Highschool* betraf. Vielleicht war ich da etwas überempfindlich, aber ich fand es seltsam, durch ein Haus zu gehen, von dem ich nicht wusste, wem es gehörte. Bei Clubs war das natürlich etwas anderes, aber was das soziale Gefüge der *Highschool* anging, musste man vorsichtig sein. Miranda war zwar beliebt und geschätzt, aber das verschaffte mir nur einen gewissen Status. Es gab ohnehin schon ultra viele Leute, die es seltsam fanden, dass wir beide beste Freundinnen waren. Miranda – schön, klug und charmant – und ich, Jessa – die dunkle Wolke am Cheerleader-Horizont. Das hatte mir eine von Mirandas anderen Freundinnen wirklich einmal so gesagt. Ich trug gerne schwarz und mein Stil war etwas rockiger, aber das bedeutete nicht, dass ich einen Sack anhatte und Gedichte von Poe im stillen Kämmerlein las. Neben Miranda, die gerne Kleider anzog, sich um ihre Haare bemühte und eine Gute-Laune-Miene hatte, war ich mit den abgewetzten Jeans, Nietentops und den wilden dunklen Wellen vielleicht keine ideale Kandidatin für eine Miss-Wahl, aber mein Kleiderschrank bestand nicht nur aus der Sparte Metal-Konzert. Ich konnte durchaus mit Miranda mithalten, wenn ich auch keine Cheerleaderin war. Die *Highschool* verkraftete es nur offenbar nicht so gut, wenn sich Leute unterschiedlicher Gruppierungen zusammentaten. Miranda und ich kannten uns, seit wir in der *Middle School* gemeinsam in einem Kunstkurs gesessen hatten. Man hatte uns für ein Projekt als Team aufgestellt und dabei waren wir Freundinnen geworden. Die *Highschool* hatte das nicht geändert. Hier wurde zwar mehr Wert auf soziale Cliquen gelegt, aber bisher hatte Miranda und mich nichts trennen können. Manchmal sollten die Leute ihre Vorurteile echt mal über Bord werfen.

Ich schrak aus meinen Gedanken auf, als Miranda mich anstupste.

»Also, wie waren deine sieben Minuten im Himmel?«, fragte sie.

»Sehr kussreich«, antwortete ich.

Miranda kicherte. »Okay! Was steht als nächstes auf der Liste?«

Ich griff in meine Jeanstasche und zog das zerknitterte Blatt Papier heraus. Bevor wir heute Abend losgezogen waren, hatte jede von uns fünf Dinge aufgeschrieben, die wir tun würden, bevor wir uns den ganzen Sommer nicht mehr sahen. Ein bisschen wie eine To-do-Liste, die im Notfall mehr Schwung in unseren Abend bringen sollte. Manchmal war uns eben nach einer Prise Verrücktheit zu Mute. *Küsse einen Fremden – erledigt!* Zugegeben, die Liste glänzte nicht gerade durch Kreativität, aber wir fanden es ganz witzig.

»Drei Dinge sind noch übrig«, sagte ich und trank einen Schluck Bier. »Du hast die Qual der Wahl. Du musst etwas stehlen, etwas Peinliches in die

Weltgeschichte hinausschreien oder jemandem deinen BH schenken. Eigentlich hätte ich das Letzte gerade eben zusammen mit dem Kuss erledigen können.«

Kellen war immerhin so frei gewesen seine Hände in eindeutiger Absicht zu bewegen.

»Gott, wer schreibt so etwas Verrücktes nur auf?«, fragte Miranda.

»Du«, sagte ich gespielt streng. »Das ist alles deine Handschrift.«

Miranda hielt mich mit einer Hand am Arm fest und ich blieb mitten im Flur stehen. Sie zog eine Blume aus einer Vase, die auf einem kleinen Beistelltisch direkt neben uns stand, und steckte sich die Blume in den Schlitz ihres Ausschnitts. Dann setzte Miranda eine verschwörerische Miene auf.

»Was bin ich für eine Rebellin«, scherzte sie.

»Das ist doch nicht stehlen«, meinte ich frustriert, war gleichzeitig aber auch belustigt. »Miranda, das ist geschummelt. Schmutzige Tricks sind verboten!«

»Wenn man es genau nimmt ...«, verteidigte sich Miranda schlagfertig, »... habe ich etwas entwendet, ohne dass es jemand bemerkt hat. Also Diebstahl!«

»Das ist ...«, setzte ich an und runzelte die Stirn. »... genial!«

»Ich war schon immer die Klügere von uns beiden«, zog sie mich auf.

»Dabei wolltest du doch heute Abend mal so richtig die Sau rauslassen«, erwiderte ich und tat so, als sei ich enttäuscht von ihr. »Über deinen Schatten springen und ein bisschen an deinem Braves-Mädchen-Image arbeiten, tss!«

Der Tadel war mehr gespielt als ernst gemeint. Trotzdem steckte ein klein wenig Wahrheit darin. Wir hatten das Halbjahr hinter uns, die Ferien standen vor der Tür und Miranda hatte sich vorgenommen, zumindest einmal etwas Miranda-Untypisches zu wagen. Wie eine Mutprobe. Und heute war dazu die vorerst letzte Gelegenheit – zumindest, wenn ich Zeugin ihrer wagemutigen Tat sein wollte. Heute war nämlich der letzte Abend, den wir zusammen verbringen konnten, ehe das neue Schuljahr begann. Mirandas Familie besaß, im Gegensatz zu meiner, eine ganze Menge Kohle und fuhr jedes Jahr irgendwohin, um hinterher mit dem besten Urlaub überhaupt angeben zu können. Dieses Jahr ging es nach Paris, dabei war Miranda die Einzige aus ihrer Familie, die französisch sprechen konnte. Ihre Schwester Carly bekam gerade mal das Wort Croissant über die Lippen und selbst das klang dann eher nach Koi-sant. Mr und Mrs Walsh, Mirandas Eltern, liebten es jedoch mit ihrem Erbe um sich zu schmeißen, seitdem Mirandas Grandma ihnen einen ganzen Berg Kohle hinterlassen hatte. Miranda hatte sich die letzten Male erfolgreich gegen die Familien-Urlaube gesträubt und war stattdessen bei meiner Familie untergekommen. Doch dieses Jahr hatten ihre Eltern darauf bestanden, dass alle zusammen verreisten, damit der Hochzeitstag von Mr und Mrs Walsh gebührend gefeiert werden konnte. Miranda hatte schlecht nein sagen können, aber ich wusste, wie wenig Wert sie auf die Gesellschaft ihrer snobistischen Eltern und ihrer dämlichen Schwester legte.

Seufzend verdrehte meine beste Freundin die Augen und trank mehrere Schlucke aus ihrer Cola-Flasche. Ab einem gewissen Alkoholpegel hörte Miranda immer auf zu trinken, was ziemlich vorbildlich war, ich ihr bis heute aber nicht hatte nachmachen können. Nicht, dass ich irgendwann als Teenie-Alkoholikerin enden würde. Ich vertrug eben mehr als Miranda und kannte meine Grenzen gut genug, so dass ich es mir nicht nehmen ließ das ein oder andere Gratis-Getränk mehr als sie abzustauben.

Miranda zog jetzt unerwartet doch eine beleidigte Schnute. »Es kann nicht jeder einen solchen Ruf wie du haben«, grummelte sie.

»Ich habe einen Ruf?«, fragte ich interessiert. Ein Teil von mir wusste natürlich schon, was sie damit meinte. Dank des Berufs meines Dads hatte ich mir bereits in der *Middle School* allerhand Sprüche anhören müssen.

»Die Leute werden es eben nie leid über dich zu reden.« Miranda streckte mir die Zunge heraus, aber mich hatte der Spruch mehr getroffen als erwartet.

»Was sagen sie denn so, deine kleinen Cheerleader-Freundinnen?«, fragte ich und ließ es absichtlich spöttisch klingen. Es gab eben doch ein paar Mädchen von der Sorte – Cheerleader sind die besseren und überlegeneren Menschen. Die gab es natürlich überall, aber das sprach ich in diesem Moment nicht aus.

»Rede nicht so abfällig über sie, Jessa!«, verteidigte Miranda die anderen.

»Aber anscheinend ist es doch genau das, was sie tun«, erwiderte ich. »Sie sprechen abfällig über mich. Und werden es auch niemals leid, hast du selber gesagt! Soll ich das jetzt auch noch gut finden, oder was?«

Miranda wirkte verärgert. Sie runzelte die Stirn und seufzte wieder.

»Sie nennen dich das Friedhofs-Mädchen«, begann sie. Das war nichts Neues. Wenn die eigene Familie als einzige in der Stadt ein Bestattungsunternehmen führte, hielten einen die Schüler der *Fairby High School* für einen Vampir. Ich hatte mir einen Heidenspaß daraus gemacht, eine Zeit lang wirklich nur schwarz zu tragen und in melancholischen Rätseln zu sprechen. Das hatte leider dazu geführt, dass ich immer wieder gefragt wurde, wer mein Dealer sei (*Starbucks*, ihr Volltrottel) und ob ich vielleicht Interesse daran hätte die Schulpsychologin aufzusuchen, wo ich doch offenbar nicht mit dem Tod im Gepäck klarkam. Es war wirklich so, dass viele meiner Mitschüler mich mieden, weil sie Angst hatten, ich könne sie auf irgendeine Weise verfluchen. Das war so dermaßen lächerlich, dass ich nicht anders konnte, als mich darüber zu amüsieren. Dann gab es die anderen: jene, die mich furchtbar spannend fanden oder für ein Mysterium hielten, das es zu knacken galt. Darunter Kerle wie Kellen Thomas, die dachten ein bisschen Gesülze und ein paar Küsse würden dazu führen, dass ich ihnen sofort verfiel. Andererseits war es auch nicht wirklich schön, mitzubekommen, welche Familie einen Verlust erlitten hatte. Wenn ich durch die Gänge der Schule streifte und die Leute auch noch kannte, schaffte ich es kaum ihnen in die Augen zu blicken. Meinem Leben haftete dann tatsächlich etwas Düsteres und Unheilvolles an. Den Tod im Gepäck, in der Tat.

»Mensch, Jessa«, sagte Miranda und schüttelte den Kopf. »Du nimmst das doch sonst nicht so ernst. Hat dich das jetzt wirklich getroffen?« Prüfend sah meine beste Freundin mich an, aber ich wandte rasch den Blick ab.

»Natürlich nicht«, antwortete ich stur. »Vergiss es.«

Ich setzte an, um mein Bier zu leeren, aber abrupt wurde ich angerempelt, stieß gegen die Wand und die Flasche ging zu Bruch. Unglücklicherweise stachen mir einige der Glasscherben in die Handfläche, ehe die restlichen herunterfielen und sich das Bier auf dem Teppich verteilte. Sofort begann

Blut meine Haut zu benetzen und neben den Bierfleck zu tropfen. Der Schnitt schmerzte nicht unerträglich, aber angenehm war das Stechen und Pochen auch nicht. Ich sog scharf die Luft ein, um mich so schnell wie möglich beruhigen zu können. Aber da quoll das Blut auch schon schneller aus der Wunde und mir wurde schlecht.

Wütend hob ich den Blick. »Verdammt, kannst du nicht aufpassen –« Ich sah in ein Paar blaue Augen und mir erstarben die Worte sofort auf der Zunge.

Der Kerl, der mich angerempelt hatte, war niemand anderes als Quinn Paxton. Jetzt hatte es mir endgültig die Sprache verschlagen. Es war Jahre her, dass ich Quinn so nahe gewesen war. Wir sprachen nie ein Wort miteinander, aber ich wusste genau, wer er war. Das hatte ich seit dem Tag gewusst, an dem er ein paar Jahre zuvor zu uns nach Hause gekommen war. Manche Dinge waren wohl wirklich so prägend, dass man sie nie mehr vergaß. Quinn und ich hatten dieselbe *Middle School* besucht, aber er war mir zuvor nie aufgefallen. Doch nachdem er und seine Mom wegen der Beerdigung seines Vaters bei uns aufgetaucht waren, ging er mir nicht mehr aus dem Kopf.

Irgendwie hatte ich ihn danach immer ansprechen wollen, als ich ihn in der *Middle School* gesehen hatte. Ich hatte nie auch nur einen Ton herausgebracht. Was hätte ich auch sagen können? Ich war dreizehn gewesen, der Tod meiner Mom lag gerade einmal drei Jahre zurück und ich hatte noch mit meinem eigenen Schmerz zu kämpfen. Und dann kamen wir auf dieselbe *Highschool* und ich sah ihn öfter in den Fluren. Wieder brachte ich kein Wort über die Lippen. Stattdessen beobachtete ich Quinn manchmal heimlich. Ab und zu zeichnete ich ihn sogar. Das war etwas, worin ich gut war. Mit klaren Linien ließ sich oft mehr einfangen als mit Worten und vielleicht hatte ich die einzelnen Momente aufbewahren wollen. Für einen späteren Zeitpunkt, einen, an dem ich wusste, was ich Quinn sagen wollte. Seine undurchdringliche Miene hatte mich damals fasziniert und tat es auch heute noch. Für mich war Quinn ein großes Rätsel. Ich fragte mich, wie er es schaffte so auszusehen, als wäre er gegen alles und jeden gewappnet. Ein einziges, menschliches Schild, an dem Gefühle abprallten. Trotz all der Jahre, in denen

Erwachsene und auch Kinder bei uns ein- und ausgegangen waren, hatte ich den Tag, an dem ich Quinn Paxton gesehen hatte, niemals vergessen. Und es wurmte mich noch immer, dass ich nicht wusste, wieso das so war.

Vielleicht war das heute meine Chance, es herauszufinden?

Quinn sah gut aus, das musste man ihm lassen. Er hatte eines dieser Gesichter, die man augenblicklich attraktiv fand: markante Züge um Mund und Wangen und dann diese unglaublichen Augen, die von einem intensiven Dunkelblau waren. Das Haar trug er kürzer, als ich es in Erinnerung hatte, aber der Look stand ihm. An seine Brust schmiegte sich ein helles Shirt, zu dem er dunkle Jeans trug. Rein äußerlich war Quinn genau mein Typ und vielleicht hatte ich auch deshalb eine kleine Schwäche für ihn. Aber wahrscheinlich ging es jedem Mädchen, das von einem heißen Kerl überrumpelt wurde, im ersten Augenblick so. In solchen Situationen wurde wohl oder übel jede mal zur stummen Beobachterin mit starrem Blick und dem Bedürfnis eine Runde zu schmachten.

Gedanken, die ich niemals laut aussprechen würde, nicht mal Miranda gegenüber. Okay, als meine beste Freundin wusste sie natürlich von Quinns und meinem Moment mit dreizehn. Aber Miranda hatte nicht den blassesten Schimmer, wie oft ich an Quinn dachte, und das war auch gut so. Schließlich half es niemandem, wenn ich meine Gefühle nicht im Griff hatte. Nein, ich wollte absolut kein Mädchen sein, das ständig nur Jungs im Kopf hatte. Die Vorstellung, dass Miranda und ich kichernd die Köpfe zusammensteckten, um über Quinns süßen Hintern zu reden, erschien mir in diesem Moment richtig witzig, geradezu lächerlich. Das war auch der Grund, warum ich es schaffte, meine Starre zu überwinden und endlich den Mund aufzumachen. Auch wenn Quinn mir zuvor noch einen wütenden Spruch reindrückte, weil er schneller geschaltet hatte als ich in meinem Trance-Schmacht-Mädchen-Nebel.

»Pass auf, wo du hinläufst!«, knurrte er verächtlich.

Ich schnaubte. »Du hast *mich* umgerannt«, erwiderte ich zornig und fuchtelte automatisch mit den Händen herum, um meiner Wut Luft zu machen. Blut spritzte durch die Gegend und ein Tropfen landete auf dem Revers von

Quinns hellem Shirt. Sein Blick glitt zu der getroffenen Stelle und seine Augen verengten sich.

»Du stehst mir im Weg, beweg dich, oder muss ich dich zwingen?« Grob packte er meinen Arm und schob sich an mir vorbei. »Und hör auf meinen Teppich voll zu bluten«, fügte er hinzu und warf einen Blick auf meine Hand.

O Gott! Hatte ich das richtig verstanden? Meine Wut verpuffte und wurde augenblicklich von leichter Panik ersetzt. »Ich wusste nicht, dass das dein Haus ist – und deine Party«, sagte ich erschrocken und riss mich automatisch von ihm los. Und zur Hölle aber auch: Quinn war ein ziemlicher Arsch, wenn man seine Reaktion auf meine Verletzung bedachte. Ich wollte mich auf der Stelle von hier weg teleportieren. Das Problem war nur, dass ich so etwas nicht konnte.

»Dieses scheiß Gerücht«, fluchte er verärgert. »Kaum hört irgendjemand etwas von einer Party, kriechen all die unbedeutenden Leute aus ihren Löchern, weil sie denken, sie könnten etwas Spaß haben. Hat keiner mehr Niveau?«

Unbedeutend? Autsch. Was hatte er bitte für ein Problem?

»Wenn hier jemand kein Niveau hat, dann du«, erwiderte ich grob.

»Aber Hauptsache, du hast deinen Spaß, was?«, feuerte er zurück.

Kurz war ich vor den Kopf gestoßen und blickte ihn irritiert an. Vielleicht hatte er mich mit Kellen gesehen, aber das gab ihm trotzdem nicht das Recht, so grob mit mir umzugehen. Demonstrativ ballte ich die blutende Hand zu einer Faust und lächelte. Sollte er sich doch noch mehr aufregen, der blöde Idiot! Quinn starrte mich finster an, umfasste jetzt mein Handgelenk und zog mich hinter sich her. Miranda war offensichtlich so verwundert, dass sie zur Salzsäule erstarrte.

»Lass mich gefälligst los!«, zischte ich, wand mich unter seinem Griff, schaffte es aber nicht mich loszumachen. Quinn schleifte mich bis in die Küche und hielt mich weiter fest, während er mit der anderen Hand einen Erste-Hilfe-Kasten aus einem der unteren Schränke fischte. Er knallte das Teil auf den Tisch.

»Halt einfach still«, sagte er tonlos. Weil ich wirklich etwas Hilfe gebrauchen konnte und mit dieser Geste nicht gerechnet hatte, hielt ich tatsächlich still.

Vielleicht hatte ich ihn eben nur auf dem falschen Fuß erwischt? Meine Gedanken rasten, als ich versuchte zu entscheiden, wie ich mich Quinn gegenüber verhalten sollte. Er hatte jedenfalls nicht durchblicken lassen, ob er mich kannte oder sich an mich erinnerte. Wäre es nicht eine ziemliche Schnapsidee ihn jetzt auf einer lauten Party danach zu fragen? Und was hatte ich als Antwort auf die Frage parat, warum ich das ausgerechnet heute tun wollte? Meine Güte, vielleicht strömte Quinn ja irgendein Pheromon aus, das meiner geistigen Gesundheit schadete, denn anders konnte ich mir meine Unruhe nicht erklären.

Als er jetzt meinen Arm streifte, erschien mir diese Berührung unendlich sanft. Ich bekam sogar Herzklopfen vor lauter Aufregung und unausgesprochenen Erwartungen.

Quinn drehte meine Hand herum und bog vorsichtig die Finger auseinander. Obwohl es um uns herum nur so von Teenagern wimmelte und mir der Bass der Musik in den Ohren dröhnte, fühlte es sich kurz an, als wäre die Welt zum Stillstand gekommen. Ich sah zu, wie Quinn mehrere kleine Glassplitter mit einer Pinzette aus den Wunden zog, und zuckte zusammen, als er einen besonders großen herausholte. Noch mehr Blut folgte. Eigentlich machte mir so etwas nichts aus, aber in diesem Augenblick wurde mir irgendwie schon wieder schlecht. Ha! Vielleicht verdankte ich mein Herzklopfen also nicht Quinns gutem Aussehen, sondern meiner plötzlich aufkeimenden Abneigung gegen Blut. Scheiße, ich war zu *Twilight*-Bella mutiert! Wenn ich jetzt auch noch in Ohnmacht fiel, dann konnte ich mir ja gleich mein eigenes Grab schaufeln und auf den Grabstein schreiben: *Hier ruht Jessa, sie hatte mal ein Gehirn, aber dann sah sie die Muskeln von Quinns Oberarmen und es war um sie geschehen …* Ich musste mich wirklich zusammennehmen, um nicht wieder völlig ungeniert zu gaffen.

Mit geschickten Griffen wickelte Quinn meine Hand in eine Mullbinde und verknotete die Enden. Als er fertig war, schnappte er sich ein Glas, füllte es an der Spüle mit Wasser und hielt es mir entgegen.

»Trink. Du siehst aus, als ob du gleich umkippst.«

Er klang immer noch grob und unfreundlich. Dieser Arschloch-Modus war dann wohl doch kein Gemütszustand, sondern Teil seiner Persönlichkeit.

Ich zog die verletzte Hand zurück und drückte sie gegen meine Brust. Unter Quinns festem Blick standhaft zu bleiben, fiel mir ziemlich schwer. Am liebsten hätte ich ihm einhundert wüste Beschimpfungen an den Kopf geworfen, aber das hätte ihn vermutlich nur noch weiter angestachelt. Ich war vielleicht stur, aber nicht lebensmüde. Mich mit Quinn zu duellieren, stand nicht auf meiner Liste.

»Danke!«, mischte sich Miranda ein, die endlich zu uns aufgeschlossen hatte. Sie nahm Quinn das Glas ab und presste es mir in die unverletzte Hand. Bei Quinn legte sich offensichtlich sofort ein Schalter um: als wäre er vom A-Modus in den Bad-Boy-Modus übergegangen. Beweisstücke A bis C: grimmiges Lächeln, hochgezogene Augenbraue und selbstgefälliges Funkeln in den Augen. Diesen Gesichtsausdruck hatte ich auch schon zur Genüge bei anderen gesehen und er war das untrügliche Zeichen, dass jemand auf Flirtkurs war. Für den Bruchteil einer Sekunde kam es mir so vor, als würde Quinn seine Aufmerksamkeit Miranda schenken, um mir eins reinzuwürgen. Das war natürlich Schwachsinn, aber das Gefühl war mit einem Mal da.

Paranoia – dein Name sei Jessa Carrigan.

Weil mir aber noch immer etwas schwummrig war, trank ich das Wasser aus und stellte das Glas dann auf dem Küchentresen ab. Meine Hand hatte aufgehört zu schmerzen und brannte nur noch leicht. Da ich schlecht davonlaufen und Miranda stehenlassen konnte, musste ich mitansehen, wie Quinn sich an sie ranmachte. Miranda war durchaus taff genug, um ihn abzuweisen, wenn sie wollte. Aber etwas in ihrem Blick verriet mir, dass sie das nicht tun würde.

»Kennen wir uns nicht?«, fragte Quinn mit schmeichelnder Stimme. Miranda bekam sofort rote Wangen, lächelte aber pfiffig zurück.

»Ich glaube, dich würde ich nicht so schnell vergessen«, sagte sie mit keckem Augenaufschlag.

»Das kann ich nur zurückgeben«, meinte Quinn und ließ eine Hand Mirandas Arm entlanggleiten. Ich schien für beide plötzlich völlig überflüssig. »Soll ich dir einen richtigen Drink besorgen?«, fragte er mit Blick auf ihre Cola.

»Wie wäre es, wenn ich dir einen Drink besorge?«, fragte sie.

Quinns Lächeln wurde breiter. »Das hier ist meine Party.«

»Ist das dann ein Nein?«, entgegnete Miranda und klimperte mit den Wimpern.

Quinn legte ihr als Antwort einen Arm um die Schulter und führte sie um den Tresen herum zu einer Stelle, wo ein Kübel mit Eiswürfeln und kalten Getränken stand. Im Vorbeigehen hatte Miranda mir noch einen vielsagenden Blick zugeworfen und einen Daumen hochgehalten. Ich hatte nur matt lächeln können, weil ich nicht der Überzeugung war, dass Quinn eine gute Idee war. Oder besser gesagt, das, was er offenbar mit Miranda vorhatte. Aber sie war meine Freundin und ich wollte ihr nicht den Spaß an dem wilden Flirt verderben. Wie bei einer schlechten TV-Serie, die man eigentlich nicht mochte, aber bei der man aufgrund etlicher Cliffhänger immer weiterschaute, konnte ich den Blick nicht von Miranda und Quinn abwenden. Quinn zog gerade eine Bierflasche aus dem Kübel und öffnete sie mit den Zähnen. Miranda kicherte, als er das Gleiche mit einer neuen Flasche Cola machte, die wohl für sie bestimmt war. Im nächsten Augenblick waren Miranda und Quinn völlig in ein Gespräch versunken. Als meine beste Freundin das Haar zurückwarf – eine Geste, die Quinn mit Sicherheit signalisieren sollte, dass sie Gefallen an ihm fand –, konnte ich nicht länger zu ihnen hinübersehen.

Ich wandte mich ab und starrte den Kühlschrank an.

Hallo! Eben hatte Quinn uns praktisch noch durch die Blume gesagt, dass wir nichts auf seiner Party zu suchen hatten, weil wir nicht seine Freunde waren. *Nein, dir,* verbesserte mich meine innere Stimme bitter. Mürrisch zog ich mein Handy aus meiner Jeanstasche, um einen Blick auf die Uhr zu werfen. Wir mussten sowieso gleich abhauen, die paar Minuten würde ich noch aushalten.

Ich hob wieder den Kopf und im gleichen Moment traf mein Blick auf den von Quinn. Er lachte gerade über etwas, das Miranda gesagt hatte, aber seine Augen ruhten eindeutig auf mir. Vielleicht bildete ich es mir doch ein. Mir würde noch der Schädel platzen, wenn ich weiter über Quinn nachdachte.

Es dauerte nicht lange, da zog Miranda Quinn am Arm hinter sich her, raus aus dem Raum. Bevor sie endgültig aus meinem Sichtfeld verschwand, zwinkerte sie mir zu und formte mit den Lippen das Wort BH. *Scheiße, dass konnte nicht ihr Ernst sein!* Miranda wollte den Punkt auf der Liste abhaken. Mit Quinn. Was sie dafür tun würde, war wohl offensichtlich. *Mist!*

Hastig lief ich den beiden hinterher, aber kaum, dass ich im Flur angekommen war, hatte ich sie verloren. Panik breitete sich von einem Winkel meines Gehirns aus. Wie eine Bekloppte fing ich an Mirandas Namen zu rufen.

»Die ist eben in den ersten Stock gegangen«, murmelte jemand neben mir. Ich hatte keine Ahnung, wer das Mädchen war, nickte aber dankbar. Mich an Dutzenden Leuten vorbei quetschend, kam ich irgendwann oben an. Hier oben gab es mindestens zehn verschiedene Türen, was die Sache nicht besser machte. Das Bad lag rechts. Die lange Schlange davor bewies das. Der Anblick, der sich mir hinter so manch anderer Tür bot, war nicht gerade überraschend.

Memo an mich selbst: *Veranstalte niemals eine Party bei dir zu Hause!*

Miranda und Quinn waren nirgends zu finden. So schnell es ging, lief ich zurück ins Erdgeschoss und durchkämmte die anderen Räume. Ich wählte mehrmals Mirandas Nummer, aber erst, nachdem ich durch irgendeine Hintertür draußen im Garten gelandet war, nahm meine Freundin ab.

»Alles okay bei dir? Wo bist du?«, fragte ich atemlos.

»O nein! Hast du etwa meine Nachricht nicht bekommen?« Miranda klang besorgt. »Blöder Handyempfang! Du musst mich ja für die schlimmste Freundin der Welt halten, Jessa!« Sie seufzte. »Sorry, aber ich bin eben in meine Schwester Carly gerannt. Nicht zu fassen, dass sie auf der Party war. Sie hat darauf bestanden, dass ich mit ihr fahre. Es tut mir so leid, dass ich dich habe stehenlassen und –«

Im Hintergrund hörte ich, wie jemand energisch etwas sagte – vermutlich Carly, die Miranda mit einem blöden Kommentar unterbrochen hatte. Einige Sekunden verstrichen, ehe Miranda sich wieder meldete und sagte: »Ich wandere in den Knast und darf nicht über Los ziehen!«

Das war eine Art Geheimcode für: Kann nicht reden, melde mich später. Kein Wunder, da Carly sie ja offenbar belauschte. Miranda und ich hatten geplant uns ein Taxi zu teilen. Daraus wurde jetzt wohl nichts mehr. Für mich allein war das viel zu teuer. Meine Laune sackte sofort in den Keller.

»Schon in Ordnung«, sagte ich trotzdem. Jetzt einen Aufstand zu machen, brachte auch nichts mehr. Ich atmete tief durch und wurde augenblicklich ruhiger. Immerhin ging es Miranda gut. »Gegen Carly wäre jeder machtlos, die ist strenger als unsere Dads zusammen. Es wundert mich, dass sie dich nicht an den Haaren nach Hause geschleift hat.«

»Ich kann sie zwingen umzudrehen«, sagte Miranda. Wir wussten allerdings beide, das Carly mich nicht ausstehen konnte. Sie sagte immer, dass ihr mein Lebensstil zu »alternativ« wäre, was auch immer das bedeuten mochte. Miranda seufzte jetzt. »Ich fühle mich gerade wirklich mies, Jessa. Kommst du auch noch sicher nach Hause? Du hast viel mehr getrunken als ich. Ich nehme einfach Carlys *Prada*-Tasche als Geisel, dann wird sie –«

»Schon okay«, unterbrach ich Miranda. »Ich habe auf der Suche nach dir ein paar Leute aus der Schule getroffen, die in meiner Nähe wohnen. Ich schreib dir, sobald ich im Bett liege. Du musst kein schlechtes Gewissen haben.«

»Sicher?«, hakte sie nach.

»Sicher«, bestätigte ich entschlossen. Es wäre nicht das erste Mal, dass ich von einer Party allein nach Hause finden müsste. Irgendetwas würde mir schon einfallen.

»Ich hab dich lieb, Jessa!«, sagte Miranda.

»Ich dich mehr«, erwiderte ich mit einem Lächeln auf den Lippen. Ich legte auf und steckte das Handy weg. Die Sache mit der Mitfahrgelegenheit war gelogen gewesen, aber ich wollte verhindern, dass Miranda sich Sorgen machte. Dann würde ich mir eben doch ein Taxi rufen und den Fahrer bezahlen, wenn ich zu Hause war. Für solche Notfälle hatte ich immer ein paar Scheine in einem Schuhkarton unter meinem Bett. Auf dem Hinweg waren wir mit dem Bus gefahren, aber ich bezweifelte, dass um kurz nach eins noch Nachtbusse irgendwohin fuhren. Darrington war eine Kleinstadt und hier wurde ab einer bestimmten Uhrzeit so ziemlich alles dichtgemacht – sogar am Wochenende. Ein Fußmarsch wäre auch noch eine Option. Mein Dad würde mich allerdings köpfen, wenn er davon Wind bekam. Aber lieber würde ich mich Freddy Krueger höchstpersönlich in die Arme werfen, als meinen Dad aus dem Bett zu klingeln.

Im Garten war es erstaunlich still. Am Pool lagen jede Menge Müll und Plastikbecher verstreut, doch von den Leuten, die das Chaos hinterlassen hatten, war keine Spur mehr zu sehen. Es war an der Zeit, dass ich auch verschwand.

»Suchst du deine kleine Freundin?«, fragte Quinn, der plötzlich neben mir auftauchte. »Sie scheint genauso sehr auf Ärger aus zu sein wie du.«

»Meldet sich da etwa dein Ego, weil sie dich hat stehenlassen?«

»Sie hat *dich* stehenlassen«, verbesserte Quinn mich in arrogantem Tonfall.

»Du bist total betrunken«, erwiderte ich, weil sein Atem wie alle Getränke eines Schnapsladens zusammen roch. *Eww!* »Was willst du damit?«

Er hielt eine Gitarre in der Hand und starrte an mir vorbei. Ich drehte mich um und bemerkte erst jetzt das riesige Baumhaus in den hohen Apfelbäumen. Das Ding sah aus wie eine kleine, uneinnehmbare Festung. Er wollte während seiner eigenen Party verduften, um dort oben Gitarre zu spielen? Quinn sollte auch mal lernen, wann genug einfach genug war. Aber es gab wohl verrücktere Dinge, als Gitarre im Baumhaus spielen zu wollen, die man so tat, wenn man angetrunken oder eben total dicht war.

»Paxton!«, brüllte ein hochgewachsener Junge, der über die Terrasse stolperte. »Scheiße, Mann, da hat irgendjemand die Polizei gerufen!«

Quinn seufzte und sah mich kurz an. »Hier«, sagte er und presste mir die Gitarre in die Arme. »Pass mit deinem Leben drauf auf, Jessa.«

Dann wandte er sich ab und folgte seinem Freund.

Er wusste also doch, wer ich war. Aber hatte das wirklich etwas zu bedeuten? Viele kannten meinen Namen. Kellen war der beste Beweis. Gott, wie froh ich war, dass wir in zwei Tagen endlich diesen beschissenen Ort verließen, um Ferien zu machen! Ich lehnte die Gitarre gegen mein rechtes Bein und blieb ungeduldig wartend stehen. Eigentlich hätte ich das Teil einfach ablegen und abdampfen können. Aber ehe ich eine Entscheidung treffen konnte, wurden meine Gedanken von einer nervtötenden Stimme unterbrochen.

»Spielst du mir ein Ständchen, Jessa?«, lallte Kellen, der wie ein Zombie wankend auf mich zukam, ein paar seiner Freunde im Schlepptau. »Das ist doch das Mindeste, was du tun kannst, nachdem du mir das Herz gebrochen hast.«

»Ich habe dir das Herz gebrochen?«, entgegnete ich verächtlich. »Ja, sicher.«

»Kellen, lass sie. Wir gehen jetzt.« Ein Junge mit strohblondem Haar trat neben seinen Freund und legte ihm eine Hand auf die Schulter. »Du bist total weggetreten, Mann. Sorry, Jessa.«

»Kein Problem«, sagte ich achselzuckend. An Kellens Freund erinnerte ich mich seltsamerweise sofort. Tim aus meinem Spanisch-Kurs. Er war schon immer ein guter Kerl gewesen. Kellen konnte froh sein, ihn als Freund zu haben.

»Jessa, spiel mir ein Lied«, jammerte Kellen jetzt. Er klang richtig weinerlich und schob Tims Arm von seiner Schulter.

»Wir haben ein Taxi gerufen, willst du mitfahren?«, fragte Tim mich und griff gleichzeitig nach Kellens Shirt, weil dieser versuchte sich an ihm vorbei zu schieben.

Ich zögerte. Das wäre die perfekte Gelegenheit für mich, doch ein Teil von mir wollte Quinns Gitarre nicht einfach so hier liegenlassen. Blödes Gewissen aber auch! »Ich muss noch auf jemanden warten, aber danke.«

Tim nickte. Plötzlich riss sich Kellen von seinem Freund los und stolperte ungelenk auf mich zu. Er streckte die Hände nach mir aus, als suche er Halt. Die Uhr, die er am Handgelenk trug, verfing sich in meinen Haaren und als er wieder zur Seite schwankte, spürte ich ein so heftiges Ziehen an der Kopfhaut, dass mir Tränen in die Augen schossen. »Mensch, Kellen!«, fluchte ich wütend.

»Hoppla!«, stieß er aus und lachte anschließend.

»Ja, ja, wie lustig«, grummelte ich.

Ich schaffte es Kellen von mir zu stoßen, auch wenn ich mir dabei sicher ein ordentliches Haarbüschel ausgerissen hatte. Nichts wie weg hier! Ich hatte die Schnauze voll. Mit der Gitarre in der Hand ging ich ohne ein weiteres Wort in Richtung Haus davon. Tim rief mir noch etwas nach, aber ich war viel zu bedacht darauf, möglichst schnell Abstand zwischen Kellen und mich zu bringen, dass ich ihm nicht richtig zuhörte. Doch anscheinend war Kellen im betrunkenen Zustand recht schnell, denn Sekunden später tauchte er wieder neben mir auf und gab ein paar gequälte Geräusche von sich.

»Jessa«, lallte er. »Warte doch mal, bitte!«

Er streckte die Finger nach mir aus. Bei dem Versuch auszuweichen strauchelte ich über eine Unebenheit im Boden. Ich stürzte und das Instrument entglitt meinen Fingern. Quinns Gitarre knallte auf die Kante des Pools, zersplitterte an mehreren Stellen und rutschte in Einzelteilen ins Wasser. Für einen Moment schloss ich die Augen. Ich hatte Glück gehabt und war mit dem Gesicht voran im Gras gelandet, statt das Schicksal der Gitarre zu teilen. Trotzdem war der Sturz alles andere als sanft gewesen und mir brummte der Kopf. Hastig rappelte ich mich auf, um die Misere ausgiebig zu betrachten.

Scheiße! Panik stieg in mir hoch.

»O Gott!«, stieß Kellen entsetzt aus. »Das wollte ich -«

Doch er kam nicht mehr dazu seine Entschuldigung auszusprechen, denn wie aus dem Nichts war Quinn wieder da. Und ohne auch nur mit der Wimper zu zucken, verpasste er Kellen einen Faustschlag mitten ins Gesicht. Kellen fiel rücklings zu Boden und keuchte auf. Blut troff aus seiner Nase über Lippen und Kinn. Kellen glotzte Quinn mit völlig verdattertem Gesichtsausdruck an.

Entsetzt riss ich den Mund auf, bekam aber keinen Ton heraus. Das war jetzt gerade nicht wirklich passiert!

Tim war inzwischen bei uns und hob beschwichtigend die Hände, aber Quinn ließ ihn nicht mal zu Wort kommen. »Verpisst euch!«, schrie er. »Einfach so ein Mädchen anzufallen! Lasst euch nie wieder auf einer meiner Partys sehen. Keiner von euch. Sonst werdet ihr das bereuen!«

Tim zog Kellen auf die Beine und die beiden verschwanden.

Quinns Augen wandten sich wieder mir zu. »Jetzt blutest du auch noch meinen Rasen voll«, murmelte er leise. Automatisch fasste ich mir an die

Wange und spürte sofort etwas Warmes, Klebriges. Ich hatte gar nicht bemerkt, dass ich mich wieder verletzt hatte. Die Aufregung war eine zu große Ablenkung gewesen. Noch immer schlug mein Herz rasend schnell gegen meinen Brustkorb. Ich hatte das Gefühl, kaum noch Luft zu bekommen.

»Das war ein Unfall, Quinn«, sagte ich atemlos. »Er war betrunken und du hast ihm eiskalt ins Gesicht geschlagen!«

»Für mich sah das aber ganz anders aus.«

Einige Sekunden starrten wir einander stumm an. Ich wusste nicht, was ich dazu noch sagen sollte. Es *war* ein Unfall gewesen, aber Kellen verteidigen wollte ich auch nicht. Mein Blick fiel auf die kaputte Gitarre.

»Das mit deiner Gitarre tut mir wahnsinnig leid!«, stammelte ich und starrte wieder in den Pool. Trotz Beklemmung bekam ich jetzt wieder deutlich besser Luft als zuvor.

»Scheint so, als wüsstest du nicht, was es heißt, etwas mit dem eigenen Leben zu beschützen«, sagte Quinn mit undurchdringlicher Miene. Ich wirbelte herum, um mich zu entschuldigen, dabei stieß ich gegen seine Brust, so nah war er plötzlich. Er fasste mein Kinn mit Daumen und Zeigefinger und betrachtete mein Gesicht. Dass er mich zum zweiten Mal an diesem Abend ohne Vorwarnung berührte, brachte das Fass echt zum Überlaufen. Was für ein verdammt beschissener Abend und eine verdammt beschissene Party aber auch! Rasch trat ich einen Schritt zurück, bevor er auf die Idee kam, mich wieder in die Küche zu schleifen. Mir war das alles echt zu viel auf einmal.

»Ich ersetze sie dir«, bot ich an. »Ich wollte das schließlich nicht.«

»Das kannst du nicht«, erwiderte Quinn mit todernster Miene.

»Sicher kann ich das«, konterte ich. »Es ist nur eine Gitarre!«

»Das ist *nicht* nur eine Gitarre«, sagte Quinn. »Die ist mehr wert als dein Leben. Sonst hätte ich nicht gesagt, du sollst sie damit beschützen.«

»Das ist ein Scherz, oder?«

»Ich mache keine Scherze.«

»Tut mir leid?«, versuchte ich es erneut.

»Davon wird meine Gitarre auch nicht wieder ganz.«

Ich holte tief Luft. »Schön. Was willst du dann? Als Wiedergutmachung?«

Quinn verzog sein Gesicht zu einer belustigten Grimasse. »So einfach ist das nicht«, sagte er leise. Seine Stimme klang dabei kratzig. »Ich glaube, du hast ziemlich wenig zu bieten, das mich interessiert.«

»Du bist ein richtiges Arschloch, hat dir das schon mal jemand gesagt?«

»Zuletzt deine süße Freundin Miranda.«

Am liebsten hätte ich ihm eine verpasst und das schien man mir auch deutlich anzusehen, denn Quinn Paxton brach in Gelächter aus.

»Meine Tricks ziehen bei dir wohl nicht, was?«, fragte er.

»Du bist eben einfach zu durchschauen. Ein Klischee auf zwei Beinen.«

»Was bist du dann?«, fragte er herausfordernd. »Leicht zu haben?«

»Für jemanden wie dich ganz sicher nicht«, meinte ich abweisend.

»Interessant«, sagte er nur. »Dann weiß ich, was ich als Wiedergutmachung will. Ich will, dass du mir ein paar Gefallen tust.«

Das klang ziemlich bedrohlich. Und unverschämt. Mir schossen an dieser Stelle eine ganze Menge Adjektive durch den Kopf, wie genau ich Quinns Forderung fand. Als wäre ich so dämlich einen Pakt mit dem Teufel zu schließen, also, bitte. Seiner Miene nach zu urteilen, meinte er seine Aussage aber genauso ernst wie die, die sich auf den unbezahlbaren Wert seiner Gitarre bezogen hatte. Ich musterte Quinn eindringlich. Er schien bei klarem Verstand zu sein und seine Körperhaltung war ablehnend wie eh und je, wenn er mir gegenüberstand. Allmählich gewann ich den Eindruck, als hätte ich mehr verbrochen, als nur seine Gitarre geschrottet zu haben. Da lag eine ziemliche Anspannung zwischen uns in der Luft und zwar keine von der Sorte, die versprach, dass wir jeden Moment wild miteinander rumknutschen würden.

»Quinn«, sagte ich ruhig. »Du kannst doch nicht erwarten, dass ich eine solche Forderung ernst nehme und sofort zustimme, oder? Gitarre hin oder her. Vielleicht gibt es genügend Mädchen, die gerne deine Sklavin spielen wollen, aber ich gehöre definitiv nicht dazu. Verstanden?«

»Diese Gitarre hat meinem Dad gehört, Jessa.«

Die dunkle Wolke über unseren Köpfen hatte sich in ein richtiges Gewitter verwandelt. Die Gitarre seines toten Dads. Ganz wunderbar! Was hatte ich mir denn da eingebrockt? Plötzlich tat Quinn mir furchtbar leid – und ich mir gleich noch dazu. Wahrscheinlich hatte diese Gitarre ihm echt etwas bedeutet.

»Was wären das für Gefallen?«, fragte ich vorsichtig.

»Was mir eben gerade in den Sinn kommt.«

»Sei doch nicht gleich so präzise«, grummelte ich und verdrehte die Augen. Und dann kam mir ein Gedanke. Eigentlich war es mehr eine Idee. Besonders nett war sie auch nicht, aber sie verschaffte mir Zeit. Heute war der letzte Schultag gewesen. Das hier war eine Pre-Ferien-Party. In zwei Tagen wäre ich weg. Und Quinn säße den Sommer über in der Stadt oder sonst wo fest. Weit weg von mir. Wenn ich einfach zustimmen würde, dann würde er mich fürs Erste in Ruhe lassen und ich könnte mir über die Ferien einen Plan B überlegen. Und völlig gelogen wäre es ja auch nicht. Im neuen Schuljahr hatte ich schließlich genug Zeit, die Sache wiedergutzumachen. Miranda hatte sicher auch einen Rat. Ich könnte sie die Tage anrufen und mir von ihr helfen lassen.

»Okay«, sagte ich entschieden.

»Okay?«, fragte Quinn sichtlich verwundert. »Du machst also –«

»Ja, ja«, murmelte ich. »Wie auch immer. Wir haben vorerst einen Deal.«

Skeptisch zog Quinn eine Augenbraue hoch. Er schien etwas sagen zu wollen, dann blitzte Erkenntnis in seinem Gesicht auf. Kurz befürchtete ich, dass er mich durchschaut hätte, aber er nickte nur langsam und bedächtig.

»Dann haben wir also einen Deal?«

»Den wir noch genauer definieren«, fügte ich hinzu.

Quinn hielt mir stumm eine Hand entgegen, die ich widerwillig schüttelte.

»Ich gehe jetzt«, verkündete ich hastig. Als ich mich abwandte, hielt er mich nicht auf, dafür rief er mir jedoch nach: »Darüber sprechen wir noch mal!«

Ich verdrehte die Augen und rannte weiter. »Nicht mal in deinen Träumen, Quinn«, murmelte ich mit rasendem Puls. Ich kam mir ein bisschen vor, als versuche ich den Fängen der Mafia zu entkommen, während ich das Grundstück verließ. Quinn Paxton Gefallen tun? Nach seinem Verhalten heute Abend?

Da würde erst die Hölle zufrieren müssen.

KAPITEL 2

Ich träumte von einer tanzenden Prinzessin, in einem schneeweißen Kleid. Im Hintergrund spielte die Melodie eines Schlaflieds, das ich auswendig konnte. *Du musst mir versprechen auf Felix achtzugeben,* sagte die Prinzessin immer wieder. Bis ich schweißgebadet aufwachte. Ich war im Bett hochgefahren und hatte die Finger so stark in die Decke gekrallt, dass die Knöchel weiß hervortraten. Toll, dass der neue Morgen genauso wunderbar begann, wie der vergangene Abend geendet hatte – gar nicht gut und mit einem miesen Gefühl im Magen. Weil ich vergessen hatte, meine Vorhänge zu schließen, knallte mir die Sonne ins Gesicht. Ich blickte auf den Wecker: fast neun Uhr. Normalerweise hätte ich mich im Bett umgedreht und weitergeschlafen, aber der Traum hatte mich so unruhig werden lassen, dass ich nun hellwach war.

Ich konnte mich nicht genau daran erinnern, wann ich das letzte Mal diesen Traum gehabt hatte. Es war Jahre her, lag so weit in der Vergangenheit, dass ich geglaubt hatte, diesen Bildern nie wieder begegnen zu müssen.

Da hatte ich mich wohl geirrt. *Mom.*

Mit schwerem Herzen und unregelmäßigem Atem sprang ich auf. Ich lief schnurstracks ins Bad, flüchtete unter die Dusche und drehte den Wasserhahn so, dass mich ein eiskalter Strahl erwartete. Erst als ich vor Kälte zu zittern begann, klärte sich die Gedankenwolke in meinem Kopf langsam. Ich kletterte aus der Dusche und wickelte mich in ein Handtuch. Benommen betrachtete ich mich in dem Spiegelschrank über dem Waschbecken. Mein dunkles Haar, das sich sonst wild in alle Richtung wellte, lag platt und nass auf meinen Schulterblättern. Meine Augen schienen gigantisch in meinem hellen Gesicht und unter den dichten Wimpern. Zwei braune Löcher, in denen ich mich selbst verlieren konnte. Ich fuhr mir mit den Fingern über die Wange. An einer Stelle verunstalteten mehrere Kratzer meine Haut. Sie stammten von dem Sturz am Pool. Der Schnitt in meiner Hand war tiefer gewesen und deshalb noch nicht so schnell verheilt wie die leichten Schürfwunden in meinem Gesicht. Bevor ich mich anzog, suchte ich im Spiegelschrank nach einem frischen Pflaster und klebte es über die Wunde, ehe sie wieder anfing zu bluten. Immerhin lebte ich.

Ich hatte mir vergangene Nacht noch unerwartet eine ordentliche Standpauke abholen müssen. Nach der Auseinandersetzung mit Quinn hatte ich dann wirklich wie durch Zufall jemanden aus meinem Chemiekurs auftreiben können, der mich ein Stück mitgenommen hatte. Weil unser Haus abseits der Stadt in der Nähe von Feldern und nahe dem örtlichen Friedhof lag, hatte ich das restliche Stück zu Fuß gehen müssen. Das war besser gewesen, als tatsächlich den ganzen Weg von Quinns Haus latschen zu müssen. Aber leider hatte es in Strömen geregnet und ich war bis auf die Unterwäsche klitschnass geworden.

Zu allem Überfluss kam mir mein Dad beim Aufschließen der Haustür zuvor. Damit hatte ich wirklich nicht gerechnet – es war schließlich mitten in der Nacht. Als er mich durchnässt, dreckig, blutverschmiert und erschöpft, wie ich war, vor der Tür stehen sah, wurde er zornig. Er hatte mich gemustert, sich in seinem besorgten Kopf alles zusammengereimt, was es zu wissen gab, und dann hatte er geschrien. So laut, dass Felix aus seinem Zimmer gekrochen kam und wissen wollte, ob die Apokalypse bevorstand. Denn warum sonst sollte Dad mitten in der Nacht so dermaßen ausrasten? Mein Bruder hatte mich angestarrt und war dann schreiend zurück ins Bett gerannt. »Meine Schwester ist ein Alien!«

Ich konnte es ihm nicht verübeln. Ich hatte sicher wie eines ausgesehen.

»Jessa Aurelia Carrigan!«, hatte mein Dad gesagt. Wäre ich eines der drei kleinen Schweinchen gewesen und er der große böse Wolf, dann wäre mein Haus in einem Orkan aus Flüchen davongetragen worden. Mein Glück war, dass er mir keine wirkliche Strafe aufbrummen konnte, weil der Plan für die Ferien bereits stand und Hausarrest definitiv nicht dazugehörte. Seufzend hatte er mich entlassen und ich war zuerst unter die Dusche und dann ins warme Bett gekrochen. Miranda hatte mir noch eine Nachricht geschickt, nachdem sie zu Hause angekommen war. Meine Antwort war recht kurz ausgefallen, doch ich war einfach zu fertig gewesen, um noch groß etwas zu berichten. Besonders gut geschlafen hatte ich nicht, aber irgendwann war ich weggenickt und der seltsame Traum hatte angefangen. Der mir bekannte Traum, der mich seit dem Tod meiner Mom verfolgte. Ich war zehn gewesen, als sie gestorben war, Felix gerade mal drei Jahre alt. An manche Dinge erinnerte ich mich besonders gut, wie ihr helles Haar, das sie immer wie ein Schleier zu umgeben schien. Für mich war sie eine Prinzessin gewesen und was war ein Königreich ohne seine Prinzessin? Es war verloren.

Ich hatte mir immer wieder anhören müssen, dass es besser wurde, dass man sich irgendwann an den Verlust gewöhnte, aber das tat man nicht. Und zu sehen, dass andere mein Schicksal teilten, machte es auch nicht erträglicher. Es gab immer jemanden, den es schlimmer traf. Sollte das etwa tröstlich sein? Nein!

Ich hörte meinen Dad unten in der Küche herumpoltern. Auch, wenn er mich in der Nacht relativ schnell vom Haken gelassen hatte, wusste ich, dass er mir die Sache noch ewig vorhalten würde. Ich kannte ihn gut genug. Er nutzte solche Fehler meinerseits immer dazu, sie mir bei passenden Gelegenheiten vorzuhalten. Zum Beispiel, wenn ich wieder etwas unternehmen wollte oder mich demnächst weigern würde Babysitter für meinen Bruder zu spielen. Felix fand, dass er mit seinen zehn Jahren inzwischen sowieso zu alt für einen wäre.

Ich wandte den Blick vom Spiegel ab und tätschelte kurz meine Wange. Ja, das würde vermutlich in ein paar Tagen weg sein und meine Hand würde auch bald abheilen. Dann gäbe es keine Nachwehen der Party mehr. Abgesehen von Quinns Gitarre, die völlig im Eimer war. Ich dachte an unseren Deal. Tja, Quinn konnte von mir aus die ganzen Ferien schmoren und sich wundern, wo ich war. Nach einer Mütze Schlaf fand ich sein Verhalten sogar noch arschiger. Was stimmte nur nicht mit dem Kerl? Er veränderte sich immer mehr.

Nicht, dass ich genau wüsste, wovon ich sprach. Aber wenn man dieselbe Schule besuchte, dann entgingen einem bestimmte Details nicht. Keine Ahnung, ob er irgendwann einmal der nette Junge von nebenan gewesen war ... Heute würde jedenfalls niemand dieses Wort verwenden, um Quinn zu beschreiben. Die Leute wurden es also nie leid über mich zu reden? Das war nichts im Vergleich zu den Dingen, die man Quinn andichtete oder im Schulflur weitererzählte. Vielleicht waren es wirklich nicht mehr als Gerüchte, vielleicht war es auch nichts als die Wahrheit. Quinn sollte angeblich mit einem Dutzend Mädchen geschlafen haben, doch kein einziges dieser Mädchen hatte er geküsst – er küsste niemanden. Einfach seltsam.

Hör auf an Quinn zu denken, schalt ich mich selbst.

Nur mit einem Handtuch bekleidet lief ich über den Flur zurück in mein Zimmer, um mir frische Klamotten zu holen und mich anzuziehen.

Als ich kurz darauf am Frühstückstisch saß, konnte Felix nicht den Blick von mir abwenden. Ich kannte diese Miene nur zu gut – pure Neugier. Wahrscheinlich würde er sich nicht so an mich klammern, wenn er Freunde in seinem Alter hätte. Er war notorischer Einzelgänger und pflegte die seltsamsten Hobbys. Zum Beispiel sammelte er anstatt Briefmarken eklige Käfer, zockte Videospiele manchmal zehn Stunden am Stück, bis seine Augen eckig wurden, oder sah nachts um zwei Uhr heimlich Reportagen auf *Discovery Channel*. Das waren noch die harmlosen Sachen. Ständig trug er dieses kleine schwarze Notizbuch bei sich und kritzelte irgendwelche Beobachtungen hinein. Es gab Tage, da sagte er kein Wort, und Nächte, da weinte er sich in den Schlaf, weil er Mom so sehr vermisste. Wir alle taten das, aber für Felix war es am schwersten. Er hatte Mom nie so kennengelernt wie ich und es war schwer einzuschätzen, welche Erinnerungen er an sie und unser Leben überhaupt hatte. Wenn ich bedachte, wie hart mich ihre Abwesenheit immer wieder von neuem traf, obwohl ich inzwischen ein Teenager war, konnte ich mir bestens ausmalen, wie viel schwerer es für Felix sein musste. Als Kleinkind ohne Mutter aufzuwachsen, hatte Spuren bei ihm hinterlassen. Kein Wunder, dass er sich an meine Fersen heftete, wann immer er konnte. Dad arbeitete zu viel und ich war Felix' wichtigste Bezugsperson.

In einem Anflug von Nostalgie fuhr ich ihm sanft durch die Haare. Sie waren blond und golden, genau wie ihre es gewesen waren. Felix sah ihr in vielerlei Hinsicht sehr ähnlich. Dasselbe weiche Gesicht und die offenen Züge, die schmalen Lippen, die ein ansteckendes Lächeln herbeizaubern konnten, und die vielen Grübchen, die ihn auf Anhieb zum Liebling aller Leute machten. Dass er ein Satansbraten sein konnte, vergaßen die meisten da schnell wieder.

Felix löffelte unbeirrt weiter seine Cornflakes und starrte mich an.

»Was ist letzte Nacht passiert, Jessa?«, wollte er wissen, während Dad mich mit Blicken, die Quinn alle Ehre machen würden, versuchte zu erdolchen.

»Ich bin letzte Nacht zu spät nach Hause gekommen und wurde auf dem Rückweg von einem Monster zur Strafe in eine Pfütze geschmissen!«, sagte ich. »Es war furchtbar gruselig, weil es zwei spitze Hörner hatte und eine mörderische Stimme, von der ich eine Gänsehaut bekommen habe. Es hat gesagt: Jessa, du solltest die Regeln deines Dads einhalten! Regeln sind wichtig, du kleine Rebellin. Beim nächsten Mal fresse ich dich.«

»Wirklich?«, fragte Felix und hörte auf zu kauen.

»Wirklich!«, sagte ich.

»Du musst es für mich zeichnen, Jessa. Sofort!«

»Zuerst wird gegessen«, sagte Dad mit grimmiger Miene. »Dann werden die Koffer gepackt. Ich will euch morgen pünktlich bei Tante Claire abliefern.«

»Dad!«, quengelten Felix und ich wie aus einem Mund.

»Kein Gerede über Monster am Frühstückstisch«, meinte Dad.

Ich stocherte in meinen Eiern herum und legte die Gabel dann beiseite. »Du kommst wirklich nicht mit?«, vergewisserte ich mich. Dad hatte gesagt, er würde uns bei Tante Claire abliefern und umgehend wieder fahren.

»Du weißt, dass es nicht geht«, sagte er. »Es gibt viel zu tun. Ich kann nicht ohne weiteres die Stadt verlassen, aber euch soll gesagt sein, dass Tante Claire genau über *die Regeln* unterrichtet wurde. Sie weiß auch über gestern Bescheid, Jessa. Ihr werdet euch benehmen und schön brav sein.«

Schön brav sein? Aus welchem Eltern-Vokabular hatte er das denn?

»Ich will, dass du auf Felix achtgibst, Jessa«, fügte Dad hinzu.

Du musst mir versprechen auf Felix achtzugeben.

Ein Kloß bildete sich in meinem Hals. Ich nickte stumm.

»Claire ist für diese Saison ausgebucht. Sie wird alle Hände voll zu tun haben. Sie hat mir erzählt, dass ihre Pension nie besser lief. Daher ist sie ziemlich froh, dass du ihr wieder aushelfen wirst, Jessa. Wenn es gut läuft, zahlt sie dir sogar etwas extra. Mal abgesehen von dem Aushilfs-Job werdet ihr beide sicher eine ganze Menge Spaß zusammen haben. Das blaue Haus wurde renoviert.«

»Das blaue Haus?«, fragte ich, den Mund nun staubtrocken. So nannten wir das kleine Haus, das direkt am Strand lag. Es war das Elternhaus meiner Mom und Tante Claire gewesen. Nach einem Sturm war es leider ziemlich in Mitleidenschaft gezogen worden, so dass es kaum bewohnbar war. Tante Claire hatte immer davon gesprochen, es wieder herrichten zu lassen, wenn die Geschäfte mal besser liefen. Jeder einzelne aus meiner Familie liebte diesen Ort abgöttisch. Als meine Großeltern noch lebten, waren wir jedes zweite Wochenende dort gewesen. Viele meiner glücklichsten Erinnerungen waren an das blaue Haus gebunden. Ich hatte meine halbe Kindheit dort verbracht. Jeden Sommer dorthin zurückkehren zu können, war etwas Besonderes gewesen. Nach dem Sturm hatten wir immer in der Pension meiner Tante Claire gelebt, was trotz der stilvollen und modernen Einrichtung nur halb so schön gewesen war.

Eigentlich hätte ich jetzt in totale Begeisterung ausbrechen müssen, stattdessen kamen mir fast die Tränen. Ich merkte, wie mein Blick glasig wurde, und konzentrierte mich ganz fest auf den Orangensaft, der vor mir stand. Das blaue Haus. Dort waren wir alle das letzte Mal zusammen gewesen, bevor Mom gestorben war. Eine Familie. Vor dem Sturm, der alles vernichtet hatte.

Dad sah mich mit einem erwartungsvollen Lächeln an.

»Das ist wunderbar«, brachte ich schwach hervor und schluckte meine Sorgen und Ängste herunter. Danach fühlte es sich an, als würde mir der Klumpen Gefühle schwer im Magen liegen, und ich verlor endgültig den Appetit.

»Ich wusste, du würdest dich freuen«, sagte Dad gut gelaunt.

In diesem Augenblick wünschte ich mir sehnlichst, genau das zu können.

KAPITEL 3

»Verdammt, ich sagte, wir brauchen Eis! Jessa, kannst du bitte welches holen gehen? Anscheinend ist auf sonst niemanden Verlass«, rief Tante Claire merklich gestresst. Sie hetzte in der Küche hin und her und überwachte mit Adleraugen das Treiben ihrer Mitarbeiter. Ihre Miene war hart und unnachgiebig.

»Eis für die Getränke, kommt sofort«, murmelte ich kleinlaut und hetzte durch den Hinterausgang der Küche in den Hof. Das ging deutlich schneller, als durch den Flur und das Erdgeschoss zu laufen, um nach draußen zu gelangen. Normalerweise wurde Eis in der Kühlkammer aufbewahrt, die direkt an die Küche angrenzte, aber der Vorrat darin war schon eine Stunde zuvor erschöpft gewesen. Es war Rushhour – im wahrsten Sinne des Wortes. Kurz nach dem Abendessen öffnete stets die Bar der Pension und der heutige Ansturm war gigantisch. Damit hatte niemand gerechnet, am allerwenigsten Tante Claire. Auf eine solche Belagerung war sie nicht vorbereitet. Anscheinend war innerorts eine beliebte Gaststätte geschlossen worden und jetzt zog es die Leute für ein Feierabend-Bier oder Cocktails in die Pension. Neben den Getränken gab es auch kleine Snacks oder Suppen für Nachzügler, die noch etwas zu sich nehmen wollten, weshalb das Küchenpersonal noch immer auf Hochtouren arbeitete.

Ich ging zur Vorderseite des Gebäudes, wo eine Maschine stand, in der beutelweise *Crushed Ice* lag, an der sich die Pensionsgäste bei Bedarf bedienen konnten. *So viel zum Thema Spaß haben, Dad,* dachte ich. Bisher hatte ich nicht einmal die Gelegenheit gehabt meinen Koffer auszupacken. Nicht, dass ich das wirklich gewollt hätte. Tante Claire hatte mir Moms altes Zimmer gegeben.

Es war das erste Mal seit Moms Tod, dass ich es gesehen hatte, und dort zu wohnen, es in Besitz zu nehmen, fühlte sich irgendwie falsch an. Während Felix nun zusammen mit Tante Claires Nachbarin irgendetwas Lustiges tat, half ich wie versprochen in der Pension aus. Im Grunde war der Job leicht. Es fielen immer nur Kleinigkeiten an, die es zu erledigen gab, aber am Abend wurde die Atmosphäre jedes Mal geschäftiger. Und dann hatten zwei der Angestellten auch noch kurzfristig gekündigt. Meine Tante war schon immer eine Perfektionistin gewesen und nichts und niemand konnte sie davon abhalten, sich auch in alles einzumischen, von dem sie nichts verstand. Allmählich fiel es mir auf die Nerven, sie alle fünf Minuten daran erinnern zu müssen, dass in der Ruhe die Kraft lag und nicht in hysterischem Chaos. Wenn sie den Rest der Ferien weiter so die Wände hochging, dann wäre ich vielleicht doch lieber Quinns persönliche Sklavin geworden. Das stellte ich mir etwas spannender vor.

Heute Mittag hatte Tante Claire mit einer Agentur für Zeitarbeiter telefoniert, die ihr versichert hatte, dass spätestens kommenden Nachmittag zwei Leute bei uns aufkreuzen würden, um vorübergehend auszuhelfen. Der nächste Abend würde dann um einiges entspannter sein.

Ich packte mehrere Beutel Eis – der Schnitt in meiner Hand war, wie durch ein Wunder, inzwischen fast vollständig verheilt – und watschelte schwerfällig zurück.

»Du bist ein Schatz«, sagte Tante Claire mit einem dankbaren Lächeln. »Stell es da vorne hin. Kannst du jetzt vielleicht die Rezeption übernehmen, bis Charlotte kommt? Ihr Sohn hat Fieber, deshalb verspätet sie sich. Ich verspreche dir, gegen elf Uhr bist du hier raus, Jessa. Da steigt auch dieses Fest am Strand. Fin nimmt dich bestimmt mit und stellt dich ein paar Leuten vor, nicht wahr?«

Fin, der sie nicht im Mindesten gehört hatte, ermordete gerade im Eiltempo mehrere Karotten. Er war drei Jahre älter als ich und noch am College. Ich kannte viele Mitarbeiter, die seit Jahren für Tante Claire tätig waren, ziemlich gut. Charlotte, die an der Rezeption aushalf und immer ein Lächeln für die Leute parat hatte. Oder Sonja, die es in den Ferien immer wieder zu uns zog und die mir einmal gesagt hatte, wie sehr sie das Team mochte. Hier arbeiteten so viele unterschiedliche Menschen, dass es niemals langweilig wurde. Fin war einer von denen, die ich häufiger zu Gesicht bekam. Er war in Ordnung, aber er hatte sicher keine Lust mich mit an den Strand zu schleppen, besonders, da er sich nach seiner Schicht sicherlich mit seiner Freundin

Isabelle treffen würde. Es war schon immer so gewesen, dass Fin jede freie Minute mit ihr verbrachte und sich deshalb etwas antisozial benahm. Aber so hatte ich ihn schon kennengelernt.

»Fin!«, brüllte Tante Claire ihn an und warf eine Tomate nach ihm.

»Geht klar«, erwiderte er gelassen. »Ich nehme Jessa später mit.« Er schenkte mir ein vielsagendes Lächeln. »Ich garantiere aber für nichts!«

»Du garantierst für alles«, schimpfte Tante Claire. »Du bist ein anständiger junger Mann und hast sicher anständige junge Freunde, nicht wahr, Fin?«

»Sicher, Ma'am«, murmelte er sichtlich belustigt. »Wir seh'n uns, Jessa.«

Kopfschüttelnd verließ ich die Küche und steuerte den Eingangsbereich an. Um diese Zeit war es eher ungewöhnlich, dass Leute eincheckten. Gäste, die sich jetzt in diesem Bereich blickenließen, hatten meistens Fragen zur Umgebung oder zu den Sehenswürdigkeiten. Gegen kurz nach zehn wurde es ruhiger. Nach einem Anflug von Langeweile leistete mir irgendwann mein Zeichenblock Gesellschaft. Meine Finger fertigten eine Skizze vom blauen Haus an. Tante Claires Freunde hatten Wunder vollbracht und es in seinen Ursprungszustand zurückversetzt. Die hölzerne Fassade war wieder in einem kräftigen Ton gestrichen worden, die Schindeln des roten Dachs erneuert. Eine Veranda ging nun um das ganze Haus herum, so dass man nicht im Sand versank, sobald man es verlassen wollte. Hohe Erkerfenster waren in neue Rahmen und Glas gekleidet worden und wirkten nicht mehr wie trübe Augen einer zerfallenen Ruine. Im Inneren waren die Möbel größtenteils erhalten geblieben. Den heftigsten Schaden hatten die oberen Stockwerke genommen. Moms Zimmer war als eines der wenigen verschont geblieben. Doch von den unzähligen Mängeln war dem blauen Haus nun nichts mehr anzusehen.

Bei Felix' und meiner Ankunft hatte es mir die Sprache verschlagen. Es roch sogar nach Vergangenheit. Nach frischen Plätzchen, salziger Meeresluft und dem Lavendelparfüm, das Mom und ihre Schwester sich immer geteilt hatten.

Es war fast unheimlich. Bei einem Streifgang durch die Flure hatte ich die Stelle gefunden, an der Grandma vermerkt hatte, wer von uns schneller gewachsen war, und auch die Wand voller Fotos betrachtet, an der von jedem Sommer ein Schnappschuss hing. Dinge, die unberührt geblieben waren.

Ich hielt beim Zeichnen inne. In einem Anflug von Wut riss ich das Blatt vom Block, knüllte es zusammen und schmiss es durch den Raum. Aus dem Augenwinkel bemerkte ich, dass es prompt jemanden am Kopf traf. Ich sah auf. Der Bleistift glitt mir aus der Hand. Mein Unterkiefer klappte mir herunter. Ich war in irgendeinem bizarren Traum gefangen.

Vor mir stand Quinn Paxton in voller Montur. Lederjacke, dunkles Shirt und Hose, über die Schulter eine Reisetasche geworfen. Das wilde Haar unter einer Mütze verborgen, die Augen aufmerksam auf mich gerichtet.

Er trat an den Tresen heran und legte seinen Ausweis darauf.

»Ich hab reserviert«, sagte er in einem Ton, der nicht annähernd vermuten ließ, dass wir uns kannten. Beziehungsweise schon einmal begegnet waren. Distanziert und arrogant. Einfach unfreundlich. »Ich fange hier an.«

»Du verarschst mich doch, oder?«, fragte ich schockiert.

»Gefällt dir dieser Zufall etwa nicht?«, erwiderte er sichtlich amüsiert. »Ich finde, das trifft sich ganz gut, wo du mir doch etwas schuldig bist. Dann sehen wir uns jetzt jeden Tag, schätze ich. Was ist mit meinem Zimmer, Servicemädchen?«

»Sicher«, murmelte ich grantig und begann im Computer den Eintrag zu suchen. O Gott, er war doch nicht extra hergekommen, um seine Gefallen einzufordern, oder? Hatte er etwa meine *Facebook*-Seite gestalkt und herausgefunden, dass ich die Ferien woanders verbrachte, um dann einem verrückten Impuls zu folgen, der ihn hierher gebracht hatte? Okay, tief durchatmen, Jessa! Quinn hatte gesagt, er würde hier anfangen. Tante Claire war zwar momentan verzweifelt, aber sie würde nicht jedem dahergelaufenen Trottel mal eben so einen Job in der Pension geben. Und keine Agentur der Welt hätte Quinn als Aushilfe so schnell herschicken könne. Das alles musste schon seit einer Weile feststehen. Trotzdem – dann hätte er doch niemals Gefallen von mir verlangt, wenn er selber weg war! War die Sache mit der Gitarre vielleicht doch inszeniert gewesen, damit er mich schön verarschen konnte? Okay. Jetzt ging die Fantasie mit mir durch! Das war doch schließlich keine

Illuminati-Verschwörungstheorie! Mein Puls beschleunigte sich trotzdem. Wieso verunsicherte mich dieser Kerl nur so dermaßen? Das war doch abnormal!

Ich konzentrierte mich wieder auf den Computer. Nachdem ich die Bestätigung gefunden hatte, drehte ich mich zum Schlüsselbrett an der Wand hinter mir und nahm die Nummer fünfzehn herunter. Ich hielt Quinn den Schlüssel entgegen und starrte ihn erwartungsvoll an. Das war die Gelegenheit ihm auf den Zahn zu fühlen, aber mein Stolz hielt mich dann doch zurück.

»Bitte! Hier der Schlüssel für dein *Doppel*zimmer – und einen schönen Aufenthalt noch.«

Er griff nach dem Schlüssel, schloss dabei aber die Finger um meine Hand. Die Geste war mehr als unnötig und verwirrte mich. Langsam zog er die Finger wieder zurück und hinterließ dabei ein Kribbeln auf meiner Haut.

»Bis dann, Jessa«, sagte er und verließ die Rezeption.

Ich rieb mir die Handfläche an der Hose ab, weil sie plötzlich ganz schwitzig geworden war. Quinn wollte irgendetwas von mir. Das waren einfach zu viele Zufälle, um mir einreden zu können, dass ich mir diese seltsamen Andeutungen einbildete. Oder war das etwa Quinns Art zu flirten? Dann war sie aber unterirdisch schlecht. So oder so – ich steckte wohl in größeren Schwierigkeiten als angenommen. Nervös trat ich von einem Fuß auf den anderen und dachte nach. Quinn war hier. Quinn Paxton war hier. Schnell zog ich mein Handy aus der Hosentasche und schickte Miranda eine SMS. Wofür hatte man schon eine beste Freundin? Wenn ich weiter nachdachte, würde mir noch der Kopf platzen.

Du wirst nicht glauben, wen ich hier getroffen habe, schrieb ich. Die Antwort kam Sekunden später: *Übertrifft es Kellen Thomas? Der sitzt mir nämlich gerade gegenüber und hört nicht mehr auf über dich zu reden. Ätzend!*

Verwundert hob ich eine Augenbraue. Ich wählte Mirandas Nummer.

»Kannst du Gedanken lesen?«, flüsterte sie. »Ach, es ist wichtig? Entschuldigt mich bitte, aber hier gibt es einen Notfall«, sagte Miranda mit etwas lauterer Stimme. Ich hörte schnelle Schritte, dann das Geräusch eines kommenden Aufzugs, erneut Schritte und anschließend ein lautes, ausgiebiges Seufzen.

»Du hast mich gerade aus der Hölle gerettet!«, sagte sie.

»Ist es so schlimm?«, fragte ich, obwohl ich die Antwort kannte.

»Der Flug war in Ordnung, aber seitdem wir gelandet sind, muss ich mit ansehen, wie Carly mit allem flirtet, was nicht bei drei auf einem Baum hockt, und als wir eben ins Restaurant des Hotels gegangen sind, saß er da. Zuerst habe ich ihn gar nicht erkannt, Jessa! Dann hat er den Mund geöffnet.« Sie äffte eine tiefe, dümmliche Stimme nach, die verdächtig nach Kellen klang. »Du bist doch Jessa Carrigans Freundin, oder? Kannst mir nicht zufällig ihre Nummer geben? Wir haben da was zu besprechen. Da ist mir klar geworden, dass er der Kerl ist, mit dem du im Wandschrank verschwunden bist, ehe ich damals auf der Party aufs Klo musste. Himmel, Kellen ist so penetrant und nervig!«

»Du hast ihm doch nicht meine Nummer gegeben, oder?«

»Natürlich nicht, aber lange halte ich ihn nicht mehr aus.«

Ich erzählte ihr kurz, was auf der Party vorgefallen war, nachdem ihre Schwester sie davon geschleift hatte. Miranda unterbrach mich alle zwei Sekunden, weshalb sich das Ganze tierisch in die Länge zog.

»Gott, Jessa, was machst du immer für Sachen?«, fragte sie und wirkte fast hysterisch. Ich ignorierte diese Aussage gänzlich. »Jedenfalls ist Quinn hier«, meinte ich nur.

»Geh ihm einfach aus dem Weg«, riet sie mir.

»Wie denn, wenn er wirklich hier arbeitet?«

»Ich hatte bisher keine Chance, dir das zu sagen, aber er hat sich total seltsam benommen, als wir kurz allein waren. Er hat die ganze Zeit irgendein Zeug gefaselt, das ich nicht verstanden habe. Klang irgendwie pseudo-poetisch. Er wollte mich nicht küssen, aber hat anscheinend erwartet, dass ich sofort mit ihm in die Kiste springe. Er hat da so eine Liste, Jessa!«

Nicht küssen, mh? So viel zum Thema Gerüchte!

»Hattest du das denn nicht vor?«, fragte ich erstaunt.

»Natürlich nicht«, lachte Miranda. »Wir wissen doch beide, was man so über ihn sagt. Außerdem mochtest du ihn früher doch mal, oder? Da gibt es schließlich diesen Mädchen-Codex. Aber im Ernst, der Kerl hat doch einen Dachschaden. Hast du den Satz mit der Liste überhört?«

»Was für eine Liste?«, wollte ich wissen. Sekunde – Miranda wusste von meiner Schwäche für Quinn? War ich echt so leicht durchschaubar, oder was?

»Total krank. Er hat eine Liste voller Namen und hinter jeden hat er ein einziges Wort geschrieben. Er hat mir gesagt, das ist so ein Tick von ihm, und gefragt, was er meiner Meinung nach hinter meinen Namen schreiben sollte.«

»Das denkst du dir doch gerade aus!«, meinte ich.

»Willst du wissen, was er zu deinem geschrieben hat?«

»Mein Name stand auf seiner Sex-Liste?«, fragte ich. Ich musste mich setzen. »Bitte, sag mir, dass das ein Scherz ist. Wir kennen uns doch gar nicht!«

»Das weiß ich doch, Jessa. Quinn Paxton ist einfach unheimlich.«

»Wieso sollte er dir so eine Liste überhaupt zeigen?«

»Er hat das nicht mit Absicht getan. Sie ist ihm aus der Tasche gefallen. Du weißt doch, wie neugierig ich bin. Danach hab ich ihn beschimpft und bin gegangen. Vielleicht war es ja doch eine glückliche Fügung des Schicksals, in Carly zu rennen.«

»Was stand hinter meinem Namen?«, fragte ich jetzt.

»Das konnte ich nicht genau erkennen«, antwortete Miranda mit bedauerndem Unterton. »Vielleicht war es auch gar nicht dein Name, sondern irgendeine Jessica oder Jessamin oder sonst irgendjemand. Tut mir leid, Jessa.«

»Uff«, machte ich und massierte mir die linke Schläfe.

»Du sagst es«, meinte Miranda. »Pass auf dich auf, Jessa. Ich muss jetzt wieder zurück, bevor meine Eltern sich noch Schnecken bestellen, weil sie keine Ahnung haben, was *Escargots* sind. Ich werde hier noch wahnsinnig. Ruf mich die Tage an, wenn etwas Aufregendes passiert. Hab dich lieb!«

Sie legte auf. Die Sache mit der Liste ging mir eine Weile nicht mehr aus dem Kopf. Was, wenn mein Name dort draufstand? Miranda hatte zunächst ziemlich überzeugt geklungen. Vielleicht hatte sie gelogen und so getan, als sei sie sich nicht sicher, um mich zu schützen? Anderseits waren wir Freundinnen und immer ehrlich zueinander. Und was war mit ihrem Namen? Hatte Quinn sich etwas dazu notiert? Zu viele Fragen für einen Tag.

Langsam kam ich hinter dem Tresen hervor und suchte meine weggeworfene Zeichnung. Die gehörte in den Mülleimer. Das Papier war aber verschwunden. Seltsam. Eine Weile kroch ich am Boden herum, um danach zu suchen. Genau so fand mich Fin, als er kam, um mich mitzunehmen.

»Charlotte ist jetzt da, wir können gehen«, sagte er. »Was tust du da unten Jessa? Nicht, dass die Aussicht auf dein Hinterteil nicht irgendwie anziehend wäre, aber es sieht gleichzeitig ziemlich merkwürdig aus.«

»Gar nichts!«, sagte ich. »War das gerade ein Kompliment für meinen Po?«

Fin hatte seine Arbeitskleidung abgelegt und trug mit den Shorts und dem dünnen Hemd ein Surferoutfit, das für diese Gegend typisch war. Sein blondes Haar stand in alle Richtungen ab. Er sah müde aus.

»Ich mag deinen Po«, sagte er und verpasste mir spielerisch einen Klaps.

»Lass das bloß nicht Isabelle hören«, entgegnete ich streng.

Fin streckte sich und rieb sich dann sichtlich verlegen den Nacken.

»Nein!«, entfuhr es mir. »Im Ernst?«

»Wir haben uns vor ein paar Monaten getrennt.«

»Aber ihr wart –«, begann ich und rechnete nach. »Vier Jahre zusammen.«

So hatte ich Fin kennengelernt. Ohne Isabelle war er nie anzutreffen gewesen. Der Junge war unheimlich verknallt in sie gewesen. Der Arme.

»Andere Töchter haben auch schöne Hintern«, sagte er grinsend.

»Der Spruch geht aber anders«, erwiderte ich stirnrunzelnd.

Fin legte mir einen Arm um die Schulter. »Es ist schön dich mal wiederzusehen. Wollen wir?«

»Du schleppst mich nicht wirklich noch zu dieser Party, oder?«

Von Partys hatte ich ehrlich gesagt erst mal genug.

»Willst du lieber mit mir allein sein?«, fragte er mit tiefer Stimme. »Ich wusste es doch! Kaum wirst du älter, verliebst du dich unsterblich in mich.«

Daraufhin mussten wir beide lachen. Fin schob mich durch die Tür.

»Das wird sicher lustig. Es gibt sogar ein kleines Feuerwerk.«

***

Es stellte sich als nicht ganz so übel heraus, wie ich geglaubt hatte. Die Party war mehr ein Zusammenkommen einiger Leute, die hier lebten oder Ferien machten. Es gab ein großes Feuer, über dem Marshmallows gegrillt wurden, und die Gespräche zogen Kreise von interessanten Erfahrungen mit Job und College bis hin zum neusten Tratsch und Klatsch aus Cape Beach Grove. Einige der Leute erkannte ich wieder, aber die meisten waren sogar Fin fremd – und der war so etwas wie ein Einheimischer, der sein halbes Leben hier verbracht hatte.

Je später es wurde, umso mehr Leute lösten sich von der Gruppe. Nachdem das Feuerwerk gestiegen war – weniger Spektakel als erwartet –, wurde es ziemlich ruhig. Aus dem Radio ertönte ein leiser Song, den ich nicht kannte. Fin war neben mir im Sand eingeschlafen und sabberte seine Tasche voll, die er als Kopfkissen benutzte. Ich befand mich in Gesellschaft seiner Cousine Kendra und einiger ihrer Freundinnen. Sie waren ganz erträglich. Miranda hätte sich besser mit ihnen verstanden als ich. Mein Blick schweifte zu den Klippen hinüber, die am Ende der Dünen lagen. Im Mondlicht nahmen sie ganz andere Konturen an. Zusammen mit den Wellen, die gegen das Gestein peitschten, war der Anblick irgendwie wild und magisch. Ich tat, was ich immer in solchen Situationen tat: holte Stift und Zeichenblock aus meiner Tasche und fertigte eine Skizze an. Im Dämmerlicht des Lagerfeuers war das zwar etwas schwerer als sonst, aber ich störte mich nicht daran. Als Künstler konnte man eben nichts gegen den Drang ausrichten, sich kreativ betätigen zu wollen. Vielleicht machte mich das Zeichnen bei schlechter Beleuchtung irgendwann blind, aber noch konnte ich genug sehen. Deshalb ließ ich es mir nicht zu nehmen, zu zeichnen, wann immer ich wollte. Ich winkelte die Knie an, um sie als Unterlage benutzen zu können. Innerhalb weniger Sekunden versank ich ganz in meinem Schaffen. Bis ich beim erneuten Aufblicken bemerkte, dass sich etwas an dem Gesamtbild verändert hatte. Eine Schattengestalt stand am Rand der Klippen.

»Scheiße, ich glaube, da will jemand springen!«, sagte ich laut.

Kendra lachte heiser. »Keine Sorge, das ist nicht gefährlich. Die ganzen Surfertypen machen das fast täglich, um einen neuen Kick zu bekommen.«

Trotz ihrer Worte war ich aufgestanden. Ich klemmte mir den Block unter den Arm und stapfte durch den Sand. »Bleib hier, Jessie!«

»Ich will nur nachsehen«, sagte ich. »Mein Name ist übrigens Jessa.«

Ich warf Kendra einen vielsagenden Blick zu und lief dann weiter den Strand entlang. Noch während ich mich dem Szenario näherte, sprang der Kerl tatsächlich mitten ins Meer. Ich erreichte die Felsvorsprünge Minuten später, aber der Typ schien immer noch nicht aufgetaucht zu sein. Ob ich Hilfe holen sollte?

»Hab dir wohl einen ganz schönen Schrecken eingejagt, was?«

Abrupt fuhr ich herum. Der Springer war offensichtlich schneller gewesen als gedacht und noch vor meiner Ankunft aus dem Wasser gestiegen. Nasse Tropfen glänzten auf seiner wohlgeformten Brust, die im Dämmerlicht, mit all den beeindruckenden Muskelpartien, unwirklich aussah. Seine Stimme kam mir sofort bekannt vor, aber ich konnte sein Gesicht nicht zuordnen, weil es im Schatten der Klippen verborgen lag.

»Deswegen bin ich nicht hier«, log ich, weil mir das Ganze plötzlich unangenehm war und ich mir reichlich dumm vorkam. »Ich zeichne.« Demonstrativ hielt ich meinen Block hoch. »Ich dachte, ich hätte etwas Interessantes gesehen. Das ist alles. Ich habe mich wohl geirrt.«

Ich verspannte mich, als er näherkam. Hielt kurz den Atem an. Mein Bauchgefühl riet mir in dieser Situation lieber nichts zu riskieren und mich schnell aus dem Staub zu machen – bis ich Quinn erkannte und erleichtert ausatmete. Seine Augen glänzten finster wie zwei schwarze Knöpfe.

»Du solltest dich in meiner Nähe nicht sofort wohlfühlen«, sagte er.

»Wer hat gesagt, dass ich das tue?«, erwiderte ich.

»Kaum siehst du mein Gesicht, wiegst du dich in Sicherheit.«

Er umfasste meine Hand und drückte so fest zu, dass ich den Zeichenblock fallenließ, weil es zu schwer wurde ihn zu halten. Ich zuckte zusammen.

»Du tust mir weh«, sagte ich energisch. »Was soll der Blödsinn?«

»Du bist immer noch ein Mädchen und jemandem wie mir körperlich unterlegen. Hör auf allein umherzuwandern, sonst passiert dir noch was.«

»Ist das etwa eine Drohung?«, fragte ich herausfordernd.

»Nein. Das ist ein Ratschlag«, meinte Quinn in ruhigem Tonfall. »Wenn du mir schon ständig über den Weg laufen musst, dann tagsüber an sicheren Orten.«

»Klingt, als würdest du dir Sorgen machen«, sagte ich. Quinn lockerte seinen Klammergriff und ich schluckte schwer, als er mich mit den Augen fixierte.

»Vielleicht tue ich das«, antwortete er. Ein Teil von mir fand die Vorstellung, dass er die Worte ernst meinte, irgendwie ... nett. Erneut musste ich schwer schlucken.

»Bist du wegen mir hergekommen?«, fragte ich zaghaft. »Wegen deiner blöden Gitarre und deinen dummen Gefallen, die du einfordern willst?«

Quinn lachte lauthals. »Wie kommst du denn da drauf?«

Ich ließ mich nicht beirren und bohrte weiter nach.

»Was steht auf deiner Liste über mich?«

Er legte den Kopf schief und kniff die Augen zusammen.

»Ah«, nuschelte er. »Deine Freundin hat es dir verraten.«

Hilfe! Miranda hatte sich also nicht geirrt.

»Wieso stehe ich auf so einer dämlichen Liste?«

»Das geht dich nichts an.«

»Wenn mein Name draufsteht, dann schon!«, beharrte ich.

»Was gibst du mir, wenn ich es dir verrate?«

Quinn wirkte immer amüsierter.

»Du kannst es auf meine Schuldenliste schreiben«, sagte ich schnippisch.

»Allmählich wird das aber eine lange Liste«, erwiderte er erheitert. »Was willst du dagegen tun, Jessa? Nicht besonders angenehm, wenn man jemandem etwas schuldig ist. Du solltest das schleunigst abarbeiten. Wie wäre es mit morgen?«

»Was ist mit morgen?«

»Wir treffen uns in der Mall und du tust etwas für mich. Du kannst schließlich nicht ewig vor mir davonlaufen, jetzt, da ich hier bin. Oder bist du etwa ein Mensch, der seine Schuld ignoriert, statt sie zu begleichen?«

»Du bist echt unmöglich. Was willst du eigentlich von mir?«, fragte ich angriffslustig. »Denn wenn hier schon jemand irgendwem zufällig über den Weg rennt, dann du mir. Dieser Ort hier ist meine Zufluchtsstätte, nicht deine!«

Quinn schüttelte den Kopf. »Das weiß ich noch nicht.«

»Du weißt es nicht?«, fragte ich entgeistert. »Dir ist schon klar, dass wir seit Jahren auf dieselbe *Highschool* gehen und du nie ein Wort mit mir gewechselt hast? Ist das irgendeine verquere Art eine Freundschaft zu schließen? Weil: Ich komme echt nicht mehr mit, Quinn.«

»Vielleicht hast *du* nur nie ein Wort mit mir gewechselt«, stellte er fest. »Es ist immer Betrachtungssache. Also ... soll ich dich zurückbringen?«

»Zurück?«, echote ich perplex. Der Themenwechsel irritierte mich.

»Zu deinen Freunden. Die Strandparty.«

»Hast du mich beobachtet?«, fragte ich unsicher.

»Es gibt Interessanteres als dich«, meinte er achselzuckend. Quinn streifte sich das nasse Haar zurück und plötzlich wurde mir peinlich bewusst, dass er halb nackt vor mir stand. Rasch wandte ich mich ab und machte kehrt.

»Ich finde den Weg alleine, danke«, murrte ich. Erst als ich fast zu weit entfernt war, um die Worte zu hören, sprach er sie aus. Ganz, ganz leise.

»Hinter deinem Namen steht ein Fragezeichen.«

Sanfte Worte. Wie ein Flüstern im Wind.

KAPITEL 4

Am nächsten Morgen schoss ich förmlich aus dem Bett, weil mein Unterbewusstsein plötzlich auf die Idee gekommen war, mich an etwas zu erinnern. Ich hatte meinen Zeichenblock liegenlassen! *O mein Gott!* Ich hatte ihn völlig vergessen, nachdem Quinn mich überrumpelt hatte. Ohne mich umzuziehen oder vorher ins Bad zu gehen, stürmte ich die Treppe hinunter und wollte zur Haustür hinaus.

»Jessa, wo willst du denn hin?«, fragte Tante Claire sichtlich perplex. Sie kam gerade aus der Küche, als ich durch den Flur sauste. Die Antwort blieb ich ihr in meiner Eile schuldig. Ich hielt nicht mal an, um ihr einen guten Morgen zu wünschen, sondern rannte aus dem Haus.

Eine halbe Stunde später war ich die Stelle bei den Felsvorsprüngen mehrmals abgelaufen. Quinn musste den Zeichenblock mitgenommen haben. Und wenn nicht? Dann waren all die vielen Zeichnungen verloren. Für immer verloren! Ich grübelte auf dem Rückweg darüber nach, was für Skizzen auf dem Block waren. Aber ich kam schnell zu dem Entschluss, es besser doch nicht so genau wissen zu wollen.

Zurück im blauen Haus beschloss ich erst mal zu frühstücken. Felix saß allein am Küchentisch.

»Was machst du da?«, fragte ich verwundert.

»Ich zähle meine *Froot Loops*, bevor ich sie esse.«

»Spannend. Wo ist Tante Claire hin?«

»Ins Badezimmer. Sie muss gleich zur Arbeit«, antwortete Felix. »Sie hat gesagt, heute würdest du etwas mit mir machen, Jessa. Was machen wir heute?«

»Ich muss mich in der Mall mit jemandem treffen.«

Und diesem jemand meinen Skizzenblock abnehmen, weil ich sonst durchdrehe, fügte ich in Gedanken hinzu. Schon war das Frühstück wieder vergessen, weil Quinn meine Gedanken beherrschte. Felix flüsterte leise Zahlen vor sich her. Erst als er bei dreiunddreißig angekommen war, blickte er wieder auf und sah mich erwartungsvoll an.

»Nimmst du mich mit?«

Ich dachte darüber nach, als ich mich zu meinem Bruder an den Küchentisch setzte. Ich musste heute nicht in der Pension aushelfen und wenn ich Felix mitnähme, könnte er vielleicht mein Anstands-Puffer sein. Quinn würde mich bestimmt nicht zwingen irgendetwas Illegales oder Dummes vor meinem kleinen Bruder zu tun. Außerdem war Felix die perfekte Ausrede, um schnell wieder verschwinden zu können. Eigentlich eine ziemlich geniale Sache.

»Natürlich«, sagte ich. »Ich erledige etwas und dann haben wir eine Menge Spaß zusammen. Dort gibt es Videospiele, Eiscreme und vieles mehr.«

Felix sah mich mit großen Augen an. Es schien, als wolle er etwas sagen, aber dann beugte er sich wieder über die inzwischen pampigen Cornflakes. Ein paar Minuten später klingelte das Telefon. Ich ging in den Flur und nahm den Hörer von der Wand. Es war eines dieser alten Telefone, die aussahen wie ein kleiner eckiger Kasten und im Gegensatz zu den modernen Geräten nicht kabellos waren. Wenn es nach mir ginge, könnte Tante Claire sich ruhig mal ein neues zulegen.

»Hallo? Bei Carrigan.«

»Jessa.«

Vor Schreck ließ ich den Hörer fallen. Ein Glück, dass er an einer Schnur hing und nun über dem Boden baumelte. Hastig presste ich ihn mir wieder ans Ohr.

»Woher hast du diese Nummer?«

»Deine Tante hat sie mir für Notfälle gegeben. Wir haben gestern keine genaue Uhrzeit ausgemacht. Ich arbeite heute nur bis zwölf, danach treffen wir uns vor dem Haupteingang der Mall. Komm nicht zu spät. Ich hasse Warten.«

»Wer hat gesagt, dass ich komme?«

»Oh, du wirst kommen«, antwortete Quinn.

»Jawohl, Sir«, sagte ich spöttisch. Ich hörte Quinn seufzen. Gespannt lauschte ich seinem ruhigen Atem in Erwartung einer Erwiderung, aber er legte nach ein paar Sekunden ohne Abschiedsworte auf. Noch bevor ich hatte fragen können: *Hast du Trottel meinen Zeichenblock gestohlen?*

Ich hängte den Hörer wieder auf und verschränkte die Arme vor der Brust. Wegen meiner Suche am Strand hatte ich eine Menge Zeit vertrödelt, es war schon fast zehn Uhr. Um zwölf also. Meine Neugier frustrierte mich jetzt schon.

»Jessa!«, brüllte Felix wie am Spieß. »Jessa!«

Hastig rannte ich in die Küche. Felix standen Tränen in den Augen. Er sprang vom Stuhl und kam auf mich zu. Ich ging in die Hocke, um ihn in den Arm zu nehmen. »Was ist los, Felix?«, fragte ich vorsichtig. Mein Bruder drückte sein Gesicht gegen meine Brust und sagte kein Wort mehr. Sanft strich ich ihm übers Haar, bis er sich wieder beruhigt hatte. »Hat dir irgendetwas Angst gemacht?«

»Ich dachte kurz ...«, murmelte er. Mehr konnte ich ihm nicht entlocken. Mir wurde das Herz ganz schwer, als ich meinen Bruder betrachtete. Solche Panikattacken waren nichts Ungewöhnliches bei ihm. Sie hatten ein paar Jahre nach Moms Tod begonnen und deshalb hatte er hin und wieder aus heiterem Himmel solche Momente, in denen er völlig außer sich war. Eine Weile hatte Felix deshalb regelmäßig einen Arzt aufgesucht, aber als es so aussah, als bekäme man die Anfälle in den Griff, hatte man seine Tabletten und regelmäßigen Besuche abgesetzt. Dad und ich hatten gelernt, damit umzugehen, und hielten noch immer monatlich Rücksprache mit Felix' Hausarzt. Wir waren beide der Meinung, dass man ein Kind nur im äußersten Notfall mit Medikamenten belasten sollte. Meistens reichte es aus, wenn man Felix etwas Zuneigung schenkte und ihm zeigte, dass er nicht allein war. Ich musste eben ein besonderes Augenmerk auf meinen Bruder legen.

Manchmal war in solch einem Fall Ablenkung das Beste.

»Sag bloß, du hast keine Lust mehr auf Videospiele und Eiscreme?« Ich begann ihn unter den Rippen zu kitzeln. »Muss ich etwa alleine fahren?«

»Nein!«, rief er, wieder ganz der Alte. Ich nahm ihn in den Arm und drückte meinen Bruder kurz an mich.

»Ich gehe schnell duschen und ziehe mich an, okay? Wenn ich fertig bin schauen wir mal, ob unsere Räder noch in der Garage stehen.«

***

Es hatte dann doch etwas länger gedauert, bis Felix und ich starten konnten. Eines der Räder hatte einen Platten gehabt und der musste erst einmal geflickt werden. Als wir aufbrachen, war es schon halb zwölf, aber zur Mall würden wir es trotzdem rechtzeitig schaffen. Während wir in die Pedale traten, betrachtete ich die Umgebung. Es hatte sich nicht viel verändert, seitdem ich das letzte Mal hier gewesen war.

Das verschlafene Küstenstädtchen verkörperte alles, was man sich von einem Ferienort erhoffte. Teilweise gab es keine richtigen Straßen, da viele der Häuser mitten im Grünen oder direkt am Meer lagen. Cape Beach Grove hatte, was dies betraf, einen besonderen Charme. Architektonisch wirkten die Wohnbauten teilweise, als wären sie direkt einem Märchen entstiegen. Hier standen Häuser, wie sie in Großstädten nicht zu finden waren. Verspielte Details und knallige Farben ließen so manche von ihnen aussehen, als wären sie einer anderen Zeit entsprungen. Wenige der Grundstücke waren etwas weitläufiger und vereinzelt angelegt. Das blaue Haus zählte dazu. Es lag ein gutes Stück von den Touristen-Gegenden entfernt, wo sich viele Supermärkte und Geschäfte befanden, sowie die Pension von Tante Claire. Die Mall war sehr zentral gebaut worden und von der Hauptstraße, die durch die Stadt führte, leicht zu erreichen. Im Vergleich zu großen Einkaufszentren war sie relativ klein. Auf diesen zwei Etagen befanden sich ein Kino, die Spielhalle und andere Orte, an denen man sich amüsieren konnte. Zum Einkaufen zog es die meisten Leute eher in die *Vintage*-Läden, die es schon seit Generationen an diesem Ort gab. Für Urlauber waren sie auch ein viel größeres Highlight als bekannte Markennamen und das wussten die Betreiber der Mall auch. Daher ähnelte das Ganze vielmehr einem Freizeitzentrum, weil ständig so viele Jugendliche hier abhingen. Es war eben einer der Plätze, an denen man weniger nervigen Touristen begegnete als auf den Straßen. Bereits kurz nachdem Felix und ich gestartet waren, hielten uns mehrere Passanten an, um nach dem Weg zu fragen. Das war noch ein kleines Übel. Manche der Fremden hier konnten ziemlich aufdringlich werden.

Ich sorgte dafür, dass unsere Räder gut abgeschlossen waren und nahm Felix bei der Hand. Als wir über den geräumigen Parkplatz liefen, sah ich Quinn schon von weitem. Er lehnte lässig gegen eine Wand und unterhielt sich mit einem blonden Mädchen, das sich als Kendra, Fins Cousine, herausstellte.

»Hallo«, platzte ich in die Unterhaltung hinein. Quinn sah zuerst mich an, dann musterte er Felix eingehend. Kendra blickte nur missbilligend zu mir.

»Ich sagte, du sollst pünktlich kommen«, meinte Quinn.

Hallo! Wir waren vielleicht zwei Minuten zu spät!

»Entschuldigst du uns?«, wandte er sich an Kendra. »Wir haben was zu erledigen.«

»Klar. Und überleg es dir«, säuselte sie. »Meine Einladung steht noch.«

Sie rempelte mich an – mit voller Absicht, das war mir klar – und ich wusste genau, was das sollte. Es war eine Art stumme Warnung: *Lass bloß die Finger von Quinn! Meins!*

Himmel, sollte sie sich doch seinem Harem anschließen und ihn anbeten.

»Wer ist das?«, fragten Quinn und Felix wie aus einem Mund, was irgendwie ganz süß war. Die beiden sahen einander mit großen Augen an.

»Felix«, sagte Felix. »Bist du Jessas Mann?«

Bei dem Ausdruck Mann, brach ich sofort in Gelächter aus. Quinn ignorierte mich, ging in die Knie und hielt meinem Bruder eine Hand hin. »Mein Name ist Quinn«, sagte er in freundlichem Tonfall. Es war das erste Mal, dass in meiner Gegenwart die Bitterkeit aus seiner Stimme verschwand. »Ich bin Jessas Freund«, sagte er dann langsam.

»Seit wann das denn?«, fragte ich irritiert. Felix begutachtete Quinns Hand, als sei sie ein exotisches Tier, machte aber keine Anstalten sie zu ergreifen. Quinn lächelte bloß.

»Ich habe das soeben beschlossen«, sagte er.

»Da gehört aber ein bisschen mehr dazu als ein blöder Entschluss.«

»Was genau, deiner Meinung nach?«, wollte Quinn wissen.

Sein Hang ein normales Gespräch zu führen, verunsicherte mich.

»Du weißt doch gar nichts über mich!«, fuhr ich ihn an.

»Ich weiß, dass du meine Gitarre demoliert hast.« Meiner Kehle entfuhr tatsächlich ein echtes Knurren. Ich litt anscheinend unter quinnscher Tollwut. »Ich weiß, dass du im ersten *Highschool*-Jahr ein Bild von einem Tauchgang gemalt hast, das in die Schülerzeitung gekommen ist. Ich weiß, dass du im Jahr darauf, als wir im gleichen Ethikkurs saßen, gesagt hast, dass man überall glücklich sein kann, wenn man die Tatsachen akzeptiert, die einen beschränken. Ich weiß, dass du letztes Jahr deine Haare abgeschnitten hast und ich mich immer gefragt habe, warum. Ich weiß, dass du nach dem letzten Schultag mit Kellen im Wandschrank gelandet bist.«

Mir klappte der Unterkiefer herunter. Solche unwichtigen Dinge über mich hatte Quinn sich gemerkt? Als ich zu perplex zum Antworten war, übernahm Felix das Reden.

»Was sollte Jessa denn in einem Wandschrank machen?«

»Ich habe gehört, sie hat –«

»Wäsche sortiert, natürlich!«, unterbrach ich Quinn.

»Gehen wir jetzt Videospiele spielen und Eis essen?«

Ich nickte und schob Felix durch die Tür.

»Wer bist du und was hast du mit Paxton gemacht?«, flüsterte ich angespannt, nachdem mein Bruder ein Stückchen vorgelaufen war.

Quinn rümpfte die Nase. »Manchmal habe ich Anflüge von Nostalgie«, sagte er.

»Erstaunlich, dass du dir solche Sachen gemerkt hast.«

Forschend sah ich ihm ins Gesicht. Unglaublich. Ich würde nicht einmal mit ihm reden, wenn Miranda mich nicht auf seine Party geschleift hätte. Wie ein winziger Augenblick so vieles verändern konnte.

»Wieso hast du deinen Bruder mitgebracht?«, fragte er.

»Weil es nicht anders ging«, sagte ich schlicht. »Außerdem ist er die beste Ausrede, um sich auf massenhaft Eiscreme und Videospiele zu stürzen. Ich hoffe, das bringt deine äußerst mysteriösen Pläne nicht durcheinander.«

Gemeinsam besuchten wir die Spielhalle, wo ich einen Zwanzig-Dollar-schein in Kleingeld wechseln ließ und Felix die Hälfte der Münzen gab. Er machte sich sofort an einem Automaten zu schaffen, bei dem man Autorennen fahren konnte. Während er abgelenkt war, nahm ich das Gespräch wieder auf.

»Also, was genau willst du von mir?«, fragte ich. Quinn sah an mir vorbei und beobachtete Felix dabei, wie er sich in jede Kurve legte und dabei jauchzte.

»Du sollst etwas für mich stehlen.«

»Wie bitte? Ich glaube, ich habe mich gerade verhört.«

»Du schuldest mir viele Gefallen und damit kannst du anfangen.«

»Wunderbar«, murmelte ich. »Ganz wunderbar.«

»Dann willst du lieber die Rechnung für meine Gitarre bezahlen? Ich hab gehört deine Familie schwimmt nicht gerade in Geld.«

»Stehlen kann man wohl kaum als Gefallen ansehen und ohnehin bin ich nur hier, weil ich ein bisschen Spaß mit meinem Bruder haben will und mein Skizzenbuch vermisse«, stellte ich klar. »Drohungen, Erpressung und dann noch Diebstahl sind außerdem Dinge, mit denen ich nichts zu tun haben will. Was bist du, ein Mafia-Boss? Soll ich dich jetzt Luigi nennen?«

»Die Mafia hat nichts mit Italien zu tun«, sagte Quinn leichthin. »Die gibt es überall. Na, gut, ich gebe zu, wir hatten vielleicht nicht den idealen Start, aber Tatsache ist nun einmal, dass du mir wirklich etwas schuldest, Jessa. Der Präsident ist auch nicht an die Macht gekommen, weil er so liebenswürdig ist. Ich hätte mir gleich denken können, dass du nicht genug Mut hast.«

»Das hat nichts mit Mut zu tun«, erwiderte ich. »Es ist dumm. Ich bin kein dummer Mensch und deshalb werde ich nichts für dich stehlen. Wieso tust du es nicht selber, wenn du so wahnsinnig von dir überzeugt bist?«

»Ich habe in dem Laden letztes Jahr gearbeitet und Hausverbot.«

»Ach, und hat das vielleicht was mit deiner kriminellen Einstellung zu tun?«

»Wenn du Sex mit der Freundin des Chefs dazu zählst«, sagte er.

»Sch«, machte ich. »Hier sind Kinder. Mein Bruder sitzt da vorne.«

»Dein Bruder weiß nicht einmal, wie man Sex buchstabiert«, lachte Quinn. »Er ist wie alt? Acht? Irgendwann hat er sicher auch Lust Wäsche zu sortieren.«

»Er ist zehn«, verbesserte ich ihn. »Es wird noch ewig dauern, bis er sich überhaupt für Wäsche interessiert, und außerdem, wer sagt denn bitte, dass Sortieren so viel Spaß macht, dass es sich dafür lohnt etwas zu riskieren?«

»Mit mir macht so ziemlich alles Spaß«, sagte Quinn überheblich.

»O mein Gott, Quinn, zerre mich sofort in den nächsten Wandschrank«, sagte ich gespielt ehrfürchtig. »Ich bin überzeugt davon, dass du Recht hast!«

»Das vertagen wir besser«, antwortete er und wirkte dabei viel zu ernst. »Ich hätte dafür gerne etwas mehr Zeit und du hast Recht, hier sind jede Menge Kinder.«

Ich seufzte und ließ die Schultern sinken. *Alter Falter, dieser Kerl …*

»Frag es«, forderte Quinn mich auf.

»Frag was?«, meinte ich.

»Wieso ich mit der Freundin meines Chefs geschlafen habe und gefeuert wurde. Ich sehe es dir an, du kannst dir die Frage kaum verkneifen.«

»Ehrlich gesagt ist das …«, begann ich und machte eine kreisende Bewegung mit dem Zeigefinger vor meinem Gesicht. »… meine Mir-ist-alles-egal-Miene.«

»Ich glaube, die sieht anders aus«, sagte er.

»Glaubst du?«

»Na ja«, meinte er. »Gerade siehst du eher so aus, als würdest du eine Quinn-du-setzt-mir-unverschämte-Tagträume-in-den-Kopf-Miene mimen.«

»F-f-f…« Als mich eine blonde Frau mit einem Kleinkind an der Hand finster von der Seite ansah, schluckte ich das *Fick dich* sofort herunter. »Finde jemand anderen«, entgegnete ich daher lahm.

»Was kostet es dich schon?«, fragte er und sah mich wieder extrem herausfordernd an.

»Ähm, hallo?«, erwiderte ich. »Stehlen ist ein Verbrechen, Quinn. Soll ich dir jetzt wirklich die Konsequenzen auflisten, gesetzlich wie moralisch?«

Quinn verdrehte sichtlich genervt die Augen. Ich stöhnte frustriert.

»Hast du mein Skizzenbuch?«, fragte ich unvermittelt.

»Vielleicht«, antwortete er vage.

»Worum genau geht es, Quinn?«, seufzte ich.

»Das ist ein Test. Es geht um Vertrauen. Ich will eigentlich, dass du am Ende etwas ganz anderes für mich tust, und muss vorher deine Loyalität testen.«

»Das ist ausgemachter Sch-sch-scheibenkleister!«, fluchte ich. Die blonde Frau, die noch immer rechts neben uns stand, starrte wieder zu mir hinüber.

Quinn konnte sich das Lachen nicht verkneifen und hielt sich eine Hand vor den Mund, um es zu ersticken.

»Fein«, meinte ich. »*Irgendetwas* stehlen?«

»Irgendetwas stehlen.«

Ich hätte mich fast durch ein Grinsen verraten, als mir das Gesicht meiner besten Freundin in den Sinn kam und die dazu passende Idee, die mir den Hintern retten und Quinn eins auswischen würde. *Irgendetwas.* Das konnte er gerne haben!

»Ich mache es. Lass es uns schnell hinter uns bringen.«

Skeptisch zog Quinn eine Augenbraue hoch. »Wie jetzt?«

»Du musst auf Felix aufpassen.« Warnend hob ich einen Finger. »Wenn du ihn verlierst oder er sich verletzt oder –«

»Gott, Jessa!«, unterbrach Quinn mich. »Ich kann auf ein achtjähriges Kind aufpassen. Das ist nicht besonders schwer.«

»Er ist zehn«, sagte ich barsch. Ich pfiff durch die Zähne und Felix reagierte sofort, so dass ich ihn heranwinken konnte. Kaum stand er vor mir, sagte ich: »Hör zu, Kumpel, Quinn geht dir jetzt ein Eis kaufen, okay? Ich muss ganz kurz weg. Nur für ein paar Minuten, aber er leistet dir so lange Gesellschaft. Ich bin gleich wieder da, versprochen.«

Felix sah zwischen Quinn und mir hin und her. Dann checkte mein Bruder Quinn erneut ab – wahrscheinlich, um dessen Coolness-Faktor zu prüfen, und nickte langsam. »Von mir aus«, sagte Felix und verzog das Gesicht.

Wir fuhren mit der Rolltreppe ein Stockwerk höher und wie es der Zufall so wollte, lag die Eisdiele dem Elektrogeschäft gegenüber, das Quinn ausgesucht hatte. Ich drückte Quinn etwas Geld für ein Eis in die Hand und ging dann auf das Geschäft zu. Mehrmals warf ich einen Blick über die Schulter. Quinn hielt einen Daumen hoch. Die Geste war purer Spott. Er glaubte ganz offensichtlich nicht, dass ich es tun würde. Da hatte er sich aber geirrt, denn seine Formulierung ließ mir die größte Freiheit. Beim Eintreten scannte ich den Laden. Es waren nur wenige Kunden anwesend, weil der Verkaufsbereich ziemlich klein und übersichtlich war. Ein schleimig aussehender Kerl in Hemd und Krawatte überwachte die Ware mit Adleraugen.

»Sind Sie der Chef dieses Ladens?«, fragte ich direkt.

»In der Tat. Kann ich Ihnen weiterhelfen, Miss?«

»In der Tat«, äffte ich seinen spießigen Tonfall nach. Mein Glück, dass er kaum größer war als ich. Ohne Umschweife packte ich seine Krawatte, zerrte sein Gesicht zu meinem herunter und küsste ihn. Im Prinzip waren es nur Lippen, die auf Lippen trafen, aber der Fremde versteifte sich vor lauter Schock sofort. Ich ließ den Kuss einige Sekunden länger als nötig andauern und wich dann zurück.

»W-w-w-was?«, stotterte der Kerl. Ich salutierte in einer übertrieben melodramatischen Pose und stürmte dann aus dem Laden. Quinn und Felix saßen auf einer Mauer. Beziehungsweise mein Bruder saß dort und schleckte genüsslich sein Eis, während Quinn aufsprang und seine Eiswaffel auf den Boden klatschte, noch während ich auf ihn zukam.

»Was zur Hölle war das denn!«, fuhr er mich an.

»Das hat sich dein ehemaliger Chef sicher auch gefragt«, murmelte ich und wischte mir über den Mund. Eigentlich war es nur halb so schlimm gewesen.

Quinns Miene entglitt ihm vollkommen. Er glotzte mich unverhohlen an.

»Ich habe etwas aus dem Laden gestohlen«, erklärte ich. »Einen Kuss.«

Sein Mund öffnete sich, doch es kam kein Wort heraus.

»Du hast gesagt: *irgendetwas*. Sind wir für heute fertig?«

Quinn ballte eine Hand zur Faust. »Wieso hast du das getan?«, fragte er und seltsamerweise klang seine Stimme etwas zittrig dabei. Ungläubig, als könne er nicht fassen, dass ich es gewagt hatte, einem Fremden so nahezukommen.

»Das ist einfach«, sagte ich. »Du küsst niemanden, ich küsse viele. Eigentlich müssten wir darauf eine wunderbare Freundschaft gründen können.«

Beiläufig warf ich einen Blick zum Elektrogeschäft. Der Chef des Ladens stand noch immer stumm und versteinert da. Ich winkte und ließ ihm eine Kusshand zufliegen, woraufhin er total ausrastete und anfing zu schreien. Nach dem Schock kam immer Zorn. Vielleicht lag es auch daran, dass er Quinn registriert hatte. Immerhin standen wir nur wenige Meter entfernt. Quinn schien das auch zu bemerken, denn abrupt packte er meinen Bruder, hievte ihn sich auf den Rücken. Brüsk packte er mich am Arm und zerrte mich mit sich. »Ich glaube, es ist an der Zeit zu verschwinden«, nuschelte er.

Etwas atemlos war ich schon, als wir endlich wieder auf dem Parkplatz standen.

»Das zählt nicht!«, sagte Quinn.

»Natürlich zählt das. Gib mir meinen Bruder wieder«, forderte ich. Quinn drehte langsam den Kopf. Ich ließ die Hände sinken. Felix war eingeschlafen. Mein erster Instinkt war, ihn sofort zu wecken. Ich meine, er war auf einer Flucht, während er ein Eis aß, einfach weggenickt? Dann dachte ich daran, wie selten es vorkam, dass Felix tagsüber schlief, und dass er wirklich müde gewesen sein musste, wenn er es nun tat. Dass er vergangene Nacht vermutlich kein Auge zugemacht hatte. Vielleicht sollte ich mir doch mehr Sorgen um ihn machen. Ich beschloss, Tante Claire bald zu fragen, ob ihr irgendetwas aufgefallen war.

Unwillkürlich war ich näher an Quinn herangetreten und strich meinem Bruder ein paar Haarsträhnen aus dem Gesicht. Er hielt sich mit seinen Fingern besitzergreifend an Quinns Shirt fest. Er hatte Quinn auf Anhieb gemocht. Das kam so verdammt selten vor. Wenn Felix etwas Gutes in ihm sah, dann ...

Langsam drehte ich das Gesicht und hielt dann inne. Ich blickte direkt in Quinns dunkle Augen, die eine hypnotische Wirkung hatten. Es war ein merkwürdiger Moment. Niemand rührte sich. Wir sahen uns einfach nur an.

»Ich fahre euch nach Hause«, flüsterte Quinn, als würde eine normale Lautstärke die Stimmung zerstören. »Ich bin mit einem Wagen der Pension deiner Tante da, weil ich vorher noch ein paar Erledigungen machen musste.«

»Eigentlich stehen unsere Räder vorm Eingang.«

»Dann holen wir sie. Der Kofferraum ist groß genug.«

Ich war zu keiner anderen Reaktion als einem mechanischen Nicken in der Lage. Nachdem ich beobachtet hatte, wie Quinn Felix vorsichtig auf den Rücksitz gelegt hatte, herrschte totales Chaos in meinem Kopf. Quinn Paxton konnte nett sein. Wirklich nett.

Rasch holte ich die Fahrräder und verstaute sie in der Ladefläche des Wagens. Ich bemerkte, wie Quinn mich durch den Innenspiegel beobachtete. Sofort wich ich seinem Blick aus. Würde ich jemals aus ihm schlau werden?

Als ich auf der Beifahrerseite einstieg, presste ich mich so dicht an die Tür, wie es ging, rutschte an den Rand meines Sitzes, damit sich unsere Arme oder Hände nicht zufällig berühren konnten. Das wäre der Overkill. Eine Berührung und ich hätte mich wieder daran erinnert, dass ich mich sehr lange gefragt hatte, was aus dem traurigen Jungen mit den schnellen Reflexen von damals geworden war. Irgendwie mochte ich das Rätsel, das ihn umgab.

»Du hättest ihn nicht küssen sollen. Hätte ich gewusst, dass –«

»Dann hättest du mich nicht gezwungen, etwas zu stehlen?«, unterbrach ich ihn und bemühte mich nicht laut und hämisch loszulachen. Das schien mir irgendwie angeboren zu sein, wenn ich etwas absolut lächerlich fand. Quinn seufzte energisch. Schwieg eine Weile. Stille erfüllte den Wagen.

»Dann hätte ich dich nicht gezwungen, etwas zu stehlen.«

Prompt war er da. Der Satz, mit dem ich am wenigstens gerechnet hatte.

»Wieso?«, fragte ich sofort. Quinns Griff um das Lenkrad wurde fester.

»Irgendetwas ...«, sagte er, »... stört mich an dem Gedanken.«

»An welchem Gedanken?«, meinte ich – zugegeben, etwas dämlich.

»Das ...«

»Das?«

»Ein Kuss ist ...«

»Ist was, Quinn?«, bohrte ich nach. »Etwas Besonderes? Willst du das sagen? Küsst du deshalb niemanden und machst stattdessen ... andere Dinge?«

Quinn presste die Lippen fest aufeinander und erwiderte nichts.

»Für mich ist das gar nichts Besonderes«, sagte ich leise. »Ein Kuss ist etwas, das du anderen Leuten innerhalb von Sekunden geben kannst, aber die andere Sache ... Nein! Da gehen unsere Vorstellungen wohl weit auseinander.«

Für ein paar Minuten wurde es wieder still.

»So ist das nicht«, sagte Quinn ebenso leise wie ich zuvor.

»Wir haben eben beide auf unsere Weise Spaß«, meinte ich. »Menschen tun manchmal verrückte Dinge, wenn sie etwas vergessen wollen, oder?«

Wir tauschten nur einen kurzen Blick, aber ich hatte das Gefühl mitten ins Schwarze getroffen zu haben, denn Quinns Miene wurde weicher. Er hatte seinen Dad verloren und ich meine Mom. Diese Gemeinsamkeit hatte ich bisher gänzlich verdrängt. Vielleicht verstand er mich besser als gedacht.

»Du hast gesagt, du hast hier mal gearbeitet«, lenkte ich das Gespräch in eine andere Richtung. »Das bedeutet also, du kennst dich hier in der Gegend ein bisschen aus, oder?«

»Nicht wirklich«, antwortete Quinn. »Das war gelogen.«

»Was?«, entfuhr es mir erstaunt.

»Nicht ganz«, meinte er. »Ich fang nichts mit vergebenen Mädchen an. Ein paar Freunde und ich waren auf dem Weg in den Urlaub auf der Durchreise. Wir hatten unseren Campingkocher vergessen und mussten einen neuen kaufen. Deshalb kannte ich auch die Mall. Der Chef des Ladens hat sich uns gegenüber wie ein riesen Arsch benommen. Einer meiner Freunde hat den Laden etwas durcheinandergebracht und wir sind abgehauen.«

»Dann hat er sich gar nicht an dich erinnert?«

»Wer weiß«, murmelte Quinn.

»Du bist wirklich ein riesen Volltrottel, Quinn Paxton.«

KAPITEL 5

»Euer Haus ist blau«, sagte Quinn.

»O mein Gott, du hast recht!«, antwortete ich. »Schnell, ruf die Polizei!«

»Schrei nicht so laut rum, sonst wacht dein Bruder auf.«

Ich biss mir auf die Unterlippe und schloss die Haustür auf. Quinn lief an mir vorbei und intuitiv die Treppe hinauf, in den ersten Stock. Ich folgte ihm rasch und wies in die Richtung von Felix' Zimmer. Nachdem Quinn ihn vorsichtig ins Bett gelegt hatte, hielt ich einen Moment inne und deckte Felix dann zu. Er sah so friedlich aus. Ich hatte seine Miene schon lange nicht mehr so entspannt gesehen. Auf leisen Sohlen schlichen Quinn und ich wieder hinaus und ich schloss sachte die Tür hinter uns. Ich hatte erwartet, dass Quinn augenblicklich die Flucht ergreifen würde. Aber anstatt wieder ins Erdgeschoss zu gehen, schritt er weiter den Flur entlang und blieb vor der Stelle stehen, an der Tante Claire die ganzen alten Familienfotos aufgehängt hatte. Bei uns zu Hause gab es kaum Fotos meiner Mom, weil der Anblick zu schmerzlich war. Hier war sie auf fast jedem Bild zu sehen. Mit Felix und mir, als wir noch Kinder waren. Sie selbst als Jugendliche, ihre Schwester an ihrer Seite. Mom wirkte auf jedem der Schnappschüsse lebendig und voller Freude. Der Eindruck war so stark, dass es sich beim Betrachten anfühlte, als würden die Gefühle aus den Fotografien sickern und zu etwas Greifbarem werden. Quinn schien das auch zu bemerken. Sein Mund verzog sich zu einem Lächeln.

»Das ist deine Mom, oder?«, fragte er.

»Ja«, sagte ich betrübt.

»Du siehst ihr überhaupt nicht ähnlich.« Quinn betrachtete mich. »Bei Felix ist es das genaue Gegenteil. Ihn bringt man sofort mit ihr in Verbindung.«

»Das ist ... wahr«, antwortete ich. Es überraschte mich zutiefst, dass Quinn mir kein Beileid wünschte oder mir sagte, wie sehr wir uns ähnelten. Das war nämlich die normale Reaktion der Leute, wenn sie erfuhren, dass Mom gestorben war. Immer versuchten sie etwas zu sagen, das mich aufheitern sollte. Mir zeigen sollte, dass ein Teil von ihr in mir oder mit mir weiterlebte.

Aber so war es nicht. Sie hatte uns verlassen und ich besaß weder ihre funkelnden Augen noch das helle Haar, nicht einmal denselben Mund oder dieselbe Nase. Keines ihrer Talente, jeden zum Lachen zu bringen, ansteckend gute Ideen zu haben, die viel Spaß mit sich brachten, oder ihre gerissene Verrücktheit, die das Leben zu einem einzigen Abenteuer machte, wenn man sie an seiner Seite hatte.

Aber natürlich wusste Quinn nichts von den Umständen ihres Todes.

Augenblicklich schnürte sich mir die Kehle zu. Innerhalb von Sekunden bekam ich keine Luft mehr und versuchte die ansteigende Panik, die damit einherging, zu unterdrücken. Ich gab einen erstickten Laut von mir und schloss die Augen, weil mein Sichtfeld bereits zu flackern begann.

Die nächsten Momente waren grauenhaft.

»Jessa?« Quinn hatte mich am Arm gepackt. Ich schüttelte ihn ab.

»Ich muss nach unten«, brachte ich hervor. Mit dem nächsten Adrenalinkick, den mein pochendes Herz mir verpasste, stürmte ich die Treppe hinunter und suchte mit den Augen meine Tasche. Gerade, als ich sie gesichtet hatte, blieb mir komplett die Luft weg. Nach Atem ringend sackte ich in die Knie und presste mir die Hände auf die Ohren. Das Ausblenden von Geräuschen half mir mich auf das Wesentliche zu Konzentrieren.

Ruhig atmen. Ein. Aus. Ganz langsam, Jessa!

Meine Hände begannen wie wild zu zittern.

»Jessa?«, hörte ich Quinns beunruhigte Stimme.

»T-t-tasche«, spuckte ich stotternd aus. Quinn fand sie sofort. Im nächsten Moment kippte er den Inhalt auf die Kacheln, begutachtete meine Habseligkeiten und griff sich das Asthmaspray. Etwas unbeholfen drückte er es mir in eine Hand, die er von meinem Ohr gelöst hatte. Ich betätigte den Knopf und als das Medikament meinen Kreislauf stabilisierte, konnte ich wieder tief durchatmen.

»Fuck, ich wusste nicht, dass du –«

»Ich lebe noch«, sagte ich beherrscht. Langsam stand ich auf und taumelte dabei ein bisschen. Quinn fasste mich am Arm, als wolle er mich vor einem Sturz bewahren. »Es geht mir gut«, meinte ich abweisend.

Er zog die Hand nicht zurück. »Vor ein paar Sekunden sah das aber noch ganz anders aus«, erwiderte er. Ich schloss wieder die Augen. Für den Bruchteil eines Herzschlags fühlte ich mich schwerelos und meine Knie gaben wieder nach. Ich wusste, ich hätte es nicht zulassen sollen, aber in diesem Moment war mir alles egal. Quinn legte seinen Arm um mich und ich presste das Gesicht gegen seine Brust, krallte mich an seinem Shirt fest und hielt die Augen geschlossen.

Es war Ewigkeiten her, dass ich mich so hilflos gefühlt hatte.

»Wie lange hast du schon Asthma?«, hörte ich ihn fragen.

»Seit meiner Geburt hatte ich einen Herzfehler. Als ich fünf Jahre alt war, wurde ich operiert. Danach fingen diese kleinen Episoden an. Irgendwann kam man zu dem Schluss, dass ich Asthma als Resultat einiger Medikamente bekommen habe. Praktisch mein ganzes Leben lang also.«

»Ätzend«, murmelte er.

»Ätzend«, sagte ich und lachte leise.

Plötzlich war mir die ganze Situation mehr als unangenehm. Ich lockerte meinen Griff, woraufhin Quinn mich ebenfalls losließ. Verlegen rieb ich mir den Nacken. In meinem Kopf legte sich plötzlich ein Schalter um. Was machte Quinn hier? Wieso ließ ich zu, dass er in meine Privatsphäre eindrang? Dass er all die Erinnerungen an meine Mom sah, als wäre das nichts Besonderes? Ein Teil von mir war wütend auf mich selbst.

Damit ich nicht gleich einen weiteren Anfall bekam, versuchte ich ruhig weiter zu atmen und mich innerlich zu beruhigen. Quinn schien nichts von meinem Gedankenumschwung bemerkt zu haben. Er sah mit einem nachdenklichen Blick die Treppe hinauf, als überlege er wieder hochzugehen.

»Das ist bestimmt alles nicht so leicht, wenn du auch noch auf deinen Bruder aufpassen musst«, sagte Quinn wie beiläufig. »Er ist wirklich ein liebes Kind.«

Ich streifte mir das Haar zurück und musterte Quinn. In seiner Stimme lag etwas Sehnsuchtsvolles. Vielleicht wünschte er sich einen Bruder, wenn er auch nicht wusste, wie viel Verantwortung das wirklich bedeutete.

»Hast du Geschwister?«, hörte ich mich fragen. Dabei hatte ich Quinn anschreien wollen. Ihm sagen wollen, dass er verschwinden sollte. Nicht nur aus diesem Haus, *meinem* Haus, sondern gleich aus dem Ort. Doch etwas hatte mich zurückgehalten und es war kein Mitleid. In den letzten Augenblicken hatte ich neben meiner Wut auch das Gefühl verspürt, dass Quinn sich entspannte und ein wenig durch die Mauer blicken ließ, mit der er sich sonst immer umgab. Genau wie ich. Genau wie Menschen es taten, die eine Menge Schmerz in ihrem Inneren mit sich herumtrugen. Als meine Mom gestorben war, hatte das meine Familie auseinandergerissen und es war schwierig gewesen wieder zueinanderzufinden. Vielleicht hatte Quinn das alles allein durchstehen müssen.

Statt meine Frage zu beantworten, blockte Quinn auf einmal ab.

»Hältst du beim Küssen eigentlich manchmal den Atem an, damit du nicht erstickst, wenn der Sauerstoff knapp wird?«, scherzte er. »Stell ich mir schwierig vor, deinem Hobby nachzugehen, wenn du an Asthma leidest.«

»Ach, wo denkst du hin«, erwiderte ich zynisch. »Das perfekte Training für die Atemwege besteht doch aus Dauer-Küssen. Du hast mich wohl durchschaut.«

»Das will nicht in meinen Schädel«, nuschelte Quinn, aber ich verstand ihn trotzdem. Ich hob den Kopf und blickte ihm direkt ins Gesicht.

»In meinen Schädel will auch vieles nicht hinein«, sagte ich mit Unschuldsmiene. »Zum Beispiel die Sache mit deiner Liste. Bist du ein Listen-Fetischist? Normale Leute schreiben sich eine, wenn sie einkaufen fahren, und du hast eine für Mädchen.«

»Die Liste geht dir nicht mehr aus dem Kopf, was?«, fragte er amüsiert.

»Warum steht mein Name darauf?«, entgegnete ich.

»Keine Sorge«, sagte Quinn selbstgefällig. »Das bedeutet nichts Besonderes. Der Name jedes Mädchen, das mir irgendwann einmal etwas gegeben hat, steht auf dieser Liste. Sie ist eigentlich ziemlich unbedeutend.«

»Ich erinnere mich nicht daran dir etwas *gegeben* zu haben«, sagte ich verächtlich, weil Quinns nette Seite sich so schnell wieder verabschiedet hatte.

»Du hast dich mir bedürftig in die Arme geworfen«, erinnerte er mich.

»Wenn das allein reicht, muss deine Liste ja die Bibel sprengen. Und die hat bestimmt über tausend Seiten!«, schimpfte ich aufgebracht.

»Ich habe jedenfalls mehr als eine Sünde im biblischen Sinne begangen, wenn du das meinst.« Quinns Augen leuchteten unheilvoll. Irgendwie wirkte er erheitert.

»Du, Quinn Paxton, bist ein selbstverliebtes Arschloch!«

»Ah, wir gehen also wieder zu richtigen Schimpfwörtern über. Scheibenkleister in allen Ehren, aber das hier ist so viel amüsanter. Was zur Hölle ist das überhaupt für ein seltsamer Ausdruck?«

Perplex starrte ich ihn an und er begann wieder zu lachen.

»Ich werde aus dir einfach nicht schlau«, gab ich zu. »Erst benimmst du dich wie ein Idiot, dann hilfst du mir. Du kannst richtig scheiße sein, aber auch echt nett. Was ist das für ein seltsames Verwirrspiel? Ist das irgendein kranker Plan, damit ich mich in dich verliebe und du mich benutzen kannst?«

Ich verschränkte die Arme vor der Brust.

»Eine interessante Theorie«, sagte Quinn. »Aber so tiefgründig bin ich leider nicht. Du schuldest mir etwas und ich finde es amüsant Zeit mit dir zu verbringen, weil du immun gegen meinen Charme bist.«

»Das denkst *du*«, sagte ich. Natürlich fand ich ihn attraktiv und diese Heiß-kalt-Masche hatte etwas Aufregendes an sich. Kein Wunder, dass ein Teil von mir furchtbar neugierig war, auch wenn man Verstand wusste, dass Quinn bisher nicht besonders nett zu mir gewesen war.

»Jeder hat eben so seine Geheimnisse«, sagte er kurz angebunden.

»Du willst nur nicht länger über das ganze Thema reden«, meinte ich.

»Darüber, dass ich dich nicht küssen will, Jessa?«

»Das meine ich nicht und das weißt du!«

»Du würdest sicher auch nicht mit mir schlafen, oder?«

Seine Direktheit brachte mich etwas aus dem Konzept.

»Nein«, sagte ich stur.

»Gut, dass wir das geklärt haben.«

Bevor ich etwas anderes sagen konnte, klingelte mein Handy und Mirandas Nummer erschien auf dem Display. Als ich den Blick wieder hob, war Quinn Paxton verschwunden. Nur die offene Tür verriet, dass jemand soeben das Haus verlassen hatte. Ich streckte den Kopf hinaus und brüllte:

»Du kannst mich mal kreuzweise, Paxton!«, und knallte anschließend die Tür heftig zu.

Dann nahm ich den Anruf von Miranda entgegen.

»Du wirst nicht fassen, wie meine Geschichte weiterging!«, sprudelte es aus ihr heraus. »Kellen hat mich die ganze Zeit gestalkt und nur von dir gesprochen. Da habe ich ihn geküsst und seitdem denkt er nicht einmal mehr an deinen Namen. Jessa, bist du da? Bist du böse? Gott, ich kann so taktlos sein ... Jessa?«

»Ich bin dran«, sagte ich. »Ist das jetzt etwas Gutes oder Schlechtes?«

»Ich weiß es nicht«, antwortete Miranda. »Dann bist du nicht sauer?«

»Nein«, sagte ich. »Klingt ziemlich wirr das alles.«

»Ist es auch«, stimmte Miranda zu. »Ich brauch jetzt meine beste Freundin!«

»Dann bist du bei mir an der richtigen Adresse«, antwortete ich.

»Also, das war so«, fing Miranda an zu erzählen.

Ablenkung war eben doch die beste Medizin gegen Jähzorn.

KAPITEL 6

Das Licht der Abenddämmerung wurde von den vielen Gegenständen reflektiert, die auf der Kommode standen. Von meiner Position auf dem Boden aus konnte ich die kleinen Staubpartikel erkennen, die durch die Luft schwebten. Sie wurden nicht von der untergehenden Sonne zum Glänzen gebracht. Meine Mom hatte viel Kleinkram besessen. Ein Schmuckkästchen, eine Spieluhr, Teelichter, eine Ballerinafigur - und das waren nur die wenigen Dinge, die ich genauer betrachtet hatte. Alles voller Nippes, wohin das Auge reichte. Berührt vom Licht, das diese einfachen Gegenstände besonders aussehen ließ. Besonders. Genau wie es meine Mom gewesen war. Ich tat mich noch immer schwer damit, mich in ihrem Zimmer wohlzufühlen. Es handelte sich um einen hübschen Raum. Die Einrichtung war altmodisch, aber die wenigen modernen Akzente sorgten für ein verträumtes und mädchenhaftes Flair. Ich malte mir aus, wie sie, gegen die Tür gelehnt, an meiner Stelle hier gesessen und aus dem breiten Erkerfenster geblickt hatte. Das Rauschen des Meeres, wie der Song zu einem Film, als Hintergrundgeräusch.

Es klopfte an der Tür.

»Jessa, bist du da?«

»Ja«, antwortete ich.

»Felix schläft wie ein Toter. Was habt ihr heute angestellt?« Ich rückte ein wenig von meinem Platz ab, damit Tante Claire eintreten konnte. Sie sah zu mir herab und blickte mich fragend an. »Ist alles in Ordnung bei dir?«

»Ich denke schon«, murmelte ich.

»Du denkst schon?«, wiederholte sie und blickte skeptisch drein.

»Mein momentaner Zustand ist nicht zuzuordnen.«

»Ach, Jessa«, sagte Tante Claire und seufzte. »Es ist das Zimmer, oder? Ich hab mich schon gefragt, ob es die richtige Entscheidung war, dich hier einzuquartieren. Das Haus hat auch noch genug andere Zimmer, wenn du –«

»Ist schon gut«, unterbrach ich Tante Claire sanft.

»Ich vermisse sie auch. Jeden Tag«, sagte sie in einfühlsamem Tonfall. »Ich glaube, wir werden sie für den Rest unseres Lebens vermissen. Wenn sie dich jetzt hier sehen könnte, wäre sie sicher sehr glücklich gewesen. Sie hat dieses Haus geliebt. Wusstest du, dass sie sich zu all ihren Sachen eine Geschichte ausgedacht hat, als sie jünger war? Haarsträubende, verrückte Dinge.«

»Nein«, antwortete ich. »Aber das klingt wirklich nach Mom.«

Tante Claire beugte sich zu mir herab und strich mir übers Haar. »Vielleicht fühlst du dich besser, wenn du etwas frische Luft schnappen gehst? Ein Spaziergang am Strand bringt mich immer auf andere Gedanken.«

»Ich glaube, das ist eine gute Idee«, stimmte ich zu.

Sie lächelte mich an. »Vor zwölf Uhr bist du aber wieder hier.«

Ich stemmte mich vom Boden hoch und erwiderte das Lächeln. »Abgemacht.« Kurz zögerte ich, überwand mich dann aber doch. »Eine Sache noch, Tante Claire.«

»Ja?«, fragte sie neugierig.

»Du weißt doch wegen Felix Bescheid, oder?«

»Du meinst, über seine Albträume und Panikattacken? Ja, das tue ich.« Sie trat einen Schritt näher. »Ist irgendetwas Besonderes vorgefallen?«

»Noch nicht«, antwortete ich. »Ich mache mir nur Sorgen.«

Sie legte mir eine Hand auf die Schulter. »Du bist nicht allein, Jessa«, sagte sie ruhig. »Vielleicht fühlt sich das manchmal so für dich an, aber in dieser Familie gibt es auch noch andere Leute, die sich um deinen Bruder sorgen.«

»Danke«, entgegnete ich knapp und wich ihrem Blick aus. Es war nett von ihr das zu sagen, aber sie lebte nicht mit uns zusammen und sie wusste nicht, wie es war immer und immer wieder als Mom-Ersatz für Felix herhalten zu müssen. Ich liebte meinen kleinen Bruder und verurteilte mich für diesen Gedanken, aber manchmal war er wirklich eine Last – und ich hatte Angst, sie irgendwann nicht mehr tragen zu können. Bisher hatte ich allerdings noch nicht den Mut dazu gefunden, diese Sache laut auszusprechen. Deshalb nickte ich nur und ging.

***

Nachdem ich das blaue Haus hinter mir gelassen hatte, schlenderte ich den Strand entlang. Zuerst verfolgten mich noch Erinnerungen an Tage meiner

Kindheit mit Mom, aber nach und nach wurde mein Kopf wirklich freier. Irgendwann ließ ich mich in den Sand sacken und schloss die Augen, um die schwache Brise Wind auf meiner Haut genießen zu können. Nach einer Weile kam mir eine Melodie in den Sinn, die zur friedlichen Stille um mich herum passte. Der Text wollte mir partout nicht mehr einfallen, deshalb summte ich nur weiter das Lied vor mich hin, das mir so bekannt vorkam. Es dauerte allerdings nicht lange, bis meine Ruhe gestört wurde.

»Ich kenne dieses Lied.«

Überrascht schlug ich die Augen wieder auf.

»Du hier?«, fragte ich. Es war Quinn. In einer Hand hielt er eine kleine Ukulele und in der anderen mein Skizzenbuch. Automatisch streckte ich die Hand danach aus. »Du hast es also doch einfach mitgenommen!«

Quinns Miene ließ keinerlei Reaktion erkennen. »Ich habe es nicht gestohlen, falls es das ist, was du meinst«, stellte er klar. »Du hast es am Strand vergessen und ich wollte es nicht einfach dort lassen. Als ich eben in die Pension zurückgefahren bin, lag es noch auf meinem Bett. Deshalb wollte ich es dir wiedergeben und – Was genau machst du da, Jessa?«

Erst als Quinn mich entgeistert anstarrte, wurde mir bewusst, dass ich aufgestanden war und einen seltsamen Freudentanz aufführte. Tanz war vielleicht etwas übertrieben. Ungeduldig wippte ich auf den Füßen hin und her und zappelte herum, während meine Hände in der Luft schwebten, um das Skizzenbuch in Empfang zu nehmen. Quinn reichte es mir schließlich. Ich presste es an meine Brust, als wäre es ein alter Freund, den ich seit Jahren nicht mehr in den Arm hatte nehmen können. Endlich hatte ich es zurück!

»Danke«, hauchte ich und fuhr mit den Fingern über die Seitenränder.

»Du kannst das wirklich gut.«

»Mich bedanken?«

»Zeichnen.«

»Vielleicht.«

»Nicht nur vielleicht.«

»Dann eben mehr als vielleicht.«

»Mehr als vielleicht und mehr als gut.«

»Aber du hast gesagt, ich kann es gut.«

»Ich sagte, wirklich gut.«

»Wo ist denn da der Unterschied?«, fragte ich.

»Du hast doch angefangen mit ... Ach, vergiss es.«

»Was ist mit dir?«

Quinn zog eine Augenbraue hoch.

»Kannst du wirklich gut spielen oder nur vielleicht?«, fragte ich und deutete auf die Ukulele. Bisher kannte ich das Instrument nur aus Filmen und ich hatte noch nie jemanden live darauf spielen sehen. Es war im Vergleich zu einer Gitarre wirklich winzig. »Bist du in Wahrheit gekommen, um mir ein Liebeslied zu singen?«, zog ich Quinn auf.

»Wer hat gesagt, dass ich singe?«

»Ich, hast du doch gerade gehört.«

»Ich singe nicht«, wehrte Quinn ab.

»War das früher nicht anders?«

»Anders?«

»Unsere Gespräche führen nicht gerade sehr weit, was?«, meinte ich. Langsam begann ich wieder zu summen. »Ich weiß nicht, warum. Aber exakt diese Melodie kam mir eben in den Sinn und du sagtest, du kennst sie. Das liegt daran, dass es dein Song ist, oder? Ich erinnere mich ganz schwach daran, dass du es ab und zu in der Schule gespielt hast. *Freshman-Year,* in den Pausen.«

»Wieso weißt du, was ich in meinem Pausen getan habe?«

»Ich habe dich eben ein paarmal gesehen«, entgegnete ich leichthin.

»Du meinst, du hast mich heimlich beobachtet?«, fragte Quinn sichtlich perplex.

»Natürlich nicht«, leugnete ich. »Ich weiß auch gar nicht, wieso ich mich ausgerechnet heute daran erinnere. Ich habe das Lied ja nur ein paarmal gehört. Aber ich weiß noch genau, dass du wirklich singen kannst, Quinn. Wenn du schon eine Ukulele mit dir herumträgst, kannst du dich ja wohl kaum für dein musikalisches Talent schämen. Wolltest du wem ein Ständchen bringen?«

Quinn schien eine Weile über seine Antwort nachzudenken, denn er nahm sich ein paar Sekunden Zeit, eher er tonlos sagte: »Ich war in der Gegend.«

»Du meinst, du hast das blaue Haus gesucht?« Ich grinste.

»Ich konnte mich nicht mehr genau daran erinnern, wo es liegt«, gab er erstaunlicherweise direkt zu. »Die Ukulele hatte ich dabei, weil ich vorhatte mich an den Strand zu setzen und eine Runde zu spielen. Das entspannt mich. Ich habe das Gefühl, der Strand ist einer der wenigen Orte, der nicht voller Touristen ist, obwohl ich mir gar nicht erklären kann, warum. Es ist schön hier.«

Mein Blick schweifte übers Meer und dann zurück zu Quinn. »Ja, ist es.«

»Du kennst diese Gegend bestimmt sehr gut, oder?«, fragte er.

»Wie eine zweite Heimat«, antwortete ich. »Meine Mom und Tante sind in Cape Beach Grove aufgewachsen und haben hier gelebt. Ich bin sogar in dem hiesigen Krankenhaus geboren, weil meine Eltern zu der Zeit gerade zu Besuch bei Tante Claire waren. Meine Eltern haben sich kennengelernt, als Dad wegen der Hochzeit eines gemeinsamen Freundes für ein Wochenende vor Ort war. Als sie sich ineinander verliebt haben, ist meine Mom nach Darrington zu meinem Dad gezogen. Er wollte das Familienunternehmen nicht aufgeben, also lebten sie bei meinen Großeltern. Als diese starben, ging das Haus in Dads Besitz über. Das Bestattungsunternehmen leitete er damals schon eine Weile. Wir sind jedoch jeden Sommer hierher zurückgekommen, um Tante Claire zu besuchen und unsere Ferien hier zu verbringen.«

Wow! Hatte ich gerade Quinn mit meiner Lebensgeschichte voll gequasselt? Etwas betreten blickte ich auf mein Skizzenbuch. »Sorry, normalerweise erzähle ich nicht gleich jedem diese Story. Klingt sicher total langweilig.«

»Es klingt, als hättest du eine wundervolle Familie.«

Ich hob wieder den Blick und sah Quinn an. In seiner Stimme lag schon wieder dieser sehnsuchtsvolle Ton, der mir verriet, dass es bei ihm anders war.

»Über deine Familie redest du wohl nicht so gerne, was?«, fragte ich.

»Nicht mit jedem«, antwortete Quinn und dieses Mal blickte er weg.

Ich hatte Verständnis dafür, dass Familie ein heikles Thema sein konnte, und wollte auch nicht weiter nachbohren, wenn es ihm unangenehm war darüber zu sprechen. Also ließ ich mich in den Sand plumpsen und schlug mein Skizzenbuch auf, weil ich überprüfen wollte, welche Zeichnungen genau sich darin befanden. Zum Glück war es eines meiner neueren und es befand sich nichts Peinliches darin. Abgesehen von der Skizze mit den Klippen waren noch einige von Gebäuden dabei, eine von meinem Bruder und Landschaften aus dem Kunst-Unterricht.

»Kann ich dir zusehen?«, fragte Quinn aus heiterem Himmel.

»Beim Zeichnen?«, fragte ich überflüssigerweise.

»Ich mache dir einen Vorschlag«, sagte Quinn. »Du zeichnest. Ich spiele.«

Er setzte sich mir gegenüber in den Sand und sah mich an.

»Okay«, antwortete ich. Ich hatte auch überhaupt keinen Grund abzulehnen. Quinn war vielleicht nicht die Gesellschaft, die ich mir hier und heute am meisten gewünscht hätte. Aber es kam mir falsch vor ihn abweisend zu behandeln, wo wir beide erstaunlicherweise so gut miteinander klarkamen. Vielleicht würde ich ihm doch noch all die Fragen, die mir auf der Seele brannten, stellen können. Tief in meinem Inneren fühlte ich sogar einen Funken Verbundenheit zu Quinn. Er behandelte mich nicht wie das Mädchen, das seine Mom verloren hatte, sondern normal. So normal, wie das bei Womanizer Quinn Paxton eben ging.

Ich zog einen Bleistift aus der Tasche meiner Jeans. Die steckten überall in meinen Klamotten. War wohl eine Art Angewohnheit von mir, damit ich für jede Gelegenheit einen zur Hand hatte. Dieser war ziemlich abgenutzt, aber er würde reichen. Quinn legte die Finger auf die Saiten der Ukulele und begann die Melodie, die ich gesummt hatte, zu spielen. Ich schlug eine freie Seite auf und zeichnete zuerst die Konturen seines Gesichts. Dabei zog ich die Knie an, um sie wie gewohnt als Ablage nutzen zu können. Wenn Quinn und ich schon einen netten Moment teilten, konnte ich ihn auch gleich als Motiv nehmen. Während meine Augen die Details von Quinns Miene betrachteten, erwischte ich mich dabei, wie ich ihn länger als nötig ansah. Ich hatte schon öfter Porträts gezeichnet, aber Quinns Augen waren irgendwie einzigartig. Ich wünschte, ich hätte eine Farbe, die ihnen gerecht werden könnte. Grübelnd hielt ich inne.

»Woran denkst du?«, fragte mich Quinn, hörte aber nicht auf zu spielen.

Wie verdammt surreal es ist, hier mit dir zu sitzen. Oder wie sexy es aussieht, wenn du Ukulele spielst und dabei völlig in der Musik versinkst. Zwei Dinge, die ich natürlich nicht aussprach. Ich drückte den Bleistift wieder fester aufs Papier. Meine Augen verharrten auf Quinns flinken Fingern. Kaum vorstellbar, wie schwer es sein musste, sie so schnell zu bewegen. Durch die Berührung der Saiten eine so schöne Melodie erzeugen zu können. *Wie umwerfend musste er erst sein, wenn er eine richtige Gitarre hatte!*

Quinn räusperte sich und mir fiel auf, dass ich noch immer nicht geantwortet hatte.

»Daran, dass deine Augen wie das Meer sind«, sagte ich nach der viel zu langen Pause. »Es ist ein bisschen so, als würden sie die Farbe und Stimmung wechseln, weil der Ausdruck darin nie der gleiche ist. Das Meer steht auch nie still und es ist wahnsinnig schwer so etwas Lebendiges einzufangen.«

Ich richtete den Blick wieder auf meine Zeichnung. Statt zu fragen, wieso ich so dummes Zeug faselte, schwieg Quinn für einen Moment. Ich bildete mir ein, ihn ganz leise lachen zu hören.

»Wirst du dich für irgendeine Kunstschule bewerben?«, fragte er.

»Wird das heute ein Versuch, Freundschaft mit mir zu schließen?«, erwiderte ich. »Du zeigst ja wirklich ernsthaftes Interesse an mir.«

»Stell dir vor, Jessa«, antwortete Quinn. »Ich habe auch Gefühle.«

»Du und Gefühle? Wow«, scherzte ich in ehrfürchtigem Tonfall.

Quinn und ich tauschten einen amüsierten Blick.

»Dann zeig mal, was du bisher gezeichnet hast.«

Ohne abzuwarten, griff er nach meinem Skizzenbuch.

»Es ist noch nicht fertig!«, protestierte ich.

Quinn war das offensichtlich egal. Er runzelte die Stirn, als er meine Zeichnung betrachtete.

»Ich hatte kaum eine Viertelstunde Zeit dafür. Was erwartest du von mir?«

»Das jedenfalls nicht«, sagte er und starrte auf das Blatt. »Meine Nase ist auf keinen Fall so schief. Die Frisur sieht lächerlich aus und was ist mit –«

»Hey!«, ging ich dazwischen. »Niemand ist perfekt.«

Quinn stand auf, das Skizzenbuch in beiden Händen. Ich erhob mich ebenfalls und sah ihn mürrisch an. Weil er ein ganzes Stück größer als ich war, fiel es mir schwer, ihm das Skizzenbuch wegzuschnappen. Wir führten einen seltsamen Tanz auf. Er drehte sich herum, meine Finger bekamen nichts zu fassen. Er lachte vergnügt und ich begann zu fluchen. Ich durchschaute zu spät, dass er mich nur ärgern wollte, und gab schließlich auf.

»Genau so …«, sagte ich etwas atemlos, »… sehe ich dich eben.«

»Nicht perfekt«, sagte er nach erneutem Betrachten der Zeichnung.

»Denkst du das etwa von dir selber?«, fragte ich spöttisch.

»Nein«, sagte Quinn in ernstem Tonfall. »Es ist erfrischend, das mal jemand anderen sagen zu hören. Niemand ist perfekt und ich kenne nur extreme Meinungen.«

»Du meinst, entweder man liebt oder man hasst dich?«

»Könnte in etwa hinkommen.«

»Du sagst das so selbstbewusst, dass ich es dir fast glaube.«

»Weißt du, Jessa: Ich mag deine Ehrlichkeit und deine Skepsis.«

»Ich verstehe dich echt nicht, Quinn«, meinte ich. »Du bist doch nicht nur wegen eines Ferienjobs hier oder, um mir irgendwelche Komplimente zu machen. Ich sehe dir an der Nasenspitze an, dass etwas im Busch ist.«

»An meiner krummen Nasenspitze?«, meinte er mit beleidigter Miene.

Ich ignorierte die Aussage. »Es muss doch etwas geben, weshalb du hergekommen bist. Du bist doch gar nicht der Typ für so was hier.«

»Definiere *so was hier*«, forderte er mich auf.

Ich seufzte genervt. »Einem Mädchen wie mir hinterherzulaufen.«

»Okay, du hast mich durchschaut«, sagte Quinn. »Ich bin hier, an diesem Strand, weil … ich eine Pause machen musste. Wegen des Einrads.«

»Du bist auf einem Einrad hierher zum Strand gefahren?«

»Auf der Straße. Ja.«

»Mit einer Ukulele?«

»Einer Ukulele und deinem Skizzenbuch. Ich fürchte, zurück komme ich nicht mehr, weil ich mein Gleichgewicht nicht mehr halten kann.«

»Wieso solltest du mit einem Einrad fahren?«

»Weil es Spaß macht? Außerdem tut das niemand. Aufmerksamkeit garantiert. Inzwischen müsste jeder wissen, wer ich bin.«

»Der Freak-Junge auf dem Einrad?«, fragte ich.

»Der total heiße und attraktive Künstler.«

Ich schnaufte. »Ukulele in der einen Hand, Ego in der anderen und ich garantiere dir, den Weg zurück rollst du automatisch.«

Quinn verzog den Mund. Ich hätte fast über meinen eigenen Witz gelacht.

»Nimmst du eigentlich alles wortwörtlich?« hakte ich nach. »Mit *hier* war nämlich nicht nur dieser Strand gemeint. Oder die Pension, Quinn.«

»Das macht einfach viel mehr Spaß«, erwiderte er und zuckte mit den Schultern. Dann gab er mir mein Skizzenbuch zurück und seufzte angestrengt. »Aber ja, ich bin nicht wegen dem Job in der Pension hier«, sagte er schließlich. »Natürlich ist es cool sich über den Sommer etwas dazu zu verdienen, aber ich habe diesen Ort gewählt, weil meine Schwester hier ist. Deshalb arbeite ich auch nicht jeden Tag und habe etwas mehr Freizeit eingeplant. Ich brauche nur genug, damit ich hier über die Runden komme, verstehst du?«

»Wieso wohnst du nicht bei deiner Schwester?«, fragte ich.

»Das ist kompliziert.«

»Die Familien-Sache wieder, mh?«

Er nickte langsam. »Erzähle ich dir vielleicht ein anderes Mal.«

»Dann gehe ich jetzt nach Hause«, verkündete ich.

Quinn hielt mich auf, als ich an ihm vorbeigehen wollte. Er stellte sich mir in den Weg, also blieb ich etwas unsicher stehen. Da war er wieder – dieser Blick, unter dem ich das Gefühl hatte, meine Beine würden mich jeden Moment im Stich lassen. Mir jagte ein Schauer den Rücken hinunter, als sich mein Puls beschleunigte. Quinn musste mich noch nicht einmal berühren und ich fröstelte schon.

»Wie wäre es, wenn du etwas für mich tust?« Seine Mundwinkel zuckten. »Auf der Liste stehen noch viele Gefallen, damit wir quitt sind. Schon vergessen?«

»Mensch, Quinn«, beschwerte ich mich. »Hörst du irgendwann auch mal damit auf? Genau, ich bin dir etwas schuldig und bla, bla, bla. Was soll ich als nächstes tun? Mein Erstgeborenes verkaufen? Dich Huckepack zum Mond fliegen? Von dieser dämlichen Klippe hopsen?«

»Hast du ein Erstgeborenes, von dem ich nichts weiß?«, fragte er.

»Nein, Rumpelstilzchen, habe ich nicht.«

»Eine Rakete, um zum Mond fliegen zu können?«

»Hör auf so doof zu fragen«, meckerte ich.

»Dann spring von der Klippe.«

Sein Tonfall verriet mir, dass er es ernst meinte. Also erstarb mir die Frage »Meinst du das wirklich ernst?« sofort auf den Lippen. Quinn grinste.

»Nie im Leben«, antwortete ich sofort. »Ich spring da nicht runter.«

»Aber du hast es doch so schön vorgeschlagen«, meinte er mit Unschuldsmiene. »Oder hast du etwa Angst davor? Ich habe den Sprung auch überlebt.«

»Du bist auch nicht normal *und* du kannst mich nicht zwingen!«

»Kann ich nicht, das stimmt. Aber ich kann dich so lange piesacken, bis du dich aus lauter Verzweiflung hinunter stürzen willst. Du hast einfach Angst.«

»Ja!«, sagte ich. »So etwas macht man schließlich nicht jeden Tag.«

»Eben«, meinte Quinn. »Es ist eine Erfahrung wert.«

»Wieso sollte ich diese Erfahrung machen wollen?«

»Um deine Angst zu überwinden.«

»Nein, danke!«

»Um deine Schulden bei mir abzubezahlen.«

»Macht dich die Vorstellung irgendwie an, zu sehen, wie ich da oben stehe und in Tränen ausbreche?«, fragte ich gereizt.

Quinns Miene wirkte augenblicklich weicher. »Ich mache dir einen Vorschlag. Du versuchst es, mehr nicht.«

»Hörst du dann auf von deiner Liste zu reden?«

Er nickte.

»Du wirst mich auch ganz sicher nicht runterschubsen?«

Er nickte.

»Schwörst du es auf deine Ukulele?«

Er nickte.

»Sag, dass du es schwörst!«

»Ich schwöre«, sagte Quinn in feierlichem Tonfall. »Also, was ist nun?«

»Okay«, antwortete ich. »Auch, wenn ich nicht verstehe, wieso.«

»Vielleicht wirst du das gleich noch«, flüsterte er sehr leise.

Mein Blick wanderte den Strand entlang, bis hin zu den Klippen. Allein beim Anblick rutschte mir das Herz in die Hose. Mit jedem Schritt wurde ich langsamer, je näher wir dem Ziel rückten. Zuvor hatte ich darauf bestanden, mein Skizzenbuch nach Hause zu bringen. Noch mal wollte ich es nicht verlieren. Quinn hatte bei der Gelegenheit seine Sachen ebenfalls dort gelassen. Das stellte mich vor das Problem, dass er später wieder mit zu unserem Haus kommen würde. So schnell wurde man diesen Kerl wirklich nicht los. Der Wind wehte eine kühle Brise übers Meer heran und ich schmeckte Salz auf der Zunge. Um auf die Spitze der Klippe zu gelangen, mussten wir einen Schleichpfad benutzen. Halb gehend und halb kletternd, schaffte ich es nach oben. Rein körperlich kostete es mich nicht besonders viel Mühe – psychisch sah es da schon ganz anders aus. Dort erwartete mich nichts als steiniger Boden. Durch die vielen Unebenheiten erschien es mir, als würde ich mich im Watt bewegen. Der Wind ließ keine lauen Lüftchen, sondern scharfe Wirbel auf der freien Fläche tanzen. Sie schnitten mir frostig in die nackten Arme und Beine. Ich wünschte mir einen Neoprenanzug herbei, besonders bei der Aussicht auf das kalte Wasser. Vermutlich würde ich sterben, als Eisblock absaufen.

Moment - ich würde nicht springen, das hatte ich doch beschlossen!

Quinn steuerte die Kante an und bedeutete mir ihm zu folgen. Mein Blick glitt hinab. Endlose Meter, die meine Position von schäumenden Wellen trennte. Das Rauschen hatte eine seltsam beruhigende Wirkung auf mich.

»Was denkst du?«, fragte Quinn.

Das Starren auf das Tiefblau der Wellen war hypnotisierend.

»Man kann sich in der Vorstellung vom Fallen verlieren.«

»Es ist mehr als das«, sagte er. Ich spürte, wie er mit einer Hand langsam meine Wirbelsäule hinauffuhr, was dazu führte, dass ich den Rücken durchstreckte, weil ich eine Gänsehaut bekam. Der sanfte Druck ließ mein Herz schneller schlagen. Abweisende Worte kamen mir angesichts des Abgrunds zu meinen Füßen nicht wirklich in den Sinn. Vielmehr hatte Quinns Berührung dieses Mal etwas Stärkendes an sich. Etwas, das mich automatisch dazu brachte, einen winzigen Schritt weiter nach vorne zu wagen. »Man kann nicht immer entscheiden, wann einem der Boden unter den Füßen weggerissen wird«, fuhr er fort. »Manchmal steht man vor Tatsachen, die einen so sehr blenden, dass man nur den einen Weg sieht, nicht mehr, welche anderen Möglichkeiten es noch gäbe. Es ist schwer sich von etwas so Beständigem zu lösen. Es gibt diese Augenblicke, in denen man entscheiden kann, ob man frei sein will.«

»Wieso erzählst du mir das?«

»Du hast einfach Angst loszulassen. In etwas Unbekanntes zu fallen.«

Quinn übte mehr Druck auf meinen Rücken aus.

»Woher willst du das so genau wissen?«, fragte ich mit zittriger Stimme.

»Weil ich mich ganz genauso fühle, Jessa. Jedes Mal, wenn ich dich ansehe, habe ich das Gefühl, etwas von mir selbst in deinen Augen zu sehen. Vielleicht ist das einer der Gründe, warum ich hier bin.« Quinn sah mich von der Seite lange an. »Willst du nicht auch manchmal ein Risiko eingehen, um dir sagen zu können, dass du noch lebst? Es zu fühlen?«

Ich schluckte schwer. Er hatte Recht. War es nicht das, was ich sowieso schon tat? Trieb mich nicht immer die Suche nach kalkulierbaren Risiken an? Es gab Mauern, die ich errichtet hatte, aber ein Teil von mir wollte sie immer wieder einreißen und zumindest versuchen ehrlich zu mir selbst zu sein. Die Erinnerungen an Mom, die mich quälten. Oder die Verantwortung für Felix. Die Wut, die ich Dad gegenüber manchmal spürte. Die Einsamkeit, trotz Miranda.

»Wir können wieder gehen, Jessa«, sagte Quinn sanft.

Aber es gab nur noch eine Richtung, in die ich gehen wollte. Fort von Sorgen und Ängsten und Grenzen, die mich gefangen hielten. Quinn wandte sich von mir ab und trat aus meinem Sichtfeld. In mir tobte noch immer ein Kampf.

Du musst mir versprechen auf Felix achtzugeben.

Ich machte einen Schritt nach vorne und der Rand der Klippe kam näher.

Mein Herz begann in meiner Brust zu flattern.

Man kann nicht immer entscheiden, wann einem der Boden unter den Füßen weggerissen wird. Quinn hatte wirklich, wirklich Recht. Nur ein paar Zentimeter vom Abgrund entfernt konnte man entscheiden, ob man zurücktreten oder sich einfach fallenlassen wollte. Ich holte tief Atem. Dann sprang ich. Ohne zu zögern. Zu denken. Eine einfache, impulsive Entscheidung.

KAPITEL 7

Der Fall war ein Wirbel aus Kälte, Eindrücken und Herzklopfen. Jetzt wusste ich, warum sich Superhelden in einer dramatischen Geste vom höchsten Gebäude ihrer Stadt warfen. Es sah nicht nur eindrucksvoll aus, dabei wurde so viel Adrenalin durch den gesamten Körper gepumpt, dass man sich fühlte, als sei man eine Supernova. Unbesiegbar. Das Durchbrechen der Wasseroberfläche war dann schlagartig der Moment, in dem alles aus den Fugen geriet. Genau wie die Wassermassen, die mich einhüllten, klatschten die Gedanken und Gefühle in meinem Inneren so heftig gegeneinander, dass sie zu einem Nichts verschmolzen. Mein Verstand war nicht mehr in der Lage dazu, das Erlebte rational einzuordnen. Erst als ich nach Sauerstoff ringend wieder auftauchte, ebbte das Chaos in meinem Kopf ab, der Adrenalinrausch ließ jedoch nicht nach. Ich strauchelte, als ich den Sandstrand erreichte und ließ mich einfach fallen. Dann begann ich zu lachen. Es kam mir vor, als kitzelte mein Lachen sogar die Wolken, mit solcher Wucht drangen die befreienden Laute aus meiner Kehle.

»Ich glaube, sie dreht durch!«, hörte ich ein hysterisches Kreischen.

»Klingt für mich eher so, als habe sie einen Heidenspaß.«

Ich setzte mich auf und sah in die Gesichter von Fin und Kendra.

»O mein Gott, wie du aussiehst, als hätte dich jemand im Sand vergaben«, sagte Kendra und rümpfte die Nase. »Und deine Haare ...«

Fin hielt mir eine Hand hin, um mich hochzuziehen. »Du bist wirklich von der Klippe gesprungen, das war keine Einbildung, oder?«

»Sie hat neulich jemanden dabei beobachtet«, meinte seine Cousine. »Dass du so verrückt bist und es selber versuchst, hätte ich nicht gedacht.«

»Was macht ihr zwei denn hier?«, fragte ich verwundert. Fin musterte mich von Kopf bis Fuß. »Ja, Sand und Wasser und noch mehr Sand«, murmelte ich.

»Du siehst furchtbar aus«, mischte sich Kendra wieder ein.

»Ich fühle mich aber ganz wunderbar!«, rief ich und grinste breit.

»Ob sie sich den Kopf angeschlagen hat?«, flüsterte Kendra Fin zu.

»Jessa, weißt du, wo du bist?«, fragte Fin alarmiert.

»Leute, es geht mir gut«, versicherte ich den beiden. »Irrer Zufall, euch hier anzutreffen. Es ist doch ein Zufall, oder habt ihr mich etwa gesucht?« Ich schloss den Mund wieder, als ich merkte, wie schnell die Worte heraussprudelten. Mit dem fetten Grinsen im Gesicht musste ich wirklich etwas durchgeknallt aussehen. »Das ist nur das Adrenalin, ich schwöre mir geht es bestens«, fügte ich hinzu.

»Bist du ganz allein hier?«, fragte Finn als nächstes.

Eine Antwort erübrigte sich, als wir alle zeitgleich Quinn aus den Wellen stapfen sahen. Es lag womöglich an dem abklingenden Adrenalin, aber als ich Quinn ins Visier nahm, wurde mir warm ums Herz. Seine Anwesenheit bescherte mir sofort einen klaren Kopf. Kendra hingegen schien ihre Hormone nicht mehr Griff zu haben. Sie schaltete in eine Endlosschleife aus entzücktem Seufzen. Zu ihrer Verteidigung sei zu sagen, dass Quinn keine schlechte Figur abgab, als er aus dem Wasser watete. Das Szenario hatte etwas von sexy Bademoden-Werbung. Er schüttelte den Kopf und Wasser perlte von seinem nassen Haar ab. Sein Shirt klebte ziemlich vorteilhaft an seiner ausgeprägten Brust. Damit ich Quinn nicht wie Kendra ungeniert mit offenem Mund angaffte, wandte ich rasch den Blick ab und sah stattdessen Fin an.

»Ich laufe ungern allein am Strand herum«, sagte ich brav. »Schließlich bin ich ein Mädchen und mir könnten schlimme Dinge zustoßen.«

»Das klingt aber nicht so, als stamme das aus deinem Mund«, sagte Fin belustigt. »Wenn auch was Wahres dran ist. Hat deine Tante das gesagt?«

»Nein, das war Quinn«, antwortete ich ehrlich.

»Ist Quinn das Bond-Girl da vorne?«, fragte Fin mit gerunzelter Stirn.

Ich streifte mir das nasse Haar aus dem Gesicht. »Ja, das ist Quinn.«

»Oh, arbeitet der nicht seit neustem für deine Tante?«

»Genau«, sagte ich. »Wir gehen zu Hause auf dieselbe *Highschool*.«

»Auch das noch«, nuschelte Fin und blickte über meine Schulter hinweg zu Quinn.

»Du bist so sowieso viel zu alt für mich«, scherzte ich.

Fin lachte. »Besser zu alt, als ein Stinkstiefel wie der Kerl da drüben. Er sieht aus, als würde er gleich wie Hulk ein paar Bäume ausreißen gehen, Jessa.«

Ich spähte zu Quinn hinüber, der tatsächlich sehr grummelig wirkte.

»Eigentlich wollten wir dich abholen«, meinte Fin. »Aber als du nicht bei Claire warst, sind wir den Strand entlang gegangen, in der Hoffnung dich zu finden.«

»Quinn ist selbstverständlich auch eingeladen!«, rief Kendra. Sie kicherte und setzte ihr Raubtierlächeln auf, als ihre Augen Quinn erneut fixierten.

»Eingeladen wozu?«, fragte ich verwirrt. Ehe Fin antworten konnte, mischte sich Quinn ein, der nun neben uns stand.

»Du bist tatsächlich gesprungen, Jessa.«

Fin, Kendra und ich sahen Quinn verdutzt an.

»Ja«, sagte ich und lächelte. »Das Abgefahrenste, was ich je getan habe.«

Mein Lächeln wurde so breit, dass meine Wangen schmerzten. Ich war immer noch total aufgekratzt. Mein Herz schlug, als befände ich mich noch immer im freien Fall.

»Quinn«, sagte Kendra und hängte sich an seinen Arm. »Was sagst du zu unserer Einladung, kommst du mit? Das wird so megalustig!«

»Worum genau geht es denn?«, fragte ich, nun doch neugierig.

»Drüben beim alten Bahnhof wird *Danger Ranger* gespielt.«

»*Danger Ranger*?« Klang irgendwie bescheuert. »Was soll das sein?«

»Ebenfalls etwas total *Abgefahrenes*«, imitierte Fin meinen euphorischen Tonfall von eben und ich boxte ihm gegen die Schulter. »Man könnte sagen, es ist die Extremversion von Wahrheit oder Pflicht – nur, dass es hier Pflicht oder Pflicht heißt. Es werden Wetten abgeschlossen, die von den Mitspielern in Kategorien eingeteilt werden. Je höher die Kategorie, umso mehr Geld verdient derjenige, der die Wette oder die Aufgabe erfüllt. Es ist eine ziemlich skurrile Beschäftigung, aber es finden sich immer genug Leute.«

»Ist das eure Vorstellung von Glücksspiel?«

»Manchmal«, sagte Fin vage.

»Er verliert immer einen Batzen Kohle, weil er auf die falschen Leute setzt«, verriet Kendra. »Trotzdem gibt es genug interessante Dinge zu sehen.

Brady Halestrom ist derzeit der ungeschlagene Wettkönig und will heute Abend einen ganz besonderen Coup landen.«

»Ich hab meiner Tante versprochen –«

»Sie meinte, es ist okay, wenn du mit uns gehst«, unterbrach Fin mich. »Sie denkt wohl, dass du besonders verantwortungsbewusst bist, was?«

»Oder sie will uns verkuppeln, jetzt, da meine Langzeitfreundin aus dem Rennen ist. Immerhin bin ich ihr bestaussehender Mitarbeiter.«

Ich blickte automatisch zu Quinn. Genau wie Kendra.

»Nicht euer Ernst«, schnaufte Fin gespielt getroffen. »Findet ihr wirklich, dass Quinn besser aussieht als ich? Das ist hart. Verdammt hart. Cousinchen?«

»Meine Lippen sind versiegelt«, sagte sie unheilvoll grinsend.

»Jessa!«, rief Fin energisch meinen Namen.

»Eine interessante Frage«, meldete sich Quinn zu Wort. »Steh dem Mann Rede und Antwort, Jessa. Ich könnte auch mein Shirt ausziehen, wenn es hilft.«

»Dann will ich meines auch ausziehen!«, sagte Fin.

»Hier zieht niemand irgendetwas aus!«, rief ich laut.

»Du solltest das schon«, bemerkte Kendra. »Dein Outfit ist sehr ... sandig.«

»Wenn sie so nach Hause geht, lässt Claire sie nicht mehr raus.«

Kendra nickte Fin zu. »Wir machen einen Stopp bei uns.«

»Dann ist das jetzt beschlossene Sache?«, fragte ich. Hilflos sah ich zu Quinn, aber der war damit beschäftigt Kendra abzuschütteln, die wie ein Äffchen an ihm klebte und ihn nicht mehr losließ. Irgendwann gab er sich geschlagen und legte ihr einen Arm um die Schulter, als gäbe es nur Möglichkeit eins oder zwei. Ganz nach dem Motto: Kannst du das Mädchen nicht loswerden, nimm es einfach hin.

***

Kendras Eltern waren ausgeflogen und Fins Cousine benahm sich, als wollte sie Quinn gleich hier und jetzt auf der Couch verführen, bis sie sich dann doch wieder Fins und meiner Anwesenheit bewusst zu werden schien. Selbstlos, wie sie war, ließ sie von ihrem Opfer ab und zeigte mir das Badezimmer und, nachdem ich geduscht hatte, ihren Kleiderschrank. »Du benimmst dich jetzt aber nicht wie eines dieser Mauerblümchen aus irgendeinem dämlichen Teeniefilm, oder?«

»Du meinst, ich soll deine Klamotten ehrfürchtig betrachten und dann ganz schüchtern sagen, dass ich so etwas niemals anziehen würde? Kannst du vergessen! Dieses Kleid wollte ich mir letztes Jahr im Sommerschlussverkauf von *Macy's* holen, aber jemand hat es mir vor der Nase weggeschnappt.«

Ich ließ den Stoff des ärmellosen, grünen Kleides durch meine Finger gleiten. An Ausschnitt und Saum saßen schwarze Nieten und die Knöpfe am Rücken waren wie Totenköpfe geformt. Das Teil war der Hammer.

»Tu dir keinen Zwang an«, sagte Kendra und wirkte überrascht.

»Wäre ich dann nicht etwas overdressed?«

»Vorher warst du total underdressed, Jessie.«

»*Jessa.* Und vorher hab ich am Strand abgehangen, wie kann man da bitte underdressed sein? Nein, spar dir deine dämlichen Sprüche einfach.«

»Gott, du bist so herrlich bissig, hätte ich dir nicht zugetraut. Na ja, irgendwie musst du Quinn ja dazu gebracht haben mit dir in die Kiste zu springen.«

»Quinn hat mich dazu gebracht von der Klippe zu springen, nicht in eine Kiste«, erwiderte ich, während ich in das Kleid schlüpfte. Zum Glück hatten Kendra und ich in etwa dieselbe Größe. Ansonsten hätte ich mich trotzdem in das Teil gequetscht, aus Prinzip. Es stand mir verdammt gut. Ich würde es einfach behalten und ihr nie wiedergeben.

»Ach, komm schon, du weißt, was ich meine.«

»Ehrlich gesagt nein, wirklich nicht, *Kendie.*«

Weil meine Haare noch feucht waren und ich keine Lust hatte weitere Zeit für das Föhnen zu verschwenden, schnappte ich mir einen Haargummi aus Kendras Schmuckschatulle und steckte mir die Strähnen zu einem Knoten hoch.

»Dann muss ich Quinn nicht mit dir teilen?«, vergewisserte sie sich.

»Du willst also von ihm flachgelegt werden?«

»Irgendwie klingst du doch etwas eifersüchtig«, meinte sie. »Vielleicht hast du einen falschen Eindruck von mir, Jessa, ich will nicht, dass du verletzt wirst.«

»Könnte passieren, wenn ich mir deine Schuhsammlung so ansehe. Hast du keine Ballerinas, wo wir schon bei flach angekommen sind?«

Kendra lachte. »Ich kann schon verstehen, dass er dich mag.«

»Ja, ja«, sagte ich desinteressiert, weil ich gar nicht hören wollte, was als nächstes kam, aber sie sprach es trotzdem aus. »Die Trennung von ... ich konnte mir ihren Namen nie merken, hat ihn hart getroffen.«

Ich begann Kendras Schuhsammlung zu durchstöbern und probierte ein Paar Stiefel an, das mir auf Anhieb gefiel, aber leider von innen gefüttert und deshalb viel zu warm für die Jahreszeit war. »Ihr Name ist Isabelle«, half ich aus. Ich wusste echt nicht, was ich von Kendra halten sollte. Sie war hin und wieder ganz schön zickig, schien aber auch eine nette Seite zu haben. Es stand noch in den Sternen, ob wir über die Ferien Freundinnen werden könnten oder nicht. Ihre Schuhsammlung hätte ich jedenfalls auf der Stelle geheiratet. Während Kendra fortfuhr, suchte ich weiter nach einem Paar Ballerinas, das ich anziehen konnte.

»Stimmt, ja, Isabelle«, murmelte Kendra. »Fin ist wegen ihr deprimiert!«

Genau. Fin wirkte ernsthaft depressiv ... Nein, definitiv nicht! Fin war so etwas wie eine Sonne in seinem eigenen Universum – immer gut gelaunt und fröhlich. Vielleicht zeigte er seine wahren Gefühle nur nicht, aber auf mich machte es nicht den Anschein, als befände er sich noch in einer tiefen Trauerphase.

»Du solltest dich mal entscheiden«, sagte ich. »Entweder sprechen wir über Quinn oder Fin. Wie schön sich ihre Namen auch reimen, ich finde das Ganze etwas verwirrend und sowieso ist dieses ganze Gespräch echt nicht mein Fall.«

»Mein Kleid aber schon. Steht dir echt gut«, sagte Kendra.

»Vermutlich besser als dir«, erwiderte ich grinsend.

»Mir dir wird es immerhin nie langweilig. Können wir?«

»Sekunde«, sagte ich und schnappte mir ein Paar blaue Halbschuhe. Barfuß zu diesem *Danger-Ranger*-Ding laufen wollte ich dann doch nicht. Die Schuhe waren ziemlich bequem, also hakte ich das Thema in Gedanken ab. »Fertig!«

Ich folgte Kendra die Treppe hinunter. Quinn und Fin (verdammt aber auch, ihre Namen reimten sich wirklich!) saßen draußen auf der Veranda und tranken Bier. »Na, endlich!«, sagte Fin. »Wieso brauchen Mädchen immer so lange?«

»Müsstest du das Warten nicht gewohnt sein?«, fragte Kendra bissig. »Ach, Moment, du hast ja gar keine Freundin mehr. Sie hat dich verlassen.«

»Du Miststück«, meinte Fin, sprang auf und knuffte seine Cousine in die Seite. Kendra kreischte und versetzte ihm einen leichten Klaps gegen die Schulter. Zeitgleich fingen beide an zu lachen, während Quinn und ich einen Blick austauschten, meiner amüsiert, seiner skeptisch. Seine Augen ruhten ungewöhnlich lange auf mir. Ich konnte mir nicht verkneifen ziemlich übertrieben zu posieren und zu sagen: »Ich habe das perfekte Makeover hinter mir. Jetzt kommt die Stelle, an der du mir sagst, wie bezaubernd ich aussehe.«

»Nichts da!«, ging Kendra dazwischen, die den Witz offenbar nicht verstanden hatte. Quinns Mundwinkel zuckten leicht, aber ein Lächeln kam ihm nicht über die Lippen. Dafür mit Blick auf Kendra die Worte: »Du kannst mein Date für heute Abend sein.« *Wow, wie großzügig Mr Paxton.* Kendra jedoch quiekte vergnügt und nahm wieder die Position als Quinns Anhängsel ein. Kein Wunder, dass der Junge solche Arme hatte. Trainieren auch sie täglich mit Barbie! Sie ist anhänglich, sie hat Durchhaltevermögen und sie wird ihnen keine Ruhe lassen, ehe ihnen dank stundenlangem Üben stählerne Muskeln gewachsen sind. Mal im Ernst. Was genau tat Quinn eigentlich, um so auszusehen? Eine Weile starrte ich ihn nachdenklich an, als sei er mein aktuelles Forschungsprojekt.

»Hast du Lust mein Date zu sein?«, riss mich Fin aus meinen Gedanken.

»Braucht man ein Date, um zum *Danger Ranger* zu gehen?«

»Nein, ich habe nur aus Prinzip gefragt.«

»Du meinst, die Leute werden eh denken, wir haben ein Date?«

»So könnte man das auch formulieren«, antwortete Fin.

»Vergiss es, dann hätte ich lieber ein richtiges Date.«

»Mit mir?«, fragte Fin.

»Nein, das habe ich eher aus Prinzip gesagt.«

Fin runzelte die Stirn, vermutlich fragte er sich, ob ich das nun ernst meinte oder nicht. Ich hatte die leise Ahnung, dass an diesem Abend eine Menge Prinzipien über Bord gehen würden. Und sie hatten alle mit Quinn zu tun.

»Auf zu meinem Wagen«, sagte Fin.

***

Der alte Bahnhof machte seinem Namen alle Ehre. Tatsächlich wirkte das Gebäude so, als habe es irgendeinen Krieg überstanden. Das halbe Dach war eingestürzt. Irgendwann hatten die Schindeln sicher ein tiefes Rot gehabt, aber heute sah man nur noch Rost und wildes Pflanzengewächs. Die äußere Fassade bestand aus Backsteinen, die durch die Witterung abgetragen waren. Die Fenster waren mit Brettern zugenagelt. Das Grundstück an sich war ziemlich weitläufig, wegen der unzähligen Gleise, die kreuz und quer in alle Richtungen verliefen. Ein paar still gelegte Züge ruhten nebeneinander in der Nähe eines Bahnsteigs, der aussah, als habe ein Riese ihn mit einem Hammer zerschlagen. Wir quetschten uns durch eine Lücke im Maschendrahtzaun, der das Gelände anscheinend absichern sollte.

»Passt auf, wo ihr hintretet«, warnte uns Fin. Er packte mich am Arm, als ich mit meinem Kleid – äußerst unpraktische Kleidung in diesem Fall – am Zaun hängenblieb. Kendra zog Quinn unbeirrt weiter mit sich. Ich verdrehte die Augen. Mal heiß, dann kalt. Seine Signale waren wirklich total zweideutig.

»Das habe ich gesehen«, sagte Fin. »Läuft da was zwischen dir und Quinn?«

»Wenn ich es herausgefunden habe, bist du der Erste, dem ich es verrate«, sagte ich. »Danke«, fügte ich noch hinzu, da Fin mein Kleid davor bewahrt hatte zu zerreißen.

»Wie genau läuft das jetzt ab?«, fragte ich, als ich in weiter Ferne gedämpfte Geräusche hörte.

»Wirst du sehen, wenn wir drin sind. Lass dich überraschen.«

Wie Diebe schlichen wir um das Gebäude herum, bis wir einen Seiteneingang erreichten. Dann gingen wir durch einen langen Flur und eine Treppe hinunter, bis wir in die Haupthalle gelangten. Dutzende Leute tummelten sich hier wie auf einer Tanzfläche bei einem besonders beliebten Club. Das Licht war gedimmt und verlieh dem Ort dadurch eine etwas unheimliche Atmosphäre. Das Flair war allerdings unverkennbar das eines verlassenen Bahnhofs. Die Anzeigetafeln waren kaputt und blank. Ein Hurrikan aus Konfetti musste hier hindurch gefegt sein, denn das Zeug lag einfach überall herum wie eine billige Deko.

Vor einem abgesperrten Bereich wurden wir aufgehalten. Quinn und Kendra kamen erst in diesem Moment wieder in Sichtweite. Fins Cousine winkte uns heran. »Sie wollen keine Leute mehr durchlassen, die nicht bereit sind mitzumachen«, sagte sie und zog eine Schnute. Sie sah aus wie eine Ente. Als sie weitersprach, hörte ich nur noch: *Quack, quack, quack.*

»Wo ist das Problem? Dann machen wir eben mit«, sagte ich.

»Ziemlich mutig, das zu sagen«, antwortete Fin kritisch. »Es ist nicht ganz ungefährlich und du kennst die Regeln doch gar nicht.«

»Dann leg mal los«, sagte ich abenteuerlustig.

»Okay, pass auf«, begann Fin mit sichtlichem Widerwillen. »Normalerweise sind diese Events für jeden zugänglich. Nicht, dass es irgendwo Ankündigungen gäbe. Diese Sachen verbreiten sich auf die altmodische Art. Man könnte sagen: durch Flüsterpost. Du kannst entweder aktiv teilnehmen, indem du deinen Namen in den Lostopf wirfst, oder du setzt einfach Kohle auf einen der Mitstreiter. Meistens ist es so, dass zwei Leute gegeneinander antreten und versuchen eine Wette zu erfüllen. Es gibt ein Glücksrad, das entscheidet, wie die Wette genau aussieht. Die meisten Leute reißen sich nicht darum mitzumachen und wenn ein besonderer Ansturm an Zuschauern herrscht, so wie heute, dann lassen sie nur noch Leute rein, die gewillt sind ein Risiko einzugehen.«

»Du meinst, all diese Leute hier stehen praktisch Schlange, um überhaupt reinzukommen? Verstehe ich das richtig?«, fragte ich perplex.

»So sieht's aus«, sagte Fin. »Die meisten Spiele werden allerdings auf Leinwand übertragen, damit auch Leute, die nicht reingekommen sind, zuschauen können. Aber da drinnen, hinter der Absperrung, steigt die wahre Action.«

»Und woran macht man den gefährlichen Part des Spiels fest?«

»Das ist immer unterschiedlich, aber es haben sich schon so einige ziemlich üble Verletzungen zugezogen. Seit einiger Zeit ist Brady einfach total verrückt drauf. Das letzte Mal ist er von dem kleinen Wassertank gesprungen, der auf der Ostseite des Bahnhofs steht, und hat sich dabei einen Arm gebrochen.«

»Das klingt nicht gefährlich, sondern dumm«, meinte ich.

»Wenn du einmal dabei bist, kannst du nicht mehr aussteigen.« Fin seufzte schwermütig. Er tippte ein blondes Mädchen an, das neben uns stehengeblieben war. »Hi, Dawna, weißt du zufällig, warum heute Abend so viel los ist? Warum sind die ganzen Leute hier alle so aufgeregt?«

Dawna schenkte Fin ein Lächeln. »Ach, hast du nicht davon gehört? Brady hat eben seinen eigenen Gefahren-Rekord geschlagen und schwimmt praktisch im Geld der ganzen Leute, die gegen ihn gesetzt haben. Deshalb hat er angekündigt, dass es heute Abend ein besonderes Spiel geben wird, bei dem den Gewinnern ein Anteil davon winkt. Bisher haben sich kaum Leute eingetragen. Viele haben Schiss, weil Brady eben Brady ist, und nach der Nummer eben ...«

»Wir haben sie verpasst?«, mischte sich Kendra sichtlich enttäuscht ein.

»Was genau hat er gemacht?«, fragte Fin. Dawna zückte ihr Handy und grinste schelmisch. »Das findet ihr morgen überall im Internet«, sagte sie. »Ich hab es gefilmt. Wollt ihr es sehen?«

Automatisch drängten wir uns um Fins blonde Freundin, um einen Blick auf ihr Video erhaschen zu können. Da wir mitten im Gedränge standen, war es nicht verwunderlich, dass ich angerempelt wurde. Irgendwer drückte mir seinen Ellbogen in den Rücken und ich streckte reflexartig die Hände aus, um den befürchteten Sturz abzufangen. Stattdessen fand ich mich plötzlich an Quinn gepresst wieder, die Handflächen auf seiner Brust ruhend. Ich hob den Kopf und sah in seine blauen Augen. Ich verharrte eine Sekunde zu lange in dieser Position, aber er hielt mich nicht davon ab, ihn zu berühren.

»Bin ich froh, dass du kein Mädchen bist«, meinte ich. »Das wäre ziemlich seltsam gewesen.« *Nicht, dass es so nicht schon seltsam genug war.*

»Du meinst, du grapschst in deiner Freizeit nicht gerne an anderen Mädchen herum? Das ist fast noch enttäuschender als Bradys-wer-auch-immer-Auftritt verpasst zu haben, finde ich.« Quinn räusperte sich. »Gut, bleib einfach so stehen. Ich habe diese Muskeln ja schließlich nicht umsonst.«

Abrupt nahm ich die Hände weg und zog eine Grimasse.

»Sicher, als wäre das totale Absicht gewesen!«

»Gib es zu, es hat dir gefallen, Jessa.«

»Ich habe nicht gesagt, dass es mir nicht gefallen hat, nur, dass es keine Absicht war. Hey, hör auf so zu grinsen. Du weißt doch ganz genau, dass das hier –« Ich fuchtelte wild gestikulierend vor seinem Oberkörper herum. »-der einzige Grund ist, warum weibliche Wesen überhaupt mir dir reden.«

»Sie machen weitaus mehr mit ihren Lippen als reden«, sagte er.

»Zu. Viele. Informationen!«, würgte ich angewidert hervor.

»Hört auf zu streiten und schaut das Video«, ging Kendra dazwischen, als Quinn gerade dazu ansetzte, etwas zu erwidern, das sicher nicht jugendfrei gewesen wäre. Gott, wie ich Kopfkino verabscheute. Vielleicht sollte ich wirklich etwas länger an Quinn herumgrapschen, damit mir ein paar meiner Gehirnzellen abstarben. Vorzugsweise die aus meinen Kurzzeitgedächtnis. Da mein Stolz das nicht zuließ, schenkte ich meine Aufmerksamkeit Dawnas Handy. Die Kulisse war unverkennbar der Bahnhofsvorplatz, den wir eben passiert hatten. Ein hübscher Junge mit dunklen Locken und einem dieser Gesichter, die gut und gerne auf irgendein Werbeplakat gepasst hätten, stand auf einem kleinen Podest. Mal abgesehen davon, dass er echt heiß war, trug er einen Umhang und eine runde Brille und erinnerte mich damit an Harry Potter. Dass Brady ein Zauberer war, bewiesen die nächsten Minuten des Videos. Ich konnte nicht genau jeden Wortlaut verstehen, weil der Geräuschpegel um uns herum stieg, aber es war genug. Brady verkündete, er wolle einen neuen Rekord aufstellen, was die Zeit einer Wette betraf, die man, seitdem es das *Danger-Ranger*-Spiel gab, nicht mehr realisiert hatte. Warum ... Tja, auch das wurde in den nächsten Minuten deutlich. Das Video zeigte Bilder einer großen Anhängerschaft, die Brady wie eine bunte Masse nach draußen folgte. Brady ließ sich von zwei Mädchen, die aussahen, als würden sie tatsächlich bei einer Magiershow assistieren, festketten. An. Ein. Verdammtes. Gleis. Das musste ein schlechter Scherz sein. Neben mir hörte ich Kendra scharf die Luft einziehen, während Dawna ein begeistertes Jauchzen ausstieß.

»Er hat das alles genau abgepasst«, erklärte sie, als der Ton kurz ausfiel und Bradys Lippen sich stumm auf dem Display bewegten. »Der Bahnhof hier ist zwar stillgelegt, aber ab und zu werden Nachtzüge über ein paar der älteren Gleise umgeleitet, damit sie nicht durchs Zentrum fahren müssen.«

Scheiße aber auch. Der Kerl hatte sich an Eisenketten auf ein Gleis binden lassen, über das ein verdammter Zug rasen würde. Das war wirklich gefährlich. Ein kleiner Teil meines Unterbewusstseins fand es spannend. *Ja, das ist der Kick bei der ganzen Sache. Das Spiel mit dem Feuer.* Mein Herz klopfte einen erwartungsvollen Rhythmus und ich fragte mich, wie es gewesen sein musste, das alles live mitzuerleben. Ich beobachtete, wie Brady sich melodramatisch gegen seine Fesseln aufbäumte. Wie der Zug zuerst kaum hörbar, dann schrecklich schnell sichtbar wurde. Dampfwolken, die durch die Luft wirbelten. Das Zischen einer Maschine, die arbeitete. Die Menschenmenge in der Aufnahme übertraf die Stimmen hier in der Halle bei weitem. Die Anspannung war greifbar.

»Das ist doch ein dämlicher Trick«, sagte Quinn.

»Ich stimme dir zu«, meinte Fin. »Das kann doch nicht –«

»Sch!«, zischte Kendra. »Ich will das sehen.«

Der Zug kam näher. Irgendwo im Hintergrund zählte jemand eine Art Countdown herunter. Das war mir zuvor nicht aufgefallen, aber jetzt war der dunkle Singsang umso deutlicher zu hören. Kendra klammerte sich unwillkürlich an meinem Arm fest und wir tauschten einen unruhigen Blick. Brady war noch immer dabei sich zu befreien, auch wenn die Aktion keine Fortschritte machte. Dann ging alles rasend schnell. Der Zug war so nah, dass die Umstehenden zurückwichen. Einige kreischten. Die Kamera wackelte enorm. Brady stieß einen Schrei aus, dann fegte der Zug über das Gleis hinweg.

Er hatte sich keinen Zentimeter bewegt. Rattern und schwarzes Flackern. Dann war der Zug vorbei. Brady stand noch immer auf den Gleisen. Gleise, über die der beschissene Zug gerast war. Als wäre es ihm eine leichte Übung, schüttelte er die Ketten mit flinken Bewegungen seiner Handgelenke ab und ließ sich von einer wogenden und jubelnden Fangemeinde verschlucken. Das Video endete abrupt in Gelächter und schrillen Tönen.

»Das war der genialste Trick der Geschichte des *Danger Ranger*!«, jauchzte Dawna. Kendra und ich sahen uns nicht in der Lage etwas dazu zu sagen. Wir blickten uns ungläubig an und schwiegen.

»Wie zur Hölle hat er das gemacht?«, fragte Fin mit sichtlichem Erstaunen.

»Ich denke jetzt nicht mehr, dass es dämlich war, aber ein Trick ganz sicher«, sagte Quinn. »Illusionisten haben doch alle ihre Geheimnisse.«

»Er hatte hunderte Zeugen!«, verteidigte Dawna Brady. »Der Kerl ist der helle Wahnsinn, dass verdient Respekt. Entschuldigt mich jetzt, meine Freundinnen warten. Wir wollen versuchen irgendeinen Platz zu finden, von dem aus wir besser sehen können, wer sich anmeldet. Ich glaube kaum, dass das heute Abend noch getoppt wird.«

Sie drückte Fin kurz zum Abschied an sich. Unsere Vierergruppe bildete einen kleinen Kreis und wir alle tauschten entgeisterte Blicke.

»Immerhin hat dir das jetzt den Wunsch ausgetrieben mitzumachen. Jessa? Jessa, ich rede mir dir. Bitte sag mir nicht ... Mist! Ich hätte dich nie mitnehmen sollen. Wir verschwinden jetzt. Sofort«, sagte Fin und klang dabei etwas verärgert.

»Es ist eine Überlegung wert«, murmelte ich nachdenklich.

»Ich bin Fins Meinung«, sagte Quinn in barschem Tonfall. »Du machst da nicht mit.«

»Keiner von euch hat mir irgendetwas zu verbieten«, sagte ich ruhig. »Außerdem warst du es, der mir heute beigebracht hat, dass es Momente gibt, in denen es sich lohnt ein Risiko einzugehen, Quinn.«

»So meinte ich das nicht«, erwiderte er defensiv.

»Ich könnte meine Schulden abbezahlen.«

»Ich habe dir schon einmal gesagt, dass ich kein Geld will!«

»Vielleicht änderst du deine Meinung ja, wenn ich es erst mal habe.«

»Jessa, ich –«

»Das ist eine einzigartige Chance für mich«, fuhr ich fort. »Spaß haben und dafür bezahlt werden? Das ist ein wirklich verlockendes Risiko.«

»Du weißt doch gar nicht, worum es geht«, kam Fin wieder mit einem lahmen Argument an. »Komm schon, Jessa.«

»Lass sie, wenn sie will«, sagte Kendra und klang dabei ziemlich schnippisch. »Falls ihr es noch nicht bemerkt habt: Sie ist ein totaler Sturkopf und ihr müsstest sie schon hier rausschleifen, um zu verhindern, dass sie ihr Ding durchzieht.« Kendra sah mich mit einem verschwörerischen Glitzern in den Augen an. »Viel Glück.«

»Jessa!«, sagte Quinn, aber ich streckte ihm die Zunge raus und duckte mich unter dem erhobenen Arm eines Jungen hindurch und war kurz darauf in der Masse untergetaucht. Vor der Absperrung löste sich der Andrang etwas auf. Ein bulliger Kerl mit einem Haufen Tattoos musterte mich ausdruckslos.

»Du zahlst zehn Dollar, wenn du mitmachen willst.«

Ich fischte einen Schein aus meiner Tasche.

»Nach dir«, meinte der Fremde. Ich kam mir vor wie ein Schäfchen, das zu seiner Herde getrieben worden war. Wie auf dem Präsentierteller. Viele Augenpaare hatten sich auf mich gerichtet und Blicke wanderten zwischen mir und meinen Mitstreitern hin und her. Es waren doch einige. Auf die Schnelle konnte ich sie jedenfalls nicht zählen. Neben mir gab es nur ein anderes Mädchen, das sich angemeldet hatte. Man wies uns an, durch einen breiten Gang in eine große Halle zu laufen. Gerade als sich jemand bemerkbar machte, der unverkennbar Brady höchstpersönlich war, gab es einen lauten Knall und mit einem Schlag gingen alle Lichter aus, weil die Glühbirnen geplatzt waren.

»Keine Panik, hier brennen öfters mal die Leitungen durch!« Das musste Bradys Stimme sein. Stille legte sich wie die Finsternis über uns.

»Oh, ich glaube, Panik wäre doch angebracht!«, rief jemand.

»Hört ihr das?«, fluchte eine andere Person. Sirenen. Eine Menge.

»Wenn das so ist, vergesst das Spiel«, sagte Brady. »*Code Red!*«

Keine Ahnung, was genau *Code Red* bedeuten sollte. Aber auch wenn ich keine gute Nachtsicht besaß, so wusste ich doch, dass sich plötzlich alle aus dem Staub machten. Schritte, Getrampel und unliebsames Gedrängel setzte ein. Dieses Mal bekam ich mehr als einen Ellbogen ab. Instinktiv lief ich mit dem Strom, bis ich dank eines unglücklichen Zufalls gegen irgendeine Wand gepresst wurde. Ab diesem Zeitpunkt steckte ich fest. Erst, als die Leute nur noch vereinzelt an mir vorbeirannten, konnte ich wieder tief durchatmen. Mir entfuhr ein Schrei, als jemand meinen Arm packte und ich vor Schreck fast einen Herzinfarkt erlitt.

»Erinnere mich daran, dass ich dich umbringe, wenn wir hier raus sind.«

Erleichtert atmete ich auf, als ich Quinns Stimme erkannte. Unsanft zog er mich in eine unbekannte Richtung. Meine Augen hatten sich noch immer nicht an das Dämmerlicht gewöhnt und ich kam nicht auf die Idee mein Handy als Leuchte zu benutzen, weil ich viel zu aufgeregt war. Die Sirenen wurden lauter.

»Du bist wegen mir zurückgekommen?«, fragte ich leise.

Der Grund unter uns begann zu vibrieren und ein Kribbeln kroch meine Beine hoch. Quinn bekam keine Gelegenheit mehr zu antworten, denn im nächsten Moment verloren wir tatsächlich den Boden unter den Füßen. Der Sturz war kurz und hart. In diesem Augenblick wurde mir klar, dass ich die nächsten Stunden in einem dunklen, nassen Loch in einem alten, verlassenen Gebäude verbringen würde. Zusammen mit Quinn Paxton. Halleluja!

KAPITEL 8

Staub rieselte in meine Augen und ich musste wieder blinzeln. Etwas benommen öffnete ich die Lider. Heißer Atem streifte meinen Hals und weiches Haar kitzelte meine linke Wange. Quinn war in dem dunklen Durcheinander mitten auf mir gelandet und sein Körper drückte mich unsanft gegen den harten Untergrund. Der Kerl war ziemlich schwer und die Position alles andere als gemütlich. »Hast du dir was getan, Jessa?«, fragte er und Wärme lief über mein Schlüsselbein hinauf zu meinem Ohr.

»Mir geht es bestens«, sagte ich. »Du könntest mal von mir runtergehen.«

»Das geht nicht«, stöhnte er angestrengt.

»Ich hab jetzt echt keine Lust auf –«

»Ich klemme mit dem Arm irgendwo fest. Ich kann mich nicht bewegen.«

Erst jetzt spürte ich sein hämmerndes Herz, das gegen meine Brust schlug. Das Einzige, was ich einsetzen konnte, war meine linke Hand. Ich fischte mein Handy aus einer kleinen in das Kleid eingenähten Tasche und drückte ein paar Tasten. Das aufglühende Licht stach mir in die Augen. Mehrere Sekunden verstrichen, ehe ich erneut etwas sagte. »Wie schlimm bist du verletzt? Hast du Schmerzen?« Quinn drehte das Gesicht und seine Lippen berührten kurz mein Kinn. Der Geruch seines Shampoos stieg mir in die Nase, dann ein Hauch muffiger Luft und etwas, das verbranntem Plastik glich. Ein Schaudern lief mir über die Haut.

»Ich hab dich was gefragt!«, sagte ich panisch.

»Mit mir ist alles in Ordnung«, knurrte er.

»Ich versuche mich zu bewegen, okay?«, fragte ich. »Wenn ich dir weh-«

»Tu es einfach, Jessa, sonst kommen wir hier nie raus.«

Ich ließ das Handy los und tastete über den Boden. Mehrere spitze Steine bohrten sich in meine Handfläche, aber ich fand nirgends Halt. Mir blieb nichts anderes übrig, als langsam unters Quinns Körper herauszukriechen. Die nächsten Minuten waren eine Qual. Ein Zerren und Ziehen, Drücken und Schieben. Quinn gab ein paar schmerzverzerrte Laute von sich, sagte aber kein Wort. Keine Ahnung, wie lange es dauerte, bis ich frei war. Aber schließlich hatte ich es geschafft. Mir tat jeder Knochen weh. Ich richtete mich auf, nahm wieder meine provisorische Leuchte zur Hand und begutachtete Quinns Situation. Er lag auf dem Bauch, den linken Arm unter einer schweren Steinplatte begraben. Schweißperlen standen ihm auf der Stirn und Blut tropfte ihm die Schläfe hinunter. Ich musste mich unglaublich zusammenreißen, doch ich schaffte es Ruhe zu bewahren und machte mich schließlich ans Werk Quinn zu befreien. Es war ein kompliziertes Unterfangen, wenn auch wesentlich leichter, als ich zunächst gedacht hatte. Mit Hilfe einer Stange und Dutzender Versuche hob ich die Platte an und Quinn rollte sich zur Seite.

Keuchend lag er auf dem Rücken und schloss die Augen. Ich betastete seine Finger, was ihn zusammenzucken ließ. »Ich glaube, gebrochen ist nichts.«

»Danke für die Warnung«, grummelte er und setzte sich auf. Jede Menge Schürfwunden und Quetschungen ließen die Verletzung vermutlich schlimmer aussehen, als sie war. Am liebsten hätte ich losgeheult, aber das konnte ich vor Quinn einfach nicht. »Und war dir das genug Risiko für einen Abend?«

»Wieso bist du zurückgekommen?«, schimpfte ich.

»Normalerweise sagt man einfach: Danke.«

»Entschuldige.«

»Danke.«

»Danke!«, rief ich.

»Schrei noch lauter, vielleicht findet uns dann die Polizei sofort.«

»Du wolltest, dass ich mich bedanke.«

»Nicht so«, sagte er.

»Vielleicht wäre das nicht schlecht. Wenn sie uns finden.«

»Schlecht nicht unbedingt, aber unvorteilhaft. Was würdest du ihnen sagen? Dass wir an illegalen Spielchen teilgenommen haben, in eine Sperrzone eingedrungen sind und dabei das Gebäude eingestürzt ist, Jessa?«

»Scheiße, du hast Recht.«

»Du solltest öfter auf mich hören.«

»Quinn, wieso bist du zurückgekommen?«, fragte ich erneut.

»Na, wegen dir, Dummkopf.«

»Wiederhole das ruhig, dann wachsen meine Schuldgefühle noch mehr.«

»Das ist nicht deine Schuld. Es war ein Risiko herzukommen.«

»Anscheinend sind es doch nicht alle Risiken wert, eingegangen zu werden«, sagte ich schwermütig. »Ich dachte nur, dass ich so das Geld –«

»Ich war nicht derjenige, der wieder mit den Schulden angefangen hat«, unterbrach Quinn mich. »Außerdem liegt es nicht am Geld, dass du mitmachen wolltest. Das weißt du genauso gut wie ich. Gesteh es dir einfach ein.«

»Was soll ich mir eingestehen?«, zischte ich entrüstet.

»Lass uns nicht wieder streiten.«

Ach, jetzt wollte Quinn der Vernünftigere von uns beiden sein?

»Du hast gesagt, deine Gitarre wäre unbezahlbar wegen deinem Dad«, meinte ich stur. »Aber trotzdem ist es nicht falsch, dir den Geldwert zu ersetzen.«

»Das war sie auch. Wirklich unbezahlbar«, erwiderte er. »Mein Dad hat immer gesagt, er würde sie mir nur über seine Leiche anvertrauen. Dieses Instrument war sein Ein und Alles. Mein Dad hat mir das Spielen beigebracht. Wir saßen immer zusammen in unserem alten Baumhaus und haben Lieder geschrieben, Noten Leben verliehen ... Es war magisch. Nach seinem Tod gehörte die Gitarre mir und zuerst wollte ich sie gar nicht mehr haben. Aber dann habe ich mich daran geklammert, als würde ein Teil von Dad in ihr weiterleben.«

Das Licht meines Handys war seit einer Weile erloschen, aber ich zögerte eine der Tasten zu drücken, um es zurückzuholen. Quinns Stimme klang eingehüllt in Dunkelheit und Erinnerungen so unglaublich leicht und einnehmend, dass mir das Herz immer schwerer wurde.

»Ich kannte deine Mom nicht, Jessa«, sagte Quinn. »Aber ich weiß, was es bedeutet jemanden, der einem wichtig ist, zu verlieren. Und ich weiß, dass man auf verrückte Ideen kommt, um den Schmerz zur Seite drängen zu können.«

»Danke für die gratis Analyse meiner Psyche« sagte ich spöttisch. »Aber wenn du schon an einer Baustelle arbeiten willst, dann fang bei dir selber an, Quinn!«

Stille legte sich über uns. Unendliche, sich ausbreitende Stille.

»Jessa, bist du noch da?«

»Nein, ich bin in den letzten Minuten aus dem Loch geflogen. Natürlich bin ich noch da«, sagte ich zynisch. »Es ist nur ... Die Sache mit deinem Dad hat mich gerade etwas verunsichert. Ich hasse es, wenn die Leute einen behandeln, als wäre man aus Porzellan, weil man jemanden verloren hat. Aber irgendwie ist es noch viel schlimmer, jemanden zu kennen, der dasselbe erlebt hat. Dabei soll das doch eigentlich helfen, oder? Darüber zu sprechen.«

»Ich weiß genau, was du meinst«, sagte Quinn leise.

»Dein Dad klingt wie eine wundervolle Person.«

»Du meinst, es klingt, als sei er eine gewesen«, verbesserte er mich.

»Nur, weil er tot ist, bedeutet das doch nicht, dass er nicht immer noch wundervoll ist, oder? Von Liebe spricht man auch nicht in der Vergangenheit.«

Quinn schwieg. Nach einer Weile durchbrach ich die Stille.

»Wie geht es deinem Arm?«

»Ganz okay«, antwortete er tonlos. »Wir sollten eine Weile warten, bis wir das Grundstück verlassen. Wenn wir es überhaupt hier rausschaffen.«

»Ich hab hier keinen Empfang«, murmelte ich, als ich einen Blick auf das Display des Handys warf. Natürlich nicht. Seufzend leuchtete ich meine Umgebung ab. Quinn saß direkt unter dem Loch in einem Haufen aus Staub und Brettern, umgeben von Trümmern. Ein paar morsche Holzkisten leisteten uns Gesellschaft, aber es gab keine Fenster, geschweige denn war eine Tür in Sicht. Was für ein Raum hatte keinen einzigen Ausgang? Wir mussten mehr als zwei Meter tief gefallen sein. Selbst, wenn ich mich auf die Zehenspitzen stellte, erreichten meine Finger nicht den Rand des Lochs, das uns verschluckt hatte. Ich ließ mich neben Quinn sinken und betrachtete seine blutige Schläfe.

»Du hast bestimmt eine Gehirnerschütterung«, sagte ich besorgt und streckte die Hand aus, um ihm das Haar aus dem Gesicht zu streichen, aber er wich mir aus. Im Neonlicht wirkte seine Haut fahl und kränklich. »Sorry.«

»Was ist mit dir?«, fragte er. »Bist du verletzt? Immerhin bin ich auf dir gelandet, eigentlich müsstest du zumindest einen Kratzer haben.«

»Ich vermisse nur meine Handtasche«, sagte ich und deutete nach oben. Beim Sturz musste sich der Träger irgendwo verfangen haben. Wie eine kaputte Lampe baumelte das Teil an einer Ecke herunter, zu weit oben, um es erreichen zu können. »Gut, dass ich mein Handy noch in die Tasche meines Kleids gesteckt habe, bevor wir los sind.«

»Wenn es Empfang hätte, würde ich dir garantiert zustimmen.«

»Kendra schickt bestimmt eine Suchmannschaft nach dir los«, sagte ich.

»Fin eine nach dir«, gab er schnell zurück.

»Da bin ich mir nicht sicher. Ich habe ihm schließlich keine Avancen gemacht«, sagte ich und es klang vorwurfsvoll. Ich suchte im Menü nach der Taschenlampen-App, damit das Handy uns dauerhaft Licht spendete, auch, wenn das ganz schön auf die Batterie ging.

»Du willst ausgerechnet jetzt darüber reden?«

»Warum nicht?«, fragte ich. »Wenn wir etwas haben, dann Zeit.«

Quinn sah mich an, als wolle er durch mich hindurchstarren.

»Ich kann deine Unterwäsche sehen«, sagte er abrupt.

»Was?« Ich blickte an mir herunter. Tatsächlich fehlten mehrere der Knöpfe an dem Kleid und mein schwarzer BH blitzte unter dem grünen Stoff hervor. Ich zuckte mit den Achseln. »Lass dich von dem Anblick wärmen«, scherzte ich. Hier unten war es wirklich ziemlich kalt. Ich spürte ein aufkommendes Kratzen im Hals und als ich schluckte, wurde er staubtrocken. Das war nicht gut.

»Da musst du mir schon mehr zeigen, wenn du mir einheizen willst.«

Aha. Da war er wieder der arrogante Ton in seiner Stimme und der Gesichtsausdruck, der puren Ärger bedeutete. Über solche Momente wurden Songs geschrieben. Bad Boys und ihre verdammt selbstverliebte Attitüde.

»Gib Bescheid, wenn du kurz vorm Krepieren bist, dann erweise ich dir einen Mitleidsdienst«, sagte ich tonlos. »Meine Lippen können auch mehr als küssen.«

»Davon bin ich überzeugt«, lachte er. Seine Augen wanderten zu seinem verletzten Arm, den er im selben Moment anhob und zu bewegen versuchte.

»Danke, dass du zurückgekommen bist«, flüsterte ich ganz, ganz leise.

Unsere Blicke trafen sich und lange Zeit sagte keiner ein Wort. Ich verlor das Duell und senkte zuerst den Kopf. Ich rückte noch ein weniger dichter an Quinn heran, winkelte die Beine an – meine typische Zeichenpose – und dachte über unsere Möglichkeiten nach. Automatisch rieb ich Zeigefinger und Daumen aneinander. Aber da ich keinen Stift in der Hand hielt, spürte ich nur den Druck auf meinen eigenen Fingern. Mit jeder Minute, die verstrich, wurde es merklich kälter. Ich hätte das Gefühl gut aushalten können, wäre da nicht meine Kehle gewesen, die immer gereizter auf die scharfe Luft reagierte. Meine Atmung gleichmäßig zu halten, hatte ich in vielen Übungen gelernt. Aber wenn das so weiterging, würde ich dringend mein Asthmaspray benötigen. In meiner Handtasche war das super aufgehoben.

Plötzlich legte Quinn einen Arm um mich und zog mich an sich. Die Berührung prickelte und meine Haut fühlte sich dadurch halb taub an.

»Du bist eiskalt«, sagte er. Er selber trug ein Shirt und musste daher den Abfall der Temperatur ebenfalls bemerkt haben. Trotzdem fühlte sich sein Arm unglaublich warm an. Ich schloss wieder die Augen, um mich auf meine Atmung fokussieren zu können. »Bekommst du wieder einen Anfall?«

»Normalerweise passiert das nicht so oft«, nuschelte ich.

»Hilft es, wenn du dich ablenkst?«

»Ich weiß nicht, wie«, gab ich zu. »Ich gerate zu schnell in Panik.«

»Das ist schwer zu glauben, du bist immer die Ruhe selbst, Jessa.«

»Oh, innerlich drehe ich ganz schnell durch«, gestand ich. »Ich bin einer dieser schrecklich jähzornigen und impulsiven Menschen.«

»Erzähl mir etwas von deiner Mom.«

»Das Thema macht es nicht besser.«

»Hast du keine glücklichen Erinnerungen an sie?«, fragte Quinn.

»Unendlich viele. Sie hat mich und Felix geliebt.«

»Felix ist anders als andere Kinder, oder?«

»Ja«, sagte ich. Mit einem Mal riss mich etwas aus meiner Trance. Ich drehte den Kopf zur Seite und sah Quinn direkt an. »Wieso willst du das alles wissen? Wo sind denn all der Sarkasmus und die Ablehnung hin?«

»Dasselbe könnte ich dich fragen«, sagte er.

»Ich bin zu erschöpft. Wie lautet deine Ausrede?«

»Vielleicht blutet der ganze Sarkasmus gerade aus mir heraus.«

»Das ist nicht witzig!«

»Was findest du dann witzig?«

»Deine Versuche witzig zu sein jedenfalls nicht. Wir sollten machen, dass wir hier rauskommen. Ich versuche aus den Kisten etwas zu bauen, worauf ich stehen kann, und dann werde ich hochklettern«, schlug ich vor. Rasch war ich wieder auf den Beinen und inspizierte die Holzkisten dieses Mal aus der Nähe. Ich war zwar nicht besonders schwer, aber ich zweifelte stark daran, dass mich die Dinger lange aushalten konnten. Quinn beobachtete eine Weile mein Treiben und der schiefe Turm von Jessa ließ ihn die Stirn runzeln.

»Das ist wirklich keine gute Idee.«

»Hast du eine bessere?«, fragte ich. Mein Tonfall blieb freundlich. Ich war wirklich nicht scharf darauf, dieses Ding auszuprobieren, aber etwas anderes blieb mir nicht übrig. Eine bessere Lösung wäre mir sofort willkommen gewesen.

»Nein.«

Wortlos zuckte ich mit den Achseln und stellte mich auf den Rand der ersten Kiste. Meine Finger fanden leicht Halt, aber sich hochzuziehen, um immer höher zu klettern, war schwierig. Wackelig wurde es, als ich es auf die letzte Kiste geschafft hatte und versuchte mein Gleichgewicht zu halten. Ich bekam den Rand des Lochs zu fassen, wollte mich gerade hochziehen, als mein Fuß durch das Holz brach und ich erschrocken inne hielt. Quinn stemmte sich mit seinem unverletzten Arm gegen den Turm, aber es half nichts. Ich schnupperte eine Sekunde lang die Freiheit, dann nur noch Staub. Mit einem ohrenbetäubenden Krachen brach das Gebilde unter mir zusammen. In dem Durcheinander wusste ich nicht mehr, wo oben und unten war. Der zweite Sturz war viel unsanfter. Die schwere, dicke Luft schmeckte nach jeder Menge Dreck. Es fühlte sich an, als würde der Moder sich sofort in meinen Atemwegen ablagern und diese verengen. Für ein paar Augenblicke war ich wie weggetreten.

»Die Frage nervt allmählich, aber alles okay, Jessa?«

Quinn. Ich öffnete die Augen. Ein Déjà-vu rüttelte etwas in mir wach, wie eine Ohrfeige es bestenfalls getan hätte. Bei dem Versuch mir zu helfen, musste er mich irgendwie abgefangen haben, denn ich lag auf ihm drauf.

»Mir geht es jedenfalls bestens«, meinte er. »Du könntest mal von mir runtergehen.«

»Das geht nicht«, stöhnte ich atemlos. Quinn stieß ein heiseres Lachen aus. Er hielt das wohl für einen kleinen Spaß, weil die Situation natürlich einfach zu lächerlich war, als dass ich mir solch eine ulkige Bemerkung hätte verkneifen können. Ich war bereits in die vertraute Phase zwischen Panik und Schnappatmung verfallen. Nun schien auch Quinn klar zu werden, dass es mir schlecht ging. Miranda hatte mich einmal gefragt, wie ich es bloß aushalten würde, nie zu wissen, wann ich das nächste Mal einen Anfall erleiden würde. Wie es sich anfühlte, in dem Bewusstsein zu leben, dass man jederzeit ersticken konnte. Das hatte mich zuvor noch niemand gefragt. Damals musste ich erst ein wenig darüber nachdenken. Die Welt begann jedes Mal stillzustehen, als besäße ich eine Superkraft. Ich nahm alles verzögert wahr, während mir das Herz bis zum Hals schlug und mein Keuchen wie die Titelmusik aus einem Horrorfilm das Brennen in meiner Brust untermalte. In diesen Sekunden entschied sich mein Verstand stets dafür mir vorzugaukeln, dies sei das endgültige Ende. Dann war nur noch Panik in mir.

Wie ich mit dieser Krankheit lebte? Ich versuchte sie, so gut es ging, in den Hintergrund zu drängen, aber in Momenten wie diesen war ich machtlos und meinem eigenen Körper ausgeliefert. Das schrecklichste Gefühl, das ich kannte.

»Jessa.«

Wie durch einen dicken Film Wasser drang Quinns Stimme zu mir durch. Er sagte mehr als meinen Namen. Die Worte mussten gegen etwas Zähes ankämpfen und kamen nur bruchstückhaft in meinem Kopf an. Ich verstand nicht, was Quinn wollte. Ich starrte ihn an, ohne zu blinzeln. Durch das Hyperventilieren wurde mir schwindelig und schlecht. Ich wünschte mir nur noch, dass es endlich aufhören würde. Quinn hievte mich von sich herunter und plötzlich lag ich auf dem Rücken. Saß aufrecht, nachdem er mich wie eine leblose Puppe hochgezogen hatte. Seine Finger drückten gegen meine Muskeln, aber die Empfindung wollte nicht ganz in meinem Gehirn ankommen. Eine Hand wanderte in meinen Nacken. Wärme und Prickeln, um so vieles stärker als bei seiner ersten Berührung, machten mich benommen. Dann tat Quinn Paxton etwas, von dem ich gehört hatte, er würde es aus den skurrilsten Gründen, einfach nicht tun. Er selbst hatte es mir gesagt.

Quinn küsste mich.

Kalte Lippen, die sich gegen meine drängten und mich zwangen den Mund zu öffnen, als wäre es meine Pflicht mich dem Kuss hinzugeben. Er zog mich enger an sich und verhinderte, dass ich den Kopf wegdrehen konnte. Dann füllte sich mein Mund mit Luft als Quinn mir wie einer Ertrinkenden Sauerstoff eintrichterte. Zuerst reagierte ich gar nicht darauf, aber dieser seltsame Kuss schaffte es die Panik in etwas Zuckerwatteweiches zu verwandeln. Etwas, gegen das es sich nicht anzukämpfen lohnte. Quinn löste sich von mir, als ich ruhiger wurde und nicht mehr wie eine Irre herumzappelte. Ich atmete tief durch. Mein Herz überschlug sich so heftig, dass ich keine anderen Geräusche hören konnte. Ich fragte nicht, warum er das getan hatte. Ich konnte nicht.

»Anfall abgewendet?«

Ich wollte nicken. Mein Gehirn befahl mir zu nicken, aber stattdessen schüttelte ich den Kopf.

Nun lächelte Quinn selbstgefällig. Ich starrte weiter. Einige Sekunden, vielleicht sogar Minuten verstrichen und niemand rührte sich.

»Ich küsse normalerweise keine Mädchen«, sagte er.

»Ich weiß«, sagte ich. Unsere Aussagen waren unnötig, doch es war, als würden sie ein wenig Distanz zwischen uns bringen und an die Stelle von etwas anderem treten. Etwas wirklich Verrücktem.

»Ich wollte das nur klarstellen«, meinte er.

»Ich weiß«, sagte ich wieder.

Dann vergrub er die Finger in meinem Haar und ich meine in seinem. *Gott, er konnte unglaublich gut küssen!* Ich spürte ein Ziehen im Magen, ein Schaudern auf der Haut und rein gar nichts in meinem Kopf. Der war wie leer gefegt und wieder dem zuckerwatteweichen Etwas gewichen, das sich so wahnsinnig gut anfühlte. Quinn stöhnte. Ich keuchte. Wir küssten uns weiter. Schneller, energischer und mit solcher Wucht, dass man meinen könnte, wir würden an einem Wettbewerb teilnehmen. Er ließ eine Hand zu meiner Hüfte wandern und die Kälte seiner Finger ließ mich erzittern. Reflexartig biss ich ihm auf die Unterlippe. Ich kicherte. Verdammt. *Ich. Hatte. Gekichert.* Quinn lächelte kurz, dann waren seine Lippen wieder mit etwas anderem beschäftigt. Innerhalb der nächsten Küsse lag ich wieder auf dem Rücken und Quinn presste mich zu Boden. Mir war es echt scheißegal, wie nass und hart der Untergrund war. Alles, woran ich denken konnte, waren seine Hände auf meiner Haut. Meine Finger streiften seinen verletzten Arm und er ließ von mir ab. Ich stieß einen langen Seufzer aus und fuhr mir über den Mund.

»Fuck«, fluchte ich laut.

»Fuck«, sagte auch Quinn. Dann: »Jetzt weiß ich wieder, warum ich keine Mädchen küsse.« Anschließend starrten wir einander hungrig an und dieser Hunger hatte nichts mit Essen zu tun (obwohl eine Pizza in unserer Lage sicher auch nicht schlecht gewesen wäre). Mist. Was hatte ich getan? Wir hatten die Grenze überschritten, um die wir die ganze Zeit herumgetanzt waren. Seit der Party war da etwas zwischen uns gewesen und jetzt stand auch fest, was. Ich hatte eine Schwäche für Quinn. Und wie es aussah, er auch für mich.

KAPITEL 9

»Das hat gar nichts zu bedeuten!«, sagte ich und verschränkte die Arme vor der Brust. »Es ist einfach aus dem Moment heraus passiert«, fügte ich hinzu. »Ich meine, ich war gerade am Ersticken und du hast das ausgenutzt und –«

»Jessa.«

»- mich einfach geküsst und irgendwie bin ich jetzt total durcheinander und frage mich, warum ich den Kuss erwidert habe. Versteh mich nicht falsch, du kannst echt verdammt gut küssen, aber eigentlich kannst du ein ziemlicher Arsch sein und ich deute ständig deine Signale falsch –«

»Jessa!«

»Was?«, zischte ich.

»Vergiss es«, sagte Quinn.

»Was soll ich vergessen? Dass ich fast gestorben wäre, wir in einem Loch festsitzen oder du mich geküsst hast, obwohl du so etwas nicht tust?«

»Erwartest du jetzt, dass ich dein Freund bin?«

»Ja, genau. Mit einer Traumhochzeit in Weiß noch dazu«, erwiderte ich. »Natürlich nicht! Ich will nur wissen, warum. Warum hast du mich geküsst?«

»Es ist einfach aus dem Moment heraus passiert«, antwortete er. Ich streckte die Hand aus und schlug gegen seinen verletzten Arm. »Verdammt, Jessa!«

»Verdammt, Jessa«, äffte ich seinen Tonfall nach.

»Ich wollte dich einfach küssen!«, schrie er.

»Das ist doch total bescheuert«, grummelte ich.

»Du findest es bescheuert, dass ich dich küssen wollte?«

»Hast. Mich geküsst *hast*. Ist schließlich schon passiert.«

»Das klingt, als wäre es grauenhaft gewesen.«

»Nein«, sagte ich. »War es nicht. Hörst du mir nicht zu?«

Quinn starrte mich nachdenklich an.

»Ich finde das alles bescheuert«, meinte ich. »Weil ich dich ganz anders kennengelernt habe. Fehlt nur noch, dass du mir sagst, dass unsere ewige Liebe dich zu einem besseren Menschen macht und du deshalb dein altes Ich aufgibst. Na, los, ich warte. Erzähl mir von den süßen Kindern, die wir haben werden.«

»Du willst die Wahrheit wissen?«, fragte er.

»Nur, wenn sie Vampire und Kitsch ausschließt.«

Quinn griff in seine Tasche, als wolle er etwas herausholen, aber kaum eine Sekunde später klingelte mein Handy. Verwundert darüber, dass ich plötzlich Empfang hatte, nahm ich den Anruf sofort entgegen. Quinn war vergessen.

»Jessa, wo steckst du? Ich versuche seit einer Stunde dich zu erreichen.«

»Ich bin zusammen mit Quinn eingestürzt«, erklärte ich Fin. »Mensch, bin ich froh, deine Stimme zu hören. Allein schaffen wir es hier nicht mehr raus.«

»Du meinst, ihr seid noch immer im alten Bahnhof?«

»Nein, auf dem Mond«, erwiderte ich. »In einem tiefen Krater.«

»Ja, ja«, murmelte Fin. »Wir sind unterwegs.«

»Eine Leiter!«, rief ich in den Hörer. »Wir brauchen –«

»Keine Sorge«, sagte Fin und es war, als könne ich ihn lächeln hören. Dann beendete ich das Gespräch.

»Das war –«, setzte ich an und drehte mich zu Quinn um.

»Unsere Rettung«, unterbrach er mich. Ich hockte mich wieder neben ihn. »Das mit deinem Arm ...«, nuschelte ich. Quinn seufzte. »Was wolltest du eben sagen?«, fragte ich. Er sah mir nicht mehr ins Gesicht.

»Gar nichts«, antwortete er in sachlichem Tonfall. »Absolut nichts.«

Hier nachzubohren, hätte mit Sicherheit nur zu einem weiteren Streit geführt. Also wandte auch ich den Kopf ab und schwieg. Lange, lange Zeit, bis Fin und Kendra kamen, um uns beide mit einer mitgebrachten Leiter zu retten. Ein Regen an Entschuldigungen prasselte auf uns nieder, weil man uns nicht früher gefunden hatte, aber im Grunde war es nicht ihre Schuld. In diese prekäre Lage hatte ich mich selbst hinein manövriert. Mich und Quinn. Fin und Kendra hatten zusammen mit den anderen das Gebäude verlassen. Es hatte einige Zeit gedauert, bis die Polizei wieder abgezogen war. Ein paar Schaulustige hatten weniger Glück gehabt und waren mit aufs Revier genommen worden. Fin hatte sich meine Nummer aus dem Notizbuch meiner Tante besorgt, das stets in der Pension an der Rezeption lag. Als er mich nicht erreichen konnte, hatte er gemeinsam mit seiner Cousine beschlossen zum Bahnhof zurückzufahren. Nach dem Telefonat waren sie kurzerhand noch einmal umgedreht, um eine Leiter aus Tante Claires Geräteschuppen mitgehen zu lassen. Ich war ihnen für ihre Bemühungen mehr als dankbar.

Kaum waren Quinn und ich aus dem Loch, beharrte Kendra ununterbrochen darauf ihn wegen der Verletzung ins Krankenhaus zu fahren. Auch Fin wollte unbedingt, dass wir uns beide durchchecken ließen. Aber weder Quinn noch ich waren damit einverstanden, zumal wir nicht wussten, wie wir die Umstände erklären sollten. Man würde uns sofort in Zusammenhang mit dem Vorfall am alten Bahnhof bringen und den Ärger konnte niemand gebrauchen. Nach einer kleinen Diskussion ließ Fin uns schließlich bei mir raus. Die Verabschiedung schenkten wir uns. Ich war schon drauf und dran ins blaue Haus zu stürmen, um mich in mein Bett zu schmeißen und einfach den Abend hinter mir lassen zu können, bis mir wieder Quinn einfiel. Er stand wie angewurzelt neben der Veranda und starrte sein Einrad mit einem Todesblick an.

»Komm mit«, sagte ich in die Stille hinein. Quinn hob den Kopf. »Ich will mir deine Verletzung ansehen und außerdem: Mit dem Ding fährst du heute Nacht nirgendwo mehr hin. Nein, ich will kein Wort hören«, fügte ich hinzu. »An deiner Schläfe klebt immer noch jede Menge Blut. Und dein Arm …«

Stumm schloss ich die Haustür auf und Quinn folgte mir widerstandslos in die Küche. Ich deutete auf den Durchgang zum Wohnzimmer. Er ließ sich auf die Couch plumpsen, während ich den Erste-Hilfe-Kasten holte. Ich schaltete das Licht ein und setzte mich ihm gegenüber auf den niedrigen Beistelltisch. Quinn starrte einen Punkt an der Wand an – vermutlich um zu vermeiden, dass unsere Blicke sich trafen. Er zuckte ein paarmal zusammen, als ich seinen Arm reinigte und desinfizierte. Zum Großteil handelte es sich um Prellungen und Quetschungen, kleine Schnitte und blaue Flecke, wirklich Blut verloren hatte er nur durch die Platzwunde an seinem Kopf. Nachdem ich es abgewischt hatte, atmete ich erleichtert durch, weil ich mir sicher war, dass Quinn nicht genäht werden musste. Natürlich war ich kein Experte. Es war mehr als ein halbes Jahr her, dass ich einen Ersthelferkurs absolviert hatte. Ich klebte ein Pflaster auf die kleine, schmale Wunde und lehnte mich zurück.

Staub und Dreck haftete an meinen Haaren und Kleidern und ich fühlte mich, als wäre ich eine Woche lang durch irgendeine Wüste gewandert. Durstig. Erschöpft. Mit dröhnendem Schädel. Ich wollte nur noch schlafen.

»Wir haben ein Gästezimmer«, sagte ich. Mehr nicht. Quinn trottete mir wieder hinterher, als ich ihn mit einer Handbewegung anwies. Die oberste Stufe knarrte unglaublich laut und ich befürchtete, dass Tante Claire aus dem Bett geschossen käme, um mir eine Standpauke zu halten, aber nichts geschah. Ich zeigte Quinn das Gästezimmer, lief kurz ins Bad, um zu überprüfen, ob noch genug Handtücher dort lagen, und huschte dann zur kleinen Rumpelkammer am Ende des Gangs. Irgendwo zwischen den Haushaltsutensilien war eine Kiste mit Sachen von meinem Onkel, die er hier vergessen hatte, nachdem er Tante Claire wegen einer zwanzig Jahre jüngeren Frau verlassen hatte. Ich griff mir wahllos ein Shirt und eine Jogginghose, um sie Quinn zu bringen. Beim Duschen ließ ich Quinn den Vortritt und erst, nachdem das Wasserrauschen bereits eine Weile verstummt war, wagte ich mich aus meinem Zimmer, um selber ins Bad zu gehen. Danach hieß es Schlafen. Für diese Nacht konnte es keinen besseren Plan mehr geben.

***

Ich schlief sofort ein. Wenn es etwas gab, das ich richtig gut konnte, dann immer und überall schlafen. Leider hatte ich nie einen besonders festen Schlaf gehabt, weshalb mich kleinste Geräusche weckten. Ein Stuhlrücken oder ein Poltern zum Beispiel. Verschlafen kroch ich aus dem Bett und fuhr mir durch die Haare, die noch immer klamm vom Waschen waren und sicher in alle Richtungen abstanden. Ein seltsamer Laut ließ mir keine Ruhe, weshalb ich versuchte die Quelle auszumachen. Vielleicht wandelte Felix durchs Haus.

Mein Instinkt trog mich nicht, denn unten angekommen konnte ich meinen Bruder dabei beobachten, wie er einen Hocker über den Wohnzimmerboden schleifte. »Was machst du da?«, fragte ich, woraufhin er erschrocken zusammenfuhr.

»Du hast mir nicht gesagt, dass wir eine Pyjamaparty machen!«

»Das tut hier niemand und wozu brauchst du den Hocker?«

»Ich will bei Quinn schlafen.« Felix deutete auf den Jungen, der nicht mal mit der Wimper zuckte bei all dem Krach. Quinn lag zusammengerollt auf der Couch und atmete laut ein und aus. Wieso war er nicht im Gästezimmer?

»Und dazu brauchst du einen Hocker?«, fragte ich. »Du bist doch keine Eule, die im Sitzen schläft, Felix.«

Er runzelte die Stirn. »Ich wollte nur …« Mein Bruder beendete den Satz nicht. Anscheinend wusste er selbst nicht so genau, was er mit dem Hocker vorgehabt hatte.

»Hat Quinn dich geweckt?«, wollte ich wissen.

»Nein«, sagte Felix kopfschüttelnd.

»Woher weißt du dann, dass er da ist?«

»Ich weiß es einfach.«

»Was weißt du denn noch so?«

»Dass ihr eine Pyjamaparty ohne mich machen wolltet!«

»Felix, wir wollten nicht –«

»Sch! Hör auf zu sprechen, du weckst ihn noch.« Ich verschränkte die Arme vor der Brust und hob eine Augenbraue. Skeptisch sah ich meinen kleinen Bruder an. »Ist doch wahr, Jessa. Du bist wie ein Trampeltier.«

»Ich?«, entgegnete ich scharf. »Du verrückst hier die Möbel ohne Grund.« Jetzt verdrehte Felix die Augen. Ich kniete mich hin, um mit ihm auf Augenhöhe zu sein. »Wieso möchtest du hier unten schlafen?«

»Ich mag Quinn«, sagte er leise.

»Ich mag Quinn auch«, erwiderte ich automatisch. Felix ließ den Hocker endlich los. Betreten sah er auf seine Füße.

»Darf ich dann hier unten bleiben? Bei euch. In meinem Zimmer ist es dunkel und kalt und andauernd kratzt ein Ast an meinem Fenster.«

Er verzog das Gesicht zu einer niedlichen Schnute und dahin war meine Willenskraft. »Erinnerst du dich noch daran, was wir früher gemacht haben, wenn wir nicht schlafen konnten? Mom hat uns immer Kakao mit Mini-Marshmallows gemacht und wir haben so lange Cartoons geschaut, bis wir beide so müde wurden, dass sie uns ins Bett getragen hat.«

Felix biss sich auf die Unterlippe und sagte nichts.

»Ich habe jetzt wahnsinnig Lust auf Kakao und Cartoons.« Mein Bruder fiel mir um den Hals und ich drückte ihn fest an mich. »Du kennst doch bestimmt Tante Claires Versteck für die Mini-Marshmallows, oder?«

Felix grinste und schoss wie ein Blitz in die Küche. Gerade, als ich mich erheben wollte, spürte ich, wie sich etwas um mein Handgelenk schloss und es festhielt. Quinn blinzelte. Ohne die Finger von meiner Haut zu nehmen, richtete er sich auf.

»Schläft denn heute Nacht niemand in diesem Haus?«, murmelte ich.

»Nicht, wenn du von Kakao und Marshmallows sprichst.«

»Jetzt sag bloß, du stehst auch auf das Zeug?«

»Wer nicht?«, fragte Quinn.

»Du reizt meine Gastfreundschaft etwas zu sehr.«

»Kakao und Marshmallows«, befahl er.

»Du hörst dich an wie mein kleiner Bruder«, meinte ich.

»Ich mag ihn«, antwortete Quinn.

»Er dich«, sagte ich.

»Und du mich«, fügte er hinzu.

»Wie bitte?«

»Ich habe es klar und deutlich gehört.«

»Dein Ego steigt dir mal wieder zu Kopf«, höhnte ich.

»Warum lässt du dann zu, dass ich deinen Arm festhalte?«

Automatisch versuchte ich Quinn abzuschütteln, aber er war offensichtlich darauf vorbereitet. Es folgten ein paar Sekunden merkwürdiges Gerangel. Wie eine lästige Fliege ließ er nicht von mir ab und trieb mich damit zur Weißglut.

»Lass. Mich. Los!«, fauchte ich schließlich.

Quinn zog die Hand zurück. »Du könntest echt netter zu mir sein.«

Die Erwiderung erstarb mir auf den Lippen. Quinn war wegen mir verletzt worden und ich hatte jetzt echt ein Problem mehr an der Backe, weil ich mich von ihm hatte küssen lassen und es auch noch toll gefunden hatte. Richtig toll.

»Du denkst wieder an meine Lippen, nicht wahr?«, ärgerte er mich.

»Ehrlich gesagt, dachte ich gerade an –«

»Marshmallows!«, kam Felix mir zur Rettung. »Hab sie gefunden.«

Wie eine Trophäe hielt er eine riesige Tüte über seinem Kopf.

»Genau«, meinte ich schwach. »Marshmallows.«

»Die sind genauso weich und süß wie meine Lippen«, sagte Quinn und traf dabei einen so perfekt verruchten Tonfall, dass ich Felix am liebsten die Ohren zugehalten hätte. *Himmel, das hatte er gerade nicht wirklich gesagt!*

»Wenn du meinst kalkweiß und klebrig, dann ja«, konterte ich.

»Aber, Jessa, Quinn hat doch keinen Marshmallow-Mund. Der sieht ganz normal aus! Warum bist du immer so gemein zu ihm?«, fragte mein Bruder. »Mensch, du bist echt peinlich!« Felix drückte mir die Marshmallows in die Hand. »Jetzt der Kakao!«

»Weib, an den Herd und bring uns Kakao«, sagte Quinn schwungvoll.

»Genau, Weib!«, trällerte Felix, der so etwas noch nie gesagt hatte. *Hilfe!*

Mein Bruder setzte sich neben Quinn aufs Sofa und beide sahen mich an. Unter ihren wachsamen Blicken ging ich gehorsam in die Küche und holte einen Topf aus einem der Schränke, um Milch zu kochen. Nachdem ich fertig war, balancierte ich ein Tablett zurück in den Raum. Zu dritt hockten wir nebeneinander und sahen die erstbeste DVD, die Felix angeschleppt hatte: die zweite Staffel von *Adventure Time*. Er war auch der Erste, der einschlief, mit dem Gesicht auf meinem Schoß. Felix' Gelächter und Kommentare hatten mich bis dahin von der Tatsache abgelenkt, das Quinn Paxton mir noch immer Gesellschaft leistete. Mit mir Kakao trank. *Adventure Time* guckte.

»So sieht sicher jeder deiner Abende aus«, murmelte ich.

»Ja, mein Leben ist ziemlich spannend«, antwortete er. Ich ließ mich weiter zurücksacken und streichelte meinem Bruder abwesend über das Haar.

»Als wir unten in dem Loch saßen ... Was wolltest du mir da sagen?«

Ich legte den Kopf schräg, um Quinn ansehen zu können.

»Zehn.«

»Zehn?« Verwundert runzelte ich die Stirn. »Wie, zehn?«

»Du musst mir ab jetzt noch zehn Gefallen tun.«

»Was? Das kommt gar nicht in Frage!«, sagte ich empört. »Und hör auf vom Thema abzulenken. Es sah aus, als wäre es etwas Wichtiges gewesen.«

»Ich ...«, setzte Quinn an. »Ich will nicht mehr drüber reden.

Jedes Mal, wenn es interessant wurde, blockte Quinn ab.

»Danke für die Marshmallows«, sagte er. »Sie erinnern mich an meinen Dad. Wir sind früher oft campen gegangen und da gab es immer ... Ich wusste gar nicht, dass man so etwas Dämliches wie Süßigkeiten vermissen kann.«

»Man kann alles Mögliche vermissen«, sagte ich. »Sonnenstrahlen im Haar, Apfelkuchen, der nach Orangen riecht, oder Sand in den Schuhen.«

»Apfelkuchen, der nach Orangen riecht?«, fragte Quinn.

»Das erinnert mich an meine Mom. Wie vieles. Sie hat immer Apfelkuchen gebacken, wenn wir am Wochenende etwas unternommen haben, aber das ganze Haus duftete dann nur nach Orangen. Dabei hat der Kuchen nie nach Orangen geschmeckt. Sie fand es irrsinnig komisch, uns so an der Nase herumzuführen. In ihren Sachen habe ich ein kleines Backbuch gefunden, in dem das Rezept stand. Trotzdem weiß ich bis heute nicht, wie sie das geschafft hat. Seltsam, worüber man sich manchmal so Gedanken macht.«

»Ich finde das gar nicht so seltsam ...«

»Weißt du, was ich viel seltsamer finde?«, meinte ich. »Dass wir beide anfangen Freunde zu werden und ich nicht weiß, warum. Es gibt einen Grund und du warst kurz davor, ihn mir zu nennen.«

»Gott, wie ich sture Menschen hasse«, murmelte er.

»Daher also der Selbstzerstörungs-Mechanismus.«

»Ich bin nicht selbstzerstörerisch. Das trifft eher auf dich zu. An irgendwelchen Wetten teilnehmen, nachts allein am Strand herumwandern.«

»Wie nennst du dann dein Verhalten?«, wollte ich wissen.

»Zeit zu gehen.«

Quinn stand auf und ich hatte Mühe hinterherzukommen, weil Felix mich immer noch als Kissen benutzte. Nachdem ich den Kopf meines Bruders vorsichtig auf das Sofa gebettet hatte und sicher war, ihn nicht geweckt zu haben, lief ich Quinn hinterher. Sein Vorsprung war ziemlich groß und ich hatte große Mühe über den Sand zu stampfen. Quinn allerdings war durch das Gewicht seines Einrads eingeschränkt, weshalb ich es schaffte ihn einzuholen.

»Quinn!«, rief ich in die Stille hinein.

»Geh wieder ins Haus, Jessa.«

»Würde es dich etwas kosten, mir zu antworten?« Ich versetzte ihm einen Stoß, als ich direkt neben ihm lief. »Quinn Paxton, bleib stehen!«

Seine Schultern spannten sich an und im nächsten Moment schleuderte er sein Einrad zu Boden und drehte sich um, das Gesicht voller Wut.

»Wieso kannst du nicht tun, was man dir sagt?«

»Weil ich ein Gehirn habe, das eigene Entscheidungen trifft!«

»Diese Unterhaltung ist beendet.«

»Das hast nicht du zu entscheiden«, meinte ich.

»Ebenso wenig wie du!«, sagte er zornig.

»Warum bist du so ... wütend?«, fragte ich ehrlich interessiert.

»Weil ... verdammt!« Quinn fuhr sich wüst durchs Haar und ging ein paarmal im Kreis, als müsse er sich erst abreagieren, bevor er sich mir wieder zuwandte. Er griff in seine Hosentasche und fluchte laut – augenscheinlich, weil ihm in diesem Moment bewusst wurde, dass er nicht seine eigenen Sachen trug, und das Gesuchte somit nicht zu finden war. Dann riss er sein Einrad wieder hoch, stampfte weiter und ließ mich stehen. Ein zweites Mal folgte ich ihm nicht. Ich besaß immerhin noch ein bisschen Stolz. Die Atmosphäre hatte sich so seltsam aufgeladen, dass ich verwirrt und zweifelnd wieder zurückging. Hastig lief ich ins Gästezimmer, um nach Quinns Sachen zu suchen. Sie lagen achtlos auf dem Boden verteilt. Ich schnappte mir seine Hose. Meine Finger ertasteten etwas Kleines, Rundes. Ich zog den Gegenstand heraus und betrachtete ihn. Ein Knopf. Ein dämlicher Knopf? Das hatte er mir als Erklärung geben wollen. Ein winziger Knopf. *Nein ... nein!*

Mechanisch ging ich in mein Zimmer, öffnete den Kleiderschrank und begann in den Kisten zu wühlen, die dort auf dem Schrankboden standen. Dann fiel mir ein, dass ich nicht zu Hause war und keine Möglichkeit hatte, nach dem alten Pullover zu suchen, an dem ein Knopf fehlte. Einen, in den ich seit Jahren nicht mehr passte. Der in einer alten Kiste in Vergessenheit geraten war.

Irgendwann.

Mein Herz begann wie wild zu rasen.

Irgendwann wird wirklich alles wieder gut.

KAPITEL 10

»Du meinst, er hat dir einen Knopf als Liebesbeweis geschenkt?«

»Wer spricht denn von Liebe *oder* Beweisen! Miranda, hallo? Bist du noch da? Was sind das für seltsame Geräusche im Hintergrund?«

»Warte kurz, Jessa«, murmelte sie. Dann hörte ich sie kichern. Lange.

»Miranda!«, schrie ich in mein Handy. »O mein Gott, jetzt sag mir nicht, dass Kellen bei dir ist und ihr ... Nein, ich will nicht wissen, *was* ihr treibt!«

»Twister«, meinte meine beste Freundin. »Wir spielen mit ein paar Leuten Twister.«

»Das ist nicht dein Ernst.«

»Doch. Dieses Spiel, bei dem man viel Körperkontakt –«

»Ich weiß, was das für ein Spiel ist!«, fauchte ich.

Auf dem Weg zu meiner Schicht in der Pension war ich auf die glorreiche Idee gekommen, Miranda anzurufen, weil ich mir irgendeine Art von Beistand erhofft hatte. Da ich den Bus nehmen wollte und deshalb erst mal zur Haltestelle gehen musste, war es mir möglich zu telefonieren. Tante Claire hatte heute ihren freien Morgen und fing später an als ich. Sie hatte mir angeboten ihr Auto zu nehmen und sie im Gegenzug dafür später in meiner Mittagspause abzuholen, aber ich hatte abgelehnt. Meiner Meinung nach brauchte ich einen Spaziergang, um einen klaren Kopf zu bekommen – und wenn er nur kurz war.

»Moment – ihr spielt um acht Uhr morgens Twister ... Paris ist abgefahrener, als ich dachte.«

»Zeitverschiebung, liebe Jessa! Hier ist es schon Mittag!«

Oh, daran hatte ich natürlich nicht gedacht.

Ein Knacken verursachte ein Störgeräusch in der Leitung.

»Ich hab den Raum verlassen, okay?«, meinte Miranda entschuldigend. »Falls es dich interessiert, ich war gestern auf einer irren Party, die dann in ein irres Hotelzimmer verlegt wurde und bin seit Ewigkeiten auf den Beinen. Oh, habe ich gerade zweimal dasselbe Adjektiv verwendet?«

»Das ist dir also aufgefallen«, murmelte ich.

»Entschuldige, aber bei dem Lärm ist die Sache mit dem Knopf untergegangen. Ich sollte nach dem Freundschafts-Codex bestraft werden. Wenn du willst, hänge ich mich sofort kopfüber von einem Balkon.«

»Du kannst es wiedergutmachen, wenn du mir sagst, was ich tun soll.«

»Bist du wirklich Jessa? Ich kann mich nämlich nicht daran erinnern, dass die Jessa, die ich kenne jemals aus einer winzigen Tatsache ein solches Problem gemacht hätte. Die echte Jessa würde Quinn Paxton so lange bearbeiten, bis sie bekommt, was sie will. Ich glaube, du hast einfach Angst, dass da mehr zwischen euch sein könnte als ein harmloser Sommerflirt.«

»Ich habe nicht mit ihm geflirtet!«, verteidigte ich mich.

»Aber wild in einem verlassenen Gebäude mit ihm rumgemacht«, erinnerte sie mich. Seufzend ließ ich mich mitten auf den Bordstein sinken, weil ich mich nicht mehr in der Lage dazu sah, weiterzugehen. Ein Auto rauschte an mir vorbei und der Fahrer warf mir einen merkwürdigen Blick zu, aber es kümmerte mich nicht. Langsam atmete ich die kühle Morgenluft ein, die immer ein wenig nach Salz roch und schmeckte, weil das Meer so nahe war. Ich schwieg.

»Findest du den Gedanken so abwegig, dass deine Worte ihm damals geholfen haben? Er vielleicht seit diesem Tag an dich gedacht hat? Immerhin waren wir erst zusammen auf der *Middle School*, seit dem *Freshman-Year* dann auf derselben *Highschool* und seither sehen wir ihn durchaus öfter. Irgendwann mussten sich eure Wege doch mal richtig kreuzen«, sagte Miranda leise. »Du wirst es nie wissen, wenn du ihn nicht fragst. Wer möchte schon Möglichkeiten verschenken, wenn sie sich beinahe schon aufdrängen?«

»Du hast Recht«, antwortete ich. »Vielleicht habe ich Angst. Vielleicht mag ich Quinn und weil mir mein Verstand nicht sagen kann, warum, würde ich am liebsten andauernd nach logischen Erklärungen suchen.«

»Im echten Leben lässt sich nicht alles logisch erklären.«

»Das weiß ich«, sagte ich. »Ich will nur einfach kein Drama –«

»Jessa«, unterbrach Miranda mich. »Diejenige, die gerade anfängt ein Drama zu machen, bist du. Tief durchatmen, lächeln und nicht unterkriegen lassen. Ich kenne dich eine halbe Ewigkeit und du, Jessa Carrigan, lässt dir nicht so einfach von einem dahergelaufenen Typen den Kopf verdrehen.«

»Aber -«

»Auch wenn er verdammt heiß ist.«

»Miranda -«

»Und diese krassen Augen hat.«

»Miranda!«

»Seine Muskeln sind auch ein Argument, das man nicht missachten sollte. Hast du schon in Erfahrung gebracht, was der Junge so treibt?«

»Miranda ...«

»Ja, ja ... glaubst du, er spielt viel Twister?«

»Miranda!«, rief ich.

»Ich weiß selber, wie ich heiße, danke.«

Ich schüttelte den Kopf, auch wenn sie es nicht sehen konnte.

»Ich vermisse dich«, sagte ich. »Sehr.«

»Ich dich auch. Ein paar Wochen können länger sein, als man denkt.«

»Was ist eigentlich mit dir und Du-weißt-schon-Wem?«

»Lord Voldemort und ich heiraten übermorgen«, meinte sie. Ich seufzte. »Kellen ist ... nett«, fuhr sie fort. »Er ist wie ein Hundewelpe. Man muss ihn einfach mögen, aber manchmal will man ihm auch einfach in den Hintern treten.«

»Du hast manchmal das Bedürfnis Hundewelpen zu treten?«

»Ich weiß, Donald Trump ist nichts im Vergleich zu mir.«

»Halt mich auf dem Laufenden, ja?«

»Ruf mich an, wenn du mit Quinn gesprochen hast.«

»Deal«, sagte ich. »Viel Spaß noch.«

Ich raffte mich wieder hoch und lief den Rest zur Haltestelle, damit ich den Bus nicht verpasste. Zu spät zu kommen, hätte mir gerade noch gefehlt.

***

Nachdem ich meine Sachen in einem Schließfach in der Umkleide für Mitarbeiter verstaut hatte, ging ich zum schwarzen Brett im Aufenthaltsraum, der direkt daneben lag. Dort wurden die Tätigkeiten jeden Tag neu eingeteilt, weshalb man fast immer überrascht wurde. Zumindest ging es Aushilfen wie mir so. Fin war natürlich in der Küche und nirgendwo anders, weil er dort angelernt worden und einer der Besten war. Ich ... tja, ich durfte mich heute über jede Menge schmutzige Wäsche freuen. Das war jetzt keine umgangssprachliche Metapher. Jemand hatte mit einer handschriftlichen Notiz meine Schicht geändert. Jetzt arbeitete ich ausgerechnet mit Quinn zusammen in der Wäscherei. Ob das Zufall war? Hatte Tante Claire etwa heute Morgen in der Pension angerufen und das veranlasst? Wegen letzter Nacht? Hatte meine Tante mitbekommen, dass ich Quinn angeschleppt hatte und er fast bei uns übernachtet hätte? Wusste sie von seiner Verletzung? Quinn war eigentlich für den Außendienst eingeteilt gewesen. Ich wusste, dass dieser Job einem körperlich mehr abverlangte als die übrigen und er hätte das mit seinem Arm sicher nicht geschafft. Tante Claire war noch nicht hier, also konnte ich sie nicht fragen. Ich grübelte darüber nach, wer heute früh ihre Aufgaben übernahm und spontan fiel mir nur Drew ein.

Drew war Tante Claires offizielle Vertretung, wann immer sie frei hatte oder fehlte. Er war seit ihrer Schulzeit ein Freund unserer Familie, vielleicht sogar ein Teil davon. Jedenfalls benahm er sich mir gegenüber mehr wie ein Onkel als wie ein Vorgesetzter. Er hatte eine lockere Art, aber andere durften auch Bekanntschaft mit seiner weniger netten Seite machen. Auf der Notiz am Schichtplan hatte gestanden, dass ich mich sofort in der Wäscherei melden sollte. Vermutlich würde Drew dort warten, um noch ein paar Anweisungen für den Tag zu geben, dann konnte ich ihn gleich wegen der Zuteilung fragen. Entschlossen durchquerte ich drei Flure auf dem Weg zur Wäscherei. Mehrere Gäste kamen mir entgegen und ich grüßte sie höflich.

Unbehaglich zupfte ich am Saum meines Shirts. Es war hellblau und gehörte zur Arbeitskleidung der Pension. Das Logo hing in Brusthöhe auf der linken Seite und den Kragen zierten mehrere Knöpfe, die sich dunkel vom Stoff abhoben. *Knöpfe ...*

Der eine in meinem Jeansrock schien plötzlich eine Tonne zu wiegen. Immer wieder fuhr ich mit der Handfläche außen über die winzige Ausbuchtung. Kaum spürbar, aber vorhanden.

Beim Eintreten in die Wäscherei lokalisierten meine Augen Quinn, als würde ich ihn wie ein Peilsender anzielen können. Er stand neben Sonja, überragte sie mit seiner Größe, wodurch sie noch kleiner wirkte. In einer typischen Geste wickelte Sonja sich das rote Haar um den Zeigefinger, während sie Drew ihre Aufmerksamkeit schenkte. Viele der anderen mussten neu sein, denn ich kannte kaum jemanden von ihnen. Drew war Ende vierzig, hatte kurze braune Haare und eine Miene, welche die meiste Zeit undeutbar schien. Als er mich kommen sah, schenkte er mir zu Begrüßung ein Nicken.

»Deine Tante wollte, dass du mit Quinn Bereich C übernimmst. Sie meinte, du wüsstest schon, warum. Hat heute Morgen extra hier angerufen. Kriegst du das hin, Jessa?«, fragte Drew, als sich die Versammlung auflöste und sich alle an die Arbeit zu machen begangen. Anstatt Drew anzusehen, weil er eine Unterhaltung mit mir begonnen hatte, kreuzte mein Blick Quinns, scharf und hart, wie zwei Schwerter die gegeneinander schlugen, weil ein Duell im Gange war. Ich biss mir auf die Unterlippe. »Geht klar«, sagte ich.

»Viele haben gestern ausgecheckt, daher gibt es einiges zu tun.«

Drew klopfte mir auf die Schulter, bevor er in sein Klemmbrett versunken den Raum verließ, andere Dinge als uns im Kopf. Mir fiel zuerst auf, dass Quinns Shirt eine Nummer zu klein für ihn war. So viele Gedanken schossen mir durch den Kopf, aber dieser eine kristallisierte sich seltsamerweise heraus. Bei der kleinsten Bewegung spannte der Stoff, so dass man jeden Atemzug von ihm beobachten konnte. Seine Brust hob und senkte sich, das Spiel der Muskeln darunter folgte einer ruhigen Dynamik, die mich faszinierte. Das Hellblau war eine Farbe, die sich mit der seiner Augen biss. Wenn man Quinn ins Gesicht blickte, war es, als schwimme man in einem sanften Ozean aus dem zwei Eisberge herausragten, die das Gesamtbild irritierten.

»Wo fangen wir an?«, fragte er gleichgültig.

»Damit«, sagte ich. Flink fischten meine Finger nach dem Knopf, der sich so heiß wie eine Sternschnuppe anfühlte, als ich ihn Quinn vor die Nase hielt.

»Willst du wirklich darüber sprechen?«

»Ich will wirklich darüber sprechen«, beharrte ich.

»Gut. Nach der Arbeit. Ich brauche das Geld und will nicht trödeln.«

Seine augenblickliche Kooperationsbereitschaft verblüffte mich. Das war einfach. Ich räusperte mich und streifte mir ein wenig verlegen, wegen meiner patzigen Art, das Haar zurück. Dann wies ich auf einen der leeren Wäschewagen.

»Den werden wir brauchen.«

Die folgenden Stunden zogen sich wie Kaugummi. Ich bewegte mich wie im Delirium. Führte dieselben Bewegungen aus, bis die Routine mich dazu brachte unkonzentriert zu werden und ich aus Versehen in ein Zimmer stürmte, das noch besetzt war. Quinn war seit ein paar Minuten einen Gang weiter, damit wir schneller vorankamen. Er bewegte seinen Arm mit solcher Leichtigkeit, dass die Verletzung unwirklich erschien, wäre da nicht der Verband, der unter dem Ärmel seines Shirts hervorblitzte und mich daran erinnerte, dass die Nacht am alten Bahnhof wirklich stattgefunden hatte. Irgendwann kam Sonja, um Bescheid zu geben, dass wir unsere Pause nehmen sollten. Meine Lippen klebten aus unersichtlichen Gründen zusammen, weshalb ich kein Wort herausbekam, als sie Quinn fragte, ob er mit ihr essen gehen wolle. Sie lächelte mich an und ich lächelte zurück. Ein ungutes Gefühl blieb zurück, als die beiden verschwanden und ich nur noch die Gesellschaft des Wäschewagens hatte.

Seufzend schob ich das Teil zum Aufzug, um nach unten zu fahren. In der Wäscherei sortierte ich die Wäsche und schmiss die letzten freien Maschinen an. Danach hatte ich keine große Lust mehr mich zu bewegen. Das Rauschen der sich drehenden Trommeln hatte eine beruhigende Wirkung auf mich. Leises Klackern von Reißverschlüssen, die gegen die Glastüren schlugen, mischte sich damit. Überall roch es nach Seifenpulver. Ich holte den Knopf aus meiner Tasche und betrachtete ihn. Missmutig schwang ich mich auf eine der Waschmaschinen und ließ mich von dem leichten Summen einlullen. Ich hatte letzte Nacht nicht mehr geschlafen, nachdem Quinn abgehauen war. Müdigkeit ließ mich frösteln und ich gönnte meinen Lidern eine kurze Erholungsphase.

Erschrocken sog ich die Luft ein, als ich die Augen wieder aufschlug und Quinn plötzlich vor mir stand. Dank der Geräusche der Waschmaschinen hatte ich Druck auf den Ohren. Quinns Stimme schien gegen eine dicke Wand anzukämpfen. »... Jessa, dass du das weißt.«

»Ich habe kein Wort verstanden«, sagte ich. Lässig lehnte ich mich zurück und ließ die Beine vor- und zurückschlenkern, als mache das jede Menge Spaß.

»Wolltest du nicht mit Sonja essen gehen?«, setzte ich nach.

»Wie ich gerade erklärt habe, während du mich sabbernd angestarrt hast –«

»Ich hab dich nicht sabbernd angestarrt!«, protestierte ich. Das arrogante Aufblitzen in seinen Augen löste heftigen Widerspruch in mir aus. »Wenn du zurückgekommen bist, um noch mal mit mir zu streiten, dann kannst du gleich wieder gehen.« Energisch ließ ich meine Fersen wiederholt gegen die Waschmaschine knallen, bis mich das Geräusch selber zu nerven begann. Gerade als ich aufspringen wollte, legte Quinn seine Hände auf meine Oberschenkel, als wolle er sich bei mir abstützen. Ich hielt sofort in der Bewegung inne. Und starrte ihn an. Meine Finger schlossen sich fester um den Knopf, den ich noch immer in der Hand hielt.

»Ich will mich nicht mit dir streiten«, sagte er leise.

»Ich will, dass du mir sagst, was du hier machst.«

»Wäsche sortieren«, meinte er. »Und dazu brauche ich nicht mal einen Wandschrank. Meinst du, Felix wäre damit einverstanden?«

Jedes Mädchen kam wohl mehr als einmal in die Situation, in der es hieß: Hör auf deinen Verstand, nicht deinen Körper! Aber während meine innere Stimme sagte: *Nein, lass dich bloß nicht rumkriegen!*, da reagierte meine Haut schon auf die Wärme von Quinns Händen. In dem Versuch die Flucht anzutreten, stieß ich seine Hände weg und ließ mich auf den Boden sacken. Doch plötzlich war ich eingeschlossen: Quinn vor mir, seine Arme zu meinen Seiten und die Waschmaschine im Rücken. Quinns Atem tanzte über meine Lippen. Das Herz klopfte mir bis zum Hals. *Nein, nein, nein*, fluchte ich innerlich.

»Ich dachte, wir hätten ganz klar festgehalten, dass du keine Mädchen küsst«, sagte ich, dabei ließ mir sein Blick bereits die Beine zittern. »Du solltest echt deine Prinzipien einhalten, sonst kannst du deine Würde gleich vergessen.«

»Ich küsse keine Mädchen«, sagte er. »Daran habe ich mich gehalten.« Mein Mund öffnete sich leicht, als mir die Luft wegblieb, weil Quinn einen

Arm um meine Taille schlang und die letzten Zentimeter zwischen uns überbrückte. *Es sollte verboten sein so verführerisch die Augenbrauen heben zu können!*

»Ich küsse nur *dich*«, sagte er. Kurz darauf legte er seine Lippen auf meine – es fühlte sich an, als täten wir etwas Verbotenes. Der Kuss war fordernd. Er schien zu sagen: Dafür landen wir in der Hölle, aber das ist es wert. Vielleicht hatte ich in der vergangenen Nacht wegen meines Asthmaanfalls all das nur mit eingeschränkten Sinnen genießen können, aber dieser Moment übertraf alles, was bisher zwischen uns vorgefallen war. Weiche Lippen, heißer Atem, raue Bartstoppeln. Finger, die mit meinem Haar spielten, meine Haut reizten und immer wieder innehielten, um sich in meinen Rücken zu drücken, so dass sich keine Kluft zwischen ihm und mir bilden konnte.

»Sag mir, warum du hier bist«, flüsterte ich in einer winzigen Pause. Quinn senkte den Mund zu meinem rechten Ohr. Fuhr mit den Lippen über die empfindliche Stelle darunter, während seine Arme fest um mich geschlungen zu ruhen begannen und wir beide uns nicht mehr bewegten.

»Du willst nicht wirklich reden, oder?«

»Glaubst du, wenn du mich jedes Mal um den Verstand küsst, vergesse ich meine Fragen vielleicht irgendwann?«, grummelte ich.

»Einen Versuch war es wert«, lachte er heiser.

»Ich lasse mich nicht noch mal von dir küssen«, sagte ich. Dieser Satz überzeugte nicht einmal mich selbst. Tatsächlich schaffte ich es aber mich nach unten sacken zu lassen und Quinn konnte gar nicht anders, als mich loszulassen. Ich, der elegante Kartoffelsack.

»Was machst du da?«, fragte er verwirrt.

»Ich brauche Sicherheitsabstand!«, sagte ich, als wäre das nicht offensichtlich. Wenn das so weiterging, sollte sich Quinn ein Schild auf die Stirn kleben: *Vorsicht, entflammbar.* »Legen wir die Fakten mal auf den Tisch. Wir gehen seit Jahren auf dieselbe Schule und haben vorher nie ein Wort miteinander gewechselt und dann befinden wir uns im selben Ferienort –«. In einer ausladenden Geste fuchtelte ich mit den Händen herum. »- und plötzlich passiert das alles.«

Quinn setzte sich mir gegenüber auf den Boden.

»Wieso?«, fragte er.

»Wieso was?«, fragte ich.

»Wieso haben wir nie ein Wort miteinander gewechselt?«

»Ich wollte nicht«, gab ich offen zu, selbst überrascht über den Wahrheitsgehalt dieser Aussage.

»Ich auch nicht«, sagte er. »Es hat genug Möglichkeiten gegeben, aber ein Teil von mir wollte nicht, dass sich unsere Wege kreuzen. Ich habe seit damals viel an dich gedacht. Nachdem mein Dad gestorben und ich zusammen mit meiner Mom bei eurem Beerdigungsinstitut war. An die Worte, die du zu mir gesagt hast, kurz bevor wir gegangen sind.«

»Meine Worte …«, murmelte ich leise. »Bis zu diesem Tag, war mir der Tod immer etwas unwirklich erschienen, weil andauernd trauernde Menschen bei uns ein- und ausgegangen sind. Aber als ich dein Gesicht gesehen habe, hat das etwas verändert. Ich hatte ein paar Jahre zuvor meine Mom verloren und ich wusste genau, wie du dich fühlst. Es ist schwer zu begreifen, dass eben nicht alles wieder gut werden wird, egal, wie sehr man sich das auch wünscht.«

»Das stimmt nicht ganz«, meinte Quinn in sanftem Tonfall. »Ich habe den Knopf als Erinnerung aufgehoben, weil deine Worte mir durch eine schwere Zeit geholfen haben. Vor dem Besuch bei euch wusste ich nicht einmal, dass wir auf dieselbe *Middle School* gehen. Ein paar Tage später habe ich dich in den Fluren gesehen und zuerst gar nicht zuordnen können. Ich habe mich oft gefragt, was in deinem Kopf vorgegangen ist, wieso du diese Worte damals zu mir gesagt hast. Doch ich konnte mich nie dazu überwinden zu fragen. Und dann kamen wir auch noch auf dieselbe *Highschool*. Mir wurde dort ziemlich schnell klar, dass wir aus unterschiedlichen Welten kamen. Das ist einer der Gründe, warum wir keine gemeinsamen Freunde hatten oder selber welche geworden sind.«

Für einen Moment war ich überrascht, dass es Quinn ähnlich wie mir ergangen war, seitdem wir uns an diesem schicksalhaften Tag als Dreizehnjährige begegnet waren.

»Das ist wahrscheinlich der schwächste Grund«, erwiderte ich schließlich. »Du hast eine ganz andere Lebenseinstellung als ich, Quinn.«

»Woher willst du das so genau wissen?«, fragte er. »Weil du dir dank der Aussagen anderer Menschen ein Urteil über mich gebildet hast, Jessa?«

»Vielleicht«, gab ich zu. »Trotzdem hast du dich auf der Party wie ein Arsch benommen. Gestern hast du dich wie ein Arsch benommen.«

»Und du hast zugelassen, dass ich dich küsse, obwohl ich doch so ein Arsch bin«, sagte er mit funkelnden Augen und in erheitertem Tonfall.

»Du hast damit angefangen«, sagte ich schroff. »Mit deiner Liste und deinen Bemerkungen und deinen Küssen.«

»Willst du damit sagen, dass du, wenn ich Abstand gehalten hätte, jetzt nicht hier sitzen und mit mir reden würdest, sondern mit Miranda über mich herziehen oder ich dich gar nicht interessieren würde?«

Quinn sah mich mit neugierigem Gesichtsausdruck an, keine Spur von Verletzung oder Erwartung lag darin. Dieser Junge forderte alles und nichts zugleich, mit nur einem Blick, der Kälte in mein Herz beschwor, wie ein Zauber. Ein eisiger, ungestümer Zauber, der im richtigen Moment schmerzen konnte. Wie tief, hatte ich nicht richtig begriffen.

»Willst du damit sagen, dass du meine beste Freundin extra angesprochen hast, weil du wusstest, dass ich dann heute hier mit dir sitze?«

Seine Mundwinkel zuckten leicht, bildeten ein halbes Lächeln. Dass es so etwas überhaupt gab. Ein halbes Lächeln, als könnte man es wie einen Apfel in zwei Hälften schneiden und es würde immer noch als das erkennbar sein, was es war. Eine Geste, die alle Facetten enthalten konnte. Schwer deutbar.

»*Ich* sitze hier«, sagte er. »Weil ich mich mit meiner Schwester an diesem Ort treffen wollte. Seit über einem Jahr hat sie sich nicht mehr zu Hause blicken lassen. Die letzte ihrer Postkarten, die an mich adressiert war, stammte von hier – das ist die einzige Art, wie sie Kontakt mit mir aufnimmt. Darin schrieb sie, sie würde sich mit mir treffen wollen. Ich habe mir daraufhin einen Job in der Nähe gesucht und bin auf die Pension deiner Tante aufmerksam geworden. Das war reiner Zufall.«

»Deshalb ein Doppelzimmer.«

»Ja, deshalb. Ich wusste nicht, ob sie irgendwo unterkommen muss. Eigentlich hatte ich gehofft, sie – ihr Name ist Hanna – würde inzwischen längst ein Lebenszeichen von sich gegeben haben. Mir sagen, wo *genau* sie ist.«

»Das hat sie nicht getan.«

»Nein.«

»Das tut mir leid«, sagte ich.

»Muss es nicht. Schließlich habe ich dich getroffen.«

»Kaum zwei Tage nach deiner dämlichen Party«, überlegte ich laut.

»Die Party war nicht dämlich, sie war genial.«

»Bis auf den Teil mit der kaputten Gitarre …«

»Selbst da bin ich mir nicht mehr ganz so sicher«, murmelte Quinn. Langsam entfaltete ich meine Finger wie die Blüten einer Blume und betrachtete den Knopf, der glänzend auf meiner Handfläche lag. Nicht mehr als ein lebloses Objekt. »Ich weiß nicht, was ich davon halten soll, dass du ihn vier Jahre lang aufgehoben hast«, sagte ich schließlich. »Die Vorstellung ist … surreal.«

»Du kannst ihn behalten, wenn du dich dann besser fühlst.«

»Du schuldest mir immer noch eine Antwort …«

»Auf das Wieso? Darauf gibt es keine, zumindest keine richtige. Manchmal passieren Dinge einfach, das nennt man das echte Leben«, sagte er. »Unberechenbar. Mitreißend, ziemlich oft auch sehr grausam.«

»Kommt jetzt der Teil, in dem du mir erzählst, dass ich das Mädchen bin, das alles ändert, oder, dass du eine schreckliche Krankheit hast, sterben wirst und ich mich deshalb in dich verlieben muss, bevor der Sommer zu Ende ist?«

»Würdest du das denn hören wollen?«, fragte er mit ernstem Gesichtsausdruck.

»Nein«, antwortete ich. »Obwohl das sehr starke Beweggründe wären, sämtliche Logik außer Kraft zu setzen – und genau das würde ich manchmal gerne.«

»Du bist also der Typ, der alles zweimal durchdenkt«, meinte Quinn.

»Nicht mal ansatzweise«, widersprach ich. »Das sollte ich öfter tun.«

»Dann sind wir also doch nicht so unterschiedlich.«

»Das kann ich nicht beurteilen«, seufzte ich.

»Sei nicht so kompliziert, Jessa.«

»Dass du es gerne einfach hast, kann ich mir vorstellen.«

Die Stichelei war etwas unfair, aber sie rutschte mir trotzdem heraus.

Quinn verschränkte die Arme vor der Brust.

»Scheint dir mächtig Spaß zu machen, andere zu verurteilen.«

»Ich habe dich nicht verurteilt«, widersprach ich.

»Doch, genau das hast du getan. Los, sag mir, was du denkst. Ich brenne darauf, es zu hören. Ist lange her, dass jemand das getan hat.«

Als Quinn in seiner Abwehrhaltung aufstand, spiegelte ich die Bewegung automatisch – und abrupt waren wir beide wieder auf den Beinen, standen uns gegenüber und funkelten uns feindselig an. Die lockere Gesprächsatmosphäre war vorbei.

»Du willst nicht? Dann fange ich gerne an«, sagte er barsch. »Ich kann es überhaupt nicht ausstehen, dass du durch die Gegend läufst, ohne dir bewusst zu sein, was für eine Wirkung du auf andere hast. Immer siehst du einen an, als wäre dir egal, was die Leute so von dir denken. Und vielleicht findest du das sogar noch lustig. Es treibt mich echt zur Weißglut, dass du immer das letzte Wort haben musst und dabei noch so verdammt gut bist, oder, dass du Dinge wie aus dem Nichts tust, obwohl man sie nicht erwartet, wie schließlich doch von der Klippe zu springen. Es ist, als würdest du Dinge nur tun wollen, wenn du dir sicher sein kannst, dass niemand dich mehr aufhalten kann!«

Perplex starrte ich ihn an, bis feurige Wut in meinem Bauch aufloderte.

»Du legst es wirklich drauf an!«, erwiderte ich. »Du bist doch derjenige, der genau weiß, was für eine Wirkung er auf andere hat – und das schamlos ausnutzt! Wir sind uns überhaupt nicht ähnlich, denn ich schlafe mich nicht durch die Gegend, um ein bisschen Spaß zu haben. Das finde ich einfallslos und schäbig! Das letzte Wort kann ich nur bei dir haben, weil du so selbstgerecht bist und meinst eine Unterhaltung beenden zu können, wann immer du willst. Und überhaupt, wenn etwas zum Kotzen ist, dann ja wohl du mit deiner blöden Erpressung!«

Ein Knarren lenkte mich ab. Während unseres Streits waren wir im Eifer des Gefechts aus der Waschküche gegangen und irgendwann im Flur stehengeblieben. Eine Mitarbeiterin der Pension war anscheinend gerade aus der Pause gekommen, denn sie stand plötzlich vor uns und starrte uns verdutzt an.

»Gibt es hier ein Problem?«, fragte sie vorsichtig.

»Kein Problem«, knurrte Quinn.

»Gar kein Problem«, zischte ich.

»Seid ihr sicher, dass –«

»Wir sind hier fertig«, unterbrach ich sie. »Entschuldigt mich, ich muss mit Drew sprechen.« Und ihn bitten mir den Rest des Tages andernorts Arbeit zu besorgen. Mit Quinn in einem Raum würde ich es keine zehn Sekunden mehr aushalten.

Demonstrativ gleichgültig ging ich den Flur hinunter und ließ Quinn und das Mädchen stehen. Etwas außer Atem kam ich bei der Rezeption an, an der Tante Claire saß. Ihre Schicht musste geradeeben begonnen haben.

»Alles in Ordnung, Jessa?«, fragte sie.

»Ich brauch ein paar Minuten, um runterzukommen«, nuschelte ich.

»Hattest du Streit mit Quinn?« Sie kam um den Tresen herum und musterte mich mit so sorgenvollem Blick, wie Mom es immer getan hatte. »Oder ist es –«

»Ich will nicht darüber reden. Bitte«, fügte ich hinzu. Meine Tante nickte verständnisvoll. »Was hältst du davon, wenn du nach Hause gehst? Felix war ziemlich aufgewühlt, als ich eben gefahren bin. Er würde sich bestimmt freuen, dich zu sehen. Ich glaube, er könnte heute seine Schwester gebrauchen.«

»Danke«, sagte ich schwach. Es war eine gute Idee. Felix war mein Zuhause. Felix war eine Konstante in meinem Leben, die mich beruhigte. Wieso zur Hölle fühlte es sich dann wie eine verdammte Flucht aus der Pension an, als ich ging?

Und wieso war Quinn der erste Junge, der all meine schlechten Eigenschaften auf einen Schlag mit solcher Leichtigkeit hatte aufzählen können?

Noch wichtiger: Wieso bildete sich deshalb ein Knoten in meinem Magen?

Es stimmte. Manchmal wollte man die Antwort auf eine Frage nicht wissen. Schon gar nicht, wenn man sie eigentlich schon selbst ganz genau kannte.

KAPITEL 11

Die nächsten Tage war Tante Claire viel mit der Arbeit beschäftigt und weil ich freihatte, verbrachte ich ausschließlich Zeit mit Felix. Wir zwei lebten wie in einer kleinen Blase und ich mochte das Gefühl. Es war lange her, dass wir beide unter uns gewesen waren. Ohne Dad, Tante Claire oder andere Störenfriede. Die meiste Zeit saßen wir am Strand. Ich zeichnete. Felix baute Sandburgen. Wir unterhielten uns auch, aber Schweigen schien uns beiden lieber zu sein. Ich konnte nicht verhindern, dass meine Gedanken immer mal wieder zu dem Streit mit Quinn abschweiften. Aber mir war mein Bruder wichtiger, also schaffte ich es sie genauso schnell zu vertreiben, wie sie kamen. Das war leicht, besonders, als Felix aus heiterem Himmel seine Schaufel beiseitelegte und fragte:

»Jessa, weißt du noch, wie Mom ausgesehen hat?«

Unwillkürlich stoppten meine Finger, die gerade dabei waren Bleistiftlinien zu verwischen, um Schattierungen entstehen zu lassen. Meine Augen betrachteten für einen Augenblick das Bild. Die Klippen. Den Felsvorsprung. Das Meer. Gicht, dichte Wellen. Wenn ich abgelenkt war, malte ich meistens irgendwelche Orte aus meiner Erinnerung heraus. Allein das Aufsetzen eines weichen Stiftes auf dem schneeweißen Papier beruhigte mich ungemein, hatte es immer getan. Kein Wunder, dass man aus manchen meiner Skizzenbücher lesen konnte wie aus einem Tagebuch.

»Was denkst du, wie sie ausgesehen hat?«, fragte ich Felix, weil ich mit meiner Aussage nicht sein Bild unserer Mom zerstören wollte. Ich hatte so viele kostbare Momente in diesem Kästchen namens Herzen eingesperrt, die ich jederzeit wieder herausholen konnte. Felix hatte aber viel weniger Zeit mit Mom gehabt als ich und das erschien mir in diesem Moment wirklich unfair. Seit Moms Tod waren sieben Jahre vergangen, die wir beide ohne sie zurecht hatten kommen müssen, aber für uns bedeuteten sie ganz unterschiedliche Dinge. Dad sagte immer, Felix sei zu jung gewesen, um sich an etwas Bedeutendes erinnern zu können. Ich grübelte oft darüber nach, was das Alter einer Person mit den Erinnerungen zu tun hatte. Wenn mein Bruder fest an etwas glaubte, meinte sich an etwas zu erinnern, wer konnte da schon sagen, ob es Einbildung oder Realität war?

»Wie du«, antwortete Felix. »Auf den Bildern bei Tante Claire sieht sie aus wie du, Jessa. Wieso sehe ich nicht aus wie Mom, sondern nur wie Dad?«

Er hielt seine Schaufel mit beiden Händen wie ein Schwert fest, als müsse er sich gegen etwas wappnen, das ihm gefährlich werden konnte. Ich blätterte zu einer neuen, blanken Seite um und streckte die Hand nach meinem Bruder aus.

»Komm her«, sagte ich. Felix setzte sich neben mich in den Sand. Ich schloss die Augen, wartete. Irgendwo in meinem Unterbewusstsein erklangen Zeilen eines Liedes, das ich mit meiner Mom verband. Eine weiche, graziöse Melodie, die auch die Art meiner nächsten Striche beschrieb. Zeichnen konnte ein Rausch sein. Eine Tätigkeit, die den Verstand entführte. Wie wahrscheinlich alles, das man gerne tat und bei dem Zeit keine Rolle spielte. Die Zeichnung meiner Mom, die ich inzwischen angefertigt hatte, passte tatsächlich zu Felix' Worten. Zuvor hatte ich niemals realisiert, dass die Aussage »Du siehst aus wie deine Mom« vielleicht ein kleines Stück der Wahrheit entsprach. Viele kannten das sicher zur Genüge. Man wurde auf Familienähnlichkeit angesprochen. Gene, die einen zugehörig machten, weitergereicht wurden wie ein Staffelstab, aber das war so ein blinder Punkt. Selber zu begreifen, dass man jemandem ähnelte, war schwer. Zumal ich wusste, dass meine Mom und ich uns äußerlich nicht ähnlich sahen. Aber da gab es etwas in ihrer Miene, etwas, das ich oft beim Blick in den Spiegel in meiner eigenen sah, was uns irgendwie miteinander verband. Auf eine ganz eigene Weise.

»Wir alle haben etwas gemeinsam«, sagte ich. »Das wellige Haar.« Ich fuhr Felix behutsam über den Kopf. »Diese kleine, runde Stupsnase.« Mein Finger streifte leicht seine Nase. »Und ganz besonders dasselbe Herz.« Mit ausgestrecktem Zeigefinger hielt ich über Felix' Brust inne.

»Wir haben dasselbe Herz?«, fragte er. Ich nickte.

»In jedem Kind lebt etwas von seiner Mom weiter. Sie hat uns schließlich alles beigebracht, was wir wissen, und deshalb lebt ein Teil von ihr in uns. Wenn sie uns jetzt sehen könnte, wäre sie sicher stolz auf uns.«

»Darf ich das Bild haben?«

Langsam trennte ich das Blatt vom Block ab und reichte es Felix.

»Das war wirklich eine herzzerreißende Szene.«

Der Tonfall klang nicht spöttisch, aber auch nicht sonderlich freundlich. Wir waren nicht weit vom blauen Haus entfernt, weshalb dieser Teil des Strands kaum besucht war, da er zum Grundstück gehörte. Lediglich ein paar Spaziergänger waren an uns vorbeigezogen. Niemand war stehengeblieben, um Felix und mich zu beobachten. Flüchtige Grüße alter Bekannter waren alles gewesen, was der Tag gebracht hatte, deshalb beunruhigte mich das Auftauchen dieses Fremden. Wenn er hier verweilte, wollte er etwas. Ein Gespräch mit einem derartigen Satz anzufangen, ließ meine Sympathie für ihn gleich auf Nullniveau sinken.

»Ich bin Brady«, sagte er.

Zuerst wusste ich den Namen nicht einzuordnen. Brady hatte ein Gesicht mit wenig Wiederkennungswert, wie ich heimlich dachte. Mit den feinen Zügen um Nase und Augen hatte er etwas von dem, was als klassisch schön bezeichnet wurde, bemerkenswert hohe Wangenknochen und glatte Haut, das Haar zu einer ordentlichen Frisur aufgetürmt. Details, die auf den ersten Blick attraktiv wirkten oder das sicherlich bei vielen taten. Mich hingegen ließ sein Aussehen völlig kalt. Ich konnte nicht anders, als ihn mit Quinn zu vergleichen, dessen Gesicht so viele Fehler barg, dass ich ihn stundenlang hätte ansehen können, ohne mich zu langweilen. Die kleine Narbe über seiner linken Augenbraue zum Beispiel oder der ungleichmäßige Schnitt seines Haars, weswegen immer eine winzige Strähne von seiner Stirn abstand.

»Du bist Jessa, oder?«

Als ich Bradys Stimme erneut wahrnahm, blinzelte ich. Da war ich doch tatsächlich geradeeben fast in eine andere Welt abgedriftet. »Ja«, sagte ich. »Ich bin Jessa und du willst was genau?«

Er leckte sich über die Lippen, bevor er etwas aus seiner Hosentasche zog, das aussah wie ein Geldbündel. Ein dickes, fettes Geldbündel. Alter Schwede.

»Ich wollte dir deinen Wetteinsatz zurückgeben«, meinte er und hielt mir zwei Scheine hin. »Mit Zinsen. Dein Name stand auf der *Danger-Ranger*-Liste.

Beschissen, was beim alten Bahnhof passiert ist, aber ich kann es nicht ändern.«

»Du rennst mit diesem Batzen Geld durch die Gegend und machst die Leute ausfindig, die Teil des Spiels sein sollten, um dich persönlich bei ihnen zu entschuldigen?«, fragte ich misstrauisch. »Das ist ziemlich merkwürdig.«

Skeptisch beäugte ich ihn, nahm aber das Geld. Felix hielt Brady ebenfalls seine offene Hand entgegen. »Wo ist mein Einsatz?«

Brady grinste breit. »Du bist noch etwas zu jung dafür, oder? Und um deine Frage zu beantworten: Ja, Jessa, das tue ich. Ich will schließlich nicht meinen Ruf ruinieren, indem ich nicht halte, was ich verspreche.«

»Du meinst, den Ruf als irrer, durchgeknallter Freak?«

»Den als unangefochtener *Danger-Ranger*-Spieler, Sex-Gott und Rockstar.«

»Was ist ein Sex-Gott?«, fragte Felix.

Natürlich. Was ein Danger-Ranger*-Spieler war, interessierte ihn nicht.*

»Der sortiert so viel Wäsche, dass man den Job gar nicht erst haben will«, antwortete ich prompt und warf Brady einen finsteren Blick zu.

»Du denkst doch nicht wirklich, dass ich ein Freak bin, oder?«

»Ist das eine rhetorische Frage?«

»Du kannst doch keine Frage nach einer rhetorischen Frage rhetorisch stellen«, analysierte Brady und fummelte erneut an seiner Jeanstasche herum.

»Wenn da nicht noch mehr Geld rauskommt, möchte ich nicht haben, was auch immer du mir geben willst«, sagte ich abwehrend.

Sein Grinsen wurde breiter. »Glaub mir, das willst du.«

Er warf mir einen Flyer vor die Füße.

»Wow, eine Party! Was für ein Glück, denn hier finden so wenige Partys statt, weil sich die Jugendlichen in ihrer Freizeit mit allem anderen als Partys beschäftigen.«

»Du solltest vorbeischauen. Ich mag deine Art.«

»Um mich von deinen Talenten überzeugen zu lassen?«

Ich verdrehte die Augen, noch ehe das letzte Wort aus meinem Mund kam.

»Das solltest du nicht immer tun. Dad sagt, irgendwann bleiben die Augen stehen und dann ist man Elliot, das Schielmonster!«, rief Felix.

»Elliot ist ein Schmunzelmonster und meine Augen bleiben davon ganz bestimmt nicht stehen«, widersprach ich. Brady brach in haltloses Gelächter aus. Er hob den Flyer auf und legte ihn Felix in die offene Hand. Die andere hielt noch immer die Zeichnung von Mom umklammert.

»Vielleicht will dein kleiner Freund hier ja kommen. Der scheint mehr Spaß zu verstehen als du«, sagte Brady großspurig. Er richtete sich wieder auf.

»Ach, und eben dachte ich noch, meine Art gefiele dir.«

Seine Augen blitzten unheilvoll auf. *Unheil im Anmarsch.*

»Du kannst dein neu gewonnenes Geld bei mir jedenfalls sinnvoll anlegen.«

»Noch mehr Wetten?«, fragte ich inzwischen genervt von seiner Anwesenheit.

»Besser«, sagte er. »Ich könnte dir eine Privatführung geben.«

»Da verbrenne ich mein Geld lieber, danke.«

»Schau vorbei. Niemand hat das bisher bereut.«

Mit einem letzten unheilvollen Lächeln verabschiedete er sich. Brady war noch nicht ganz weg, da sah ich schon jemand anderen auf uns zukommen: Kendra. Die hatte ich schon von meiner Liste potenzieller Freunde gestrichen, nachdem sie im Auto auf dem Rückweg vom Bahnhof kein Wort mehr mit mir gewechselt hatte. Wahrscheinlich war sie eifersüchtig auf mich gewesen, wegen Quinn. Kendra glotzte Brady hinterher, als er an ihr vorbeilief. Sie brauchte offensichtlich ein paar Sekunden, um sich wieder zu fangen, und kam dann auf Felix und mich zu.

»Ich fühle mich wie eine Königin, wenn ich so viel Besuch bekomme.«

»Mein Schloss ist zu klein für uns beide«, sagte Felix und deutete auf seine Sandburg, die nicht mal einen Krebs hätte beherbergen können. Damit Felix die nächste Unterhaltung nicht wieder Wort für Wort mitbekam, ging ich Kendra entgegen. Überraschenderweise fiel sie mir um den Hals und drückte mir einen Schmatzer auf die Wange. Typisches Mädchenverhalten konnte das nicht sein. Miranda benahm sich mir gegenüber nie so seltsam. Da hätte mir ein Schlag ins Gesicht besser gefallen. Noch jemand, der etwas von mir wollte.

»Wieso zur Hölle verkriechst du dich hier und lässt dich nicht mehr bei uns blicken?«, fragte Kendra. »Hat das was mit Quinn zu tun? Ich habe gehört, ihr habt euch gestritten, was übrigens einer der Gründe ist, warum ich hier bin. Deshalb wollte ich auch gleich fragen, ob ihr beide mit dem, was auch immer das zwischen euch war, durch seid und ich mit ihm ausgehen kann?«, sprudelte es aus ihr heraus. »Ich meine, ihr seid nicht mehr ... was auch immer. Ich war echt eifersüchtig, dass du so lange mit ihm in diesem Loch hocken durftest. Hab gestern mit ihm geredet und er wirkte ganz normal. Also nehme ich an, ich habe Recht?«

»Stopp«, bremste ich ihren Redefluss. »Was genau willst du von mir?«

»Von dir? Nichts. Von Quinn? Alles.«

Sie zwinkerte mir zu und mir wurde dabei ganz anders.

»Ehrlich gesagt ...«, begann ich.

»Ja?«, fragte sie gedehnt.

»... würde es mir etwas ausmachen.«

»Ja?«, fragte sie noch gedehnter.

»Da bin ich mir ziemlich sicher.«

Sie zuckte mit den Achseln. »Okay.«

»Das ist alles?«

»Ich wollte dich vorher fragen.«

»Wie nett von dir ...«

»Liebe Jessa, manche Dramen wurden fürs TV erfunden, weil sie amüsant sind und man sie sich ohne Bedenken ansehen kann, und andere wiederum beeinflussen das Leben zu extrem. Ich glaube, von Sorte zwei hab ich selber genug, also, wenn du nicht freiwillig etwas Genaueres sagst, werde ich mich davor hüten, etwas aus dir rauszupressen.«

»Wie rücksichtsvoll von dir ...«

»Echt verrückt, dass Quinn mich nicht will«, sagte sie in spöttischem Tonfall. Kendra zwirbelte am Ende ihres geflochtenen Zopfes herum, verlor aber schnell die Lust daran sich ihre Haarspitzen zu zerzausen. Erwartungsvoll sah sie mich an.

»Das war nicht der eigentliche Grund für dein Kommen, oder?«

»Ich hatte vorgehabt, mich an deinem Elend zu ergötzen, aber nein, das war nicht der eigentliche Grund. Den anderen hab ich gerade eben getroffen.«

»Du meinst –«

»- fucking awesome Brady!«, rief sie und warf die Hände in die Luft, als wolle sie jeden Moment mit einer La-Ola-Welle anfangen und das ganz allein. »Ich kann nicht fassen, dass ich ihn live gesehen habe. Wenn ich das den anderen erzähle!«

»Hat er eigene Groupies?«, fragte ich zynisch. Kendras Augen waren nicht mehr auf mein Gesicht, sondern auf den Flyer in Felix' Hand gerichtet. Sie wurden immer größer und hatten inzwischen Ähnlichkeit mit Tischtennisbällen.

»Heilige Sch-«

»Schublade!«, schrie ich, damit sie nicht fluchen konnte. Mein Bruder hatte für heute seinen Wortschatz genug erweitert. Früher oder später würde diese Tatsache wie ein Bumerang zurückkommen und mich ziemlich hart treffen. Kendra war für ein paar Sekunden irritiert, dann fasste sie sich wieder.

»Du hast eine Einladung zum Mitternachtszirkus?«

Felix starrte Kendra mit offenem Mund an. »Gibt es da Vampire?«

Die Aussage meines Bruders zielte damit auf ein Buch ab, in dem es tatsächlich so etwas wie einen Mitternachtszirkus gab – Vampire inklusive. Er hatte vor einer Weile den Film zur Reihe gesehen und fand ihn richtig cool.

»Das ist ein Flyer für eine dumme Party«, sagte ich. Kendra warf sich neben uns in den Sand und es schien ihr egal, was für eine Figur sie dabei machte.

»Das ist kein Flyer, sondern eine Einladung zum Mitternachtszirkus!« Ihre Stimme zitterte hörbar vor Erregung. »Zum *Danger Ranger* kann jede x-beliebige Person gehen, aber das ist so etwas wie ein goldenes Ticket zu *Willy Wonkas Schokoladenfabrik*. Davon gibt es nicht besonders viele.«

»Ich hätte jetzt auch gerne Schokolade«, sagte Felix. »Essen Vampire eigentlich auch Schokolade, Jessa? Ich will da hingehen!«, forderte er.

Kurzerhand schnappte ich ihm den Flyer weg.

»Nein, Felix. Es gibt dort keine Vampire und du wirst da nicht hingehen.« An Kendra gewandt fügte ich hinzu: »Niemand von uns wird da hingehen. Das endet wieder in einer Katastrophe. In Chaos und Trümmern und Ärger.«

»Überlasse sie mir«, bat sie aufdringlich. »Warte, nein. Ich kann da unmöglich aufkreuzen, wenn du nicht mit mir kommst. Jessa, bitte, du musst gehen.«

»Wackle doch ein bisschen mit dem Hintern, dann lädt er dich sicher auch ein«, scherzte ich. »Brady scheint nämlich ein selbsternannter Bad Boy zu sein.«

»Mein Hintern ist der Wahnsinn, da stimme ich dir zu. Aber der Mitternachtszirkus ist so exklusiv, dass niemand weiß, wo er überhaupt stattfindet. Einzelheiten verraten nur die Einladungen.«

Ich hielt Kendra das dünne Stück Papier hin. »Hier! Für dich!«

»Ich sagte doch, du musst mitkommen, wenn –«

»Jessa? Felix?«

Tante Claires Stimme hallte durch die Luft wie ein von Wolken getragenes Echo. Ich blickte über meine Schulter. Sie stand auf der Veranda des blauen Hauses und winkte, was ein eindeutiges Zeichen war. Felix war sofort auf den Beinen und stürmte zum Haus. Ganz gemächlich packte ich meine Zeichensachen zusammen, klopfte mir den Sand von den Kleidern und versicherte mich, dass ich auch wirklich nichts vergessen hatte.

»Du kannst mitkommen, wenn du willst«, bot ich an.

»Das war der zweite Grund für mein Kommen«, meinte Kendra. »Deine Tante hat uns zum Essen eingeladen. Fin hat Reste aus der Pension mitgebracht.«

»Was ist eigentlich mit deinen Eltern?«, fragte ich spontan.

»Hatte ich das bisher nicht erzählt? Sie sind geschieden. Mein Dad lebt irgendwo in der Karibik, weil er auf einem Kreuzfahrtschiff arbeitet und meine Mom hat ein zweites Mal geheiratet und ist momentan auf Hochzeitsreise. Deshalb wohnt Fin bei uns. Er muss sozusagen ein Auge auf mich haben.«

»Wow«, machte ich bloß.

»Was ist mit deinen Eltern?«, fragte Kendra. Wir setzten uns langsam in Bewegung, Richtung Haus. Tante Claire war mit Felix bereits im Inneren verschwunden. »Fin hat mir nicht viel erzählt. Ich weiß nur, dass deine Mom ... Also jeder, der hier wohnt, weiß von Amanda Carrigan. Ich hoffe, ich habe nichts Falsches gesagt«, fügte sie rasch hinzu.

»Ist schon okay«, sagte ich ehrlich. »Manchmal vergesse ich einfach, dass hier meine zweite Heimat ist. Ich kenne so viele Gesichter und Namen, aber nach all der Zeit kommt mir der Ort manchmal unheimlich fremd vor. Es ist einfach zu lange her, dass wir hier gewesen sind. Seit dem Sturm damals hätte ich auch nicht geglaubt, mich hier jemals wieder so wohlfühlen zu können.«

»Der Sturm hat viele Familien hart getroffen, Jessa«, sagte Kendra bedächtig. »Heute ist es vielleicht nicht mehr als ein Eintrag im Stadtarchiv, aber selbst ich weiß davon und ich habe nicht mein ganzes Leben hier verbracht.«

»Jetzt, wo du es sagst«, murmelte ich. »Wie lange wohnst du schon hier?«

»Seit etwas mehr als zwei Jahren. Als meine Mom ihren neuen Ehemann kennenlernte, hatten die beiden die Großstadt irgendwie satt. Ich mag es hier. Manchmal fühlt es sich so an, als könnte man den Ort in einem Atemzug für sich vereinnahmen, und an anderen Tagen gibt es hier wahre Wunder.«

Die Stufen knarrten unter unserem Gewicht. Tante Claire hatte die Tür nicht geschlossen. Hier hatte das etwas mit Vertrauen zu tun. Dad würde niemals die Haustür sperrangelweit offen lassen.

»Wahre Wunder«, sagte ich nachdenklich, als wir bereits im Haus waren. »Zum Beispiel?«

»Gerilltes Hähnchen mit Sesamsoße!« Fin verneigte sich wie ein Kellner, als er den Deckel von einer Alubox abzog. »Ich koche die Wunder dieser Stadt.«

Er stand hinter dem schweren Eichenholztresen, der die Küche vom Wohnzimmer trennte. Der Dampf des noch heißen Essens vernebelte die Sicht. Es roch wirklich köstlich. Kendra setzte sich zu Felix an den Esstisch und studierte den Flyer, den sie mir unauffällig abgeluchst hatte.

Fin umarmte mich flüchtig und lächelte mich gut gelaunt an.

»Das sieht wirklich wie ein Wunder aus«, meinte ich.

»Na, na«, machte meine Tante. »Bei uns gibt es immer so etwas Gutes.« Sie griff sich ins Haar, um ihren strengen Knoten zu lösen. Als sich die vielen Strähnen über ihre Schulter legten, schillerten sie wie der Schwanz einer Meerjungfrau in verschiedenen Silberfacetten. »Ich muss noch einen Anruf erledigen, also fangt schon mal ohne mich an.« Sie drückte mir einen Kuss auf die Wange. Ich sah ihr nach, aber mein Blick schweifte schnell zurück zu dem Raum, in dem ich mich befand. Ich hatte diesen offenen Raum immer gemocht, weil er mit den riesigen Fenstern, die bis zum Parkettboden reichten, gemütlich wirkte.

Meine Mom hatte darauf bestanden, die Wände mit Putz zu bearbeiten, und diese dann anschließend in verschiedenen Blautönen gestrichen. Ein einziges Gemälde, das die Möbel einrahmte. Wenn man genau hinsah, bemerkte man, dass sich links feine Risse durch das Mauerwerk zogen. Eine Stelle, die nach dem Einsturz des Hauses hatte erneuert werden müssen. Jetzt, da mir solche Details ins Auge fielen, verspürte ich das dringende Bedürfnis Tante Claire auszuquetschen. Welchen Deal mit dem Teufel war sie eingegangen, um dem Gebäude nicht nur sein Innenleben, sondern auch seinen Charme zurückzugeben?

»Du hast da Lippenstift.«

Fins Finger berührten wie selbstverständlich mein Kinn. Mit dem Daumen strich er über meine Wange, tat dies vielleicht sogar etwas zu lang. Aus den Augenwinkeln sah ich, wie er mich noch immer lächelnd musterte.

»Danke«, sagte ich und fühlte mich etwas unbehaglich, ehe ich hinzufügte: »Ich hol die Teller.«

Mit dem Rücken zu den anderen, öffnete ich einen der Hängeschränke und begann das Geschirr herauszuholen. Kaum hörbar seufzte ich in mich hinein.

Fünf Minuten später saßen wir alle am Tisch und aßen. Felix war in Nullkommanichts fertig, weil er das ganze Essen heruntergeschlungen hatte, als habe er seit Wochen nichts Anständiges mehr bekommen, und verließ als

Erster den Tisch. Kendra folgte wenige Sekunden darauf, weil Soße auf ihrem Top gelandet war und sie unbedingt ins Badezimmer verschwinden musste.

»Wirst du hingehen?«, fragte Fin mit einem Kopfnicken Richtung Einladung, die sich einfach nicht in Luft auflösen wollte. »Kendra hat dich bestimmt schon gelöchert!«

»Was ist eigentlich so besonders an diesem Brady?«, fragte ich, anstatt zu antworten.

Fin erstickte fast an einer Gabel Hähnchen. »Das kannst auch nur du fragen.«

»Anscheinend habe ich die letzten Jahre unter einem Stein gelebt. Oder wieso hat dieser seltsame Kerl die Weltherrschaft an sich gerissen? Die Leute können ihn doch nicht ernsthaft vergöttern, weil er sich – so cool, das auf dem Video auch aussah – vor fahrende Züge schmeißt und ein paar Tricks auf Lager hat.«

»Brady übt eben eine besondere Faszination auf seine Umgebung aus. Er hat jede Menge Kohle und sorgt für Abwechslung an diesem Ort.«

»Als ob es ohne ihn hier sterbenslangweilig wäre«, sagte ich und beschäftigte mich weiter mit dem leckeren Essen. Fin schien in Gedanken versunken, denn eine Weile sah er nicht mehr mich an, sondern den Vorhang hinter mir.

»Jessa, kannst du mir einen Gefallen tun?«, drang es plötzlich aus dem Flur zu uns hinüber. Ich schob meinen Stuhl zurück und stand auf, um der Stimme meiner Tante zu folgen. Sie hatte sich in ihr Arbeitszimmer zurückgezogen, das am anderen Ende des Flurs lag und mir immer viel zu klein für die vielen Bücherregale und Aktenschränke vorgekommen war. Es war ein etwas beklemmendes Gefühl sich zwischen so hohen Möbeln zu bewegen, die keinen Flecken Wand freiließen. Im Vergleich zum Rest des blauen Hauses war dieser Raum eine Rumpelkammer. Tante Claire war eigentlich ein ordentlicher und besonders organisierter Mensch, aber innerhalb dieser vier Wände herrschte Ausnahmezustand. Sie saß hinter dem Schreibtisch, das Telefon noch halb am rechten Ohr. Mit einer Hand hielt sie den Hörer zu, um ihren Gesprächspartner für einige Sekunden ausblenden zu können.

»Was gibt es denn?«

»Kannst du zur Pension fahren und mir die Abrechnung vom letzten Monat holen? Es gab ein paar Schwierigkeiten mit den Gehältern einiger Mitarbeiter und ich möchte das sofort klären, aber –«

»Kein Problem«, sagte ich gutmütig.

»Lass dich von Fin fahren«, schlug sie vor.

»Schon okay, ich fahr schnell allein rüber.«

Ich war es so gewohnt das blaue Haus von der Westseite, jene, die mit dem Strand verbunden war, zu betreten, dass ich manchmal vergaß, dass wir auch eine Vordertür besaßen, die in einen kleinen Garten mündete und mit einem Stellplatz verbunden war. Dort parkte Tante Claires blauer VW neben Fins schwarzem Ford, den ich kannte, weil wir damit alle zusammen zum *Danger-Ranger*-Spiel am Bahnhof gefahren waren.

Nachdem ich den Wagen auf die Straße manövriert hatte, musste ich mich kurz orientieren. Es dauerte jedoch nicht lange, bis ich auf die Hauptverkehrsader traf. Der Weg zur Pension war schnell überbrückt. Natürlich kannte ich die Strecke, aber es war lange her, dass ich mich hinter ein Lenkrad gesetzt hatte und sie selber gefahren war. Ich stieg aus und in dem Moment, als die Tür einrastete und das leise Piepen der Abriegelungsfunktion ertönte, nahmen meine Augen Quinn ins Visier. Ich ließ die Hand mit dem Autoschlüssel sinken.

Auf dieser Seite der Pension waren die vielen Apartments in mehreren Vierecken angeordnet. Die einzelnen Gebäudekomplexe hatten jeweils einen Innenhof, der gleichzeitig den Parkplatz bildete. Zu Rezeption und Verwaltungsgebäude war es nur ein Katzensprung. Quinns Zimmer lag sehr zentral, da hätte es mich nicht verwundern müssen, ihm zu begegnen. Es war später Nachmittag und seine Schicht musste längst zu Ende sein. Offenbar nutzte er seine Freizeit, um sich mit Sonja zu treffen. Selbst aus dieser Entfernung war klar, dass die beiden miteinander flirteten. Die Art, wie sie ihn am Arm berührte und er den Kopf schräg legte, bewies es. Ich hörte sie einstimmig lachen. Sonja beugte sich vor. Mir stockte der Atem. Ganz offensichtlich versuchte sie, ihn zu küssen. Aber Quinn wich dem Manöver aus, indem er geschickt ihre Hand nahm und sie sich um die eigene Achse drehen ließ. Als würden die beiden tanzen.

Ein fieser Stich von Eifersucht durchzuckte mich.

Störrisch wandte ich den Blick an und rannte, so schnell es ging, an ihnen vorbei. In diesem Augenblick musste mein Stolz einiges einbüßen, wie mir zu spät klar wurde. Verdammt.

»Hey, Jessa. Warte.«

Quinns Stimme war wie Eiswasser auf meiner Haut, dabei klangen seine Worte freundlich. Ich schüttelte mich, um die Kälte zu vertreiben. Stehenbleiben war allerdings das Letzte, was ich für ihn tun würde. Ich schenkte den beiden einen süffisanten Blick und schaltete dann auf Ignorieren um. Leider sah ich noch, wie Sonja in einer spielerischen Geste Quinn die Zimmerkarte aus seiner Gesäßtasche zog und ihn vielsagend anlächelte.

»Beeil dich, Paxton. Ich gehe schon mal vor.«

Ich wappnete mich gegen einen von Quinns ruppigen Griffen, mit denen er schon öfters versucht hatte mich aufzuhalten, wenn er etwas wollte – aber nichts geschah. Mit Leichtigkeit holte er mich ein und ging nun direkt hinter mir.

»Ich sagte: Warte, Jessa.« In meinem Kopf begann ich stumm eine Melodie zu summen. »Ich muss dich um einen Gefallen bitten. Einen richtigen«, sprach er weiter. Entweder merkte er nicht, dass ich nicht mit ihm reden wollte, oder es war ihm egal. Ich tippte auf Letzteres. »Der Mitternachtszirkus. Ich muss hingehen. Du hast eine Einladung von Brady bekommen. Nimm mich mit.«

Woher wusste er das?

»Hanna wird dort sein.«

Abrupt stoppte ich, was Quinn die Chance gab sich mir in den Weg zu stellen. Er stand mir jetzt genau gegenüber und legte eine Hand auf meinen rechten Oberarm, als könne mich das daran hindern, jede Sekunde einfach an ihm vorbeizugehen.

»Deine Schwester wird dort sein?«, fragte ich ungläubig, aber auch neugierig. »Ich verstehe nicht …«

»Erklärungen später«, antwortete er. »Nimm mich bitte mit.«

Je länger seine Finger meinen Arm berührten, umso energischer wollte ich sie wegschlagen. Sonjas Lächeln ging mir nicht mehr aus dem Sinn.

»Meine Einladung kannst du gerne haben, aber ich werde nicht mit dir gehen. Das kannst du dir sofort aus dem Kopf schlagen, *Paxton*.«

»Hast du irgendein Problem?«, fragte er. Quinns Miene nach zu urteilen, wusste er genau, worum es sich bei diesem Problem handelte. Es war eine einzige Herausforderung. Und einer solchen zu widerstehen, war schon immer eine meiner Schwächen gewesen. *Ich habe keins*, lag mir auf der Zunge. Ich durfte zwischen Stolz und Vorurteil entscheiden – und nein, das sollte keine Anspielung auf Jane Austen sein. Aber ich wette, diese Frau hätte gewusst, dass man mit einer saftigen Ohrfeige keine der beiden Möglichkeiten in Betracht ziehen musste.

»Ich habe viele Probleme«, sagte ich. »Zum Beispiel meine Schuhe!«

»Deine … Schuhe?« Quinn blinzelte mehrfach, anscheinend, um sich zu vergewissern, dass ich noch immer vor ihm stand und nicht jemand anderes. *Ja, manchmal überraschte ich mich auch gerne selbst.* »Moment – was?«

»Die Sohle ist kaputt und ich finde einfach nichts Vergleichbares. Und wenn wir schon dabei sind: Regen, ich hasse Regen und es soll heute Abend ein richtiges Unwetter geben. Dann frage ich mich manchmal, wer Pilze überhaupt erfunden hat. Ich meine, nicht erfunden, das Zeug wächst schließlich wie Unkraut aus dem Boden und so schmeckt es auch. Widerlich!«

Quinn starrte mich sichtlich perplex an. Langsam schüttelte ich seinen Arm ab, ohne dass er es wirklich zu registrieren schien. Hastig wandte ich mich ab, lief endlich weiter, hörte aber nicht auf zu reden. Die neue Taktik (Verwirrung) war ein Erfolg auf ganzer Linie. Ich plapperte vor mich hin und irgendwann hörte ich mir selbst nicht mehr richtig zu.

»Danke für deine Aufmerksamkeit und tschüss!«

BAM! Mit einem lauten Knall flog die Tür zum Verwaltungsgebäude hinter mir zu. Quinn war mir natürlich gefolgt. Er klopfte gegen das milchige Glas der Tür, aber ich lief durch den schmalen Flur davon und schloss das Büro meiner Tante auf, bevor er herausfinden konnte, dass die Tür, vor der er stand, gar nicht verschlossen war. Seufzend plumpste ich in den Drehstuhl. Fast im selben Moment setzte der prophezeite Regen ein. Zuerst klopften die Tropfen leise gegen das Fenster, dann verwandelten sie sich in einen rauschenden Wasserschwall. Das würde Quinn vertreiben.

Ich trödelte extra lange herum, bis ich die gewünschte Abrechnung aus einem Ordner fischte (ich kannte Tante Claires Aufbewahrungssystem sehr gut), faltete sie sorgsam zusammen und steckte sie unter meine Jacke, die ich eng um mich schlang, damit das Dokument nicht nass werden würde. Ein Blick auf die Wanduhr verriet mir, dass weniger Zeit als geschätzt vergangen war. Für den Regen und Quinn gab es wohl nur eine Lösung: Augen zu und durch!

Triumphierend stieß ich eine Faust in die Luft, als ich ihn nirgends auf dem Parkplatz entdecken konnte, und hechtete zum Auto. Kaum, dass ich saß, öffnete sich die Beifahrertür und Quinn leistete mir uneingeladen Gesellschaft. Sein Haar war, genau wie meines, feucht und begann sich leicht zu wellen. Die Augen stürmisch auf mich gerichtet, formten seine Lippen Flüche. Viele Flüche. Mehr und mehr Regen floss über die Scheiben und gab mir das Gefühl hinter einem glasigen Schleier zu sitzen. Das Trommeln auf dem Dach wurde lauter und dröhnte in meinen Ohren. Donner grollte am Himmel. Wie ein Kommando animierte es mich dazu, wieder den Mund zu öffnen.

»Steig sofort aus meinem Wagen aus«, befahl ich.

»Sag mir, wann der Mitternachtszirkus stattfindet.«

»Wenn Edward Cullen den Mond in einen Käse verwandelt hat.«

»Hör auf damit, ständig dieses unsinnige Zeug von dir zu geben!«

Ich presste die Lippen fest aufeinander, um mich vom Sprechen abzuhalten. Das wirkte ganze drei Sekunden, ehe mein Temperament wieder mit mir durchging. Ja, ich hatte keine Kontrolle darüber, daher passte der Spruch.

»Okay! Komm mit mir! Es geht schließlich um deine Schwester!«

»Wieso schreist du so?«, fragte er. Ich hatte wirklich gebrüllt.

»Wieso sitzt du noch immer in meinem Auto, wenn du deine Antwort bereits hast!«

»Weil du andere Probleme hast als ... deine Schuhe.«

»Du hast gewonnen. Geh und ärgere jemand anderen!«

»Nur, wenn du aufhörst mich anzuschreien«, sagte er.

»JETZT SCHREIE ICH DICH AN!«

»DANN HÖR AUF DAMIT!«

»WIESO SOLLTE ICH DAS TUN?«

»WEIL ICH DICH DARUM BITTE!«

»NEIN!«

»DOCH!«

»NEIN!«

»NEIN!«

»DOCH!« Ich atmete energisch aus. »Du hast meinen eigenen Trick gegen mich verwendet. Mistkerl. Kannst du jetzt aussteigen? *Bitte!*«

»Sag mir, was dich stört, Jessa«, meinte Quinn.

»Vielleicht habe ich kein Recht dazu«, antwortete ich.

»Vielleicht hast du ein Recht dazu«, erwiderte er.

»Was? Weil wir *einen* Moment hatten?«

Ich war so weit an die Kante meines Sitzes gerutscht, dass die kalte Scheibe in meinem Rücken mich frösteln ließ. Haarsträhnen klebten mir an den Wangen und inzwischen roch ich den Regen. Überall. Regen und Quinn.

»Da wartet jemand auf dich«, erinnerte ich ihn. Ein Mädchen. Sonja.

»Daran denke ich nicht, wenn du in meiner Nähe bist.«

»Mh«, machte ich und wischte mir ein paar Regentropfen vom Kinn. »Soll mich das überzeugen oder mein Herz erweichen? Das war eine mehr als eindeutige Situation. Du hast damit bewiesen, dass es dir egal ist ... wir ... Ein Streit sollte Menschen nicht dazu bringen sich anderen zuzuwenden, Quinn. Ein Streit sollte dafür da sein, um ... Ach, ich weiß auch nicht, aber nicht *dafür.*«

»Jessa -«

»Es tut mir leid«, sagte ich. »Ich bin keine Drama-Queen, ich bin für Freiheit und Spaß und *Leben, Leben, Leben* ... Ich weiß echt nicht, was mit mir los ist.«

Ausgelaugt rutschte ich tiefer in meinen Sitz. Ich streckte die Hand aus, um die Heizung anzudrehen, bis mir einfiel, dass der Wagen noch immer aus war.

»Ich hab keine Ahnung, wann der Mitternachtszirkus stattfindet. Das steht sicher auf dem Flyer, der Einladung, die ich bisher kaum beachtet habe. Ich gebe dir Bescheid. Kannst du jetzt endlich aussteigen und mich in Ruhe lassen? Es ist kalt, ich friere und will nur noch nach Hause.«

Quinns Augen ruhten auf mir. Erleichterung wallte in meiner Brust auf, als er sich wortlos zur Tür drehte und den Kopf abwandte. Die Autoschlüssel fanden ihren Weg in die Zündung. Der Motor sprang an. Die Scheibenwischer taten ihre Arbeit und das Radio begann ein Lied zu spielen. Quinn stieg nicht aus. Dieser Gedanke schoss mir erst durch den Kopf, als ich ihm nachsehen wollte, aber anstatt einer Entfernung von mehreren Metern lagen nur Millimeter zwischen uns. Seine linke Hand legte sich an meinen Kiefer. Seine Lippen liefen wie ein Hauch Wärme meine Wange entlang, kitzelten mein Ohr.

»Mir tut es ebenfalls leid«, wisperte er. Einen Herzschlag später war ich allein. Quinns Berührung, genau wie er, verschwunden.

Tropf. Tropf. Tropf.

Gott, wie ich Regen hasste.

KAPITEL 12

Meine Finger schlossen sich so fest um das Lenkrad, dass ich beobachten konnte, wie meine Knöchel immer weißer wurden. Ich biss die Zähne so fest zusammen, dass sie schmerzten. Wütend. Ich war plötzlich verdammt wütend.

Erst denken, dann handeln, zwang ich mich. Aber wem wollte ich hier etwas vormachen?

Ich sprang aus dem Auto und weil Quinn meilenweit die einzige Person war, die sich über das Gelände bewegte, war es einfach, ihn zu finden. Rennend folgte ich ihm um die Ecke des Gebäudes und dann legte ich ungelogen einen wahren Rekordsprung hin, um meinen Fuß zwischen Tür und Zarge zu rammen, bevor Quinn den Zugang zu seinem Zimmer schließen konnte. Ein kleiner Schrei löste sich aus meiner Kehle, als das Holz auf Knochen und Muskeln traf und das alles andere als angenehm war.

»Jessa?«

Quinn hatte meinen Namen noch nie so überrascht ausgesprochen.

»Nein, der Weihnachtsmann! Wo ist sie?«, fragte ich.

»Sie?«

Ich boxte Quinn gegen die Schulter. »Sonja natürlich! Sie ist … nicht hier.« Das Zimmer sah aus wie alle in der Pension. Tante Claire hatte die Einrichtung über Jahre hinweg beibehalten, eine Mischung aus schweren, alten Holzmöbeln und modernen Elementen. Es gab Apartments verschiedener Größen. Bei einem Doppelzimmer beherrschte das Bett den Raum, eingerahmt von einer Kommode, dem Fernseher und einem Esstisch mit zwei Stühlen. Die Wände zierte abgesehen von den Glaslampen nichts. Hinter der geschlossenen Tür lag das Badezimmer, wie ich wusste. Quinn war ziemlich ordentlich. Die Bettdecke war zurückgeschlagen, nirgends lag etwas wahllos herum. Neben dem Mülleimer stapelten sich zerknüllte Papiere, so als habe Quinn einen Brief begonnen und unzählige Versuche gestartet.

»Sie war ganz schön sauer, als ich sie weggeschickt habe.«

Ich starrte Quinn an. »Du hast sie weggeschickt?«

»Nachdem ich dich gesehen hatte, konnte ich nicht …«

Er vergrößerte den Spalt und öffnete die Tür ganz.

»Willst du reinkommen?«

»Nein.«

»Was willst du dann?«

»Du hast dich entschuldigt«, sagte ich.

»Ich weiß zwar nicht, weshalb Menschen sich streiten oder wozu das gut ist. Aber ich bin mir sicher, wenn es einem leid tut, entschuldigt man sich.«

»Das stimmt.«

»Willst du jetzt reinkommen?«

»Es sind gerade mal ein paar Sekunden vergangen.«

»In ein paar Sekunden kann eine ganze Menge passieren.«

Quinn hob langsam eine Hand und hielt sie mir auffordernd entgegen. Genauso langsam löste ich meine Finger aus ihrer angespannten Haltung und legte meine Hand in seine. Er zog mich in den Raum und schloss die Tür hinter uns. Es fühlte sich endgültig an. Als wären wir beide plötzlich von der Welt abgeschottet. Wie eine Entscheidung, die einmal ausgesprochen nicht mehr rückgängig zu machen war. Quinns nächste Berührung war wie ein Knistern auf meiner Haut. Spielerisch fuhr er mit den Fingern durch einzelne, meiner Haarsträhnen, bis seine Fingerspitzen meinen Nacken erreichten. Ein Schaudern lief mir den Rücken hinunter. In Erwartung eines Kusses öffnete ich leicht die Lippen und hielt den Atem an.

Draußen tobte das Gewitter immer heftiger und Regen klatschte gegen die Fenster. Doch aus dem Kuss wurde nichts. Quinn und ich wurden aus unserer Zweisamkeit gerissen, als es heftig an der Tür klopfte.

»QUINN!«, rief eine hysterische Stimme. »Mach sofort die Tür auf.«

Abrupt ließ Quinn mich los. »Das darf doch nicht wahr sein«, murmelte er.

»Weißt du etwa schon, wer da draußen vor der Tür steht?«, fragte ich.

»Das ist meine Tante«, erklärte Quinn. »Sie hat schon die letzten Tage Telefon-Terror gemacht und mir auf die Mailbox gesprochen. Sie meinte, wenn ich ihr nicht antworte, würde sie höchstpersönlich vorbeikommen. Aber ich hätte nicht gedacht, dass sie sich echt die Mühe macht.«

»Du magst sie nicht sonderlich, nehme ich an?«

»Das ist noch untertrieben. Vielleicht weht der Sturm sie weg.«

»Quinn! Mach die verdammte Tür auf, sonst trete ich sie ein!«

»Nein, sie steht noch da«, sagte ich.

»Vielleicht solltest du dich besser im Bad verstecken«, schlug er vor.

»Du willst, dass ich mich verstecke?«

»Glaub mir, du willst ihr nicht begegnen.«

Weil die Frau auf der anderen Seite der Tür nun völlig außer sich war und Quinn durch die Tür beschimpfte, entschied ich mich dazu, wirklich im Badezimmer zu verschwinden. Im Notfall konnte ich ja wieder herauskommen.

Seine Tante klang jedenfalls wie eine leibhaftige Furie.

Ich schloss die Badezimmertür nicht ganz, damit ich durch einen Spalt ins Zimmer lugen und lauschen konnte.

Quinn fuhr sich durchs Haar und strich sich das Shirt glatt, ehe er öffnete.

Die Frau, die er hereinließ, stolzierte mit so viel Selbstbewusstsein und Autorität auf ihren schwarzen High Heels ins Zimmer, dass die Atmosphäre sofort umschlug. Sie war schlank, trug einen roten Mantel, der dies betonte, und hatte die blonden Haare zu einer wilden Mähne nach hinten frisiert. Obwohl sie tadellos geschminkt war, konnte das Make-up nicht verbergen, dass sie Mitte vierzig, vielleicht sogar noch älter war. Die Fältchen um Mund und Augen hatte sie nicht kaschieren können. Sie klappte mit einer schwungvollen Geste den Regenschirm in ihren behandschuhten Händen zu, der ihren Oberkörper und ihre Frisur tatsächlich davor bewahrt hatte, nass zu werden.

»Quinn«, sagte sie und räusperte sich. »Wie du wieder aussiehst. Kein anständiger Haarschnitt und diese Kleider. Und dann dieser Ort.« Sie rümpfte die Nase und musterte die Einrichtung mit verächtlichem Blick. »Was stellst du mit dem ganzen Geld an, das ich dir schicke?«

»Ich zerreiße den Scheck jeden Monat«, gab er zurück.

»Tust du das?«, fragte sie in skeptischem Tonfall. »Deinem Lebensstil nach zu urteilen, könnte das sogar stimmen. Existiert dieser Ort überhaupt auf einer Karte?«

»Ich hab dir eine Wegbeschreibung da gelassen, als ich gefahren bin.«

»Wieso du überhaupt fahren musstest, ist mir immer noch ein Rätsel.«

»Wegen Hanna«, antwortete Quinn. »Das wüsstest du, wenn du mir auch nur einmal vernünftig zuhören würdest. Was willst du hier? Von mir?«

Seine Fragen klangen fast bedrohlich. Die Frau ließ sich davon nicht einschüchtern. Sie stützte sich auf ihren Regenschirm und lächelte ein falsches, kaltes Lächeln. »Deine Mom schickt mich, Dummerchen«, sagte die dämonische Mary Poppins. »Es geht um die Erbschaft deines Dads.«

»Mit dir rede ich nicht darüber.«

»Dann bleibst du also bei deiner Meinung? Deine Mom –«

»Meine Mom«, knurrte er, »kann mich anrufen, wenn sie etwas will.«

Kurz blickte die Frau in Richtung Bad und ich fühlte mich ertappt. Dann sah sie wieder zurück zu Quinn und ich atmete erleichtert aus. Sie machte mir echt Angst. Tante Claire würde niemals in ihrem Leben so mit mir reden.

»Das mit dem Anrufen klappt bei dir nicht sonderlich gut.«

»Vielleicht solltest du das als Zeichen sehen«, sagte Quinn. »Ich möchte nicht mit dir sprechen – weder am Telefon noch persönlich.«

»Du stellst dich also weiter stur, verstehe. Das Temperament hast du von deinem Dad, weißt du das? Er hat auch nie viel auf die Meinung seiner Familie gegeben und sieh, wohin ihn das gebracht hat. Direkt ins Grab. Und was Hanna betrifft, solltest du dir wirklich ein anderes Vorbild suchen. Deine Mom und ich sind deine Familie. Wenn ich heute gehe, sehen wir uns nicht wieder.«

»Wanderst du etwa aus?«, fragte Quinn in spöttischem Tonfall.

»Mach du nur weiter deine Witze«, entgegnete seine Tante. »Ich meine es nur gut mit dir, so war das schon immer. Aber das ist dann wohl ein Abschied.«

Quinn nahm sich keine Zeit, weiter auf die Worte seiner Tante einzugehen. Er packte sie am Arm und schob sie zur Tür hinaus. Sie strauchelte in ihren hohen Schuhen, was wenig elegant aussah.

»Ich hoffe, wir sehen uns so bald nicht wieder«, sagte Quinn.

Die Tür flog zu und zurück blieb nur ein nasse Spur Regen auf dem Boden. Dunkel wie Blut sackte das Wasser in den grünen Teppich ein. Stumm kam ich aus meinem Versteck und blieb unentschlossen halb im Zimmer, halb im Bad stehen, als wüsste ich nicht genau, wohin ich eigentlich wollte.

»Tut mir leid, dass du das mit anhören musstest.« Quinn klang angeschlagen. Er begann sich die Schläfen zu massieren. »So ein Miststück.«

»Dir tut es leid?«, fragte ich perplex. »Quinn, sie hat dich behandelt wie einen Aussätzigen. Obwohl ich gar nicht weiß, ob du das vielleicht nicht sogar bist. Du redest ja nie über deine Familie. Der Einzige, den du erwähnst, ist dein Dad.«

Quinn ging zum Bett und ließ sich darauf sacken.

»Meiner Tante geht es nur ums Geld«, sagte er, nach einer langen Pause. »Um die Erbschaft meines Dads. Das alles ist nicht ganz so einfach zu erklären.«

Ich setzte mich neben Quinns aufs Bett und griff nach seiner Hand. »Ich habe genug Zeit, auch für eine fürchterlich komplizierte Geschichte, Quinn.«

Er schloss die Augen und holte mehrmals tief Luft. Als er die Lider wieder aufschlug, wirkte Quinn etwas gefasster. Er streichelte mit dem Daumen über meinen Handrücken und sah mich ein paar Sekunden einfach nur stumm an.

»Meine Schwester Hanna ist zwei Jahre älter als ich«, sagte er schließlich. »Als mein Dad gestorben ist, war ich dreizehn. Sie war fünfzehn und hatte gerade mit der *Highschool* angefangen. Hanna und ich haben uns immer sehr gut verstanden. Ich konnte ihr vertrauen, mich auf sie verlassen und sie war in der schwersten Zeit meines Lebens für mich da. Die Familie meines Dads hat schon immer sehr viel Geld besessen und als meine Großeltern starben, hat er eine Menge geerbt. Zu diesem Zeitpunkt waren meine Schwester und ich aber noch sehr jung und wussten nichts über die Finanzen unserer Familie. Wir haben niemals mitbekommen, dass wir eigentlich sehr viel Geld hatten. Mein Dad war kein verschwenderischer Mensch, der Luxus gebraucht hätte.«

Quinn hielt einen Moment inne, ehe er fortfuhr: »Als er starb, gingen all seine Besitztümer natürlich auf meine Mom über, ein Teil davon auch auf meine Tante. Es war ja nicht so, als würde ich mir viel aus Geld machen, nachdem ich meinen Dad verloren hatte. Hanna und Mom gerieten die nächsten zwei Jahre aber immer mehr und mehr aneinander. Sie stritten sich ununterbrochen und der Haussegen hing andauernd schief. Hanna war schon immer ein sehr freiheitsliebender Mensch, jemand, der umso mehr ausbrechen wollte, je mehr Grenzen man ihm setzte. Das war für meine Mom ein Problem. Meine Eltern waren sehr unterschiedlich. Dort, wo mein Dad unsere Wünsche und Träume unterstützt hat, wollte Mom immer, dass wir uns auf die Schule konzentrieren und etwas aus unserem Leben machen. Kurz vor ihrem Abschluss fand Hanna dann das Testament meines Dads. Darin hieß es, dass meine Schwester und ich an unserem 18. Geburtstag Zugriff auf ein Sparkonto erhalten würden, das unser Dad für uns angelegt hatte. Hanna war außer sich und warf meiner Mom vor, uns diese Tatsache willentlich verschwiegen zu haben. Der Streit der beiden hielt Wochen an. Hanna kapselte sich immer weiter ab und sprach nicht mehr mit Mom.«

Quinn seufzte. Die Erinnerungen machten ihm offensichtlich sehr zu schaffen.

»Hanna war viel bei ihren Freundinnen, kam kaum noch nach Hause und erzählte mir damals, dass sie den Plan habe, nach ihrem Abschluss zu verschwinden. Ich dachte immer, sie würde Witze machen, weil ich nicht daran glaubte, dass sie mich und Mom wirklich allein lassen würde.«

»Aber genau das hat sie dann getan, oder?«, fragte ich.

»Nach ihrem letzten *Highschool*-Jahr ist sie abgehauen.« Quinn drückte fest meine Hand, als suche er Halt. »Über Nacht war sie fort und kam nicht wieder. Sie hat mir einen Brief da gelassen. Darin stand, dass ich sie, bevor ich achtzehn werde, suchen kommen soll. Sie würde mir dann sagen, wo ich sie finden könne. Nachdem sie gegangen war, kamen immer wieder Postkarten von ihr, auf denen sie mir mitteilte, wie es ihr ging und was sie machte. Doch die Postkarten gaben nie einen Hinweis darauf, wo sie sich aufhielt. Keine Poststempel, keine Ortsangaben, sie lagen einfach im Briefkasten. Bis dann kurz vor Beginn der Ferien eine neue Postkarte eintraf.«

»Die, weshalb du hergekommen bist«, erinnerte ich mich.

Quinn nickte. »Ganz genau. Ich habe sie schon überall gesucht und bisher nichts weiter gehört. Ich bin mir sicher, dass sie mir etwas Wichtiges mitteilen möchte. Ich weiß nicht, wieso sie so lange gewartet hat, wieso es ausgerechnet vor meinem 18. Geburtstag sein muss. Aber ich vermute, dass es etwas mit dem Erbe meines Dads zu tun hat. Ich habe im September, gleich nach Beginn des *Senior-Year*, Geburtstag und irgendetwas Großes wird vorher passieren. Es ist, als würde ich das tief in meinem Inneren spüren, Jessa.«

Ich dachte über Quinns Geschichte nach. Einige Minuten saßen wir schweigend nebeneinander.

»Wenn dein Dad für deine Schwester und dich Konten eingerichtet hat und deine Mom und auch Tante bereits ihr Erbe haben ... Was wollte deine Tante dann von dir? Wieso hat sie sich dir gegenüber so grässlich benommen?«

Quinn seufzte erneut und ließ sich nach hinten fallen. Er starrte die Decke an.

»Hannas Abwesenheit hat das Verhältnis zwischen meiner Mom und mir etwas zerrüttet. Mom lässt sich sehr von Tante Lucinda beeinflussen und diese hat ihr erfolgreich eingeredet, dass Hanna nur das Geld wollte und wir ihr nichts bedeutet haben. Ich glaube das nicht. Deshalb herrscht dicke Luft bei uns. Teilweise ging es sogar so weit, dass ich selber verschwinden wollte.«

Ich drehte Quinn den Kopf zu und blickte ihm ins Gesicht. »So schlimm?«

»Wie ein Zuhause fühlt es sich dort einfach nicht mehr an.«

Allmählich verstand ich, wieso Quinn sich nach unserem Treffen in der Mall bei uns umgesehen hatte. Wieso er so sehnsuchtsvoll geklungen hatte und so freundlich zu Felix gewesen war. Quinn wünschte sich eine Familie, die zusammenhielt, und keine, die durch Geld, Streit und Verlust zerrüttet war.

»Wir werden Hanna beim Mitternachtszirkus finden«, sagte ich zuversichtlich. »Wenn du weißt, dass sie dort ist, dann finden wir sie auch.«

»Jemand hat gestern Abend einen Zettel unter meiner Zimmertür durchgeschoben«, erklärte Quinn. »Darauf stand, dass ich sie dort finden würde. Allerdings war das nicht die Handschrift meiner Schwester.«

»Sehr mysteriös«, murmelte ich nachdenklich.

Quinn setzte sich auf. »Wolltest du nicht irgendetwas in der Pension?« Der abrupte Themenwechsel überraschte mich. »Deshalb bist du doch gekommen.«

»Ich sollte Unterlagen für meine Tante holen.«

O Mann, das hatte ich inzwischen total vergessen. Ich sprang auf.

»Wir müssen uns später noch einmal treffen«, sagte ich. »Dann können wir uns den Flyer vom Mitternachtszirkus ansehen und uns einen Plan überlegen.«

Quinn legte den Kopf schief und lächelte mich an.

»Vielleicht machen wir dann da weiter, wo wir eben unterbrochen wurden.« Er hob verführerisch eine Augenbraue. »Am besten kommst du gleich nackt.«

»Und am besten werfe ich mich sofort in dein Bett«, meinte ich ironisch.

»Das ist ziemlich bequem. Willst du es mal testen?«, erwiderte Quinn mit keckem Augenaufschlag.

Ich schüttelte belustigt den Kopf. »Versuchst du gerade mich zu verführen?«

»Natürlich. Findest du meine Sprüche etwa nicht innovativ? Ich hatte die Wahl zwischen dem gerade und: *Puppe, lass uns eine Kissenschlacht machen*.«

»Deine Taktik ist so dermaßen für'n Arsch, Quinn.«

»Das ist zu schade«, sagte er in amüsiertem Tonfall. »Du würdest es nicht bereuen.«

Ich ließ ein gekünsteltes Hüsteln hören und erstickte dann fast daran.

»Bis bald. *Puppe*«, murmelte ich und ging zur Tür.

»Hey, Jessa? Danke.«

KAPITEL 13

Während der Rückfahrt ging ich noch einmal alles im Kopf durch, was Quinn mir über seine Familie erzählt hatte. Ich war unglaublich froh, dass er mir all diese Sachen anvertraut hatte und in meinem Inneren wurde mir deshalb ganz warm. Es fühlte sich einfach gut an zu wissen, dass wir uns nähergekommen waren. Ich hatte angefangen Quinn zu mögen. Leugnen war zwecklos. Wenn man etwas mehr Zeit mit ihm verbrachte, dann sah man, wie er wirklich war. In ihm steckten zwar jede Menge Wut und Trauer, aber er war kein schlechter Kerl.

War er vielleicht doch mehr als ein Sommerflirt?

Die Vorstellung, nach den Ferien in die Normalität zurückzukehren, kam mir seltsam vor. Ich würde nicht mehr wortlos an Quinn vorbeigehen können, ich würde den Drang verspüren mit ihm zu sprechen. Mehr Zeit mit ihm verbringen zu wollen. Genau wie jetzt. Er trieb mich vielleicht zur Weißglut mit seiner Arroganz und Selbstüberschätzung, aber ich hatte heute eine Seite an ihm kennenlernen dürfen, die mir mehr als nur gefiel. Ich wusste nur noch nicht genau, wie ich mit dieser neugewonnenen Erkenntnis den Rest der Ferien umgehen sollte. Das blaue Haus lag wie ein stummer Fels in den Dünen. In die Strahlen der untergehenden Sonne getaucht glitzerte es an den Stellen, wo der Regen noch nicht verdunstet war. Der Wetterumschwung hatte also doch etwas Gutes mit sich gebracht. Der Anblick wärmte mir das Herz. *Zu Hause,* dachte ich. Dann an Dad. Ich fragte mich, ob er wohl regelmäßig aß und nicht zu lange arbeitete. Ob er wieder stundenlang vor seinem Lieblingsfoto von Mom an seinem Schreibtisch saß und irgendwann die Tränen nicht mehr zurückhalten konnte. Ein Teil von mir war wie auf Reisen bei diesem Gedanken. Als hätte ich den magischen Spiegel aus dem Film *Die Schöne und das Biest,* mit dem man die Person heraufbeschwören konnte, an die man dachte. Ich wünschte, er hätte sich die Zeit nehmen können, um gemeinsam mit uns Ferien zu machen.

»Jessa.«

Ein Flüstern tanzte durch die Luft. Ich folgte der Stimme. Ging auf der rechten Seite um das Haus herum und versank fast sofort im weichen Sand.

Tante Claire musste die Fenster hier immer geschlossen halten, weil sonst jede Menge Schmutz ins Haus getragen wurde. Es hatte sogar einmal eine Zeit gegeben, in der Wasser durch die niedrigen Kellerfenster eingedrungen war. Das halbe Haus war überflutet worden. Seit dem Wiederaufbau hatte sich das verändert. Keine Fenster mehr, nur Backsteine, die dies verhinderten, sollte das Meer mal wieder eine seiner Launen haben.

»Jessa, komm her.«

Fin hockte zwischen hohen Gräsern und hob die Hand wie zu einem Gruß. Ich zog meine Ballerinas aus und warf sie zusammen mit meiner Jacke auf den Boden. »Was gibt es denn? – Oh«, machte ich, als ich sah, was er meinte. Eine kleine, weiße Möwe hatte sich in einer Plastiktüte verfangen und kämpfte gerade eine Schlacht, die sie nicht gewinnen konnte. Fin versuchte das Tier zu befreien, aber sobald sich seine Finger näherten, holte die Möwe mit dem Schnabel aus und hackte ihm in den Handrücken. Eine Menge blutiger Kratzer zogen sich bereits über seine Haut. »Ich halt sie fest, warte.«

Sorgsam umfasste ich die Flügel der Möwe, so dass sie sich nicht mehr bewegen konnte, und im Handumdrehen hatte Fin sie losgemacht.

»Glaubst du, sie ist verletzt?«, fragte er. Die Frage beantwortete sich im nächsten Moment von selbst. Der Vogel biss mir in den Finger, vor Schreck ließ ich ihn los und innerhalb einer Sekunde war er am Himmel verschwunden. Nicht ohne Fin vorher auf den Kopf zu kacken. »Das war dann wohl ein Danke«, meinte ich.

»Scheiße«, sagte er. Ich prustete los und kugelte mich vor Lachen.

»Das kannst du laut sagen!«, kicherte ich.

»Na, warte!« Fin versuchte mir den Mund zuzuhalten, aber ich wehrte seine Hände ab. Schließlich ging er dazu über mich stattdessen zu kitzeln. Ich war eigentlich nicht besonders empfindlich, aber durch den Lachanfall, der noch immer nicht aufgehört hatte, steigerte ich mich weiter hinein und konnte gar nicht mehr aufhören. Ich rollte mich zur Seite, damit Fin von mir abließ und brachte etwas Abstand zwischen uns. Atemlos blieb ich liegen und ließ mein Lachen ausklingen.

»Das ist nicht witzig«, sagte er.

»Das ist der Beweis deiner Heldentat. Komm, wir gehen rein. Ist Kendra noch da? Und wo stecken eigentlich meine Tante und mein Bruder?«

Fin zog mich aus dem Sand.

»Kendra ist mit ihren Freundinnen unterwegs. Brady stalken, in der Hoffnung, eine Einladung zum Mitternachtszirkus zu bekommen. Felix war total k.o. und liegt im Bett und deine Tante hat sich im Büro verschanzt.«

»Was machst du noch hier?«, fragte ich.

»Ich hab ihr versprochen das Sondereinsatzkommando zu bilden, das dich rettet, falls du in den nächsten fünf Minuten nicht wieder aufgetaucht wärst.«

»Hast du denn nichts vorgehabt?«

»Was? Wie Brady zu stalken?« Fin lachte. »Nein. Ich gebe es ungern zu, aber seitdem ich studiere, habe ich weniger Freunde hier. Mein Leben spielt sich nun mal woanders ab. Dazu kommt, dass ich meine freie Zeit fast nur mit meiner Exfreundin verbracht habe und nichts mehr mit meiner Freiheit anzufangen weiß. Kurz gesagt, ich bin ein einsamer und sehr trauriger Mensch.«

»Davor hätte ich Angst«, meinte ich.

»Einsam und traurig zu sein?«, fragte Fin mit ernstem Gesichtsausdruck.

»Jemandem so viel Platz in meinem Leben einzuräumen, dass ich mich leer fühlen würde, wenn diese Person geht«, sagte ich.

»Das ist auch zum Fürchten«, antwortete er. »Jede Beziehung hat ihre guten und schlechten Seiten. Aber ich bereue es, dass ich zugelassen habe, dass ich mich als Mensch dadurch selbst aus den Augen verloren habe. Das sollte nicht passieren. Wenn man sich liebt, sollte man sich ergänzen und sich nicht gegenseitig Teile des Lebens stehlen. Isabelle und ich waren lange Zeit sehr glücklich und dann eines Tages nicht mehr. Das klingt so seltsam. Es hätte mir viel früher auffallen müssen, aber genauso hat es sich angefühlt. Als würde ich aufwachen und sie plötzlich nicht mehr lieben.«

»Das muss hart gewesen sein«, sagte ich.

»War es«, sagte er. »Aber gleichzeitig auch befreiend.«

»Hast du noch Kontakt zu ihr?«

»Kendra hat mir gesteckt, dass sie inzwischen wieder einen neuen Freund hat. Dabei ist es nicht lange her, dass wir uns getrennt haben.«

»Ich kann dir leider keine Ratschläge geben«, sagte ich. »Ich war niemals in deiner Situation und allgemein bin ich eine totale Niete, was das angeht.«

»Verlieben ist auch eine schwere Sache«, sagte Fin lächelnd. »Wenn man seine Umwelt betrachtet, müsste man meinen, es wäre einfacher als Atmen, aber die Wahrheit ist doch, dass es Millionen Menschen da draußen gibt. Ich glaube fest daran, dass es irgendwo eine Person gibt, der ich etwas bedeute und die nur noch nichts davon weiß. Aber wie soll man diese nur finden?« Er seufzte. »Das macht mich sicher zu einem hoffnungslosen Romantiker.«

»Kacke.«

»Ja, ich weiß, das ist ganz schon beschissen.«

»Nein, du hast noch immer Kacke auf dem Kopf.«

»Ich hasse Möwen«, sagte er. »Lass uns schnell reingehen.«

Seufzend lief er zur Veranda. Nachdenklich folgte ich ihm.

Verlieben war keine schwere Sache. Alles, was danach kam, schon.

KAPITEL 14

Gegen Ende der Woche hatte Tante Claire eine besondere Aufgabe für mich, die meinen Bruder miteinschloss. Wir sollten Flyer in den Geschäften der Stadt verteilen, um auf ein Event aufmerksam zu machen, das bald anstand: die Sommerparade. Typisch für einen Ort wie diesen, wo die Menschen sich seit ihrer Kindheit kannten und an Traditionen festhielten, die es in solch einer Form wahrscheinlich nirgends mehr gab. Früher war die Sommerparade ähnlich einem Erntedankfest zum Einläuten einer neuen Jahreszeit gefeiert worden. Der Sommer bedeutete immer viele Touristen, tolle Umsätze und gutes Wetter. Gegenwärtig war das Event mehr zur Belustigung der Besucher gedacht und symbolisierte das Zusammenkommen der Gemeinde. Jeder durfte daran teilnehmen, wenn sein Paradewagen die Voraussetzungen erfüllte, die das Regelwerk verlangte. Tante Claire war mit dem Bürgermeister befreundet und schuldete ihm noch einen Gefallen. Deshalb waren Felix und ich zu ihren Boten auserkoren wurden. Die Realität sah weitaus weniger glamourös aus. Mein Bruder radelte neben mir her, während ich einen Karren zog, der vor lauter Flyern überquoll. Alle paar Sekunden mussten wir stehenbleiben, damit ich eines der Teile irgendwo hintackern konnte. Langweilig. Es wunderte mich, dass ich mehr Lust zum Quengeln hatte als Felix. Munter trat dieser in die Pedale und summte ein Lied.

Flyer in die Hand nehmen. Stehenbleiben. Festtackern.

Irgendwann überließ ich meinem Bruder ein bisschen mehr Verantwortung, was darin endete, dass er sich sechs Flyer auf einmal an die Hose tackerte und sich den rechten Daumen aufschlitzte. Mit einem weinenden Felix an der Hand stürmte ich deshalb die Toilette des nächsten Diners.

»Ich bin kein Mädchen, ich geh da nicht rein!«, jammerte Felix, als ich auf das Damenklo zuging, und begann nun so sehr zu zappeln, dass ich ihn nicht mehr halten konnte. »Na schön, dann musst du eben verbluten«, sagte ich genervt. Felix begann wieder zu weinen. Ich nahm ihn in den Arm. »Natürlich musst du nicht verbluten. Dann gehen wir eben auf das andere Klo.«

Felix beruhigte sich trotzdem nicht mehr.

»Aber, aber«, sagte Brady, der plötzlich neben uns stand. Er beugte sich zu Felix hinab und ließ eine Hand hinter dessen Ohr wandern, nur, um eine Münze hervorzuziehen. »Zauberer weinen doch nicht. Schon gar nicht hier.«

Mein Bruder machte große Augen und vergaß das Heulen.

»Wie hast du das gemacht?«, wollte er wissen.

»Zauberer verraten auch nie ihre Tricks«, sagte Brady. Er zwinkerte Felix zu und sah dann mich an. Aus den Augenwinkeln sah ich, wie Felix versuchte sich die Münze wieder ins Ohr zu stecken, was natürlich nicht klappte.

»Danke«, sagte ich. »Das war ... nett von dir.«

»Ich mag Kinder«, sagte er in einem Tonfall, der sich fast so anhörte, als wollte er damit sagen: *Und du offenbar nicht.* »Die sind leicht zu beeindrucken.«

»Zauber noch was!«, rief Felix dazwischen. Er gab Brady die Münze zurück. Dieser legte sie in eine offene Hand, fuhr mit der anderen dreimal darüber und schon war das Geldstück verschwunden. Felix suchte Bradys Hände mit den Augen ab. Mit offenem Mund starrte mein Bruder ihm ins Gesicht. »Wow!«

»Das ist ziemlich cool«, sagte ich anerkennend.

»Es geht noch besser«, meinte Brady verschwörerisch. Er kam nicht mehr dazu einen weiteren Zaubertrick zu zeigen, weil ein paar seine Freunde hinter ihm aus der Toilette kamen und sich erkundigten, warum er dumm in der Gegend rumstand.

»Ich habe Jessa nur gefragt, ob sie den Code schon geknackt hat.«

»Wer hat gesagt, dass ich kommen will?«, fragte ich.

»Jeder will kommen«, sagte Kumpel Nummer eins.

»Und jeder kommt«, sagte Kumpel Nummer zwei.

»Aber nicht jeder schafft es den Weg zu finden«, sagte Brady.

»Vielen Dank für diesen mysteriösen Rätselspaß«, erwiderte ich. »Habt ihr euch abgesprochen oder kommt das spontan? Lasst mich raten, dafür braucht man sicher jahrelanges Training.«

»Wir sehen uns dort, Jessa«, meinte Brady amüsiert. Bevor er ging, klatschte er einmal in die Hände und drückte Felix die Münze wieder in die Finger.

Mir fiel auf, dass wir immer noch im Flur eingerahmt von Klos standen. »Komm, Felix, wir kümmern uns um deinen Daumen.«

***

Als ich abends im Bett lag, studierte ich die Einladung zum Mitternachtszirkus. Vom künstlerischen Standpunkt aus fand ich das Blatt ziemlich gut gemacht. In verschnörkelter Schrift stach grellweiß der Name der Veranstaltung auf einem schwarzen Untergrund heraus. Er war mittig platziert. Von dort aus schlängelten sich Spinnweben ähnliche Muster bis in die Ecken und fingen kleine Symbole ein. Umwoben sie wie eine Spinne ihre Beute in einem Netz. Die Aufmachung erinnerte ein wenig an Halloween, schaurig und düster. Zu den Symbolen zählten: ein Vollmond, ein Fuchs, die Zahl dreiunddreißig und der Buchstabe B. Ich klappte meinen Laptop auf und suchte nach dem nächsten Termin für einen Vollmond. Sofort wurde ich fündig: kommender Samstag. Den Tag herauszubekommen, war einfach gewesen. Ebenso die Uhrzeit. Mitternacht. Das verriet der Name, nicht wahr? Was fehlte, war demnach der Ort. Von wegen, die Einladung wäre schwer zu knacken.

Klonk.

Irritiert blicke ich von meiner Recherche auf und lauschte.

Klonk.

Nein. Ich musste im falschen Film sein. Ich schob meinen Laptop zur Seite, schlug die Bettdecke zurück und ging zum Fenster. Langsam öffnete ich es und – *Autsch!* - mir flog ein Stein gegen den Kopf.

»Jessa?«

»Quinn? Du hast mir einen verdammten Stein an den Kopf geworfen!«

»Tut mir leid«, flüsterte er energisch.

»Wieso zur Hölle flüsterst du?«

Mit den Fingern rieb ich mir die schmerzende Stelle an der Stirn.

»Ich wollte niemanden wecken«, sagte er. Ich starrte zu ihm hinunter.

»Wir leben im 21. Jahrhundert«, sagte ich.

»Ich hab deine verdammte Nummer nicht!«

»Oh«, machte ich. »Warte, ich komme runter.«

Mist! Wir hatten uns schließlich noch einmal treffen wollen, um gemeinsam den Flyer zu enträtseln. Das hatte ich total vergessen. Quinn hatte die Sache bei der Arbeit in der Pension auch nicht mehr angesprochen. Wir beide waren wohl ein bisschen zu sehr damit beschäftigt gewesen, miteinander zu flirten und rumzuknutschen.

Ich zog das Fenster wieder zu und stürmte zur Tür. Dann hielt ich inne und sah an mir herunter. Doppelt Mist! Diese verdammten Bärchenshorts hätte ich schon vor Jahren verbrennen sollen. Ich wollte auf keinen Fall, dass Quinn sie an mir sah. Hastig schlüpfte ich in eine Jogginghose und setzte meinen Weg fort. Tante Claire schnarchte laut und Felix hatte sich seit heute Abend nicht mehr blicken lassen. Es sollte also einigermaßen sicher sein, Quinn hereinzulassen. Immerhin war er kein Fremder mehr.

»Was machst du hier?«, fragte ich und versperrte ihm den Weg. Ich war mir nicht sicher, ob es eine gute Idee war, ihn zu dieser Uhrzeit noch ins Haus zu lassen, da mittlerweile etwas zwischen uns lief. Quinn blieb im Türrahmen stehen.

»Ich wollte nur wissen, ob es dir gut geht«, sagte er.

»Ob es mir gut geht?« Skeptisch zog ich eine Augenbraue hoch. »Heute sind keine Piraten mit ihrem fliegenden Schiff vorbeigekommen, die versucht haben meinen Bruder zu entführen, damit Captain Hook ihn zu einem Sklaven machen kann. Und ich musste nicht gegen einen fiesen Schurken kämpfen, um Felix zu verteidigen. Also, danke der Nachfrage. Mir geht es gut.«

Quinn verdrehte die Augen.

»Ich hab von deiner Begegnung mit Brady gehört.«

»Hat dir ein kleines Vögelchen gezwitschert, was?«

»Der Kerl ist mir einfach nicht geheuer.«

»Mir auch nicht«, stimmte ich Quinn zu. »Aber ehrlich gesagt, ist es ein klein wenig gruselig, dass du mitten in der Nacht herkommst, um mir zu sagen, dass du es nicht gerade toll findest, wenn ich mit Brady spreche. Das hat übrigens verschiedene Gründe. Willst du raten, welche? Der Erste fängt mit S wie Stalker an und der Zweite mit K wie Kontrollfreak.«

»Ja, ja«, murmelte er. »Du könntest sicher das ganze Alphabet durchgehen.«

»Meine Kreativität kennt keine Grenzen«, erwiderte ich.

»Lässt du mich jetzt rein?«, fragte er.

»Technisch gesehen, bist du schon drinnen.«

»Technisch gesehen, befinde ich mich halb in eurem Flur und halb in der freien Natur. Jeden Moment könnte ein wildes Tier kommen und an meinem Hintern knabbern. Das willst du doch nicht riskieren, oder?«

Ein paar Augenblicke später befand sich Quinn in meinem Zimmer, weil ich doch nachgegeben hatte. Irgendwie hatte ich es mir immer spannender vorgestellt, einen Jungen hier reinzuschmuggeln – auch, wenn es technisch gesehen nicht mein richtiges Zuhause war. Unter anderen Umständen wäre es das vielleicht sogar gewesen.

Ich beobachtete Quinn dabei, wie er jeden Winkel des Raums musterte. Seine Augen glitten über die Möbel, die vielen Dinge, die einst meiner Mom gehört hatten, und zeitgleich fuhr er langsam mit den Fingern hier und da über einen Gegenstand, als könne er dadurch fühlen, welche Erinnerung tief in ihm verborgen lag. Welche Geheimnisse er über mich verriet. Erst nach einer Weile schien Quinn zu bemerken, dass ich den Blick nicht von ihm abgewandt hatte. Daraufhin richtete er sein Augenmerk auf mich. Hastig griff ich nach dem Flyer.

»Ich hab versucht herauszufinden, wo der Mitternachtszirkus … *Was?*«

Quinn grinste mich breit an. »Mache ich dich etwa nervös?«, fragte er.

»Die Tatsache, dass wir uns entweder streiten oder rumknutschen, wenn wir uns sehen, macht mich schon nervös, definitiv ja. Ich hab keine Ahnung, warum ich das gerade laut gesagt habe«, meinte ich und biss mir auf die Unterlippe.

»Der Mitternachtszirkus also …«, sagte Quinn und setzte eine grüblerische Miene auf. »Müssten wir uns jetzt nicht in Grund und Boden schämen, weil wir den total vergessen haben? Na ja, zumindest ich müsste das. So ein Scheiß aber auch.«

»Wir haben ihn nicht vergessen, wir hatten beide ziemlich viel zu tun.«

Quinn verzog den Mund. »Also so würde ich das aber nicht nennen.«

»Wir können gerne zuerst ein paar Sachen übereinander austauschen, wenn du dich dann besser fühlst«, meinte ich begeistert. »Dann kannst du ›Kennenlernen‹ auch gleich von der *Liste* abhaken.«

»Du wirst mich für den Rest meines Lebens damit aufziehen, oder?« Quinn verschränkte die Arme vor der Brust und machte ein beleidigtes Gesicht. Ein bisschen erinnerte er mich an die sture Version meines Bruders, wenn ihm etwas nicht in den Kram passte. Fehlte nur noch wütendes Fußstampfen.

»Findest du die Sache denn inzwischen nicht selber bescheuert?«

»Selbst wenn, würde ich das niemals zugeben«, antwortete Quinn in mürrischem Tonfall.

Da ich dem Schreibtisch am nächsten stand, zog ich mir den Stuhl heran und nahm darauf Platz. Quinn betrachtete wieder die Habseligkeiten meiner Mom.

»Du hast mir nie gesagt, warum du eigentlich niemanden küsst.« Ich war stolz darauf, wie wenig man meiner Stimme die extreme Neugier anhörte. »Wir haben zwar schon mal über das Thema gesprochen aber … nicht so.«

»Nicht so, mh?«, fragte Quinn und drehte sich zum mir um. »Wenn ich dir die ganze Geschichte erzählen würde, dann müsste ich dich danach killen.«

»Der Spruch ist aber nicht gerade innovativ«, witzelte ich.

»Du würdest mich auslachen«, sagte er nun sichtlich ernst.

»Habe ich dich bisher jemals ausgelacht?«

Quinn hob vielsagend eine Augenbraue.

»Nicht bei wichtigen Dingen!«, protestierte ich sofort.

»Okay«, meinte er und hob beschwichtigend die Hände. »Aber nur, wenn du mir verrätst, wieso du nie weitergehst als Küssen, Jessa.«

Quinn ließ sich auf den Boden sacken. Ich rutschte vom Schreibtischstuhl, damit ich mich ihm gegenüber hinsetzen konnte.

»Die Antwort darauf ist gar nicht so …«, setzte ich an und überlegte, was genau ich eigentlich sagen und wie ich es formulieren wollte. »Wahrscheinlich klingt das jetzt wie ein Klischee, aber ich … ich möchte einfach nicht, dass ich es hinterher bereue, wenn ich mit jemandem schlafe. Ich sage nicht, dass es perfekt sein muss oder durchgeplant, es könnte überall passieren, vielleicht, wenn ich es am wenigsten erwarte. Aber ich brauche einfach dieses bestimmte Gefühl für die Situation. Verstehst du das? Es muss sich *richtig* anfühlen.«

»Das klingt so, als hätte es das einmal nicht getan«, sagte Quinn.

Ich antwortete nicht, sondern sah ihn nur lange an.

»Kurz nachdem ich elf geworden bin, hatte ich eine ganz verrückte Phase«, sagte Quinn und schmunzelte. »Ich hatte mit Hanna einen total schnulzigen Film gesehen und mich danach ständig gefragt, wieso sich alle Welt immer ihre Liebe durch diesen einen epischen Kuss am Ende bekunden muss. Du weißt schon, dieser eine Kuss, der das Ende besiegelt. Irgendwann hielt ich es nicht mehr aus und habe meinen Dad danach gefragt. Ich werde niemals vergessen, was er geantwortet hat. Zuerst hat er eine ganze Weile nur gelacht. Ich war offenbar ein absolut niedlicher Elfjähriger mit blühender Fantasie.«

»Was hat dein Dad dir geantwortet?«, drängte ich ihn.

»Er hat gesagt: Quinn, manchmal reicht ein einziger Kuss aus. Wenn es ein wirklich guter Kuss ist, dann verliebt sich das Mädchen auch sofort in dich.«

»Und das hast du ihm geglaubt?«, entgegnete ich und verkniff mir ein Grinsen.

»Er war mein Dad, ich habe ihn angebetet«, meinte Quinn. »Natürlich habe ich ihm geglaubt. Ich weiß gar nicht mehr, was so besonders an diesem Moment war, aber ich hab diesen Satz immer in meinem Kopf. Es ist nicht so, dass ich nie ein Mädchen geküsst hätte, aber ich wollte einfach ...«

»Du hattest Angst, dein Herz zu verlieren?«, sagte ich gerührt.

»Verstehst du jetzt, wieso ich dich nun killen muss?«

»Ich nehme dein Geheimnis mit ins Grab«, schwor ich feierlich.

»Ja, weil ich dafür sorgen werde«, grummelte Quinn.

»Kennenlernen abgehakt«, verkündete ich schwungvoll.

»Ach, und das hast du zu bestimmten?«, zog er mich mit spöttischem Unterton auf.

»Willst du mir etwa noch mehr super niedliche Geschichten von früher erzählen, die dein Leben dramatisch geprägt haben?«, meinte ich interessiert. »Tu dir keinen Zwang an.« Ich hielt inne. »Ich höre dir gerne zu, Quinn.«

Quinn ließ langsam seine Hand über den Fußboden wandern, bis sie meine Fingerspitzen berührte. Ich lächelte ihn an. »Du liebst Musik, oder?«

Quinn nickte. »Ich wünsche mir irgendwann mal beruflich etwas damit machen zu können. Schon seitdem mein Dad mir das Spielen beigebracht hat ... Meine Schwester ist auch ziemlich musikalisch, vielleicht sogar besser als ich. Sie weiß ihr Talent allerdings in keiner Weise zu würdigen und auch das macht mich irgendwie wütend. Ich bin ein Mensch, der unglaublich schnell eifersüchtig wird. Nicht nur auf das, was andere haben, sondern auch auf das, was sie leisten können. Das war frustrierend, also habe ich versucht weniger über solche Dinge nachzudenken und mehr zu handeln. Einfach zu leben.« Quinn schüttelte den Kopf. »Es ist so leicht mit dir darüber zu sprechen. Manchmal weiß ich gar nicht, wieso ich solche Dinge überhaupt sage. Mir gehen viel mehr Sachen als sonst durch den Kopf, wenn du in meiner Nähe bist.«

Quinns Worte berührten mein Herz. Es fiel mir wirklich schwer mit dieser Form von Ehrlichkeit umzugehen, weshalb ich mir zuerst gar nicht zu helfen wusste und dann versuchte es mit Humor zu überspielen. Ich wollte auf keinen Fall, dass wegen mir peinliche Stille entstand.

»Das liegt daran, dass du in mich verknallt bist«, rief ich aus.

»Super, Jessa«, meinte Quinn. »Was Besseres ist dir nicht eingefallen? Ich glaube, ich sollte anfangen an deiner Schlagfertigkeit zu zweifeln.«

»Vielleicht einfach an meinem Verstand«, sagte ich kleinlaut. »Du bist immerhin *der* Quinn Paxton und schüttest mir dein Herz aus!«

»Du blöde Kuh«, erwiderte er halbherzig. »Das tat echt weh.«

Betreten blickte ich auf den Flyer, der zwischen uns auf dem Boden lag. Ich nahm ihn an mich und stand auf, um mich aufs Bett zu setzen, kurz etwas Abstand zu gewinnen – und Zeit zu schinden für eine bessere Antwort.

»Das ist einfach so verdammt ungewohnt für mich«, begann ich ehrlich. »Normalerweise lade ich keine Jungs in mein Zimmer ein, um eine Runde mit ihnen zu quatschen.« Quinn entglitt die Miene. »Gott, nein!«, sagte ich entsetzt. »So meinte ich das nicht. Moment – was machst du da?«

Quinn war prompt auf den Beinen und warf sich auf mein Bett.

»Mich in Position bringen«, sagte er in herausforderndem Tonfall und warf in einer dramatischen Geste sein Haar zurück, was natürlich nicht den gewünschten Effekt hatte, weil das eben nur bei Mädchen funktionierte. Er fuhr sich mit einer Hand über das rote Shirt. »Soll ich es gleich ausziehen oder willst du das tun?«

»Quinn!«, zischte ich leise, musste aber ein Lachen unterdrücken. »Ich wollte gerade versuchen ehrlich zu sagen, was ich denke. Hör sofort auf damit.«

Quinn ließ es sich nicht nehmen seine Lippen zu spitzen und wilde Grimassen zu ziehen, als wäre er bei der Audition für einen Soft-Porno.

»Kann ich den Flyer mal sehen?«, fragte er schließlich.

Ich lehnte mich zu ihm hinüber, um ihm den Flyer zu reichen.

»Ein Vollmond, ein Fuchs, die Zahl dreiunddreißig und der Buchstabe B«, wiederholte Quinn eine Beobachtung, die ich Stunden zuvor bereits gemacht hatte. »Die Uhrzeit steht damit also fest. Mitternacht. Was ist mit dem Rest?«

»Darüber habe ich nachgedacht, bevor du mir einen Stein an den Kopf geworfen hast und der Schmerz alle Gedanken weggeblasen hat.«

»Stell dich nicht so an«, meinte Quinn. »Du hast noch nicht mal die Spur einer Verletzung.« Er zog mich zu sich heran, so dass ich neben ihm lag und drückte mir dann ein paar Finger auf die Stirn. »Wenn es dir gefällt, nenne ich dich in Zukunft aber gerne Harry Potter.«

»Blödmann«, grummelte ich.

Quinn legte sich auf den Rücken und blickte zur Decke. »Also?«

»Das ist nicht so schwer zu erraten«, gab ich nach. »Im gesamten Umkreis des Ortes gibt es nur ein Waldgebiet, wegen dem ganzen Sandstrand. Einer der Wanderwege dort heißt Fuchspfad. Die Zahl und der Buchstabe grenzen auf einer Karte bestimmt das Gebiet ein.«

»Clever«, sagte Quinn mit gerunzelter Stirn, als wäre er allein nie auf diese Lösung gekommen. Vermutlich wäre es das auch nicht. Jemand, der nicht aus der Gegend stammte oder der sie nicht zumindest ziemlich gut kannte, würde nie auf die Idee mit dem Fuchs kommen. Das war der Trick bei dem Ganzen. Nichts für Touristen.

»Ich will mir gar nicht ausmalen, was dort auf uns wartet«, sagte ich.

»Dabei stehst du doch so sehr auf Aufregung und Abenteuer.«

»Aber in Verbindung mit Brady bedeutet das nur Ärger.«

Quinn drehte sich wieder auf die Seite, stützte sein Gesicht mit einer Hand ab und sah mich an. Dabei fiel ihm eine etwas längere Haarsträhne über die Augen und ich stieß automatisch einen leisen Seufzer aus.

»Schön, dass du das endlich einsiehst«, sagte er merklich zufrieden.

»Ja, ja, du weiß immer alles besser, kapiert«, meckerte ich.

»Du könntest mal anfangen mir zu vertrauen«, sagte Quinn.

»Ich glaube, näher als jetzt können wir uns gar nicht sein.«

»Das meinte ich nicht auf diese Art und Weise.«

»Du bist eine Flirtmaschine. Ist dir das schon mal aufgefallen?«

»Genauer darüber nachgedacht habe ich noch nie, aber irgendwie habe ich sogar dich mit meinem Charme um den Finger gewickelt, also –«

»Deinem Charme?«, fragte ich und verzog das Gesicht. »Pass auf, sonst falle ich gleich vom Bett, wenn sich dein Ego weiter ausbreitet.«

»Ich nehme das, was ich eben über deine Schlagfertigkeit gesagt habe, zurück«, gab Quinn kleinlaut bei. »Es gibt eben Menschen, die haben einen so besonderen Charme, dass man sie nicht so leicht vergisst.«

»Du bist so eingebildet«, tadelte ich Quinn empört.

»Wer sagt denn, dass ich mich meine? Ich musste gerade zufällig an meinen Onkel Monty denken. Der trägt seine Unterhosen immer auf dem Kopf. Wahrhaft unvergleichlich. Dein Ego ist auch nicht von schlechten Eltern, Jessa.«

Quinn pikte mich mit einem Finger in den Bauch.

»Wieso siehst du mich so seltsam an?«, fragte ich unruhig.

»Ich finde es süß, wenn du rot wirst.«

Zu meiner Schande musste ich gestehen, dass ich tatsächlich spürte, wie meine Wangen wärmer wurden. Quinn flirtete auf eine offene und aufdringliche Weise mit mir, wie es zuvor noch niemand getan hatte. Das Ganze kam mir jedes Mal wie eine Schlacht vor, die niemand wirklich gewinnen konnte. Quinn hob die freie Hand und strich mit seinem Daumen über mein Kinn.

»Ich würde dich gerne küssen.«

»Möchtest du jetzt meine Erlaubnis dafür haben?«

Ich konnte meine Mundwinkel nicht davon abhalten zu zucken. Ebenso wenig konnte ich die Reaktion verhindern, die Quinns Berührung in mir auslöste. Ein Kribbeln auf der Haut, ein Ziehen in der Brust und so vieles mehr, das ich nicht gewohnt war.

»Du kannst ja gar nicht mehr aufhören mich zu küssen«, stichelte ich.

»Vielleicht solltest du dir endlich eingestehen, dass auch du mehr von mir willst«, erwiderte Quinn daraufhin. »Mehr als einen Moment oder einen Kuss.«

Quinns Lippen legten sich langsam auf meine. Der Kuss war nicht mehr voller stürmischem Verlangen, das von körperlicher Anziehungskraft herrührte, sondern sanfter. So sanft wie ein Kuss nur sein konnte, wenn Gefühle im Spiel waren. Ich war noch nie so geküsst worden und es machte mir Angst. Quinn hielt plötzlich alle Fäden in der Hand und war mir zum ersten Mal einen Schritt voraus. In meinem Kopf schrie es.

Schrie und schrie und schrie, bis ich es nicht mehr aushielt.

Atemlos schob ich Quinn von mir fort und setzte mich auf.

»Jessa, ist alles in Ordnung?«

»Nein«, hauchte ich. Ungeschickt griffen meine Finger nach dem Asthmaspray, das ich neben dem Bett platziert hatte. Hastig benutzte ich es und verharrte länger als nötig in meiner Starre.

»Es tut mir leid, ich hab ganz vergessen, dass du ... Was ist los?«

»Ich glaube, du solltest gehen«, flüsterte ich, ohne ihn anzusehen. »Bitte.«

Quinn wirkte völlig überrumpelt von dem plötzlichen Stimmungswechsel. Als sich unsere Blicke trafen, erkannte ich, dass ich ihn verletzt hatte. Wortlos erhob er sich vom Bett und verschwand so leise, wie er gekommen war aus dem Zimmer. *Du dämliche Pute,* dachte ich. *Was hast du gerade angerichtet?* Dann presste ich mein Gesicht ins Kissen und versuchte die kommenden Tränen zu ersticken. Eine echte Glanzleistung hatte ich da vollbracht. Beschissene Gefühle aber auch.

KAPITEL 15

Am nächsten Morgen stand ein Telefonat mit Miranda an, auf das ich mich schon sehr gefreut hatte. Sie erzählte, was sie bisher alles von Paris gesehen und mit ihrer Familie erlebt hatte. Viel interessanter als die Beschreibungen des Orts an sich war jedoch, dass sie jetzt irgendwie mit Kellen zusammen war. Ein paar Minuten lang hatte sie gar nicht aufhören können, über ihn zu reden. Miranda und er schienen sich mit einem Mal wunderbar miteinander verstanden zu haben. Als sie an einem Abend zusammen aus waren, endete das Ganze in ziemlich vielen Küssen und seitdem verbrachte Miranda jede freie Minute mit ihm – ganz zur Empörung ihrer Eltern und ihrer Schwester Carly. Miranda schien das völlig egal zu sein. Sie war der Meinung, dass sie genug geopfert hatte, indem sie mitgekommen war, und dass sie ihre Zeit in Paris einteilen konnte, wie sie wollte.

»Miranda, ich erkenne dich gar nicht wieder«, sagte ich erstaunt, weil ihre Erzählung so lebhaft und humorvoll geklungen hatte. Normalerweise war sie zurückhaltender, aber jetzt sprudelte es nur so aus ihr heraus. Sie hörte sich unglaublich zufrieden an. »Eigentlich wollte ich wissen, wie sehr du mich vermisst. Aber ich sehe schon, wenn wir wieder in der Schule sind, muss ich auf dem Klo essen, weil Kellen meinen Platz eingenommen hat«, scherzte ich.

»Das würde ich dir niemals antun!«, entfuhr es Miranda. Sie seufzte. »Mensch, Jessa, das ist der beste Urlaub aller Zeiten! Wer hätte gedacht, dass Kellen so cool ist! Ich habe so viel Spaß mit ihm! Das Einzige, was mir zu meinem Glück fehlt ist, na ja … dein Glück!«

»Da muss ich dich leider enttäuschen«, sagte ich schuldbewusst.

»Was hast du angestellt?«, fragte Miranda.

»Wie kommst du darauf, dass *ich* etwas angestellt habe?«

»Du bist meistens die Ursache all deiner Probleme«, sagte sie schlicht. »Außerdem höre ich das aus deiner Stimme heraus. Beste Freundin? Hallo!«

»Du bist total blöd«, sagte ich lahm.

»Ha! Also habe ich genau ins Schwarze getroffen!«

»Ja, du hast Recht«, gab ich kleinlaut zu. »Du kennst mich eben einfach zu gut und durchschaust alles. Ich weiß nicht, ob ich drüber reden will, Miranda.«

»Jetzt hör aber mit der Melodramatik auf«, tadelte sie mich. »Reden hilft immer dabei, etwas aus einer anderen Perspektive zu sehen. Dann schieß mal los, damit ich dir einen Beste-Freundinnen-Rat geben kann, ehe meine Schwester kommt. Die will nämlich unbedingt, dass ich mit ihr shoppen gehe.«

Langsam begann ich die Ereignisse vom vorigen Abend zu schildern.

»Ich brauche eine Delphin-Therapie«, murmelte ich müde.

»Liegt es nicht auf der Hand, was du tun musst?«, fragte Miranda rhetorisch. »Du hast Quinn zurückgewiesen, Jessa. Quinn war ehrlich zu dir und statt die Sache zwischen euch ernst zu nehmen, hast du eben einen Rückzieher gemacht, weil du dir nicht anders zu helfen wusstest. Du hattest Angst. Das ist völlig okay. Es kann beängstigend sein, wenn man merkt, dass man jemanden mag. Du hast eben einen Fehler gemacht, aber Fehler kann man wiedergutmachen.« Meine beste Freundin sagte das mit so viel Nachdruck, dass ich mich augenblicklich besser fühlte. »Quinn ist sauer. Na, und? Entschuldige dich.«

»Miranda, weißt du –«

»Quinn ist bestimmt mehr als nur sauer!«, mischte sich eine tiefere Stimme plötzlich ein. »Du hast den Kerl vergrault und wenn du Pech hast, war es das. Dann läuft er zu irgendjemand anderem, weil er einfach nicht weiß, wie er mit deinen merkwürdigen Signalen umgehen soll. Mädchen sind so kompliziert!«

»Kellen ...«, fragte ich ungläubig, als ich die Stimme erkannte.

»Mensch, verzieh dich«, hörte ich Miranda sagen. »Das ist privat.«

»Aber, ich wollte mich auch noch entschuldigen«, sagte er.

»Man belauscht nicht die Gespräche anderer Leute«, sagte Miranda.

»Ich will nur helfen«, erwiderte Kellen. »Komm schon, das –«

»Ähm ... Leute? Hallo!«, rief ich verwirrt.

»Ja?«, erwiderten beide zeitgleich und ich konnte mir lebhaft vorstellen, wie sie sich währenddessen weiter um das Telefon keilten.

»Sorry, Jessa. Der Kerl kann ganz schön nerven.«

»Eben hast du noch ganz andere Dinge über mich gesagt«, kam es aus dem Hintergrund. »Ich kann sie dir gerne noch mal aufzählen. Mein Lieblingsteil war der, in dem du beschrieben hast, wie unglaublich ich doch –«

Er kam nicht mehr dazu den Satz zu beenden. Miranda musste irgendetwas nach ihm geworfen haben, denn die Geräuschkulisse änderte sich und es hörte sich an, als ginge etwas zu Bruch. Kellen sagte danach keinen Piep mehr. Miranda stöhnte hörbar genervt auf. Wieder rumpelte es.

»Hast du ihn umgebracht?«, fragte ich.

»Eher k.o. geschlagen.«

»Mit einer Vase?«

»Nein, ich hab ein Kissen nach Kellen geworfen und ein Beistelltisch wurde getroffen und ist umgefallen. Kellen ist ausgewichen und dabei mit dem Kopf gegen einen Bettpfosten geknallt. Das Blut ruiniert zwar den Teppich, aber ich habe gehört mit Salz geht das raus.«

»Sicher und seinen leblosen Körper wirfst du einfach vom Balkon.«

»Ich hab ihn in den Flur gejagt. Ihm geht es gut«, sagte sie merklich belustigt. »Sorry, er war eben hier, um seine Jacke zu holen, die er gestern hier hat liegen lassen. Ich wusste nicht, dass er noch in der Suite war, um zu lauschen, die Ratte.«

»Du bist jetzt nicht wirklich wütend auf ihn, oder?«, hakte ich nach.

»Ein bisschen vielleicht«, murmelte Miranda. »Jessa, also ...«

»Ja, ja«, sagte ich. »Schon verstanden. Quinn. Fehler. Entschuldigung.«

»Ja, das auch«, sagte sie. »Aber, da ist noch eine andere Sache.« Miranda klang plötzlich gar nicht mehr amüsiert, eher todernst. »Ich wollte es dir eigentlich gleich sagen, nachdem ich es gehört habe, aber ... ehrlich gesagt, wusste ich nicht, wie. Und ich kenne auch die Hintergründe nicht.«

»Wovon redest du bitte?«, fragte ich angespannt. Nervös lief ich in Moms Zimmer auf und ab, setzte mich dann aber kurz entschlossen doch aufs Bett, um nicht noch unruhiger zu werden. Um meine Finger zu beschäftigen, zerfranste ich die Kordel der Kapuze meines Pullovers.

»Kellens Dad arbeitet in einem Maklerbüro, wusstest du das?«, fragte sie.

»Nein.«

Das Einzige, was ich über Kellen wusste, war, dass er genauso gut küssen konnte, wie Miranda schwärmerisch zu Beginn der Unterhaltung gesagt hatte.

»Ziemlich edel das Ganze, hat einen guten Ruf und viele Kunden.«

»Komm zum Punkt«, sagte ich energisch. Wenn Miranda aufgeregt war, begann sie oft Erzählungen mit unwichtigen Details auszuschmücken.

»Kellen hat vor einer Weile etwas mitbekommen. Eigentlich fällt das alles unter irgendeine Art von Geheimhaltung, so wegen Daten und Wünsche der Kunden respektieren. Es handelt sich um eine ziemlich verzwickte Sache, denke ich.«

»Miranda!«, sagte ich ungeduldig.

»Dein Dad will euer Haus verkaufen.«

Der Satz hing für einen Moment in der Luft.

»Bitte, was?«, fragte ich ungläubig.

»Anscheinend läuft die Sache schon seit Monaten. Dein Dad hat Kellens Dad engagiert, um das Haus auf den Immobilienmarkt zu bringen, und nun scheint es mehrere Interessenten zu geben. Verstehst du, Jessa? Wahrscheinlich hat er euch deswegen weggeschickt, damit ihr das nicht mitbekommt.«

»Warum sollte er das tun?«, fragte ich automatisch, nicht fähig, die Sache mit dem Verkauf des Hauses richtig zu verarbeiten. Miranda wusste auch keine Antwort darauf. Wir grübelten eine Weile zusammen darüber nach.

Dann fiel mir die einzig logische Erklärung dafür ein: Es war wegen Mom. Weil die Erinnerungen an sie nicht mehr zum Aushalten für ihn waren.

Aber wieso sollte Dad sich jetzt dazu entscheiden, sieben Jahre nach ihrem Tod? Was hatte sich plötzlich geändert? Ich war so egoistisch gewesen, dass ich mich nicht einmal gefragt hatte, weshalb er uns ganz allein zu Tante Claire geschickt hatte, ohne sich zu melden. Ohne ein Lebenszeichen von sich zu geben. Was, wenn es noch viel schlimmer war, als Miranda annahm? Wenn er gleich nach den Ferien mit mir und Felix aus der Stadt wollte? Das durfte er nicht allein entscheiden!

»Das tut mir so leid, Jessa«, sagte Miranda. »Aber ich weiß nichts Genaueres. Vielleicht ist das ein riesengroßes, dummes Missverständnis?«

»Ein Haus zum Verkauf anzumelden, ist kein Missverständnis.« Mein Ton klang härter als beabsichtigt. »Entschuldige, ich bin nur ... so wütend.«

»Bevor du ein Urteil fällst, musst du mit deinem Dad reden.«

»Ich weiß«, sagte ich missmutig. »Ich brauch Zeit zum Nachdenken.«

»Meld dich, wenn du Hilfe oder Beistand brauchst«, sagte Miranda.

»Das werde ich, versprochen. Bis zum nächsten Mal.«

»Ich hab dich lieb, Jessa.«

»Ich dich viel mehr«, sagte ich halbherzig und legte auf.

Benommen blieb ich sitzen und ließ alles erst mal sacken. Das hätte ich den ganzen Tag gemacht, hätte Felix nicht wie Rambo meine Tür aufgerissen, wäre in mein Zimmer gestürmt und hätte angefangen meine Sachen zu durchwühlen. Er fegte wie ein Hurrikan durch den Raum und brachte alles durcheinander.

»Felix, was machst du da?«, fuhr ich ihn an. Er hörte nicht auf. »Felix!«

»Es ist weg!«, schrie er und machte Anstalten unter das Bett zu krabbeln. Hastig stand ich auf und packte seine Knöchel, bevor er ganz verschwinden konnte. Er begann zu zappeln und zu treten, aber ich war stärker als er und schaffte es zu verhindern, dass mein Bruder sich wie ein Maulwurf benahm und zwischen Wollmäusen in der leeren, dunklen Lücke zwischen Bett und Boden verschwand. Felix stieß einen gellenden Wutschrei aus, als ich ihn zwang sich vernünftig hinzusetzen und wieder runterzukommen.

»Was ist weg?«, wollte ich wissen.

»Mein Notizbuch«, fauchte er. »Es wurde gestohlen!«

Oje. Ich wusste, wie sehr er daran hing. Wenn es wirklich weg war, konnte man es nicht einfach ersetzen. Mein Bruder sah mich mit zornigem Blick an.

»Lass mich los«, sagte er trotzig. »Los, los, los!«

Ich hatte ihm die Hände auf die Schultern gelegt, damit er nicht sofort wieder aufspringen und weiter wüten konnte.

»Hast du überhaupt schon richtig gesucht?«, fragte ich.

»Ich habe überall gesucht. Sogar in den Kissen.«

»*In* den Kissen?«, fragte ich perplex. Ich ließ ihn los, stand auf und ging in sein Zimmer, das meinem gegenüber lag. Hier sah es aus wie auf einem

Schlachtfeld. Aufgerissene Schubladen, sämtliche Klamotten und Spielzeug auf dem Boden verteilt, dazwischen lose Blätter und Stifte. Keine Ahnung, wie er das geschafft hatte, aber über allem lag eine Schicht weiße Federn, weil er die vielen, kleinen Kissen in seinem Bett aufgerissen hatte. Ein richtiger Tobsuchtsanfall.

»Tante Claire wird ausrasten«, murmelte ich, ohne nachzudenken.

Plötzlich hängte sich Felix wie ein Äffchen an die Türklinke.

»Du darfst es ihr nicht sagen! Mach die Tür zu, dann ist alles gut.«

»Hör auf damit«, sagte ich. »Nichts ist gut. Pass auf, wir machen Folgendes. Wir räumen hier zusammen auf. *Jetzt.* Dann suchen wir dein Notizbuch, okay?«

»Nicht okay!«, brüllte er. »Ich will es wiederhaben, Jessa.«

»Ich weiß«, sagte ich beschwichtigend. »Aber wir können das Chaos auf keinen Fall so lassen. Wir müssen aufräumen, sonst wird Tante Claire böse.«

Felix verschränkte die Arme vor der Brust. »Nein.«

»Doch«, erwiderte ich.

»Nein.«

»Doch«, sagte ich energischer.

»Du bist nicht meine Mom!«, schrie er mich an und rannte aus dem Zimmer – nicht, ohne die Tür richtig laut hinter sich zuzuschlagen. *BAM!* Stille. Ich hielt es für das Beste ihn in Ruhe zu lassen. Also fing ich alleine mit Aufräumen an. Im Stillen hoffte ich, dass sich hier gerade kein weiteres Problem anbahnte.

***

»Was tust du hier?«, fragte meine Tante. Der Klang ihrer Stimme erschreckte mich so sehr, dass ich den Müllsack mit den Federn fallen ließ. »Alles in Ordnung?«

»Felix hatte einen kleinen Tobsuchtanfall«, sagte ich.

»Das habe ich nicht mitbekommen. Ich war tief und fest am Schlafen.«

Wow, sie musste ziemlich erschöpft gewesen sein, wenn sie das ganze Geschrei nicht gehört hatte. Dabei war es schon fast zwölf Uhr und Tante

Claire war sonst eine Frühaufsteherin. Besorgt blickte ich ihr ins Gesicht, aber meine Tante sah nicht so aus, als ginge es ihr irgendwie schlecht.

»Sein Notizbuch ist verschwunden«, erklärte ich.

»Dieses hässliche, schwarze Ding?«

»Genau. Er hat es überall gesucht.«

Verschlafen rieb sie sich die Augen. »Ich war gestern einfach zu lange wach«, murmelte sie. »Deshalb hat er sich also im Bad eingeschlossen.«

»Er hat sich im Bad eingeschlossen?«, fragte ich alarmiert.

»Na ja, er denkt es zumindest«, meinte Tante Claire. »Das Schloss an der Tür ist kaputt. Ich habe eben kurz hinein gespäht und er sitzt beleidigt in der Badewanne und schmollt vor sich hin. Ich mache erst mal Frühstück, oder? Vielleicht heben ein paar Pfannkuchen mit Sirup Felix' Laune.«

»Ich räume dann weiter auf«, sagte ich.

»Lass das mal schön bleiben«, erwiderte sie. »Wenn er sich beruhigt hat, dann kann dein Bruder hier Ordnung machen. Er muss seine Grenzen kennen, Jessa.«

Mit einem mulmigen Gefühl im Magen ließ ich die Mülltüte sinken.

»Okay«, sagte ich knapp. »Tante Claire? Hat Dad dir gesagt, warum Felix und ich ausgerechnet dieses Jahr unsere Ferien wieder hier verbringen dürfen?«

»Ihr seid doch früher jedes Jahr gekommen«, sagte sie sichtlich irritiert.

»So meinte ich das nicht«, setzte ich an. Ich beschloss einfach geradeheraus zu fragen. »Hat er dir gesagt, dass er unser Haus verkaufen und vielleicht umziehen will? Genau das habe ich nämlich gehört.«

»Umziehen?«, fragte meine Tante und wurde bleich. Ich nickte. »Nein, nichts dergleichen. Ich wüsste nicht, warum er das tun sollte.«

»Ich muss nach Hause fahren und mit ihm reden«, sagte ich.

»Was für eine Aufregung am Morgen«, murmelte sie mit besorgter Miene.

»Ich werde Quinn fragen, ob er mit mir fährt«, sagte ich. »Ich muss sowieso noch etwas mit ihm klären und dann musst du dir keine Sorgen machen.«

»Keine Sorgen, mh?«, fragte sie prüfend. »Wenn du mit Quinn fährst.«

»Bitteeeee?«, fragte ich übertrieben freundlich.

»Na, gut«, stimmte sie zu. »Aber du musst mir hinterher alles erzählen. Ich stehe nämlich gerade etwas auf dem Schlauch, was diese News betreffen.«

»Da bist du nicht die Einzige«, nuschelte ich. »Kann ich Felix denn –«

»Alleinlassen?«, unterbrach sie mich. »Jessa«, sagte Tante Claire in einfühlsamem Ton. »Ich weiß, du machst dir Sorgen und fühlst dich für Felix verantwortlich, aber er ist noch ein Kind und ein einziger Wutausbruch ist kein Weltuntergang. Vielleicht war seine Reaktion etwas extrem, aber wir wissen nicht, was mit dem Notizbuch ist, oder? Es bedeutet ihm offenbar enorm viel. Ich will die Sache nicht herunterspielen, doch bevor keiner von uns vernünftig mit ihm gesprochen hat, würde ich nicht vorschnell urteilen. Fahr heute zu deinem Dad. Ich lenke Felix ein bisschen ab.«

Ich zögerte meine Antwort zu lange heraus, denn Tante Claire fuhr fort.

»Du kannst mir vertrauen. Das weißt du doch, oder?«

Tante Claire nahm mich ohne Vorwarnung fest in den Arm. Ich erwiderte die Umarmung. Ich hatte ganz vergessen, wie gut sich so etwas anfühlte. Irgendwie bestärkend. Ein Gefühl von Geborgenheit durchströmte mich.

»Danke«, sagte ich und atmete ihren vertrauten und beruhigend wirkenden Geruch ein.

KAPITEL 16

Quinn war nicht in der Pension anzutreffen. Ein paar Minuten stand ich ratlos vor seiner Tür. Dann ging ich ins Hauptgebäude, um mir den Schichtplan anzusehen und stellte fest, dass Quinn heute nicht eingeteilt war. Als ich mich wieder auf mein Rad schwang, rasten meine Gedanken so schnell wie die Reifen unter mir. Wo steckte er denn? Ich fuhr die Einkaufsstraße entlang, anschließend die Uferpromenade, klapperte das Viertel mit den Restaurants und Bars ab, aber ich begegnete niemandem, den ich kannte. Völlig aus der Puste, machte ich Halt, zog mein Handy aus der Tasche und wählte meine letzte Option – im wahrsten Sinne des Wortes. Ich rief Kendra an. Quinns Nummer hatte ich noch immer nicht und ich wusste mir einfach nicht anders zu helfen. Kendra war wie *Gossip Girl* mit ihrem sagenhaften Gespür für die Aufenthaltsorte anderer Leute. Vielleicht wusste sie ja etwas. Sie ging beim ersten Mal klingeln sofort dran.

»Ich brauche deine Hilfe«, sagte ich.

»Stets zu Diensten«, entgegnete sie.

»Ich muss Quinn finden.«

»Und ich dachte immer Liebende würden sich finden, egal, wo auf der Welt sie sich gerade getrennt voneinander aufhalten. Seelenverwandtschaft und dieser ganze Kram.«

»Bist du irgendwie sauer auf mich?« Sie klang jedenfalls ziemlich schnippisch und ich hatte sofort ein schlechtes Gefühl bei der Sache. Kendra seufzte.

»Ich hab gehört, dass du Quinn zum Mitternachtszirkus mitnimmst. Und ehrlich gesagt, bin ich etwas eingeschnappt deswegen. Ich wollte dahin, Jessa.«

»Entschuldige«, sagte ich und es tat mir aufrichtig leid. »Aber das hat einen besonderen Grund.«

»Den du mir natürlich nicht verraten kannst«, sagte sie.

»Du könntest Quinn danach fragen«, erwiderte ich.

»Schon gut«, erwiderte sie knapp. »Du suchst also Mr Loverboy?«

»Weißt du rein zufällig, wo er steckt, Kendra?«

»Warte einen Moment. Ich bin gleich wieder da.«

Es verging mehr als eine Minute, bevor sie wieder antwortete. Das wusste ich so genau, weil ich zwischendurch auf mein stummes Handy starrte, aus Angst, es hätte plötzlich den Geist aufgegeben. »Quinn ist im Diner an der Marketstreet und prügelt sich gerade mit Brady.«

»Was?«, fragte ich überrascht. »Woher weißt du das?«

»Ich stehe gerade daneben und sehe zu.«

»Wie bitte?«, fragte ich beunruhigt.

»Ich war oben im Diner etwas essen und hab ihn eben draußen stehen sehen«, erklärte sie. »Ich wollte nur nachsehen, ob er noch da ist. Ist er.«

»Er prügelt sich mit Brady? *Dem* Brady?«

»Beeil dich, sonst verpasst du das Beste.«

»Kendra!«

»Was denn? Einer der beiden trägt kein Shirt.«

Ich beendete das Gespräch, steckte das Handy in meine Jeanstasche und trat sofort in die Pedale. Die Marketstreet war keine fünf Minuten von meinem derzeitigen Standpunkt entfernt. Als ich sie eine halbe Stunde zuvor passiert hatte, waren dort keinerlei Anzeichen eines Kampfes zu sehen gewesen. Ich flog förmlich vom Rad, als ich die Menschenmenge sah, die sich versammelt hatte. Der Parkplatz war brechend voll. Es war unglaublich laut. Hastig suchte ich einen Ständer für mein Fahrrad und schloss es, so schnell ich konnte, ab.

»Was zur Hölle …«, entfuhr es mir erstaunt. Ich drängelte mich an den umstehenden Leuten vorbei, bis ich Kendra ausmachte, und blieb neben ihr stehen. »Hey Kendra! Kendra!« Langsam drehte sie sich in meine Richtung.

»Das ging schnell«, meinte sie. Sie deutete nach vorne.

Scheiße, waren wir hier in Fight Club, *oder was?*

Brady und Quinn hatten gerade für einen Moment voneinander abgelassen, als sich unsere Blicke trafen. Erst meiner und Bradys, dann meiner und Quinns. Das Gefühl, das dadurch in meinem Magen aufkam, konnte ich mit keinem Wort der Welt beschreiben. Brady war derjenige ohne Shirt, was wohl daran lag, dass er seiner Badehose nach zu urteilen zusammen mit ein paar der anderen direkt vom Strand hergekommen war. Kein Wunder, dass hier so viele Mädchen anwesend waren. Bei Gewalt vs. Bauchmuskeln interessierte es wohl die wenigsten, dass es hier eigentlich um einen Kampf ging. Bradys Haar stand nass in alle Richtungen ab. Lediglich an seiner Nase waren Spuren von getrocknetem Blut. Quinn hingegen sah wirklich so aus, als habe er einiges einstecken müssen. Blut quoll aus einer Platzwunde über seinem Auge und Sprenkel davon waren auf seinem hellen Pullover verteilt. Seine Handknöchel waren wund. Die Hände zu Fäusten geballt. Die beiden Kampfhähne atmeten schwer, während ich die Luft anhielt.

»Quinn hat Brady ohne ersichtlichen Grund eine rein gehauen«, erklärte Kendra mir ohne Aufforderung. »Er und seine Freunde wollten einfach ins Diner. Dann hat er Quinn angerempelt und plötzlich ging es los.«

»Wieso geht niemand dazwischen?«, fragte ich.

»Damit tut sich hier niemand einen Gefallen.«

»Das kann doch nicht dein Ernst sein!«, zischte ich. Ein bisschen verstehen konnte ich es trotzdem, denn als Brady und Quinn das nächste Mal aufeinander losgingen, war ich selber wie versteinert vor Angst. Zudem begann die Menge wieder zu toben, was es unmöglich machte zu rufen. Ich drängelte mich wieder nach hinten durch und lief zum Eingang des Diners.

»Ich brauch einen Eimer«, sagte ich. Die verdutzte Kellnerin runzelte die Stirn. »Dringend«, setzte ich nach. Als sie noch immer nicht reagierte, fügte ich in flehendem Tonfall hinzu: »Bitte? Ich bringe ihn wieder.«

Sie verschwand und kam tatsächlich mit einem Eimer zurück. In der Toilette füllte ich das Teil mit eiskaltem Wasser und ging langsam zurück nach draußen. Mit dem schweren Ding in der Hand bewegte ich mich wie ein Pinguin, aber ich schaffte es wieder in die erste Reihe. Mit einem heftigen Ruck schüttete ich das Wasser über Quinn und Brady aus und erreichte die erwünschte Wirkung.

Keuchend gingen sie auseinander.

»Hört auf mit dem Scheiß!«, schrie ich. »Die haben drinnen schon die Polizei gerufen und das Desaster vom alten Bahnhof sollte sich nicht wiederholen.«

Ein paar Leute in der Menge buhten mich und meine Aktion aus. Brady schüttelte sich wie ein nasser Hund und lachte dann. »Na, schön«, meinte er. Wie auf Kommando schlossen sich seine Freunde ihm an und der Parkplatz leerte sich. Selbst Kendra und ihre Freundinnen verschwanden rasend schnell. Quinn rappelte sich auf und lief ebenfalls davon. Ich ihm hinterher.

»Hey!«, brüllte ich und folgte ihm Richtung Strand. »HEY!«

Der Eimer war völlig vergessen. Ich ließ ihn achtlos am Boden liegen. So viel zum Thema Zurückbringen. Quinn blieb nicht stehen, wurde nur noch schneller. *So ein Blödmann!* Ich begann zu laufen und warf mich mit allem Gewicht einfach auf Quinn drauf. In einem Durcheinander aus Armen und Beinen gingen wir beide stöhnend zu Boden. Footballspieler würde ich wohl niemals werden. Merklich überrumpelt von meiner blöden Aktion blieb Quinn liegen und sah mich mit großen Augen an. Das hielt nicht sonderlich lange an. Er wollte meine Handgelenke packen, aber ich schlug seine Hände weg und drückte ihn stattdessen wieder in den Sand. Ziemlich anstrengend, wenn man so viel weniger wog als der Gegner. Und ziemlich merkwürdig war das Ganze auch, weil ich im Grunde auf Quinn drauf saß, damit er sich nicht bewegen konnte.

»Quinn, was ist denn in dich gefahren?«, fragte ich energisch. »Wieso hast du dich in der Öffentlichkeit einfach so mit Brady geprügelt?«

»Ich habe mich mit ihm geprügelt, weil er ein Arsch ist«, sagte Quinn in trotzigem Ton. »Die Frage ist wohl eher, wieso *du* dich einmischen musstest.«

»Du kannst mich mal, Quinn«, sagte ich. »Ich bin gekommen, um mich zu entschuldigen, aber du willst dich offensichtlich viel lieber wieder streiten.« Ebenfalls sofort auf Hundertachtzig, ließ ich von Quinn ab. Meine Turnschuhe versanken im Sand und ich kämpfte mit der Entscheidung sofort zu verschwinden oder zu bleiben.

Quinn schluckte schwer, ehe er mich finster anstarrte.

»Entschuldigung!«, schrie ich laut. »Entschuldige, dass ich mich eingemischt habe. Entschuldige, dass ich gestern eine blöde Kuh gewesen bin! Entschuldige, dass ich Angst bekommen habe, und entschuldige, dass ich deine Zeit verschwendet habe! Entschuldige, dass wir uns jemals kennengelernt haben!«

Tränen stiegen mir in die Augen und ich hatte wirklich keine Lust mehr irgendwem etwas vorzumachen. Quinn packte mich so schnell, dass ich nicht einmal blinzeln konnte. Im nächsten Augenblick warf er mich ins Meer.

Prustend tauchte ich auf und strich mir das Haar aus dem Gesicht. Das Wasser war kaum einen Meter tief, aber der Wellengang war selbst hier deutlich zu spüren. Quinn stand regungslos vor mir, während seine Kleider sich immer mehr mit Wasser vollsogen. »Ich dachte, wir könnten beide eine Abkühlung gebrauchen.«

Sprachlos sah ich ihn an.

»Entschuldige, dass wir uns jemals kennengelernt haben?«, wiederholte er. Er ließ die Hände ins Wasser sinken und spritzte einen Schwall zu mir hinüber. »Ich glaube, du solltest noch einmal untertauchen. Vielleicht auch zehnmal.«

Aus einem Impuls heraus ahmte ich die Geste nach. Dann verpuffte der ganze Ernst der Situation mit einem Mal. Quinn fasste mich am Arm und versuchte mich wieder unterzutauchen. Ich spritzte ihm mehr Wasser ins Gesicht. Dann fingen wir beide an wie Irre zu lachen. Als wir völlig aus der Puste und total durchgefroren waren, wateten wir ans Ufer.

»Ich hasse solche Kerle wie Brady einfach«, sagte Quinn.

»Und deshalb prügelst du dich mit ihm?«, fragte ich verständnislos.

»Ich erkläre es dir später, okay?«

»Ich sehe hier eindeutig ein Muster«, murmelte ich. »Aber okay. Später. Ich muss sowieso noch etwas erledigen. Quinn, fährst du mich zu meinem Dad?«

»Zu deinem Dad?«, fragte Quinn und seine Augen weiteten sich.

»Na ja, wenn du schon um meine Hand anhalten musst, dann doch wenigstens auf die ganz altmodische Weise«, antwortete ich. »Aber es wird hart. Verdammt hart. Du weißt schon: Als Bestatter rechnet er nur mit schlechten Dingen und wenn dann mal etwas Gutes passiert ...«

»Jessa.« Quinn schüttelte den Kopf. »Was ist wirklich los?«

»Er will unser Haus verkaufen, Quinn!«, sagte ich. »Miranda hat es mir heute Morgen am Telefon erzählt. Sie und Kellen –«

»Kellen! Wie Ich-betrinke-mich-und-mache-wahllos-Mädchen-an-Kellen?«

»Was heißt hier wahllos? Er war in mich verknallt«, meinte ich.

»Müssen ja tiefgehende Gefühle gewesen sein, wenn Miranda ihn einfach so davon überzeugen konnte, dass er plötzlich sie mag«, sagte Quinn.

»Vielleicht ticken ja einige Kerle so«, entgegnete ich grüblerisch.

»Vielleicht hast du ihn nicht so geküsst wie mich«, erwiderte Quinn.

»Ich habe *niemanden* so geküsst wie dich.«

Der Satz hing zwischen uns in der kalten, salzigen Luft. Ihn ausgesprochen zu haben, war mir schon im nächsten Moment furchtbar unangenehm. Eigentlich hatte ich vom Thema ablenken wollen und nicht in einem Kreis wieder darauf zurückkommen.

»Nicht alles hat eine tiefere Bedeutung«, sagte ich langsam.

»Hörst du das?«, fragte er.

»Du meinst die Stille nach der Weisheit meiner Worte?«

»Nein, das ist es nicht.«

Dann hörte ich es auch. Mein Handy. Das Handy, das in meiner Tasche steckte, während Quinn mich einfach ins Meer geworfen hatte. Schnell fischte ich es heraus und jetzt waren es meine Augen, die groß wurden.

»O nein«, stöhnte ich, denn das Display war ein halbes Aquarium. Hinter dem Glas hatte sich Wasser angesammelt und die Anzeige war verschwommen. Das Klingeln des Anrufs verwandelte sich schnell in eine Sterbemelodie aus dem defekten Lautsprecher. Dann verstummte das Handy ganz. Es war total hinüber! Prompt wanderte mein Blick zu Quinn und es war ein Wunder, dass keine Laserstrahlen aus meinen Augen schossen und ihn augenblicklich grillten.

»Ich wusste nicht, dass du es immer am Körper trägst«, sagte er.

»Welcher Jugendliche tut das nicht?«, entgegnete ich. »Das wäre ja so, als würde ich meinen Arm vergessen. Moment, das geht nicht, denn der ist ja angewachsen. Scheiße aber auch! Das war meine Tante. Glaube ich.«

Da der Schriftzug so mega undeutlich gewesen war, hatte ich die Nummer und den Namen kaum erkennen können.

»Hast du ein Auto?«, fragte ich und steckte das Handy wieder weg.

»Ich gebe dir nicht mein Auto als Wiedergutmachung.«

Quinn sah ehrlich schockiert aus.

»Idiot«, murmelte ich. »Ich will, dass du mich fährst. Mehr nicht.«

Ich setzte mich in Bewegung, bis der Parkplatz in Sicht kam.

»Du hast mich also in erster Linie gesucht, damit ich dich fahre?«

»Das war der Plan. Ich wollte dich ausnutzen«, schnaubte ich.

»Dann willst du nicht mehr, dass ich dich fahre?«

»Doch, Quinn«, meinte ich. »Aber ich hätte auch jeden anderen fragen können, okay? Ich wollte mich *in erster Linie* –«, ich hielt inne, um den folgenden Worten einen dramatischen Unterton zu verleihen, »– bei dir entschuldigen, aber vielleicht solltest *du* dich jetzt bei *mir* entschuldigen.«

»Jeden anderen, ja?«, fragte Quinn und klang gereizt. »Du meinst, jemanden wie Fin? Hast du ihn etwa auch auf einer Party geküsst und danach damit gerechnet, dass er dir hilft, wann immer du willst?«

»Ach, halt die Klappe«, sagte ich und verdrehte die Augen.

»Dann hast du ihn also geküsst.«

»Genau. Ihn und Brady und den Rest seiner Freunde. Sogar Kendra!«

»Hör auf mich anzuschreien«, sagte er und wirkte, als müsse er sich alle Mühe geben ruhig zu bleiben.

»Nein!«, erwiderte ich. »Weil mich das alles wütend macht.«

»Lass mich dich einfach zu deinem Dad fahren«, schlug Quinn vor.

Vom Meer her kam eine heftige Brise auf und wir beide zuckten gleichzeitig zusammen, als der Wind auf unsere nassen Kleider traf. Es war zwar einer dieser typischen hellen und sonnigen Tage, aber nachmittags konnte es ziemlich abkühlen, wenn man nicht direkt in der Sonne stand. Ich zerrte an meinem Pullover, um ihn auszuziehen, damit eine Schicht Kleider weniger an mir klebte. Der Stoff hatte sich so vollgesogen, dass ich das Ding nicht über den Kopf bekam und schließlich wie eine Dreijährige herumzappelte, weil ich feststeckte.

»Halt still«, befahl Quinn und befreite mich aus meiner Lage. Mürrisch starrte ich ihn an und verkniff mir ein Danke. Jetzt verdrehte er die Augen.

»Sieh mich bitte nicht so an«, sagte er. »Du machst mich manchmal echt rasend. Na, gut, nicht manchmal, jedes Mal, wenn wir uns sehen.«

»Fahr mich einfach zu meinem Dad«, sagte ich trotzig.

Mein Fahrrad war mir in diesem Moment egal. Es war immerhin angekettet und ich würde es einfach später holen. Meine Prioritäten lagen echt woanders. Ich hatte mir schon gedacht, dass Quinn einen Wagen besaß. Irgendwie hatte er schließlich herkommen müssen und ich hatte ihn mir nie als den Typ Mensch vorgestellt, der sich in einen Zug setzte. In einem vollen Abteil mit anderen Menschen Stunden seines Lebens verbringen wollte. Um der Melodramatik willen würde ich gerne sagen, dass die Farbe des Cabrios schwarz wie Quinns Seele war, aber eigentlich glich sie mehr einem Metallicblau. Es stand auf einem der Parkplätze, die sich hinter dem Diner befanden. Das Innere des Wagens ließ mit den polierten Armaturen und dunklen Ledersitzen darauf schließen, dass es ein neueres Modell war. Ein weiteres Indiz im mysteriösen Fall Quinn Paxton. Ich traute mich gar nicht mit meinen nassen Klamotten einzusteigen. Quinn lehnte sich zur Beifahrerseite und öffnete die Tür von innen.

»Stell dich nicht so an. Steig ein.«

»Uhh«, machte ich wie ein verstörtes Reh.

»Nackt lasse ich dich nicht in meinem Auto mitfahren.«

»Aber nass?«, fragte ich skeptisch.

»Dann bleibt wenigstens etwas der Phantasie überlassen.«

Arsch! Ich stieg ein und knallte die Tür zu.

»Du musst zuerst auf die Route –«

»Ich weiß, wo du wohnst.«

»Nein, weißt du nicht.«

»Falls du es vergessen hast … Ich bin schon einmal dort gewesen.«

»Das ist doch schon ewig her –«

»Nach meiner Party«, unterbrach Quinn mich ein zweites Mal.

»Nach deiner Party?«, wiederholte ich verwirrt.

»Ich hab mitbekommen, dass Miranda schon weg war und du keine Mitfahrgelegenheit mehr hattest. Dann bist du abgehauen und mit ein paar Leuten aus unserer Stufe gefahren. Aber ich hab mir Sorgen gemacht, also bin ich euch hinterher. Du bist wie ein sturer Esel den Rest des Wegs zu Fuß gelaufen und als es angefangen hat zu regnen, wollte ich neben dir anhalten und dich mitnehmen, aber du wärst wahrscheinlich lieber gestorben.«

Quinn war also hinter mir hergefahren, während ich mich abgemüht hatte den Weg nach Hause zu laufen, ohne dabei vor Müdigkeit einzuschlafen?

»Das stimmt wohl«, gab ich widerwillig zu.

»Ich wollte nur wissen, ob du gut ankommst.«

»Weißt du, wenn Leute eine Nachricht mit ›Ich weiß, was du letzten Sommer getan hast‹ bekommen, dann freuen sie sich nicht. Es kommt aufs Gleiche hinaus, wenn man heimlich beobachtet wird. Das ist gruselig.«

»Ja, aber ich bin kein Serienmörder«, sagte Quinn. »Außerdem hättest du dich nur umdrehen müssen, dann hättest du meinen Wagen entdeckt.«

»Weil einfach, einfach einfach ist, was?«, murmelte ich.

»Das Wort einfach, kenne ich überhaupt nicht.«

Quinn fuhr vom Parkplatz und richtete den Blick auf die Straße.

Das würde eine lange, sehr lange Fahrt werden.

***

Wir hielten zwischendurch bei einer Tankstelle, da die Tankanzeige des Wagens immer mehr auf den roten Punkt zugegangen war. Meine Klamotten waren fast wieder trocken, aber das klamme Gefühl auf der Haut war noch immer ziemlich widerlich. Besonders am Po. Als würde ich in einem See sitzen oder so ähnlich. Immerhin fror ich nicht. Als Quinn vom Bezahlen zurückkam, warf er mir eine Tüte Kekse in den Schoß.

»Dachte, du hast vielleicht Hunger«, murmelte er.

»Ist das ein Friedensangebot?«, fragte ich stirnrunzelnd.

»Tu mir einen Gefallen. Iss die Kekse und halt die Klappe.«

Weil ich wirklich etwas hungrig war, stopfte ich mir eine Handvoll Kekse in den Mund. Natürlich waren das zu viele auf einmal, so dass ich nicht mehr richtig kauen konnte und Krümel aus meinem halb offenen Mund fielen.

»Was machst du da?« Quinn sah mich an, als hätte ich den Verstand verloren.

»Ish esfre Keke, schmetten guuuuuut.«

Demonstrativ schob ich mir noch einen Keks in den Mund. Die Kekse schmeckten übrigens richtig scheiße, weshalb ich das Kauen ganz aufgab.

Quinn ließ den Wagen wieder anspringen, setzte den Blinker und bog auf die Schnellstraße ab. Meine Finger umschlossen die Kekspackung, während ich mich fühlte wie ein kleiner Hamster. Irgendwie schaffte ich es dann doch, das ganze Zeug herunterzuschlucken, ohne mich anschließend übergeben zu müssen. Der Geschmack auf meiner Zunge wollte aber nicht verschwinden.

»Erzähl mir, wieso wir zu deinem Dad fahren«, sagte Quinn.

»Ich dachte, ich soll die Klappe halten«, erwiderte ich. »Erzähl du mir doch lieber noch mal, warum du dich in aller Öffentlichkeit mit Brady geprügelt hast.«

»Ach, es wäre okay gewesen, wenn ich das im Wald getan hätte?«

»Komm schon, Quinn«, bat ich eindringlich.

Quinn zögerte kurz, dann sagte er: »Brady hat etwas über meine Schwester gesagt. Eine ganz komische Bemerkung. Dass sie schon auf mich warten würde. Aber statt mir zu sagen, was das bedeutet, hat er sich über mich lustig gemacht. Da ist mir ziemlich schnell der Kragen geplatzt. Das alles war ... ein Reflex.«

»Hast du wenigstens etwas aus ihm herausbekommen?«

Wir tauschten einen kurzen Blick und Quinn grinste. »So etwas kannst auch nur du fragen, nachdem du dich zuerst über die Prügelei aufgeregt hast. Und nein, du bist ja dann dazwischen gegangen und Brady war weg. Ich habe keine Ahnung, was das alles zu bedeuten hat. Wieso Brady Hanna kennt und wieso er wusste, wer ich bin, als wir uns beim Diner gesehen haben.«

»Also wieder neue Mysterien«, grübelte ich vor mich hin.

»Und dein Dad will euer Haus ...«

»Das finden wir heute heraus«, sagte ich entschlossen.

Er sah mich immer wieder kurz von der Seite an.

»Sind noch Kekse da? Allmählich bekomme ich Hunger«, sagte er nach einer Weile.

»Du willst lieber hungern, glaub mir«, antwortete ich.

Die restliche Fahrt schwiegen wir. Jeder hing seinen eigenen Gedanken nach. Dann kam irgendwann der lange Feldweg, der zu unserem etwas abgelegenen Haus führte, in Sicht. Das Gebäude, das mir in meiner Kindheit wie ein Schloss vorgekommen war, überragte den Friedhof, der dahinter lag. An dem Haus war überhaupt nichts gruselig, auch wenn man mir das öfter gesagt hatte. Mit den hohen Erkerfenstern, den vielen Giebeln und Zinnen an den Ecken des Dachs, hätte es allerdings schon aus einem Film stammen können. Viele Häuser dieser Art gab es in der Stadt nicht mehr. Vor etlichen Jahrzehnten war das Grundstück das Gut einer reichen Familie gewesen, weshalb an einigen Stellen noch immer Ruinen von alten Brunnen oder Statuen standen. Man entdeckte sie jedoch nur, wenn man danach suchte, besonders, weil die meisten inzwischen vom herannahenden Wald verschluckt worden waren.

Meine Mom hatte immer gesagt, dass die Natur eines Tages auch unser Haus fressen würde. Unser Haus und all die Toten, die damit in Verbindung standen. *Das* hätte gruselig sein müssen. Der Gedanke war mir aber immer so logisch erschienen, dass es zwecklos schien, sich davor zu fürchten. In einem Alter, als ich zu jung war, um zu begreifen, was mein Dad tat, hatte ich seine Arbeit immer für ein großes Rätsel gehalten. Irgendwann hatten wir in der Schule das Thema Berufe behandelt und jeder musste einen Elternteil vorstellen. Meine Mom war mir dabei nie in den Sinn gekommen. Im Vergleich zu Dad schien mir ihre Berufung als Bibliothekarin wirklich langweilig. Das war der Tag gewesen, an dem ich angefangen hatte Fragen zu stellen. Die Antworten gefielen mir nicht immer. Manchmal war es nicht leicht zu begreifen, wie man sich als Lebender mit dem Tod beschäftigen konnte. Einen Elternteil zu haben, der Bestatter war, grenzte mit an das Unheimlichste, was die Leute aus Darrington kannten, und so hielten sie Abstand. Seltsam. Verdreht. Düster. Das waren wir. Die Carrigans.

Eine Zeit lang hatte ich das gehasst. Miranda löcherte mich zu Beginn unserer Freundschaft auch immer wieder. Vermutlich war das eine natürliche Neugier für das Unbekannte. Erst als ich ihr die Särge im Kellergeschoss gezeigt hatte, die dort zu Ausstellungzwecken standen, hatte sie aufgehört.

Danach hatte sie mich nie wieder etwas über Dad gefragt. Es hatte ihr wohl endgültig gereicht.

»Jessa«, sagte Quinn und riss mich aus meinen Gedanken. Ich stieg aus dem Auto und die Veranda hinauf. Dort bückte ich mich, um den Ersatzschlüssel aufzuheben, der unter der Fußmatte lag. Ich schloss die Haustür auf. Drinnen war es still. Die übliche Diele knarrte unter meinen Schuhen, als ich eintrat. »Dad, ich bin es, Jessa! Hallo?«, rief ich in den Flur hinein. Die Diele knarrte ein zweites Mal. Ich blickte über die Schulter. Quinn stand wie angewurzelt da und starrte die Treppe hinauf. Er wurde plötzlich blass. Meine Augen folgten seinen und erfassten den ersten Stock.

»Quinn, alles in Ordnung?«

Ich packte ihn am Arm, aber er reagierte nicht.

»Es ist so lange her …«, wisperte er.

»Ich zeig dir etwas«, sagte ich, ließ meine Hand sinken und umschloss seine Finger. Quinn senkte den Blick und sah mich direkt an. Mir war nie aufgefallen, dass er ein paar Zentimeter größer war als ich. Er war noch immer etwas blass im Gesicht und seine Augen stachen in ihrem intensiven Blau heraus. Ich zog ihn die Treppe hinauf, hinter mir her, durch zwei Flure. In einen Winkel des Hauses, den man nur fand, wenn man sich hier auskannte. Hinter einer Luke befand sich eine kleine Leiter hinauf zum Dachboden. Hier war es immer staubig. Sogar nach etlichen Putzversuchen meinerseits. Irgendwann hatte ich mir gesagt, dass das auf die Magie des Ortes zurückzuführen war, die einen Teil der Vergangenheit festhielt. Es war etwas zu spät für die vielen Sonnenstrahlen, die sonst immer durch das Buntglasfenster fielen und Geschichten auf den Boden malten. Die Abenddämmerung reichte trotzdem aus, um Quinn zu zeigen, was ich ihm zeigen wollte. Schillernde Farben auf mattem Untergrund. Ich ließ seine Hand los und stellte mich in die bunten Schatten. Dann machte ich eine alberne Bewegung mit den Armen und ließ das Licht über meine Arme tanzen. Ich lächelte in mich hinein.

»Ein kleiner Regenbogen, der es immer geschafft hat, mich abzulenken. Egal, was mich beschäftigte«, sagte ich. »Ist es nicht wunderschön?«

Quinns Augen begannen zu leuchten. »Es ist wunderschön«, sagte er. Der Ausdruck, der sich über sein Gesicht legte, verriet mir, dass er damit nicht die vielen Lichter gemeint hatte. Er hob eine Hand und beobachtete, wie sich winzige Flecken aus Gelb und Grün auf seine Haut schoben. Langsam streckte er die Hand weiter aus, umfasste meine Schulter und schloss mich in seine Arme. Mir blieb kurz die Luft weg, als ich so unerwartet gegen seine Brust gedrückt wurde.

»Jessa«, murmelte er in mein Haar. »Ich muss dir etwas sagen. Ich weiß, das ist vielleicht nicht der richtige Zeitpunkt, aber als du neulich gesagt hast, dass du Angst hattest, weil wir uns näherkommen, da dachte ich –«

Ein Poltern riss die Atmosphäre und das Gespräch entzwei. Sanft löste ich mich von Quinn und ging zum Lüftungsschacht. Er folgte mir. Der Geruch von Ruß stieg mir in die Nase. »Was ist –«, setzte Quinn an, aber ich legte ihm einen Finger an die Lippen. »Du musst kurz still sein«, bat ich. »Hör einfach zu.«

»... leid, Harold, aber die Walkers haben ihr Angebot zurückgezogen«, hörte ich eine männliche Stimme sagen.

»Das ist nicht deine Schuld«, erwiderte mein Dad. »Ich versuche seit Monaten ein vernünftiges Angebot für das Haus zu bekommen, aber bisher ist jeder wieder abgesprungen. Es ist wie ein Fluch.«

»Willst du nicht noch einmal darüber nachdenken?«, fragte der andere. Ich konnte anhand der Stimme nicht erkennen, wer es war. Ein Fremder?

»Mir bleibt nicht mehr so viel Zeit«, antwortete Dad. »Meine Kinder sind momentan bei Claire und ich will nicht, dass sie Wind davon bekommen.«

»Irgendwann musst du es ihnen sagen.«

»Irgendwann ist aber nicht heute, morgen oder nächste Woche.«

»Es wird nur umso schwerer, je länger du es hinauszögerst, Harold.«

Der Gesprächspartner meines Dads klang ehrlich besorgt. Etwas krachte auf den Boden, ging kaputt oder wurde mutwillig zerstört. Ich tippte auf Letzteres, denn keine Sekunde danach, begann mein Dad zu schreien.

»Hör mir auf mit *Harold!*«, brüllte er. »Du als mein Freund solltest doch wissen, dass ich es nicht mehr ertrage. Ich ertrage es einfach nicht mehr: dieses Haus mit all seinen Erinnerungen und diesen Job mit all seinen Pflichten!«

»Ich weiß, ich –«

»Nichts weißt du! Niemand in dieser gottverdammten Stadt weiß, wie es sich anfühlt, wenn die eigene Frau dem Tod lachend entgegengelaufen ist. Täglich sage ich den Menschen, dass Sterben etwas Natürliches ist. Dabei habe ich jede wache Sekunde im Hinterkopf, dass sie freiwillig gegangen ist. Der Junge ist genauso wie sie. Jessa kommt vielleicht ganz gut klar, aber was ist, wenn Felix eines Tages durchdreht und so endet wie Amanda? Ich kann nicht, ich …«

Dann brach Dad in Tränen aus. Schluchzen drang an meine Ohren. Ich stolperte zurück und kämpfte mit meinen eigenen Tränen. Quinn packte mich wieder und dieses Mal wollte *ich* seine Umarmung, *brauchte* sie.

Du musst mir versprechen auf Felix achtzugeben … Plötzlich sehe ich sie vor mir. Wie sie lacht, als sie sich von uns verabschiedet. Wie sie sagt, dass Tante Claire sie braucht und sie sich bald wieder meldet. Wie sie im Wagen verschwindet, dabei fröhlich winkt. Verschwindet. Wie Dad abends nach Hause kommt und nichts von ihrem Ausflug weiß. Wie meine Tante anruft, um zu sagen, dass Mom niemals bei ihr angekommen ist. Wie auf einen Schlag die Nachrichten voll von dem Sturm sind, der den Ferienort zerfetzt und zerstört wie etwas unfassbar Böses. Wie man mir Tage später erzählt, sie sei mit dem Boot verunglückt und ertrunken. Wie daraufhin alles verschwimmt.

Meine Mom hatte uns damals nicht einfach verlassen.

Sie hatte sich umgebracht.

Und mein Dad hatte es die ganze Zeit gewusst.

KAPITEL 17

Der Sturm Gefühle, der mich erfasste, wollte gar nicht mehr aufhören. Meine Augen brannten vom Weinen. Meine Gedanken machten mich schläfrig. So elend hatte ich mich nur gefühlt, als man mir gesagt hatte, Mom sei gestorben. Es war, als würde ich ihren Tod immer wieder durchleben. Kaum nahm ich mir eine Sekunde Zeit zum Durchatmen, dachte darüber nach, mich von Quinn zu lösen, brach der Damm erneut und ich konnte nicht mehr an mich halten.

Irgendwann war ich so erschöpft, dass ich mich gar nicht mehr rührte.

Quinn, der seine Arme noch immer um mich geschlungen hatte, schien die Veränderung zu bemerken. Die Anspannung in seinem Körper ließ nach.

»Jessa«, flüsterte er mir ins Ohr. »Ich glaube, es wird Zeit zu gehen.«

Ich fuhr mir mit einer Hand übers Gesicht und nickte stumm. Quinn hatte genau das ausgesprochen, was ich wollte. Meinen Dad zu konfrontieren, hätte ich heute nicht mehr über mich gebracht. Quinn nahm meine Hand fest in seine. Dieses Mal ging er voraus. Vielleicht hatte er den Moment perfekt abgepasst, denn als wir durch die Haustür waren, fiel mir auf, dass Dads Wagen fehlte. Nur Quinns stand noch dort und ich fragte mich, warum meinem Dad das fremde Fahrzeug nicht aufgefallen war. Anderseits parkten ständig irgendwelche Leute unseren Hof zu, wenn sie den Friedhof besuchten. Irgendwann hatte Dad aufgehört dagegen anzukämpfen. Wahrscheinlich hatte er sich nichts dabei gedacht, als er das Auto erblickt hatte.

Quinn öffnete die Beifahrertür und schob mich auf den Sitz. Schloss die Tür wieder. Ich ließ den Kopf gegen das Fenster sinken. Die Kälte im Inneren hatte die Scheibe beschlagen lassen, weshalb meine Wange sofort zu Eis gefror. Kopfschmerzen hämmerten gegen meine Schläfen, weshalb mir das frostige Gefühl willkommen war. Ich hielt den Atem an, bis ich es nicht mehr aushielt.

Quinn fasste an mir vorbei, beugte sich über mich und schnallte mich an. Seine Hand hielt kurz inne, um mir eine Haarsträhne hinters Ohr zu streichen.

Er sagte nicht, dass es ihm leid täte. Er sagte kein einziges Wort.

Ich schloss die Augen, bis mich das Ruckeln des Wagens wegdämmern ließ. Ein seltsamer Zustand zwischen Realität und Traum, der mir die Erinnerung an die gesamte Fahrt stahl. In einem Augenaufschlag, so schien es, hatte Quinn mich wieder zurückgebracht. Nicht zu meiner Tante, sondern zur Pension.

Wieder wusste er, was ich wollte. Alles, nur nicht nach Hause.

***

Quinn schloss die Tür hinter uns. Ich setzte mich aufs Bett. Er sich neben mich. »Ich wünschte, ich könnte das vergessen«, sagte ich und mir kam es vor, als wäre meine Kehle vollkommen ausgetrocknet. Ich klang ein wenig heiser. Meine Kopfschmerzen wurden immer schlimmer. Angetrieben von Unverständnis und Wut. Jetzt konnte ich keine einzige Träne mehr weinen, sondern nur noch dem Zorn freien Lauf lassen.

»Ich will, dass es aufhört«, flüsterte ich. Mein Herz krampfte sich zusammen. »Ich will einfach, dass es aufhört.« Ich presste mir eine Hand gegen die Brust und sah Quinn in die dunklen Augen. Sein Ausdruck war blank.

»Ich bin nicht besonders gut mit Worten«, sagte er.

»Worte sind das Letzte, was ich gerade brauche«, entgegnete ich.

Er nahm mein Gesicht in seine Hände und küsste mich.

»Es lässt dich vielleicht den Moment vergessen, Jessa. Aber wenn es vorbei ist, fühlst du dich kein Stück besser. Das musst du mir glauben.«

»Was ist, wenn das alles ist, was ich will: diesen Moment vergessen?«

Ich legte meine Hände auf seine und zog ihn näher zu mir.

»Du weißt gerade nicht, was genau du willst«, sagte er.

»Ich will *dich*, Quinn.«

Das entsprach vollkommen der Wahrheit. Ich löste meine Hände von seinen und legte sie ihm stattdessen auf die harte Brust. Endlose Sekunden lang sahen wir einander nur an. Ich drückte meine Lippen auf Quinns. Kein kurzer Kuss, kein sanfter. Einer aus diesen Filmen, in denen sich die Leute küssten, als stünde das Ende der Welt bevor. Der Rausch der Gefühle setzte sofort ein. Viel heftiger, als ich erwartet hatte. Quinn zog mich enger an sich. Seine Finger fanden den Saum meines Tops und berührten die nackte Haut darunter. Ich erschauderte unter der Berührung, wollte mehr von dieser süchtig machenden Wärme, die Quinn mir gab. In einer Pause zwischen zwei Küssen zog Quinn mir das Top über den Kopf und es landete auf dem Boden. Meine Finger krallten sich in den Stoff seines Shirts, als er seine Lippen in meiner Halsbeuge versenkte. Seine Hände meine Wirbelsäule nachzeichneten. Er unterbrach sich kurz. Zog sich das eigene Shirt aus. Ich beobachtete, wie sich seine Muskeln dabei anspannten. Rutschte weiter aufs Bett, so dass meine Füße nicht mehr den Boden berührten, und streifte meine Schuhe ab. Quinn umfasste meine Hüften und lag plötzlich auf mir. Seine Nähe fühlte sich wunderbar an. Für ein paar Minuten versank ich in dem weichen Bett unter einem Schwall von Küssen. Er sah mir tief in die Augen, als wir beide atemlos innehielten.

»Du bist so schön«, sagte ich und fuhr die Konturen seines Kiefers nach.

»Das ist eigentlich der Part, den ich sagen sollte«, murmelte er und versenkte eine seiner Hände in meinem Haar, das sich nach meinem unfreiwilligen Bad im Meer alles andere als weich anfühlen musste. Uns umgab beide ein salziger Geruch, nach Meer und Wasser und kalter Luft. Er küsste mich weiter. Ich erwiderte seine Küsse.

Mir wurde immer heißer, während Quinns Berührungen ungestümer wurden. Mein Verlangen nach diesem Kerl überraschte mich. Egal, wie oft ich meine Finger über seine Arme, seine Schultern, seinen Rücken fahren ließ – es war einfach nicht genug. Ich löste meine Lippen von seinen und zog damit eine Spur seinen Bauch hinab. Quinn stöhnte auf. Er warf mich von sich hinunter und lag nun wieder oben. Öffnete den Knopf meiner Jeans, die in den nächsten Sekunden wie von selbst in dem Durcheinander verschwand. Ich schloss die Augen. Eine Mischung aus Sehnsucht und Verlangen schwappte über mich hinweg, als ich mich nur noch auf meine anderen Sinne verließ. Quinns Lippen und Hände hatten ein Feuer in mir entfacht, das ich nicht mehr stoppen konnte. Ich versank nicht in totalem Vergessen. Mit ihm zusammen zu sein, löschte keine schlechten Erinnerungen aus, sondern erzeugte ein Gefühl der Glückseligkeit, das es wirklich schaffte, mir etwas zu geben, von dem ich nicht einmal gewusst hatte, dass es mir bis heute gefehlt hatte. Ich war tatsächlich in Quinn verliebt.

Ich öffnete die Lider und starrte Quinn erwartungsvoll an. Seine Wangen waren gerötet, sein Haar zerzaust, die Lippen leicht geöffnet. Irgendwie war mir plötzlich so, als habe er gemerkt, dass sich erneut etwas verändert hatte. Die Berührung seiner Finger wirkte auf mich unendlich sanft, als er mein Bein entlang strich. Er nuschelte etwas Unverständliches, bevor er die Lippen wieder auf meine senkte. Ich hatte aufgehört zu zählen, wie oft er mich in den letzten Minuten geküsst hatte. Vielleicht tat man das, wenn man begriff, dass man keine Angst mehr haben musste, jemanden zu verlieren, den man immer und immer wieder küssen wollte.

»Quinn«, flüsterte ich neckend. »Ich dachte, du küsst keine Mädchen.«

»Keine Mädchen«, sagte er grinsend. »Nur meine Freundin.«

»Muss ich mich etwa fürchten? Hast du sie hier irgendwo versteckt?«

»Eigentlich ist sie genau da, wo ich sie haben will«, erwiderte er.

»Du solltest sie noch einmal küssen. Sie will das, weißt du?«

»Ich will das noch viel mehr als sie«, flüsterte Quinn.

Der nächste Kuss war wie der Sprung von der Klippe.

Die Überschreitung einer unsichtbaren Grenze. Eine Entscheidung, die nicht rückgängig zu machen war. Ein Adrenalinkick, der fast schmerzte. Und das Beste, was mir in letzter Zeit passiert war. In den nächsten Stunden hatten Worte wirklich keine Bedeutung mehr. Da war nur noch ein Gefühl von Freiheit.

KAPITEL 18

Quinn schnarchte leise. Ich beobachtete ihn schon eine ganze Weile. Alle paar Minuten runzelte er die Nase, als würde ihn etwas kitzeln. Ich hatte Leute, die anderen Menschen beim Schlafen zusahen, immer für total verrückt gehalten. Aber es hatte etwas unheimlich Beruhigendes, jemanden, der einem etwas bedeutete, so friedlich und zufrieden zu sehen. Im Verlauf der letzten halben Stunde hatte er sich herumgedreht und war bis zur Bettkante gerollt. So verhielt sich jemand, der es nicht gewohnt war, eine andere Person eine ganze Nacht in seinem Bett zu haben, dachte ich. *Freundin.* Das Wort hallte in meinem Kopf wider. Ein glückliches Lächeln lag mir auf den Lippen.

Ich verließ das Bett und suchte meine Klamotten zusammen. Am liebsten hätte ich eine heiße Dusche genommen und wäre erst gar nicht wieder in meine Kleider geschlüpft – besonders, da sie allmählich wirklich wie das Meer rochen. Aber da mein Handy nicht mehr funktionierte und meine Tante mich schon ziemlich lange nicht hatte erreichen können, war sie sicher außer sich vor Sorge. Ich überlegte Quinn zu wecken, aber er sein Schlaf war so tief, dass ich mich dagegen entschied. Hastig kritzelte ich eine Nachricht auf eine Serviette, die auf dem Tisch lag, und schloss leise die Zimmertür hinter mir.

Es war noch dunkel. Die Sonne ging gerade auf.

Der Weg von hier bis zum Diner dauerte mehr als zwanzig Minuten, aber ich legte ihn in Rekordzeit zurück. Ich schnappte mir mein Rad und fuhr hastig zurück zum blauen Haus. Schon von weitem sah ich, dass ein Polizeiwagen davor parkte, und sofort überkam mich schiere Panik. Achtlos ließ ich mein Fahrrad zu Boden krachen und stürmte zur offenen Haustür.

Eine Polizistin bedachte mich mit einem strengen Blick.

»Gehören Sie zur Familie, Miss?«, fragte sie.

»Jessa Carrigan«, sagte ich. »Ist ... Was ist passiert? Tante Claire!«

Meine Tante kam aus der Küche gestürzt.

»Jessa!«, rief sie den Tränen nahe. Sie schloss mich in die Arme. »Ich habe mir solche Sorgen gemacht«, sagte sie. »Ich dachte, dir sei etwas passiert.«

»Es tut mir leid, dass ich mich nicht gemeldet habe, mein Handy –«

»Das spielt jetzt keine Rolle. Hauptsache, du bist wieder da.«

Die Art, wie sie das sagte, verriet mir, dass sie die Polizei nicht wegen meines Verschwindens gerufen hatte. Sie klang erleichtert, nicht zornig.

»Tante Claire«, sagte ich sorgenvoll. »Ist etwas mit Felix?«

»Felix ...«, erwiderte sie mit bebender Stimme. »... hatte einen Unfall, Jessa.«

»Wie meinst du das? Einen Unfall? Was für einen Unfall?«

»Er hat weiter nach seinem Notizbuch gesucht, nachdem du gestern gegangen bist, und es einfach nicht gefunden. Er ist völlig außer sich geraten, ich konnte ihn gar nicht mehr beruhigen. Er wollte davonlaufen und ist die Treppe hinuntergestürzt. Ich habe ihn sofort ins Krankenhaus gebracht.«

»Wann ist das passiert?«, wollte ich wissen. Ein Klumpen bildete sich in meinem Magen. Vergangenen Nachmittag, als ich bei Dad gewesen war. »Was ist mit ihm? Geht es ihm gut? Kann ich ihn sehen? Ich muss sofort –«

Meine Tante legte mir die Hände auf die Schultern.

»Beruhige dich, Jessa. Es geht ihm gut. Den Umständen entsprechend. Er hat sich den linken Arm gebrochen und hat eine leichte Gehirnerschütterung.«

Das verriet noch immer nicht, wieso die Polizei hier war.

»Ein paar Touristen haben uns streiten gehört«, fuhr sie fort.

»Das ist nicht dein Ernst«, sagte ich schockiert. Ich wandte mich an die Polizistin, die noch immer keine Miene verzogen hatte. »Sie können doch nicht annehmen, dass meine Tante Felix die Treppe hinunter geschubst hat!«

»So hat das niemand formuliert«, sagte Tante Claire. »Sie behalten Felix zur Beobachtung im Krankenhaus. Bis dein Dad herkommt und –«

»Dad kommt her?«, fragte ich.

»Er hat am Telefon nichts über deinen Besuch gesagt. Deshalb nehme ich an, du bist nicht dazugekommen mit ihm zu sprechen, oder?«

Ich schüttelte den Kopf. »Es kam etwas dazwischen.«

»Verstehe. Und ja, er versucht bis heute Abend herzukommen.«

»*Er versucht es?*«, fragte ich ungläubig. »Felix –«

»Ist im Krankenhaus in guter Obhut. Es gibt da etwas, das dein Dad dir schon länger hätte sagen müssen. Die derzeitigen Umstände –«

»Das sind keine Umstände, das ist ein Albtraum!«, unterbrach ich sie.

»Ich verstehe, dass du aufgebracht bist«, sagte Tante Claire. »Wie wäre es, wenn wir ins Krankenhaus fahren, damit du dich davon überzeugen kannst, dass es Felix gut geht? Er wird sich bestimmt freuen dich zu sehen.«

Ich nickte mechanisch.

***

Krankenhäuser zählten nie zu meinen Lieblingsorten, aber ich kam an sich gut mit der Tatsache klar, dass hier nur verletzte oder sterbende Menschen lagen. Als es sich nun bei einem dieser Menschen um meinen Bruder handelte, verursachten mir die weißen Wände, die sterile Umgebung und der scharfe Geruch nach Desinfektionsmitteln Übelkeit. Felix war auf der Kinderstation einquartiert worden. Er hatte das Zimmer für sich allein. Die Betten neben seinem waren leer. In jeder Ecke des Raums hing irgendetwas Buntes. Vielleicht ein verzweifelter Versuch, das Ganze kindgerecht zu gestalten.

Felix starrte die Decke an und summte dabei den Titelsong der *Power Rangers*, als ich eintrat. Meine Tante war von einer Schwester wegen ein paar fehlender Versicherungsdaten aufgehalten worden. Mein Bruder sah auf, als ich mich räusperte.

»Jessa!«, brüllte er laut, wollte aufspringen, aber eine Infusion hielt ihn zurück. »Hilf mir«, sagte er. »Ich bin angekettet!«

Ich setzte mich auf die Bettkante und strich Felix übers Haar.

»Niemand hat dich angekettet. Das ist nötig, damit du wieder gesund wirst.«

»Ich will nicht mehr gesund werden. Ich will zu Mom gehen.«

Diese Aussage versetzte mir einen Stich mitten ins Herz.

»Irgendwann wirst du das«, entgegnete ich. »Genau wie ich, aber Dad und ich brauchen dich noch eine Weile, Kumpel. Ich will nicht auch dich vermissen.«

»Mein Arm tut weh«, sagte er. »Kannst du ihn abschneiden?«

»Ich glaube, den Arm wirst du noch brauchen«, erwiderte ich lächelnd. »Ich hab eine Idee. Wie wäre es, wenn ich dir etwas auf den Gips male?«

»Alles, was ich will?«, fragte er.

»Alles, was du willst«, sagte ich.

Nachdem ich eine ganze Truppe an Superhelden auf Felix' gebrochenem Arm verewigt hatte – was allein dem Umstand zu verdanken war, dass ich immer einen Stift mit mir herumschleppte –, schlief er ein. Die Infusion, die ein Medikament gegen die Schmerzen enthielt, wie mir Tante Claire später sagte, machte ihn zwischenzeitlich immer wieder schläfrig. In der Krankenhaus-Cafeteria holten Claire und ich uns einen Kaffee, der viel zu dünn schmeckte.

»Also, was zur Hölle wollte die Polizei in unserem Haus?«

»Nach dem Vorfall gestern, ist eine Beamtin heute Morgen zurückgekommen, um die äußeren Umstände zu prüfen. Unfälle, bei denen Kinder auf solche Art und Weise verletzt werden, rufen immer die Behörden auf den Plan.«

»Besonders nach der Sache mit Mom«, sagte ich. »Gibt es da eigentlich auch eine Akte über mich, in der steht, dass ich eines Tages vielleicht den Drang verspüre mich umzubringen oder durchzudrehen wie Felix?«

Meine Tante verschluckte sich an ihrem Kaffee. Sie hustete.

»Dein Bruder hatte schon immer ein paar Probleme«, sagte sie langsam, als wäge sie ihre Worte sehr genau ab. »Der Grund, warum die Polizei sich eingeschaltet hat, nachdem er ins Krankenhaus gekommen ist, war ein anderer. Es gab einen ähnlichen Unfall, als Felix noch jünger war. Es hat mit deiner Mom zu tun, Jessa. Sie hat seit ihrer Jugend immer mal wieder an Depressionen gelitten und wusste manchmal nicht, wie sie damit umgehen sollte. Eine lange Zeit hat dein Dad versucht diese Tatsache auszublenden, aber als Felix kaum ein Jahr alt war, hat Amanda ihn fallenlassen, weshalb Felix –«

»Meine Mom hat Felix fallengelassen?«, fragte ich bestürzt.

»Sie hat es nicht mit Absicht getan. Die Ärzte haben Felix damals komplett durchgecheckt, um bleibende Schäden auszuschließen, und ein kleines Aneurysma in seinem Kopf gefunden. So etwas kann in manchen Fällen sehr gefährlich werden, aber Felix hatte Glück im Unglück und die Verletzung heilte von selbst wieder ab. Dennoch hätte die Situation schrecklich ausgehen können, weshalb sich das Jugendamt nach dem Unfall einschaltete. Du hast davon nichts mitbekommen, aber dein Dad hat es mir erzählt. Deine Eltern standen eine Weile unter Beobachtung, aber euer Fall wurde wieder zu den Akten gelegt, da ein Psychologe ein Gutachten über Amanda erstellte und sie nicht als Gefahr für dich und Felix einstufte.«

»Das glaube ich jetzt nicht«, sagte ich fassungslos.

Tante Claire wirkte niedergeschlagen. »Seitdem stand natürlich die Tatsache im Raum, dass ihr Kinder durch Amanda eventuell vorbelastet sein könntet. Dein Dad hat nie aufgehört sich deshalb zu sorgen. Teilweise hat ihn die Angst um euch so belastet, dass er halb wahnsinnig wurde. Nach Amandas Tod hat er mir diese Dinge anvertraut. Du weißt, unsere Familie ist nicht sonderlich groß, und ich denke, er hat jemanden gebraucht, der ihn unterstützen konnte.«

»Du hast es also selbst lange nicht gewusst?«, fragte ich.

Sie schüttelte den Kopf. »Ich wusste, dass dein Bruder und du mit Albträumen, Panikattacken und dem Verlust eurer Mom zu kämpfen hattet, aber nicht, dass meine Schwester schuld an Felix Unfall war oder eurer Dad sich so sehr um euch sorgte.«

»Einer von Felix' Ärzten meinte damals zu uns, dass Felix ein paar autistische Züge hätte und sich später vielleicht ein genaueres Krankheitsbild zeigen würde«, sagte ich leise. »Ist das ... Moms Schuld?«

»Nein, Jessa«, antwortete Tante Claire entschlossen. »Der Unfall hat nichts damit zu tun. Felix ist eben ein besonderer Junge und er ist noch jung. Vielleicht braucht er länger als wir, um die Vergangenheit zu verarbeiten, vielleicht wird er wirklich einmal Hilfe benötigen, aber deine Mom kann nichts dafür. Hier im Krankenhaus wird er noch einmal durchgecheckt und wenn sie irgendetwas in seinem Blut finden, dann sehen wir weiter.«

»Denkt Dad denn wirklich, dass ich das nicht hätte wissen müssen?«

»Dein Dad wollte dich schützen«, sagte Tante Claire.

»Das ist keine Ausrede«, sagte ich vorwurfsvoll. »Er ist ein Lügner.«

»Es tut mir leid, dass du das so siehst«, erwiderte Tante Claire. Sie schob ihren Becher beiseite und umfasste meine Hand. »Ich verstehe, dass du wütend bist, aber du wirst es noch verstehen, da bin ich mir sicher. Und darf ich fragen ... Seit wann weißt du, dass Amanda ... Kann ich etwas tun? Ich möchte –«

»Nicht«, sagte ich und zog die Hand zurück. »Der einzige Grund, warum ich noch nicht in Tränen ausgebrochen bin, ist, dass ich weiß, dass Felix mich jetzt braucht. Aber wenn du mich so ansiehst, kann ich mich nicht mehr zusammenreißen, Tante Claire. Ich brauche kein Mitleid.«

»Das ist kein Mitleid«, sagte sie. »Sondern Mitgefühl.«

»Gibt es da einen Unterschied?«, fragte ich schwach.

»Ja«, antwortete sie. »Ich fühle *mit* dir, Jessa, nicht für dich. Wir alle haben jemanden verloren und uns alle hat das tief getroffen. Dein Dad und ich hatten nur mehr Zeit, um uns mit den Details zu beschäftigen. Wenn du so weit bist, sag es mir. Ich bin für dich da, dass darfst du niemals vergessen.«

***

Nach mehreren Stunden, die wir im Krankenhaus zugebracht hatten, schickte uns eine der Schwestern nach Hause. Die Besuchszeit endete und wegen der Medikamente war Felix schnell wieder müde geworden. Es hatte keinen herzzerreißenden Abschied gegeben. Kaum, dass ich über die Schwelle des blauen Hauses getreten war, begann ich meinen Bruder zu vermissen. Ironischerweise sah ich das schwarze Notizbuch im Korb zwischen den Regenschirmen stecken, als ich den Flur betrat, und mir wurde noch elender zumute. Wie war das bloß dahingekommen? Immerhin würde Felix sich freuen, es wieder zu haben. Einen Moment war ich versucht mir anzusehen, was er dort immer hineinschrieb. Aber ich wünschte mir schließlich auch, dass andere meine Privatsphäre respektierten und deshalb riskierte ich keinen Blick hinein.

Im ersten Stock legte ich es in Felix' Zimmer auf sein Bett.

Dann nahm ich die längst überfällige Dusche, schlüpfte in eine Jeans und einen alten Pullover und flocht mir die Haare zu einem Zopf, damit ich sie nicht föhnen musste. Im Flur nahm ich meine Jacke vom Haken. Dann hielt ich inne. Tante Claire war eine halbe Stunde zuvor zur Pension gefahren, da sie Nachtschicht hatte. Aber in der Küche brannte Licht und das Radio lief. Wenn es etwas gab, das meine Tante war, dann sparsam und organisiert. Sie hatte noch nie vergessen, irgendetwas auszuschalten. Sie musste wirklich durcheinander sein. Ich betätigte den *Off*-Knopf und ließ den schnulzigen Song verstummen.

Im nächsten Moment klingelte es an der Haustür und ich öffnete.

»Sorry, ich wollte gerade zu –«, begann ich. »... Quinn?« *Wow. Seit neustem konnte ich mit meinen Gedanken Menschen heraufbeschwören. Interessant.*

Quinn sah etwas verschlafen aus. Sein Haar war ein Mopp aus wirren, dunklen Strähnen. Das schwarze Hemd, das er trug, hatte jede Menge knittrige Falten und sein linker Stiefel war nicht geschnürt. Mein Blick wanderte wieder zu seinem Gesicht. Zu den blauen Augen, die mich musterten, den schmalen Lippen, die er zusammenpresste.

»Hi«, sagte ich überrascht.

»Zu wem wolltest du gerade?«, fragte er.

»Dir«, antwortete ich. »Ich wollte zu dir.«

»Ich hab deinen Zettel gefunden.«

»Entschuldige, aber heute war ein verrückter Tag.«

»Ist etwas passiert? Ich meine, nachdem gestern ...«

»Mein Bruder ist im Krankenhaus«, erklärte ich.

»Felix?«, fragte Quinn mit ungläubigem Blick.

»Nein, der andere, der, den wir im Keller versteckt gehalten haben.«

»Dir scheint es wieder besser zu gehen«, sagte er angesichts meiner vor Sarkasmus triefenden Stimme. »Ich dachte ... Ich hab was zu essen mitgebracht.« Langsam hob er den rechten Arm, an dem eine Plastiktüte hing. »Du hast seit den Keksen bestimmt nichts gegessen.«

Ein Lächeln stahl sich auf mein Gesicht. »Danke.«

»Es ist seltsam, ich weiß«, sagte er. »Ich kenne das Gefühl nicht jemanden zu vermissen. Jedenfalls nicht so. Der Tag heute hat sich endlos hingezogen und du hast dich nicht gemeldet. Dann ist mir eingefallen, dass ich dein Handy im Meer zerstört habe, und du ja noch nicht mal meine Nummer hast.«

Ich starrte Quinn an. Okay, jetzt *wurde* es seltsam. *Sehr seltsam.*

»Ich konnte einfach nicht mehr in der Pension rumsitzen. Kannst du nicht irgendetwas sagen?«, bat Quinn. »Ich bin ein echter Vollidiot«, murmelte er und fuhr sich mit der freien Hand übers Gesicht.

»Nein«, brachte ich schließlich hervor.

»Nein, du willst nichts sagen, oder nein, ich bin kein Vollidiot?«

»Ein bisschen von beidem«, entgegnete ich. »Willst du reinkommen?«

Quinn wirkte etwas unschlüssig.

»Hör zu«, fing ich an und ich tat mich wirklich schwer die richtigen Worte zu finden. »Ich mag dich Quinn, *mag dich wirklich*, das habe ich gestern begriffen. Es macht mir keine Angst mehr, weil ich einsehen musste, dass es weitaus schlimmere Dinge gibt, die mein Leben schlagartig verändern können. Genau deshalb kann ich nicht noch mehr Komplikationen gebrauchen. Ich habe mit dir geschlafen, weil ich es wollte und ich bereue es nicht. Keine einzige Sekunde, aber –«

Ich unterbrach mich, weil Quinn angefangen hatte zu lachen.

»*Himmel*«, sagte er und klang erleichtert. »Ich dachte schon, du gibst mir jeden Moment den Laufpass oder so was in der Art. Glaubst du, ich habe dich gestern meine Freundin genannt, weil ich dachte, dass es das ist, was du hören willst? Ich hätte das nicht tun müssen, Jessa, nicht, nachdem wir beide schon … Wie auch immer. Ich kann dir nicht versprechen, dass es nicht kompliziert sein wird, das wird es mit uns wahrscheinlich immer sein. Aber ich kann dir versprechen es zu versuchen. Ich will das hier. *Ich will uns.* Und glaub mir, ich habe daran gezweifelt diese Worte jemals aus meinem eigenen Mund zu hören.«

»War das gerade eine Art Liebeserklärung?«, fragte ich grinsend.

»Eine klitzekleine vielleicht«, sagte Quinn und erwiderte das Grinsen.

»Wenn das so ist: willst du vielleicht reinkommen?«

Dieses Mal zögerte er nicht.

***

Erst als ich das Essen roch, wurde mir klar, dass ich tatsächlich am Verhungern war. Während wir aßen, erzählte ich Quinn vom Unfall meines Bruders und dem Gespräch mit meiner Tante. Er hatte die ganze Zeit diesen stillen, ernsten Ausdruck, der sich auch nicht änderte, als ich fertig war.

»Hast du irgendeine Ahnung, was du jetzt tun wirst?«, fragte er.

»Ja, die habe ich«, antwortete ich. Quinn hob eine Augenbraue. »Mein Dad wird früher oder später hier auftauchen und dann setze ich mich mit diesem Problem auseinander. Ich kann nicht mal ansatzweise begreifen, was ich in unserem Haus mitgehört habe, und ich will, dass er mir die Wahrheit ins Gesicht sagt. Meinem Bruder geht es im Moment gut. Aber das sind alles Dinge, die ich momentan nicht ändern kann. Also bleibt nur eine Sache zu tun.« Quinn sah mich an, als hätte er nicht den blassesten Schimmer, woran ich dachte. »Liegt es nicht auf der Hand? Wir gehen zum Mitternachtszirkus, Quinn.«

»Heute Abend ist Vollmond?«, fragte er bloß. Er stellte meine Entscheidung nicht in Frage und dafür war ich ihm unendlich dankbar.

»Heute Abend werden wir Hanna finden«, sagte ich.

»Ich weiß ja nicht einmal …«, setzte er an.

»Was genau geht dir durch den Kopf?«

»Eine Menge«, antwortete er. »Ich frage mich, wie es ihr geht und ob sie sich stark verändert hat, und irgendwie habe ich Angst vor dem, was sie vielleicht sagen wird. Ich will gar nicht so genau darüber nachdenken, Jessa.«

»Vielleicht ist das besser so. Einfach hingehen. Und bloß keinen Rückzieher machen.«

»Ich hab das Gefühl den ganzen Sommer über auf diesen Abend gewartet zu haben und ausgerechnet jetzt melden sich Zweifel. In jeder freien Minute hab ich nach ihr gesucht oder bin Hinweisen nachgegangen.«

»Nicht in jeder«, sagte ich leise. »Ich hab dich ziemlich abgelenkt.«

»Ich hab mich ablenken lassen«, erwiderte er. »Aber, ich bereue das nicht. Wenn der Abend ein Desaster wird, habe ich wenigstens … dich.«

Ich erschauderte bei seinen gefühlvollen Worten. Quinn schwieg. Nachdenklich aß ich den Rest meiner Nudeln auf und betrachtete die leere Packung des chinesischen Fast-Food-Labels.

»Vorher sollte ich noch Miranda anrufen. Ich hab sie total vergessen.«

»Sie wird dir den Kopf abreißen«, meinte Quinn.

»Genau das wird sie tun«, meinte ich etwas bang. »Erstaunlich, dass du sie schon jetzt so gut einschätzen kannst.«

»Ich kenne diese Art von Mädchen«, sagte er, aber es klang nicht abfällig. »Meine Schwester ist Miranda ähnlich. Man sieht es in ihren Augen. Dieser Blick, der richtig unheimlich sein kann. Stille Wasser sind tief.«

»Das habe ich von dir anfangs auch gedacht«, gab ich zurück.

»Erzähl mir etwas von dir, was niemand weiß«, sagte Quinn. Ich stützte meinen Kopf mit den Ellbogen auf dem Tisch ab und schwieg ein paar Minuten. Obwohl ich eine ganze Menge über Quinn wusste, über seine Familie, seine Schwächen, so gab es noch viel mehr, von dem ich keine Ahnung hatte.

»Ich habe keinen Lieblingsfilm. Es gibt einfach zu viele Filme, um nur einen einzigen besonders gut zu finden. Dafür könnte ich mir jeden Tag Stunden über Stunden mit Felix Cartoons ansehen, auch, wenn ich das niemals zugeben würde – bis heute«, fing ich etwas vage an. Dann wurde ich mutiger und griff tiefer in die Geheimnis-Schublade. »Jedes Mal, wenn ich *Blood Bank* von Bon Iver höre, muss ich anfangen zu weinen, auch, wenn ich vorher bester Laune war, und ich habe keine Ahnung, warum. Ich hasse Freizeitparks, weil ich so viele Menschen mit fröhlichen Gesichtern auf einem Haufen einfach unnatürlich finde, so als wäre das Glück der ganzen Welt an einem Ort gefangen – und das erscheint mir falsch.«

Quinns Kommentar auf meine Worte folgte sofort.

»Cartoons würde ich niemals Filmen vorziehen«, sagte er. »Tatsächlich fände ich es großartig, wenn ich irgendwann einen Soundtrack komponieren könnte. Musik macht mich niemals traurig, eher nachdenklich, weil ich immer automatisch zwischen den Zeilen lese, und die Sache mit den Freizeitparks ist einfach seltsam, Jessa. Inzwischen finde ich seltsam aber echt gut.«

Ich warf meinen leeren Becher nach ihm, doch Quinn wich ihm aus.

»Dann schieß mal los: Was für Dinge weiß niemand über dich?«

Er seufzte. »Als ich fünf Jahre alt war, bekam meine Schwester einen Wellensittich zum Geburtstag. Nachdem wir uns gestritten hatten, hab ich ihn einfach freigelassen. Und sie weiß bis heute nicht, dass es meine Schuld war, dass er verschwunden ist. Ich habe mal ein Buch aus der Schulbibliothek gestohlen, um es zu verkaufen. Es war ein richtig alter Sammelband von Gedichten. Seitdem plagt mich manchmal mein schlechtes Gewissen und ich muss fast kotzen, wenn ich auch nur irgendeine poetische Zeile höre. Und ich bin süchtig nach Orangen. Das darf man natürlich niemandem erzählen, weil es absolut uncool ist.«

Ich kicherte und konnte gar nicht mehr damit aufhören. Quinn langte über den Tisch und begann mich mit einem seiner Essstäbchen zu piksen.

»Die erste Sache ist einfach gemein!«, sagte ich, rutschte vom Stuhl und stellte mich hin. »Jeder hat wohl mal ein Buch aus der Bibliothek mitgehen lassen. Aber gut zu wissen, dass Shakespeare und Emily Dickinson dein Todesurteil bedeuten könnten. Was die Sache mit den Orangen angeht ... Krank, das ist einfach krank.«

Quinn schob seinen Stuhl zurück und kam um den Tisch herum. Ich wich ein paar Schritte zurück und plötzlich fanden wir uns in einem seltsamen Fangspiel wieder.

»Jetzt sag mir etwas über dich, das du absolut ehrlich meinst.«

»Nein«, widersprach ich. »Dieses Mal lasse ich dir den Vortritt!«

Er hielt inne und sah mich geradeheraus an.

»Ich bin vielleicht ziemlich gutaussehend, charmant und unwiderstehlich, weshalb ich wirklich gerne durch die Gegend flirte, wie du ja selbst festgestellt hast. Aber wenn ich abends im Bett liege, dann denke ich immer nur an das Mädchen, das mir etwas bedeutet. Und wenn du lächelst, macht mich das echt verrückt.«

»Entschuldige, aber den letzten Teil, der wahrscheinlich ziemlich süß gewesen ist, habe ich überhört, weil dein Ego mal wieder im Weg war.«

»Na, warte!«, rief Quinn und packte mich blitzschnell. Seine Hände schlossen sich um meine Taille und er hob mich hoch, um mich aufs Sofa zu werfen. Er kitzelte mich, bis ich keine Luft mehr bekam und eine Hand hob.

»Stopp! Ich gebe auf!«, keuchte ich atemlos.

»Brauchst du dein Asthmaspray?«, fragte Quinn merklich erschrocken.

»Ich glaube, ich muss …«, hustete ich. Selbst ein Blinder mit einem Krückstock hätte gesehen, dass ich nur so tat, um Quinn ein bisschen zu ärgern. Aber Quinn bemerkte das erst, als ich die Zunge rausstreckte wie ein sterbendes Lama. Nicht, dass ich wüsste, wie es aussah, wenn ein Lama starb. Um es mir heimzuzahlen, setzte Quinn sich kurzerhand einfach auf mich drauf. Sein Gewicht drückte mir nun aber wirklich sämtlichen Sauerstoff aus den Lungen.

»Ich hab doch gesagt, ich gebe auf! Quinn. Quinn, bitte!«

Die Worte kamen nur halb so ernst heraus, wie ich sie hatte klingen lassen wollen. Stattdessen war ich in einem Zustand zwischen Luftholen und Lachen gefangen, was sich anhörte wie ein richtig fieser Schluckauf.

»Ausnahmsweise«, sagte er und ließ sich auf den Boden sacken. Er saß direkt neben dem Sofa und war mit meinem Gesicht genau auf Augenhöhe.

»Wenn ich mit dir zusammen bin, will ich alle Gründe vergessen, warum das hier nicht klappen kann, und nur noch an den einen denken, der es möglich macht«, flüsterte ich und sah Quinn tief in die Augen. Der Moment war so intensiv, dass ich den Blickkontakt abbrach und mich aufrichtete. Quinn zog an meinem Ärmel, also ließ ich es geschehen und rutschte vom Sofa auf den Boden. Wir waren uns wieder so nahe, dass ich seine Wärme spüren konnte. Er roch so gut, einfach nach Quinn. Ein inzwischen irgendwie vertrauter Geruch, der mir ein wohliges Gefühl bereitete.

Ich legte meine Hand auf seine linke Wange und küsste ihn.

»Wir sollten gehen, wenn wir es noch schaffen wollen«, sagte ich.

»Ich hatte bisher keine Gelegenheit, das zu sagen, aber … Danke, Jessa«, antwortete er. »Wenn auch nur die kleinste Chance besteht, dass Hanna heute Abend wirklich dort ist, dann stehe ich wohl tief in deiner Schuld.«

»Um die zu begleichen, wird mir sicher etwas einfallen.«

Quinn zog mich auf die Beine und grinste frech. »Ganz sicher.«

KAPITEL 19

Dicker, undurchdringlicher Nebel waberte durch den ganzen Wald. Ich konnte kaum einen Meter geradeaus sehen, ohne dass sich mein Blick in einer weißen Wand verlor. Der Wetterumschwung in der letzten Stunde war außergewöhnlich. Es war nicht unangenehm kalt, aber die Luft war kühl und wenn Wind aufkam, begann ich trotz der Jacke, die ich angezogen hatte, zu frösteln. Ich ließ Quinns Hand kein einziges Mal los, während wir uns zusammen im Schneckentempo fortbewegten. Aus Sicherheitsgründen natürlich. Schließlich wollte ich nicht stürzen. Die Wurzeln, die wie aus dem Nichts auftauchten, um üble Stolperfallen zu bilden, waren nur eines der vielen Probleme, die sich bei unserer Expedition auftaten. Der Fuchspfad war schnell gefunden gewesen. Die genauen Koordinaten mit Hilfe des Flyers ausfindig zu machen, hatte sich jedoch als schwierig herausgestellt. Das Gebiet war trotz Eingrenzung einfach zu groß. Eine echte Herausforderung. Und unsere Taschenlampen brachten rein gar nichts gegen den Nebel.

»Ich glaube, ich habe was gefunden«, sagte Quinn und hielt mich zurück. Er deutete mit der freien Hand auf einen Baum, in dessen Rinde ein Pfeil geritzt worden war. Die Auskerbung hatte man mit roter Farbe ausgemalt.

»Barbarisch«, kommentierte ich die Entdeckung. »Glaubst du, Brady spielt gerne Peter Pan und die verlorenen Jungs?«

»Ich glaube, Brady hält sich für Peter Pan«, meinte Quinn. »Er will niemals erwachsen werden und Konsequenzen für seine Aktionen trägt er nicht.«

»Richtig«, murmelte ich.

»Müsstest du Brady nicht eigentlich von früher kennen?«, fragte Quinn. »So wie Fin? Wenn du öfter hier gewesen bist ...«

»Theoretisch schon«, sagte ich. »Aber es gab da diese Zeit, in der wir jahrelang nicht in Cape Beach Grove waren, und es hat sich einiges verändert.«

»Entschuldige, ich wollte das Thema nicht auf deine Mom lenken.«

»Das ist in Ordnung«, sagte ich. »Ich kann es schließlich nicht totschweigen. Ich meine, das könnte ich schon, aber es würde nichts bringen, niemals darüber zu sprechen, aus Angst an ihren Tod denken zu müssen. Die Leute hier denken alle, dass sie bei dem Sturm damals gestorben ist. Kannst du dir vorstellen, dass ausgerechnet Kendra mir gesagt hat, dass viele Leute damals etwas verloren haben? Sie hatte Recht. Meine Familie ist nicht die einzige, die jemanden verloren hat und – Moment, hast du das gerade gehört?«

Ich richtete meine Taschenlampe nach rechts. Zwischen den Bäumen taumelte eine dunkle Gestalt hervor und kicherte ununterbrochen. Als mein Lichtstrahl das Mädchen traf, hielt sie sich eine Hand vors Gesicht.

»Kyle, bist du das? Ich dachte, du würdest auf mich warten, Idiot!«

»Nein, nicht Kyle«, antwortete Quinn.

»Ich hab dich überall gesucht«, schimpfte die junge Frau und in der nächsten Sekunde stürzte sie über eine der mörderischen Wurzeln und legte sich der Länge nach hin. »Überall diese verdammten Stühle. Wieso stehen die hier rum?«

»Sie ist total betrunken«, sagte ich. Das hatte uns gerade noch gefehlt. Irgendeine Fremde, die uns von unserer Mission abbrachte. Quinn ließ meine Hand los und half dem Mädchen wieder aufzustehen. Ihr dunkles Make-up war verlaufen und ihre Strumpfhose total durchlöchert. Vermutlich war sie mehr als einmal gestürzt. Sie warf das lange Haar zurück und kicherte wieder.

»Dich kenne ich doch!«, schrie sie. »Du bist ein Arschloch!«

Quinn ließ nicht zu, dass sie wieder hinfiel, aber es war deutlich zu sehen, dass sie nicht mehr lange stehen konnte, selbst, wenn Quinn sie weiter festhielte. Ihre Beine zitterten, genau wie der Rest ihres Körpers. Kein Wunder bei dem Outfit. Ich trat näher und riss ungläubig die Augen auf.

»Sonja?«

»Jessa!«, sagte sie, anscheinend total froh mich zu sehen. Sie versuchte Quinn wegzustoßen, aber er ließ immer noch nicht locker. »Lass mich los, du –« Den Worten folgte nicht das Ende des Satzes, sondern eine Menge würgende Geräusche. Sonja beugte sich vornüber und kotzte auf den Boden. Quinn sah nicht nur angewidert aus, sondern total verstört, also löste ich ihn ab. Ich drückte ihm meine Taschenlampe in die Hand und begann Sonja das Haar aus dem Gesicht zu fischen. »Geht es dir besser?«, fragte ich überflüssigerweise.

Sie übergab sich ein zweites Mal. Ziemlich unschön, das Ganze. Ich half ihr sich wieder aufzurichten, dann zog ich meine Jacke aus und gab sie ihr.

»Danke«, murmelte sie. »Ich glaube, ich bin betrunken.«

»Glaubst du?«, fragte Quinn in verächtlichem Ton.

»Können wir jemanden anrufen, der dich abholt?«, fragte ich.

»Kyle«, jammerte sie. »Er hat mich einfach alleingelassen.«

»Wer auch immer dieser Kyle ist, wenn er dich alleingelassen hat, dann rufe ich ihn auf keinen Fall an, verstanden? War sonst noch jemand bei dir?«

»Kyle«, antwortete Sonja.

»Wir können sie hier nicht einfach so sitzenlassen«, sagte ich an Quinn gewandt. »Entweder wir nehmen sie mit zurück zur Party oder wir bringen sie nach Hause. Dritte Option wäre, dass wir uns aufteilen.«

»Ich lasse dich nicht allein durch den dunklen Wald laufen«, sagte Quinn. »Da würde ich mir zu viele Sorgen machen.«

»Wir nehmen sie also mit zurück zur Party.«

»Party!«, rief Sonja. Ich warf ihr einen genervten Blick zu.

»Dann haben wir sie die ganze Zeit an der Backe«, sagte Quinn. »Hat sie einen Ausweis dabei? Wir brauchen eine Adresse, wenn wir sie zurückbringen lassen. Nimm Option vier: Du kannst Fin anrufen.«

»Du willst, dass ich Fin anrufe?«

»Ich will, dass er Sonja von hier wegschafft.«

»Warum sollte er das tun?« Quinn hob vielsagend eine Augenbraue. »Na, schön!«, meinte ich. »Aber dann schulden wir ihm beide was, kapiert?«

***

Fin fuhr ohne Umschweife zum Parkplatz des Wanderpfads, wo Quinn und ich ihm mit Sonja im Schlepptau entgegenkamen. Ein Wunder, dass ich daran gedacht hatte, das alte Handy von Tante Claire einzupacken. Sie lieh es mir freundlicherweise, bis ich ein neues hatte. Ein Glück, dass meine Sim-Karte den Tauchgang überstanden hatte, sonst wären wir heute Abend wohl ziemlich verloren gewesen. Zehn Minuten später hatten wir Sonja in Fins Wagen verfrachtet und ihm ihren Ausweis überreicht.

»Es tut mir so leid«, sagte ich, gefolgt von einem Schwall an Dankeschöns.

»Ich spiele gerne den Retter in der Not«, sagte er und zuckte die Achseln. »Besonders, wenn die Errettete so überaus entzückend ist.«

Gleichzeitig warfen wir einen Blick auf Sonja, die gerade mit ihrer Zunge ein Muster an die Beifahrerscheibe malte und das genauso amüsant fand wie alles andere, was in den letzten Minuten passiert war. Sie wollte einfach nicht aufhören zu kichern und erst recht nicht seltsame Dinge von sich zu geben.

»Wir schulden dir was«, sagte ich. »Ich mache es wieder gut.«

Fins Lächeln wirkte gezwungen. »Auf den Moment freue ich mich schon.«

»Freu dich nicht zu früh«, unterbrach Quinn uns. »Sie sagte, wir. *Wir.*«

»Ich habe das schon beim ersten Mal verstanden«, sagte Fin in belustigtem Tonfall. »Vielleicht können wir gleich mit einem Kampf loslegen. Wie ich höre, muss man dabei sein Shirt ausziehen. Hätte ich das früher getan, dann wäre Jessa heute Abend vielleicht mit mir unterwegs.«

So viel Schlagfertigkeit hatte ich Fin gar nicht zugetraut.

»Du hattest deine Chance«, sagte Quinn. »Viele Jahre lang.«

»Genau wie du, wenn ich es mir recht überlege«, erwiderte Fin.

»Noch mal vielen Dank, Fin«, ging ich energisch dazwischen, ehe die beiden anfingen zu streiten. Jungs! »Falls Sonja es später im nüchternen Zustand nicht zu schätzen weiß, weil sie alles vergessen hat – ich tue es.« Ich nahm Fin kurz in den Arm und schenkte ihm ein Lächeln. »Bis bald.«

»Viel Spaß noch«, sagte Fin zum Abschied.

Bestimmt packte ich Quinn am Arm und zog ihn mit mir. Kaum hatten wir den Wanderweg erreicht, meldete Quinn sich zu Wort. Sein Tonfall klang ziemlich mürrisch.

»Er wollte mich provozieren«, verteidigte er sein Verhalten.

»Es wird noch viele Leute geben, die dich provozieren wollen.«

»Entschuldige.«

»Du solltest dich nicht entschuldigen.«

»Aber, du hast gerade –«

»Quinn.« Ich blieb stehen und sah ihn an. »Du bist impulsiv und grob und manchmal ein Arsch. Ich weiß, wer du bist. Ich weiß, wie du bist. Du musst dich nicht entschuldigen, okay? Ich habe mich auf all das eingelassen.«

Er verschränkte die Arme vor der Brust und verzog das Gesicht.

»Und du bist so süß, wenn du schmollst«, fügte ich hinzu.

»Du hast mich Arsch genannt.«

»Hat das jetzt deine Gefühle verletzt?«

»Und da dachte ich immer Sarkasmus wäre die Fähigkeit, andere zu beleidigen, ohne, dass sie das überhaupt mitbekommen«, meinte Quinn. »Jetzt lass uns endlich zu dieser Party gehen. Mitternachtszirkus bedeutet sicher, dass man auch gegen Mitternacht eintreffen sollte. Lauf, Jessa, lauf!«

»Ich gebe mein Bestes, aber ohne Superkräfte wird das wohl nichts mit der *The-Flash*-Nummer, mein Lieber«, erwiderte ich.

»Hast du etwa die Macht der Orangen vergessen? Das ganze Vitamin C in meinem Kreislauf lässt mich wahre Wunder vollbringen.«

»Du solltest einen Song darüber schreiben.«

Kopfschüttelnd ging ich weiter. Der Kies des Wanderpfads knirschte unter meinen Füßen, aber angenehmer als Wurzeln war es allemal. Quinn lachte.

»The girl I liked had secrets, but the boy she liked had more. There was just one thing, that kept them together. The magical orange!«

»Das reimt sich nicht mal«, sagte ich.

»Mit dem richtigen Sound, könnte das echt was werden!«

»Ja, der nächste Nummer-eins-Hit«, murmelte ich.

»Jetzt bin ich auch noch ein unfähiger Arsch«, sagte Quinn.

»Ich folge nun deinem Befehl und laufe«, warnte ich ihn.

»Das würde ich dir nicht raten, sonst brichst du dir noch ein Bein.«

»Dann kannst du mich immer noch nach Hause tragen.«

»Das hättest du wohl gern«, meinte er. Quinn ging so dicht neben mir, dass sein Arm meinen streifte und dann fanden seine Finger meine Hand. Nach einer Weile vermisste ich meine Jacke, als wir wieder durch den nebligen Teil des Waldes stolperten. Quinn schien zu bemerken, dass ich fror. Er ließ meine Hand los, zog seine Lederjacke aus, um sie mir zu geben, und legte anschließend seinen Arm um meine Schulter. Es war nett. Mehr als das. Ich hatte niemals die Erfahrung gemacht, dass ein Junge – *mein Freund* – mir so etwas angeboten hatte. In Filmen taten die Kerle das ständig, aber es waren eben Filme – und einen solchen Moment zu erleben war in der Realität doch etwas Besonderes. Ich seufzte leise. Mein Herz schlug etwas schneller, als ich Quinns Geruch einatmete, der dank der restlichen Wärme, die im Stoff gespeichert war den nach Tannennadeln überlagerte.

»Wir sind da«, bemerkte Quinn.

Die Party war aus nächster Nähe nicht mehr zu übersehen. Wie bei einer groß angelegten Disco schossen Dutzende Lichter in Neonfarben grell durch die Luft. In regelmäßigen Abständen waren kleine Scheinwerfer an Baumstämmen angebracht. Der Boden wurde ebenmäßiger. Wir kamen auf eine Lichtung. Schlagartig wurde mir klar, dass der Name Mitternachtszirkus wie die Faust aufs Auge passte. Die Party *war* ein Mitternachtszirkus. Glamourös, bizarr und ein echtes Spektakel. Ein riesiges Zelt thronte vor uns, dessen Außenwände im Schein der Neonlichter jede einzelne Farbe reflektierten, was den Eindruck erweckte, man habe einen Regenbogen vor Augen. Es gab weitere, kleinere Zelte. Über jedem Einzelnen hing ein Schild mit der Aufschrift des Vergnügens, das einen darin erwartete. Es gab eine Bar, eine Wahrsagerin, etwas, das sich Freak-Show nannte, und Dutzende mehr. Von allen Seiten kam Musik. Eine schaurige Melodie ohne Gesang, die mir eine Gänsehaut über den Rücken jagte. Aufgrund der vielen Sinneseindrücke fühlte ich mich wie erschlagen, aber genau das machte die Faszination des Ortes auch aus.

»Wie hat Brady das angestellt?«, fragte ich staunend.

»Ich hab absolut keine Idee«, sagte Quinn und wirkte nicht minder beeindruckt.

»Hey, ihr zwei da!«, sprach uns ein unbekannter Kerl an. Er hatte sich das dunkle Haar zurückgekämmt und trug eine Fuchsmaske, aus der helle Augen hervorstachen, wie zwei Diamanten in der Dunkelheit. »Seid ihr eingeladen?«

Ich griff in meine Tasche und reichte ihm den Flyer. Er wiederum in seine und reichte mir zwei Armbänder, die genau wie die Scheinwerfer bunt leuchteten. »Verliert die nicht oder man wirft euch raus, verstanden?«

Ich nickte. Quinn suchte mit den Augen bereits die Menge ab. Wahrscheinlich waren die eigentlichen Attraktionen in den Zelten zu sehen, hier draußen hielten sich nicht besonders viele Leute auf. Immerhin konnte man ganz gut den Überblick bewahren. Ich legte Quinn das Armband um das Handgelenk, das noch immer auf meiner Schulter ruhte. Er wandte seine Aufmerksamkeit wieder mir zu, als ich meinte: »Sind das nicht wunderschöne Freundschaftsbändchen?« Quinn drehte sein Handgelenk und sah mich prüfend an. »Die glitzern so schön.«

»Erinnere mich daran, dir nur noch glitzernde Sache zu schenken.«

»Du hast mir noch nie etwas geschenkt«, stellte ich klar.

»Ich bin dein größtes Geschenk«, gab er anzüglich zurück. Bevor er meine Erwiderung hören konnte, gab er mir einen schnellen Kuss, der auf meinen Lippen brannte. Anschließend strich er mir eine Haarsträhne aus dem Gesicht.

»Dann lass uns diese Party mal rocken«, sagte er mit zynischem Unterton.

»Du kannst mich doch nicht so küssen und dann stehen lassen.«

»Dann hast du eine Motivation, um den Abend zu überstehen.«

Ich schlüpfte unter seinem Arm hindurch und schlang seine Jacke enger um meinen Körper, ehe ich auf das größte Zelt deutete.

»Sollen wir da anfangen? Haben wir überhaupt einen Plan?«

»Wir suchen Hanna, damit ich mit ihr reden kann«, sagte Quinn.

»Ich weiß nicht mal, wie Hanna aussieht«, erinnerte ich ihn.

»Ein Grund mehr, an meiner Seite zu bleiben.«

Ich ging voraus und wich leeren Pappbechern aus, von denen es hier eine ganze Menge gab. Die Musik wurde immer leiser und als wir im Inneren des Zelts standen, war sie vollkommen verschwunden. Kein Wunder, denn es lag eine Spannung in der Luft, die erst nachließ, als die versammelte Menge wild zu klatschen begann. Wir kamen gerade rechtzeitig, um das Ende eines neuen, spektakulären Auftritts von Brady mitzubekommen. Zumindest nahm ich an, dass es Brady war und nicht irgendein Irrer, der aus einer Anstalt ausgebrochen war. Denn genau so sah er aus. Er trug ein weißes Hemd, das seine nackte Brust zeigte, und Dutzende Hawaiiketten um den Hals. Seine schwarzen Jeans waren viel zu eng. Der Kerl mit der Fuchsmaske war schon eine Sache für sich gewesen, aber die Maske, hinter der Brady sein Gesicht verbarg, hätte aus einem Horrorfilm stammen können. Wie bei dem Yin-und–Yang-Zeichen war sie zur einen Hälfte schwarz, zur anderen weiß. Die Augen waren mit blutroter Farbe umrandet und darunter befand sich ein fratzenförmiger Mund. Brady trug keine Schuhe. Und lief mit nackten Füßen über einen Teppich aus glühenden Kohlen. Die Straße war in der Mitte des Zelts aufgebaut, während das ganze Ambiente in unterschiedliche Sektoren eingeteilt zu sein schien. Das war dann wohl Bradys Idee von einem spaßigen Zirkeltraining: Gang des Todes. Wegen der Masse an Zuschauern konnte ich nicht erkennen, was in den anderen Ecken des Zelts abging, aber dem Lärm nach zu urteilen musste es genauso abgefahren sein. So viel zum Thema exklusive Party. Ich hätte schwören können, dass hier sogar noch mehr Gäste waren als beim alten Bahnhof.

»Da ist sie«, hauchte Quinn so leise, dass ich ihn kaum verstand.

»Das ging aber schnell«, meinte ich skeptisch. Ich nahm es Quinn nicht übel, dass er mich stehenließ, um auf seine Schwester zuzugehen. An seiner Stelle wäre ich auch impulsiv drauflos gerannt. Es musste ein Schock sein, dass sie nach so langer Zeit mit einem Schlag greifbar nah war.

Hanna stach aus eine Gruppe von Jungen heraus. Man sagte zwar oft, dass man Geschwistern die Ähnlichkeit sofort ansah, aber hier wäre das noch untertrieben gewesen. Hanna war bildhübsch. Lange, schwarze Haare, die ihr elfenhaftes Gesicht einrahmten, und große blaue Augen, die einem entgegen leuchteten. Genauso anziehend wie Quinns, genauso einschüchternd. Ihr Paillettenkleid glänzte im Licht der Scheinwerfer. Für meinen Geschmack war es etwas zu kurz, aber an ihr wirkte es irgendwie exotisch.

Ich stieß nur mit wenigen Sekunden Verzögerung zu ihr und Quinn, aber die beiden waren bereits in ein angeregtes Gespräch vertieft. Okay, es klang wie ein ziemlich übles Wortgefecht. Hannas Blick glitt zu mir.

»Die gehört zu dir«, sagte sie und es war keine Frage.

Und als wäre das nicht schon mega komisch gewesen, trat Hanna plötzlich an mich heran, legte mir eine Hand auf die Schulter und sah mich lange und intensiv an. Perplex starrte ich zurück. Hanna lächelte, fuhr sich mit einem Finger über die Lippen und drückte mir dann irgendetwas in die Hand. Ich war richtig eingeschüchtert und wusste gar nicht, warum. Die Ereignisse der nächsten Minute liefen wie ein Film vor meinen Augen ab. *Brady, der Hanna mitnimmt. Quinn, der sie in der Menge verliert und dann wieder auf mich zukommt. Worte.*

»Was ist gerade eben passiert?«, fragte ich verwirrt.

»Sie hat mich behandelt wie einen Fremden«, antwortete Quinn mit fassungslosem Gesichtsausdruck. »Danach meinte sie, wenn ich es zum Tower schaffe, spricht sie vernünftig mit mir. Dann kam Brady und hat sie einfach mitgenommen.«

»Was ist denn bitte jetzt schon wieder der Tower?«

Ein Wunder, dass wir einander in diesem Zelt überhaupt verstanden.

»Ich schätze, die Antwort hältst du in deinen Händen.«

Stimmt ja! Hanna hatte mir etwas in die Hand gedrückt!

»Das ist ein Zettel mit einer Nummer. Müssen wir jetzt wieder Die Drei Fragezeichen spielen, oder was? Ich bin total für Kreativität, aber was zur Hölle denkt sich deine Schwester dabei? Ich hab das Gefühl zu träumen.«

Und das leuchtende Armband an meinem Handgelenk machte mich allmählich auch total irre. Zu viele bunte Lichter überall. Fehlte nur noch, dass jeden Moment Lady Gaga aus irgendeiner Ecke sprang. Es fühlte sich an, als bestünde mein Kopf aus Treibsand und meine Gedanken hätten keine Chance mehr sich an die Oberfläche zu kämpfen. Die Vernunft ging unter.

»Wir fragen einen der Bekloppten.« Ich rempelte einfach den nächstbesten Menschen in meiner Umgebung an. »Sag mir, was das hier ist.«

Das Mädchen kniff die Augen zusammen.

»Eine Startnummer für das Trink-Roulette«, kam die Antwort. »Findet in irgendeinem der anderen Zelte statt. An deiner Stelle, würde ich es lassen. Das ist richtig hardcore. Nichts für schwache Nerven.«

»Sprichst du da aus Erfahrung?«

»Alle, die mitmachen, haben irgendwelche Geheimnisse, die danach keine mehr sind. Es heißt: Trink oder sag die Wahrheit und irgendwann ...«

»Danke«, sagte ich und suchte in Quinns Gesicht nach weiteren Antworten.

»Irgendwann spielt es keine Rolle mehr. Wie trinkfest bist du?«

»Quinn, wir müssen das nicht machen. Lass uns Hanna von mir aus kidnappen, wenn es sein muss, aber ich habe ein ungutes Gefühl dabei.«

»Wenn wir schon hier sind können wir das auch durchziehen.«

Ich zögerte kurz. In Quinns Worten schwang dieser rebellische Unterton mit, den ich von mir selber gut genug kannte. Ich schlug ihn anderen Leuten gegenüber an, wenn ich etwas Wagemutiges rechtfertigen wollte. Gut. Wenn Quinn das hier durchziehen wollte, dann nicht ohne mich.

»Na, schön, dann lass uns die Party mal rocken.«

***

Das Bar-Zelt war brechend voll. Der Gestank von Alkohol und Schweiß hing schwer in der Luft und ich hatte alle Mühe, vernünftig durchzuatmen. Der Kerl, der uns die Armbänder verpasst hatte, überprüfte unsere Nummer auf einem Klemmbrett, wo unsere Namen neben weiteren – vermutlich denen der anderen Teilnehmer – standen. Augenblicklich wunderte es mich, dass man offenbar zu wissen schien, dass Quinn heute Abend mein Begleiter war. Vielleicht hatte Brady das schon von dem Moment an gewusst, als er mir den Flyer am Strand gegeben hatte, dachte ich mit einem mulmigen Gefühl im Magen, das noch zunahm, als ich meine Schlüsse daraus zog. Brady hatte dieses Mal die Leute, die mitmachen würden, selber ausgewählt. Das folgte der Logik, dass er vermutlich irgendwelche schmutzigen Geheimnisse ausgegraben hatte, um sie in diesem Spiel gegen uns zu verwenden.

Es gab insgesamt sechs Teams zu jeweils zwei Personen. Viele gemischte Paare, wie Quinn und ich eines waren. Die meisten Zuschauer drängelten sich vor der Bar aneinander, aber wir durften uns auf eine kleine Empore setzen.

Vielleicht mache ich mir einfach nur zu viele Sorgen, versuchte ich mich zu beruhigen.

»Gibt es etwas, das ich wissen sollte?«, quetschte ich Quinn aus.

»Du meinst meine dunkelsten Geheimnisse? Als ob Brady an die herankommen würde. Das ginge nicht mal über meine Leiche.«

Quinn beäugte die anderen Teilnehmer. Uns direkt gegenüber saßen ein Junge und ein Mädchen, die so aussahen als hätten sie schon eine Runde Trink-Roulette hinter sich. Die beiden klammerten sich aneinander fest, als würden sie sonst von ihren Stühlen fallen. Ein anderes Mädchen mit wilden, blonden Locken ließ ihren Freund links liegen, um Quinn mit ihren Blicken auszuziehen. Ihren Freund schien das nicht zu interessieren, weil er wie besessen in sein Handy tippte. »Ich bin Tori!«, sagte sie und rückte mit ihrem Stuhl nach vorne.

»Und ich bin vergeben«, sagte Quinn in abweisendem Tonfall.

»Ach, komm schon. Man muss offen für alles sein«, säuselte sie.

Für billige Extensions und Push-up-BHs oder was? Blöde Kuh!

»Da du meiner Freundin offenbar nicht das Wasser reichen kannst, Blondie, würde ich vorschlagen, du wendest dich wieder dem Handy-Freak zu.«

Tori zeigte Quinn den Mittelfinger und rückte wieder ab.

»Was?«, fragte Quinn, als ich ihn stirnrunzelnd anschaute.

»Ich bin echt total in dich verknallt«, sagte ich. Und obwohl das der denkbar unpassendste Moment überhaupt war, nicht nur wegen all der Leute um uns herum und der bizarren Szenerie, vergrub ich eine Hand in den weichen Haarsträhnen in Quinns Nacken, zog sein Gesicht zu meinem heran und küsste ihn. Gerade als er den Kuss erwidern wollte, beendete ich ihn auch schon wieder.

»Jessa -«

»Später.«

Ich deutete auf den Rand der kleinen Bühne. Magisch, wie er war, tauchte Brady in einem Wirbel aus Trockeneisnebel auf. Immerhin hatte er seine Maske abgenommen, auch, wenn er als *Jack Sparrow* immer noch recht lächerlich aussah. Die Vorstellung, wie Johnny Depp ihn aufspießte, gefiel mir besser.

Die Zuschauer klatschten, aber ich machte mir nicht die Mühe begeistert zu wirken. Ehrlich gesagt wurde ich mit jeder Minute, die verstrich, müder und müder.

»Willkommen in meiner kleinen VIP-Lounge des Abends«, begrüßte Brady uns. »Ihr nehmt an einem ganz besonderen Spiel teil. Ich erkläre euch die Regeln und keine Sorge wegen denen da hinten ...« Er nickte in Richtung der Jugendlichen, die um Bier und Alcopops kämpften, als gäbe es etwas umsonst. »Die sollten euch nicht interessieren. *Ihr wurdet auserwählt.*«

Also das war ja etwas absolut Neues. Höchstwahrscheinlich gab es auch eine Prophezeiung darüber, wie Tori *Darth Vader* mit ihren falschen Haaren erwürgte und die Welt rettete. Vielleicht tippte ihr Freund ihn auch zu Tode.

»Eure Mitstreiter und ihr seid im Rennen um eine Gewinnsumme von dreitausend Dollar. Das Team, das am Ende übrig bleibt ...«

Alter Falter. Dafür würde ich sogar die Powerpuff Girls *mit meinen eigenen Händen erwürgen. Na, gut,* Buttercup *vielleicht nicht. Ihr Name war der Knüller. Okay, mir stieg wohl die von Alkoholgeruch geschwängerte Luft zu Kopf!*

»... darf eine Runde im Geld baden. Trink-Roulette ist eine meiner brillanten Erfindungen«, sagte Brady. »Es treten immer zwei gegen zwei im Losverfahren an. Dann könnt ihr zwischen einem Drink oder der Offenbarung einer Wahrheit über euren Freund oder eure Freundin wählen, die ich allen mitteile. Es klingt leichter, als es ist«, warnte er uns. »In den ersten Runden schaut ihr vielleicht tief ins Glas, aber sobald jemand nicht mehr kann ... Mal schauen, ob ihr danach immer noch zusammen sein wollt.«

Bei dem letzten Satz sah Brady zu Quinn und mir hinüber.

»Was ist unser Einsatz?«, rief irgendjemand. »Was ist für dich drin?«

»Ich weide mich an eurem Leid«, antwortete Brady. »Geld habe ich mehr als genug, aber ich bin immer für eine gute Show zu haben. Bevor ich es vergesse: Ich möchte euch noch meine liebreizende Assistentin vorstellen.«

Auf das Stichwort hin tänzelte Quinns Schwester an und verbeugte sich. In den Händen hielt sie eine Drehscheibe, auf der Bilder von Getränken prangten, inklusive Drehpfeil. *Wunderbar!*

Das würde sicher so richtig lustig. Eigentlich hatte ich ziemlich früh die typischen Teenager-Erfahrungen gemacht, was Alkohol betraf, und ich war wirklich nicht besonders stolz darauf Ellen Kensington auf die Schuhe gekotzt zu haben. Aber danach war es etwas gewesen, das irgendwie dazugehört hatte. Ich trank auf fast jeder Party, aber ich kannte auch meine Grenzen. Bis auf den kleinen Unfall mit Ellen hatte ich es nie übertrieben und ehrlich gesagt hatte ich nicht den blassesten Schimmer, wie trinkfest ich war.

Der Drehscheibe nach zu urteilen ging es auch um deutlich härteren Alkohol als Bier.

Brady behielt Recht, was nicht verwunderlich war. In den ersten Runden trank jedes Paar abwechselnd alles Mögliche durcheinander. Letzteres war übrigens das Problem bei der Sache, wie zwei der anderen ziemlich rasch feststellten. Ich hatte noch niemals jemanden grün werden sehen (beim Trinken wurde man ja bekanntlich blau), aber der Junge in der hinteren Ecke sah wirklich so aus, als würde er jeden Moment alles wieder ausspucken. Seine Freundin, die von Anfang an konsequent alles zu ihm hinüber geschoben hatte, wählte also in der nächsten Runde Wahrheit – und sollte es bitter bereuen.

»Wahrheit!«, rief Brady. Hätte nur noch gefehlt, dass er »Endlich!« schrie. Zugegeben, ich war verdammt gespannt, was als nächstes geschehen würde, besonders, weil der letzte *Jelly Shot* mich irgendwie ziemlich locker gemacht hatte. Den hatte ich mir nämlich geschnappt, bevor Quinn wieder alles exen konnte. Der Junge war ein echter Schluckspecht. Er war auf alle Fälle mehr als trinkfest.

»Du hast Wahrheit gewählt, Daphne. Du weißt, was das bedeutet. Ich offenbare eine Wahrheit über Landon«, fuhr Brady fort. Er zeigte ein dämonisches Grinsen und zückte sein Handy – den Bewahrer aller Geheimnisse, wie es schien. »Landon hat dich letztes Jahr mit einer Austauschstudentin betrogen.«

»Das weiß ich«, giftete Daphne sofort.

»Aber nicht, dass er, nachdem er es dir gebeichtet hat, mit deiner Schwester in die Kiste gehüpft ist. Den ganzen Sommer über, als du im Cheer-Camp warst.«

Ein breitschultriger Kerl mit hellem Haar lachte und erntete von seiner Freundin einen finsteren Blick, der wohl solidarisch sein sollte.

»Du hast *was?*«, kreischte Daphne, sprang auf und verpasste Landon, der ebenfalls aufgestanden war, eine saftige Ohrfeige. »Du Arschloch!«

»Er lügt doch«, verteidigte sich Landon rasch. »Ich habe nie –«

»Du warst also beschäftigt? Beschäftigt mit meiner Schwester!«

Ich verzog das Gesicht. Das war wie in einer schlechten Soap. Daphne verpasste Landon einen zweiten Schlag und stürmte dann aus dem Zelt. Der betrügerische Freund blieb ihr dicht auf den Fersen, schaffte es allerdings nicht weit, weil er torkelnd strauchelte, fiel und nicht mehr aufstand. Irgendein Teil von mir erhob sich automatisch, um ihm zu helfen, aber Brady schüttelte den Kopf. »Falls ich vergessen habe es zu erwähnen: Ihr dürft euren Platz nicht verlassen. Sobald ihr die Bühne verlasst, seid ihr raus.«

Bradys Worte klangen scharf. Sie schnitten wie eisige Winde durch die stickige Atmosphäre und trafen jeden von uns genau da, wo sie es sollten. Quinn packte meinen Arm.

»Aber ich bin kein Unmensch«, meinte Brady und gab seinem Freund mit der Fuchsmaske ein Zeichen. Dieser half Landon auf und schaffte ihn aus dem Zelt. »Bereit für die nächste Runde oder möchte jemand aufhören?«

Ich sah Quinn vielsagend an. Er blickte starr zurück. Ich konnte fast spüren, wie er mir sagen wollte: *Ich muss das hier tun.* Vielleicht war das ein Versuch seine Schwester zu beeindrucken? Es musste jedenfalls einen triftigen Grund geben. Warum auch immer er weiter mitspielen wollte – wenn Quinn blieb, würde ich es auch tun.

Die nächsten zehn Minuten wurden richtig übel.

Bei Paar Blond und Blonder hinten links gab das Mädchen bereits in der nächsten Runde auf, weil der Freund sie überreden wollte auszusteigen. Es folgte ein Streit im Sinne von Wir-haben-nichts-zu-Verbergen, bei dem er schließlich klein beigab. Wie zum Beweis wählte sie Wahrheit in der nächsten Runde und es wurde offensichtlich, dass Mr-Lass-uns-Gehen mehr als ein Geheimnis hatte, nämlich eine Ehefrau und einen dreijährigen Sohn.

Prompt waren es nur noch vier Teams.

Und wer jetzt denkt, das lief hier nach dem Motto Die-bösen-verlogenen-Kerle ab, der hat sich getäuscht. So wurde eine Brünette, die aussah wie ein japanisches Püppchen, bloßgestellt, als ihr Freund Brady herausforderte und dieser ihm erzählte, dass die liebe Victoria langsam sein Bankkonto leer räumte.

Als das Trink-Roulette schon eine gefühlte Ewigkeit lief, wurde mir allmählich schummrig. Quinn musste eine Leber aus Stahl haben, denn er saß noch immer gerade und aufmerksam neben mir. Dabei hätte er meiner Meinung nach schon längst eine Alkoholvergiftung haben müssen, bei all dem Tequila.

Die nächsten Runden überlebte ich nur, weil ich an der Drehscheibe Glück hatte und tatsächlich auch mal Wasser zu mir nehmen durfte. Die Chance dieses Feld sogar öfter zu bekommen war verdammt gering. Was war ich doch für ein Glückspilz! Und trotzdem: Scheiß aber auch. Ich klammerte mich an meinem Stuhl fest, weil ich immer mehr das Gefühl hatte, er würde sich bewegen. Schließlich wollte ich nicht runterfallen.

»Tori, du bist an der Reihe!«

»Es wird langweilig, oder? Ich hätte gerne eine Wahrheit.«

Sie sagte das so geziert mädchenhaft, dass mir schlecht wurde. Vielleicht war das auch nur eine Nebenwirkung des Umstands, jemanden wie sie seit so vielen, endlosen Minuten ansehen zu müssen. Tori lächelte und wirkte wahnsinnig selbstbewusst.

»Kennedy hat vor drei Tagen deine Katze überfahren.«

Ein Glück, dass ich keine Katze hatte! Ich kniff die Augen zusammen, weil der wacklige Stuhl es mir wirklich schwer machte geradeaus zu sehen. Tori verzog keine Miene. Sie starrte ihren Freund an. »Du hast Lola auf dem Gewissen?«

»Babe, ich habe nichts gesagt, weil –«

»Scheiß drauf. Von dreitausend Dollar kann ich Dutzende Katzen kaufen.«

Woah, ich musste echt scheiß betrunken sein. Das hatte sie *nicht* gesagt.

Die beiden tauschten einen langen, geräuschvollen Kuss aus und Kennedy gab immer wieder Laute von sich wie *Yeah* oder *Wuhu*, während er Tori weiter die Zunge in den Hals steckte. Als bei uns der nächste Drink ankam, ein Glas Whisky, riss ich es an mich und trank es in einem Zug aus. Meine Kehle brannte wie verrückt, aber das Gefühl betäubte wenigstens die Erinnerung.

Quinn legte mir eine Hand auf den Rücken.

»Erinnere mich später daran *sie* zu überfahren«, nuschelte er. Jetzt wusste ich auch, warum er kaum noch ein Wort sagte. Man sah es ihm nicht an, aber Quinn schien schon fast im Land der Träume angekommen zu sein, so wie er lallte. So viel zur Leber aus Stahl.

Ich atmete tief durch, was mich etwas beruhigte.

Drei Runden später sprang das letzte verbliebene Mädchen neben Tori und mir auf, murmelte etwas von Toilette und gab dem Drang nach, sofort das stille Örtchen (oder Zeltchen) aufzusuchen. Ihr Begleiter war stinkwütend, aber Brady verbannte ihn augenblicklich aus dem Spiel. Eine Pinkelpause wäre wirklich nicht schlecht. Ich begann hin und her zu hibbeln.

»Um die letzten Runden etwas flotter zu gestalten, lasse ich eine neue Regel in Kraft treten«, verkündete Brady. »Da die letzten zwei Teams sich länger als gedacht halten, bekommt jetzt jeder von euch eine Karte über den jeweils anderen. Darauf steht die heftigste Wahrheit, die ich gefunden habe. Ihr lest den Satz. Danach dürft ihr nicht mehr sprechen. Alle dreißig Sekunden müsst ihr einen Shot schlucken – und wer zuerst diese Regeln bricht, ist raus.«

Quinn und ich sagten kein Wort. Tori und Kennedy lachten. Hanna stellte ein riesiges Tablett auf ihren, dann auf unseren Tisch. Sie zwinkerte uns zu.

»Wenn ihr gewinnt, dann bekommst du von mir jede Wahrheit, die du hören willst«, sagte sie leise zu Quinn. »Das verspreche ich dir, Brüderchen.«

Hatte Quinn darauf gewartet? Er verzog den Mund zu einer schmalen Linie.

»Das will ich auch hoffen«, knurrte er und wirkte dabei ziemlich wütend und ungeduldig.

»Wer hat gesagt, dass ihr gewinnen werdet?« Sie sah jetzt mich an. »Quinns Geheimnis ist eine kleine Bombe. Und wenn so etwas hochgeht, bleiben bekanntlich nur noch winzige Stückchen übrig, liebe Jessa.«

Gott, hatten heute Nacht alle *Bitch-Aid* getrunken, oder was?

»Ich zähle bis drei«, sagte Brady und hielt eine Stoppuhr hoch. »Eins.« Hanna kam wieder, um uns die Karten vor die Nase zu halten. »Zwei.« Der Moment zog sich wie Kaugummi. Ein kleiner Teil von mir hatte Angst vor diesem Stück Papier, das in so greifbarer Nähe war. Bombe. Quinn war doch kein Terrorist. »Drei!«

Ich drehte die Karte um und begann zu lesen.

Mein Mund öffnete sich, während ich fühlte, wie die Anspannung in meinem Gesicht zunahm und es zu einer Maske aus Unglauben und Wut werden ließ. Plötzlich brannte etwas anderes in meiner Brust, stärker als jeder Whisky. Ich blickte auf, um Quinn in die Augen zu blicken. Stumm betrachtete ich sein Gesicht, um nach seiner Reaktion auf das Gelesene zu suchen. Aber Quinn runzelte nur die Stirn, als habe ihn die Wahrheit über mich, was auch immer sie sein mochte – ich hatte keine Vorstellung – kalt gelassen.

Benommen tastete ich nach dem kleinen Glas, um den Shot herunterzustürzen. Ich knallte das Glas wieder auf das Tablett. Inzwischen konnte ich keinen Unterschied mehr schmecken. Quinn brach den Blickkontakt nicht ab, während er dasselbe tat. Es verstrichen dreißig Sekunden. Eine Minute. Zwei.

Ich war so fokussiert darauf mich unter Kontrolle zu halten, dass ich erst Augenblicke später begriff, dass Tori mit Tränen in den Augen von der Bühne geflüchtet war und Kennedy den Kopf auf die Tischplatte gelegt hatte. Als Brady mich an der Schulter packte, schoss ich erschrocken vom Stuhl hoch.

»Herzlichen Glückwunsch, Jessa, Quinn«, sagte er und eine Spur Enttäuschung schwang in seiner Stimme mit. »Ich hatte mir etwas mehr von euch erwartet, aber anscheinend seid ihr beide wie füreinander geschaffen.«

Ich krallte meine Finger in Bradys, als wollte ich ihm die Hand brechen.

»Fahr zur Hölle, Brady«, schrie ich ihn an. Ich versetzte ihm einen Stoß und sprang mit einem Satz von der Bühne herunter. Schmerz schoss durch meinen linken Knöchel, weil ich so unsanft aufkam, aber der war auch schon wieder vergessen, als ich mich durch die Menge schob. Auf der Lichtung visierte ich einen Baum an, marschierte langsam dort hinüber und stützte mich an der Rinde ab. Ich schmeckte Galle, aber noch viel bitterer war die Erkenntnis, die man wie ein Messer in mein Herz gestoßen hatte.

»Jessa, alles okay?«, fragte Quinn, der mir offenbar gefolgt war.

»Was stand auf deiner Karte?«, fuhr ich ihn an. »Sag es mir!«

»Nichts, das etwas zwischen uns ändert«, sagte Quinn zögernd.

»Ich will wissen, *was*«, erwiderte ich.

»Du bist für ein Feuer verantwortlich, das vor ein paar Jahren in eurem Haus ausgebrochen ist. Weil du als Einzige mit einer Rauchvergiftung im Krankenhaus gelandet bist, dachten alle, es wäre nicht deine Schuld gewesen. Das Ganze war eher seltsam zu lesen als ... schockierend.«

Damit hatte ich nicht gerechnet. Diese Sache lag weit in der Vergangenheit und nicht einmal Miranda wusste davon. Alles, was mich daran erinnerte, dass es dieses Feuer gegeben hatte, war eine kleine Brandnarbe an meinem rechten Daumen. Nachdem Mom gestorben war, waren allerhand Unfälle passiert, weil ich mich kaum noch konzentrieren konnte. Das Feuer war einer davon. Mein Dad hatte mich deshalb niemals anklagend behandelt. Ich hatte vergessen den Herd abzustellen und die Vorhänge hatten Feuer gefangen.

Unbeabsichtigt. Eine dumme Sache, aber einer der Gründe, warum wir keine Haftpflichtversicherung mehr hatten. Man hatte Dad Fahrlässigkeit vorgeworfen und anschließend den Vertrag gekündet. Nach der Beerdigung waren sämtliche Ersparnisse aufgebraucht gewesen und wir hatten niemals mehr ein Wort darüber verloren, dass mein Fehler uns Geld gekostet hatte. Ein Geheimnis, aber keines, das etwas mit Quinn und mir zu tun hatte.

»Natürlich ändert das nichts zwischen uns!«

»Jessa, warum bist du sauer auf mich?«

»Alles, was Brady über mich finden konnte, hatte absolut nichts mit dir zu tun«, schleuderte ich ihm entgegen. »Du hast so getan, als ob du ehrlich zu mir gewesen bist, aber dein Geheimnis liegt noch in der Zukunft, Quinn.«

Ich warf ihm die Karte vor die Füße.

»Wie konntest du mir verschweigen, dass du nach den Ferien nicht mehr zurückgehst? Dass du einen Platz im Ausland an einer Musikschule hast?

Nicht nur an irgendeiner, an der besten, die es gibt. Ich hab dir gesagt, dass ich nichts Kompliziertes will, und ich dachte, wir waren uns einig, dass das hier etwas Ernstes zwischen uns beiden ist …«

»Ich wollte es dir sagen. Damals, bevor …«

»Bevor ich mit dir geschlafen habe!«, tobte ich. »Hast du aber nicht.«

»Lass es mich doch erklären, Jessa.«

Ich stieß mich vom Baum ab und ballte die Hände zu Fäusten.

»Dann erkläre es mir«, befahl ich.

»Mein Dad hat sich immer für mich gewünscht, dass ich mal an eine gute Musikschule gehen kann. Und es war offenbar Teil des Testaments, dass ein Bekannter meines Dads eine Bewerbung für mich abschicken sollte, wenn ich bis zu einem bestimmten Zeitpunkt nicht selber eine eingereicht hätte. Nach dem Tod meines Dads wollte ich erst einmal gar nicht mehr darüber nachdenken, über meine Zukunft und so. Erinnerst du dich, wie ich gesagt habe, dass ich öfter daran gedacht habe abzuhauen? Genau das wollte ich nun tun, sobald ich achtzehn wäre. Kurz vor den Ferien kam die Zusage und ich war zunächst ziemlich perplex. Und dann … irgendwie habe ich es einfach weggeschoben und gar nicht mehr an sie gedacht. Und als das alles mit dir passiert ist, habe ich angefangen mir doch Gedanken über die Zukunft zu machen. Und mir war klar, dass ich nicht mehr einfach so ohne weiteres *irgendwohin* gehen konnte, weil du mir etwas bedeutest.«

»Wann hattest du vor, es mir zu sagen?«, fragte ich mit zittriger Stimme.

»Ich weiß es nicht.«

»Hattest du überhaupt vor es mir zu sagen? Dachtest du, du kannst am letzten Tag der Ferien kommen und dich einfach verabschieden? *Oh, Jessa, übrigens, wir sehen uns Montag nicht in der Schule, weil ich in ein anderes Land ziehe. War schön mit dir! Aber was soll's?*«

Quinn stieß energisch den Atem aus. »Ja, ich hätte es dir früher sagen können, wollte ich auch. Aber kannst du dir vorstellen, dass ich vielleicht auch so etwas wie Angst verspürt habe, Jessa? Nenn mich egoistisch, aber ich wollte nicht der Grund sein, warum du dich fühlst, als würde dich wieder eine Person verlassen, die dir etwas bedeutet. Ich wollte dir nicht wehtun.«

Das brachte mich zum Schweigen. Tränen sammelten sich in meinen Augen und ich sah Quinn hilflos an. Ich wusste nicht, was ich sagen sollte.

»Du bist vielleicht schrecklich verknallt in mich, Jessa, doch ich habe mich *in dich verliebt*. Du bedeutest mir viel, aber diese Schule war der Wunsch meines Dads und natürlich habe ich nicht sofort alles aus einer Laune heraus hingeworfen. Ist es denn so verwerflich, dass ich mir diese Chance offenhalten wollte, weil ich nicht wusste, was in den Ferien passieren würde?«

Quinn sah mich an und ihm stand die innere Zerrissenheit so deutlich ins Gesicht geschrieben, dass mir der Atem stockte. Rasch wischte er sich mit der Hand über das Gesicht, aber ich hatte die einzelne Träne gesehen, die sich aus einem Augenwinkel gelöst hatte. Meine Benommenheit war wie weggewischt. Angst hatte sie hinfort gerissen, noch viel brutaler, als Quinns Worte mich getroffen hatten.

»Du hast Recht«, sagte ich geschlagen. »Ich würde mich niemals zwischen dich und etwas stellen wollen, das sich dein Dad für dich gewünscht hat.«

»Das weiß ich, Jessa«, sagte Quinn.

»Dann ist der Stand der Dinge ja klar. Ich werde dich nicht aufhalten.«

»Wir sind beide betrunken. Glaubst du nicht, wir sollten später darüber reden, wenn wir wieder nüchtern sind?«, fragte Quinn in bedächtigem Tonfall.

»Ich bin nicht betrunken!«, fauchte ich. »Ehrlich gesagt, waren meine Gedanken nie klarer. Aber sicher, wenn du möchtest, kannst du jetzt auf der Stelle gehen und mich hier stehenlassen. Lauf ruhig davon.«

»Nein«, sagte er hartnäckig. »Ich bleibe.«

»Vielleicht will ich das gar nicht mehr.«

»Doch, dass willst du«, erwiderte Quinn. Schwer atmend vor lauter Rage, versuchte ich mich wieder zu beruhigen. Neben Kopfschmerzen war ein Anfall nämlich das Nächste, was ich absolut nicht gebrauchen konnte.

»Es gibt da diese riesige Welle Probleme, die gerade auf uns zukommt. Glaubst du nicht, dass ich mit dir fühle nach allem, was deine Familie durchgemacht hat? Wenn wir beide das hier wirklich wollen, Jessa, dann finden wir einen Weg. Weil es inzwischen ein *Wir* gibt.«

Ich fuhr mir mit den Händen übers Gesicht und strich meine Haare nach hinten. Quinn hatte *wirklich* Recht. Ich war nicht die Einzige mit einem Haufen Konflikte in ihrem Leben und dass er derjenige war, der so ruhig blieb, zeigte mir nur umso mehr, wie viel Wahrheit in seinen Worten steckte. Brady hatte vielleicht darauf gesetzt, einen Keil zwischen uns zu treiben, aber ich musste auf das genaue Gegenteil setzen, wenn ich ein *Wir* wollte.

»Entschuldige«, wisperte ich. »Wenn hier jemand egoistisch ist, dann ich. Ich hätte dich nicht so anschreien dürfen. Es tut mir wirklich leid.«

Ich überbrückte den halben Meter Abstand zwischen uns, aber anders als gedacht. Mein schmerzender Knöchel machte sich wieder bemerkbar und ich fiel praktisch in Quinns Arme. »Du hast dich verletzt, als du von der Bühne gesprungen bist.« Er drückte mich so fest an sich, dass mir die Luft wegblieb.

»Ein klitzekleines bisschen vielleicht«, murmelte ich.

»Du bist ein dämlicher Sturkopf«, sagte er.

»Aber einer, in den du verliebt bist«, zog ich ihn auf.

»Jessa -«

»Dieses Mal kein Später«, flüsterte ich und ließ mich von ihm küssen. Er schmeckte nach Alkohol und seine Lippen waren kalt, aber das zählte nicht. Als Quinn mich fester gegen seine Brust drückte und inniger küsste, war alles egal. Worte besaßen vielleicht die Macht die Welt zu verändern, aber letzten Endes waren es immer die Taten, die Menschen zusammenschweißten. So war es doch, oder? Ein Kuss konnte vielleicht nicht von Angst und Schmerz erlösen, aber er war ein Trost, vielleicht eine Art Hoffnungsschimmer, wenn der Verstand nicht wusste, was er tun sollte, das Herz die Antwort aber seit langer Zeit kannte.

Ein *Wir*.

KAPITEL 20

Quinn und ich saßen eine halbe Ewigkeit nebeneinander im Wald und warteten darauf, dass die Party abebbte, aber das tat sie nicht. Irgendwann wurde mir klar, dass wir nicht für immer eng umschlungen dasitzen und so tun konnten, als wäre das hier eine nette Nachtwanderung gewesen.

»Du solltest zu Hanna gehen«, sagte ich. »Du musst mit ihr reden.«

»Ich habe mir das anders vorgestellt«, meinte er.

»Du dachtest, sie würde sich freuen dich zu sehen und dir um den Hals fallen, oder? Vielleicht ist sie nur nicht der Typ für solche Dinge.«

»Ich frage mich, ob ich meine Schwester überhaupt noch kenne.«

Quinn begann auf seiner Unterlippe herumzukauen. Mit den Fingerspitzen fuhr ich eine unsichtbare Linie auf Quinns Arm nach. »Du musst inzwischen ein Eisklotz sein«, sagte ich besorgt. »Lass mich dir deine Jacke wiedergeben. Ich will nicht, dass du weiter wegen mir frieren musst.«

»Ich bin hart im Nehmen«, sagte er leichthin.

»Das habe ich gemerkt. Leider bin ich dagegen ein totales Weichei. Ich muss nämlich schon seit unserem Streit – echt dringend aufs Klo«, murmelte ich.

Quinn gab mir einen flüchtigen Kuss und zog mich auf die Beine.

Wir gingen los und suchten die Toiletten. Es gab tatsächlich einen richtigen Toilettenwagen in der Nähe. Quinn wartete draußen auf mich. Besser als nichts, sagte ich mir beim Anblick des Toilettenwagens und brachte das Ganze schnell hinter mich, ehe ich mich ekeln konnte. Während ich mir die Hände wusch, betrachtete ich mich im schmierigen Spiegel. Meine Wangen waren gerötet und mein Haar ein Desaster. Ich spritzte mir ein paar Wassertropfen ins Gesicht, dann kämmte ich mit den Fingern durch die einzelnen Strähnen, bis keine Knoten mehr übrig waren. Eine Verbesserung war das nicht, aber immerhin sah ich nicht mehr aus wie eine Vogelscheuche. Ich wollte auf keinen Fall, dass Tante Claire mich so sah und dachte, ich würde wild abfeiern, während Felix mutterseelenallein im Krankenhaus lag. Okay, nahm man es genau, hatte ich exakt das getan. Wenn man den Teil mit dem

Abfeiern in ein Saufgelage abänderte. *Heilige Scheiße, wir hatten dreitausend Dollar gewonnen!* Das hatte ich einfach ausgeblendet. Ich stürmte nach draußen und schrie: »Wir haben dreitausend Dollar gewonnen!«

»Daran hab ich gar nicht mehr gedacht«, sagte Quinn.

»Was denn, ist dir das zu wenig *Richie Rich*?« Quinn rubbelte mir über den Kopf und brachte mein Haar wieder durcheinander. »Hey!«, rief ich und versetzte Quinn spielerisch einen Boxhieb, um meiner Empörung Luft zu machen. Auch er war offensichtlich noch immer nicht hundert Prozent standfest, denn er taumelte einen Schritt zurück und rempelte jemanden an.

Der Kerl stoppte und glotzte uns an. *Oje!* Das war doch ... Kennedy.

»Hast du mich gerade angerempelt?«, brummte er.

»Nein, das war der unsichtbare Typ gleich neben mir.«

»Wir wollen keinen Ärger, okay?«, mischte ich mich ein, weil Kennedy anfing mit den Zähnen zu knirschen, als bereite er sich auf einen Kampf vor.

»Den habt ihr aber schon«, zischte Tori, die hinter Kennedy auftauchte. »Wegen euch haben wir das Spiel verloren. Ihr habt unser Geld gestohlen.«

Sie sah echt übel aus und damit ich meinte ich nicht die Sorte Ich-habe-geweint-und-sehe-jetzt-aus-wie-ein-Panda, sondern eher die Variante Sturzbach-Tränen, die ihr gesamtes Make-up weggespült hatten. Ihr Gesicht war blass, die Augen verquollen und sie sah nun gar nicht mehr wie Miss Barbie aus.

»Meine Süße hat Recht. Wir könnten uns aber einigen.«

»Keine Chance«, erwiderte Quinn. »Verpisst euch.«

»Das würde ich auch meinen«, meldete sich noch jemand zu Wort. Brady höchstpersönlich war zu unserer Rettung erschienen. Wie äußerst nobel von ihm. »Ihr habt eben schon einen Aufstand gemacht. Verschwindet endlich.«

»Du Arsch hast mir gar nichts zu befehlen«, blaffte Kennedy.

»Ich bin der Arsch, der diese Party veranstaltet«, erwiderte Brady gelassen. »Wenn du nicht mit zehn gebrochenen Fingern nach Hause gehen willst, dann kommst du dem Befehl von Quinn hier in den nächsten Sekunden nach.«

»Ich mach euch beide fertig!«, spie Kennedy, aber Tori packte ihn am Arm und begann ihn mit sich zu zerren, während sie ihm etwas ins Ohr flüsterte.

»Geld lässt die meisten Menschen total durchdrehen«, sagte Brady.

»Du bist wohl das beste Beispiel dafür«, entgegnete ich herablassend.

»Nachtragend, Jessa?«, fragte er und besaß die Frechheit überrascht zu wirken. »Du weißt doch, ist nichts Persönliches, nur ein Spiel.«

»Wenn das etwas war, dann ja wohl persönlich«, sagte Quinn. »Wo ist meine Schwester, *Houdini*?«

»Immer mit der Ruhe«, erwiderte Brady und rollte die Augen. »Wie wäre es, wenn ich euch erst mal euren Gewinn überreiche? Na, da bekommt man doch gleich bessere Laune, oder? Hanna müsste jeden Moment da sein.«

Er verbeugte sich, begann die Fingerspitzen seiner rechten Hand aneinander zu reiben, machte eine Faust und hielt plötzlich einen zerknüllten Scheck hoch. Mit der anderen Hand strich er das Papier glatt.

»Hier bitte sehr, den habt ihr euch verdient.«

Quinn zögerte, aber ich schnappte mir den Scheck aus Bradys Hand. Einen kurzen Moment dachte ich darüber nach, ihn zu zerreißen – aber wem hätte das Genugtuung verschafft? Mir – für Sekunden vielleicht. Quinn – wahrscheinlich gar nicht. Ich beschloss Brady jeden einzelnen Dollar aus der Tasche zu ziehen, weil wir uns das verdient hatten. Und wenn es zumindest irgendetwas Positives gab, was wir dem Streit abgewinnen konnten, dann sollten wir es einfach so hinnehmen.

»Vielen Dank«, sagte ich zynisch. Brady lächelte übertrieben freundlich.

»Hanna!«, rief Quinn. Seine Schwester hatte sich in einen dicken Mantel gehüllt und ihr Haar zusammengesteckt. Diese winzigen Details ließen sie gleich viel gewöhnlicher aussehen, nicht mehr so unnahbar und eingebildet. Sie wirkte fast normal, aber im Zusammenhang mit dem Mitternachtszirkus war normal relativ. Ihre Miene war nicht zu deuten. Der Mund eine strenge Linie, die Augenbrauen energisch zusammengezogen. Ich wusste nicht, was uns erwarten würde.

»Ihr hab euch nicht von den Geheimnissen auseinanderbringen lassen«, sagte Hanna und unerwartet legte sich ein sanftes Lächeln über ihre Züge. »Vielleicht haltet ihr mich beide für verrückt, aber mir war es wichtig, zu sehen, was für Menschen ihr beide seid – besonders du, Quinn. Test bestanden.«

»Test bestanden?«, fragte Quinn sichtlich perplex.

Hanna trat nach vorne und seltsame Stille breitete sich aus. Die Paxton-Geschwister tauschten einen langen Blick voller unausgesprochener Gefühle. Dann breitete Hanna die Arme aus und schloss Quinn in eine innige Umarmung. Etwas betreten stand ich daneben, während Brady die beiden beobachtete. Hanna und Quinn verharrten für ein paar Sekunden in ihrer Position, dann ließ Hanna von ihrem Bruder ab und holte tief Atem.

»Ich schulde dir wohl eine Erklärung«, sagte sie langsam.

»Mehr als eine Erklärung. Dutzende«, erwiderte Quinn.

»Ich habe dir so viel zu sagen. Hast du all meine Postkarten bekommen? Ach, was frage ich das überhaupt. Sonst wärst du gar nicht hier«, sagte Hanna und wirkte etwas zerstreut. »Es war so ein langer, wilder Abend. Ich habe nicht damit gerechnet, dass du wirklich herkommen würdest, Quinn.«

»Aber das wolltest du doch?«, fragte er merklich verunsichert.

»Natürlich«, antwortete seine Schwester und legte ihm eine Hand auf den rechten Arm. »Aber ich wusste nicht, wie sehr Mom und vor allem Tante Lucinda dich in der Zeit, in der ich fort war, beeinflusst haben. Ich kann mir vorstellen, was sie über mich gesagt haben, aber ich bin nicht wegen dem Geld gegangen, Quinn. In gewissem Sinne wollte ich ein neues Leben anfangen, aber es war niemals meine Absicht, dich dort für immer alleinzulassen.«

»Aber das hast du«, sagte Quinn mit gequältem Gesichtsausdruck. »Du bist gegangen und ich habe mir solche Sorgen gemacht! Ich wusste eine Weile nicht, ob es dir gut geht. Was du machst. Wo du lebst. Mit wem du dich herumtreibst.« Beim letzten Satz blickte Quinn zu Brady hinüber. »Gott, Hanna, weißt du, was ich durchgemacht habe?«

»Es tut mir wahnsinnig leid«, sagte sie und es klang ehrlich. »Ich konnte nicht mehr, Quinn. Ich wollte keinen Moment länger als nötig an diesem Ort, bei unserer Mom bleiben und unter ihrem Dach und ihren Regeln leben. Manchmal muss man tun, was für einen selbst am besten ist, egoistisch sein, verstehst du?«

Quinn schüttelte den Kopf. »Absolut nicht«, sagte er in barschem Tonfall.

Brady begann sich einzumischen. »Wir sind alle ziemlich angetrunken«, sagte er in beschwichtigendem Ton. »Können nicht mehr ganz klar denken.

Wieso kommt ihr beide nicht morgen bei mir vorbei und dann sprecht ihr über alles in Ruhe?«

Das waren die vernünftigsten Worte, die ich bisher aus Bradys Mund gehört hatte, und sie überraschten mich sehr. Quinns Miene war jedoch wutverzerrt.

»Bist du etwa der Grund, wieso sie gegangen ist?«

Hanna trat vor Brady und sah Quinn mit ernstem Gesichtsausdruck an. »Er hat damit nichts zu tun.«

Langsam machte ich einen Schritt vor und umfasste Quinns Hand. »Ich sage das nur ungern, aber Brady hat Recht, Quinn. Nachher passiert noch etwas, was einer von uns bereut. Morgen sieht die Welt schon wieder ganz anders aus.«

»Schön«, grummelte Quinn.

Brady streckte seine Hand aus. »Gib mir dein Handy, dann texte ich dir Adresse und Uhrzeit. Bei uns gehen ziemlich viele Leute ein und aus, wegen den Geschäften meiner Eltern, und die wollt ihr nun wirklich nicht persönlich treffen, das könnt ihr mir glauben.«

»Quinn, bitte«, fügte Hanna hinzu.

Quinn sah seine Schwester an und reichte Brady sein Handy. Dieser tippte in Sekunden seine Nummer ein und gab es Quinn zurück. Quinn klingelte Brady kurz an, damit dieser auch seine Nummer hatte. Danach standen wir alle ein paar Minuten ziemlich bedeppert herum.

»Lauf nicht wieder weg«, sagte Quinn tonlos.

Hanna nickte mit glänzenden Augen. »Versprochen.«

Sie und Brady wandten sich ab. Quinn wollte ihnen im ersten Moment hinterher. Doch da ich noch immer seine Hand hielt, kam er nicht weit. Verwundert drehte er den Kopf zu mir, als hätte er vergessen, dass ich noch neben ihm stand. Er blickte auf unsere ineinander verschlungenen Finger.

»Das habe ich doch alles geträumt, oder?«

»Ich befürchte nicht«, antwortete ich. »Tut mir leid.«

Quinn blickte mich fast noch verlorener an als bei unserem Streit und das hatte ich wirklich nicht für möglich gehalten. Quinn solch eine Gefühlsachterbahn in der kurzen Zeitspanne durchleben zu sehen, ließ mein Herz schmerzen. Ich drückte seine Hand fester und er nickte kaum merklich.

»Wir gehen jetzt nach Hause, okay?«

Ich wusste, dass Quinn aufgewühlt und durcheinander war. Probleme konnten nicht so einfach beiseitegeschoben werden wie ein Spielzeug, an dem einem die Lust vergangen war. Aber manchmal war es doch die Ruhe vor dem Sturm, die einem half genug Kraft für kommendes Unheil zu sammeln.

»Okay«, erwiderte Quinn.

KAPITEL 21

Quinn und ich hatten uns auf dem Rückweg ein Taxi geteilt. Ihn allein zur Pension gehen zu lassen, war mir schwergefallen, aber selbst die Geduld und das Verständnis meiner Tante hatten ihre Grenzen. Punkt zwölf war mein Limit gewesen. Ich war bereits fünfzehn Minuten zu spät und hoffte, dass es niemandem auffallen würde. Als ich die Haustür aufschloss, sah ich im Flur ein Paar Schuhe stehen, das mir bekannt vorkam, und mein Herz begann sofort aufgeregt zu schlagen. Die mussten meinem Dad gehören! Er hatte sich aber auch Zeit genug gelassen!

Beim Betreten des Wohnzimmers erwartete ich einen Überfall, aber alles, was ich vorfand, war ein schlafender Mann, dessen Miene selbst in diesem Zustand weder entspannt noch zufrieden wirkte. Plötzlich kam es mir vor, als wären Jahre vergangen, seitdem ich ihn das letzte Mal gesehen hatte. Dad saß in Tante Claires Lieblingssessel, in der Ecke neben dem Fenster. Sein Kopf war auf seine Schulter gesackt und die Hände hielten krampfhaft ein Foto umschlungen. Bei näherem Hinsehen konnte ich erkennen, dass es eines der Bilder aus dem ersten Stock war. Eines, auf dem Mom etwa in meinem Alter war. Das leise Atmen meines Dads verwandelte sich in ein lautes Gähnen. Anscheinend wachte er jede Sekunde auf. Er blinzelte.

»Jessa, bist du das?«, nuschelte er verschlafen.

»Hast du hier gesessen und auf mich gewartet?«

Er rieb sich die Müdigkeit aus den Augen.

»Eine Weile schon«, sagte er und richtete sich langsam auf. »Ich war vorher im Krankenhaus, aber irgendwann werfen sie selbst liebende Eltern raus, wenn die Besuchszeiten vorbei sind. Felix fand das natürlich nicht so toll.«

Dad erhob sich aus dem Sessel und nahm mich in den Arm. Einen kurzen Moment war ich versucht die Umarmung abzuwehren, überlegte es mir dann aber anders. Egal, wie wütend ich auch auf ihn war, ich musste einen kühlen Kopf bewahren. Bei all den Streitereien mit Quinn hatte ich inzwischen gelernt, dass Jähzorn mich hinterher bereuen ließ, wie ich mich benahm. Vielleicht war ich an diesem Abend auch einfach nur viel zu erschöpft für eine Auseinandersetzung. Trotzdem spürte ich Wut in mir hochkochen.

»Ich bin froh, dass zumindest bei dir alles in Ordnung ist«, sagte Dad. Er rümpfte die Nase. Dann schnüffelte er an mir. »Sekunde mal, ist das Alkohol, Jessa?« Er packte mich an den Schultern und schob mich von sich weg, damit er mir ins Gesicht blicken konnte. »Wo genau bist du eigentlich gewesen? Claire hat nur gesagt, dass du ausgegangen bist.«

»Ich war auf einer Party«, antwortete ich ehrlich.

»Das rieche ich«, sagte er. »Auf der Alkohol an Minderjährige ausgeschenkt wird? Du wirst mir sofort sagen, wo genau diese Party stattgefunden hat.«

Im tiefen, finsteren Wald am Arsch der Welt.

»Ich hab nur Bier getrunken«, log ich.

»Lüg mich nicht an«, erwiderte Dad sofort.

»Muss ich wohl von dir haben«, murmelte ich.

»Wie war das?«, fragte er energisch.

»Ich sagte: Das Lügen muss ich wohl von dir gelernt haben. Obwohl du eindeutig besser darin bist, über einen langen Zeitraum hinweg zu lügen.«

»Was ist denn in dich gefahren?«

»Der Selbstmord meiner Mom«, schleuderte ich ihm entgegen und machte mich aus seinem Griff los. »Entschuldige mich, ich gehe jetzt schlafen.«

So viel zum Thema »Ruhe bewahren und keinen Jähzorn walten lassen«.

»Jessa, du wirst hier bleiben!«

»Sonst was? Die größte Strafe hab ich doch schon hinter mir. Der Mensch, dem ich am meisten vertraut habe, hat sich als Verräter herausgestellt.«

Die Worte saßen. Ich hatte Dad noch nie so verletzt gesehen. Rasch lief ich die Stufen hinauf und schloss meine Zimmertür hinter mir ab. Ich ließ mich auf den Boden sacken und brach in Tränen aus. Es war einfach alles zu viel. Mit zitternden Händen holte ich mein Ersatzhandy hervor und wählte Mirandas Nummer. Ich brauchte jetzt wirklich meine beste Freundin. Das Telefonat war wirr und wegen meines anhaltenden Schluchzens konnte Miranda sicher nur die Hälfte verstehen, aber am Ende fühlte ich mich ein ganzes Stück besser.

»Ich fliege auf der Stelle zurück«, sagte sie entschlossen.

»Das würde nichts bringen«, antwortete ich. »Ich würde dich wirklich gerne sehen, am liebsten sofort, aber diese Probleme verändern sich nicht, nur weil meine beste Freundin Hals über Kopf einfach nach Hause fliegt.«

»Ich würde es tun, Jessa, das ist kein Problem.«

»Ich weiß das zu schätzen«, sagte ich.

»Ich glaube, an deiner Stelle würde ich dasselbe tun.« Miranda klang eine winzige Spur enttäuscht. »Jessa? Du hast mir die ganze Zeit gesagt, wie sehr dich die Lügen deines Dads verletzt haben, aber über deine Mom haben wir noch nicht gesprochen. In Wahrheit bist du viel wütender auf sie als auf ihn. Dein Dad hat dich vielleicht belogen, aber sie hat dich einfach verlassen.«

Ich schwieg nachdenklich.

»Vergiss das nicht, wenn du mit ihm redest. Versprich mir das.«

»Danke, Miranda«, flüsterte ich.

»Du solltest jetzt versuchen etwas zu schlafen«, sagte sie. »Ich bleibe einfach so lange in der Leitung, bis du eingeschlafen bist. Wie früher. Erinnerst du dich daran, dass es eine Zeit gab, in der wie beide nie einschlafen konnten? Wir haben dann einfach den Hörer neben uns auf ein Kissen gelegt und die Melodie von *Jingle Bells* gesummt. Das hat immer geholfen.«

»Es ist Sommer«, murmelte ich auf halben Weg zum Bett.

»Scheiß drauf. *Jingle Bells* ist das beste Lied überhaupt.«

Das war es für uns beide wirklich, seitdem wir ein paar Jahre zuvor Weihnachten zusammen verbracht hatten und das Lied pausenlos im Radio gelaufen war. Ihre Stimme schaffte es wirklich mich in den Schlaf zu wiegen und völlig unerwartet schlief ich die restlichen Stunden dieser Nacht durch. Als könnten zwei Wörter auf magische Weise alle anderen in meinem Kopf ausradieren.

***

In meinen Träumen wirbelte wieder die Prinzessin in ihrem schneeweißen Kleid umher. Sie tanzte zu der Melodie des Schlafliedes, das mir so vertraut war. *Du musst mir versprechen auf Felix achtzugeben,* sagte sie immer und immer wieder. Plötzlich fand ich mich selber in diesem leeren Raum meines Traums wieder, wollte nach der Prinzessin greifen, aber sie schien sich immer weiter zu entfernen – und dann weckte mich ein Klopfen an meiner Zimmertür. Seufzend fuhr ich hoch. Ich konnte mir genau vorstellen, wer dort auf der anderen Seite im Flur stand, und auch, was diese Person wollte. Rasch vergrub ich den Kopf tiefer in den Kissen. Das zweite Klopfen klang nun gedämpfter.

»Jessa. Können wir reden, bitte?«

»Ich schlafe noch«, sagte ich.

»Es geht um Felix.«

Blitzschnell schoss ich aus dem Bett und öffnete die Tür.

»Was ist mit Felix?«, fragte ich panisch, die Augen weit aufgerissen. Als ich Dads Miene sah, hätte ich ihm am liebsten die Tür wieder vor der Nase zugeschlagen, aber er stemmte seinen Fuß in die Zarge. So ein Lügner!

»Bitte lass uns einfach miteinander reden«, sagte Dad merklich beklommen. *In Wahrheit bist du viel wütender auf sie als auf ihn. Dein Dad hat dich vielleicht belogen, aber sie hat dich einfach verlassen.* Miranda und ihre Weisheiten!

»Ich höre mir an, was du zu sagen hast«, kam es widerwillig aus meinem Mund. »Gib mir zwanzig Minuten, dann komme ich runter.«

Dad nickte. Ich deutete auf seinen Fuß. Er zog ihn zurück und ich schloss die Tür wieder hinter mir ab. Ich wartete, bis er gegangen war, dann schleifte ich meinen Körper ins Bad und unter die Dusche. Als das heiße Wasser auf meine Haut traf und sich sämtliche Verspannungen von letzter Nacht lösten, setzte der Kater ein. Ich hatte schon schlimmere hinter mir gehabt. Immerhin war mir nicht übel und die Kopfschmerzen konnte man mit viel Willenskraft auch tolerieren. Ich ließ mir extra lange Zeit, um die Zähne zu putzen und Haare zu föhnen. Wechselte mein Outfit ganze dreimal, bis ich es schließlich bei dem blauen Sommerkleid nicht übers Herz brachte, es wieder in den Schrank zu hängen. Schminkte mich so langsam wie noch nie in meinem Leben, um die Zwanzig-Minuten-Grenze so weit es ging zu überspannen und nahm mir dann noch fünf Minuten Zeit, um mir eine Kette aus der Schmuckbox meiner Mom auszusuchen. Man hätte meinen können, ich hätte ein wichtiges Date, so perfekt abgestimmt war meine Aufmachung nach gut dreiundvierzig Minuten.

Mit schwerem Herzen schob ich die wichtigsten Utensilien in meine kleine Umhängetasche und versteckte sie unter einer dünnen Wolljacke, damit man nicht sah, dass ich für eine Flucht gewappnet war.

In der Küche roch es unheimlich gut. Nach Pancakes und Kaffee. Dad hatte den Tisch für zwei Personen gedeckt und saß bereits vor einem der leeren Teller. Er schien nichts angerührt zu haben, während er gewartet hatte.

»Guten Morgen«, sagte er überflüssigerweise.

»Tante Claire hat es dir erzählt, oder?«, fragte ich.

»Du wolltest gestern Abend nicht mehr mit mir reden.«

»Sie hat schon versucht dich in Schutz zu nehmen.«

Ich tat ein paar tiefe Atemzüge, um mich zu beruhigen, und ließ mich auf dem Stuhl gegenüber von meinem Dad nieder. Er beobachtete jede meiner Bewegungen.

»Hübsch siehst du heute aus«, sagte er. »Deine Tante hat mir gesagt, dass du dich seit ein paar Wochen mit einem Jungen triffst.«

»Sein Name ist Quinn«, sagte ich darauf konzentriert nicht gleich wieder einen Tobsuchtsanfall zu bekommen. Kein Geschrei der Welt würde mir hier helfen.

»Wie ist er denn so?« Die typische Elternfrage überraschte mich. War das so etwas wie ein Versuch die Wogen zu glätten, bevor der Sturm kam und alles wieder verwüstete?

»Bestimmt kein Muster-Schwiegersohn«, sagte ich. »Dad –«

Mein Dad hob die Hand, um mich zu unterbrechen.

»Ich weiß, Jessa. Es tut mir leid. Wahrscheinlich erwartest du eine logische, lange Erklärung, aber die Wahrheit ist: Ich habe keine zu bieten. Ich dachte, ich würde dich und Felix beschützen. Die Erinnerung an eure Mom würde intakt bleiben. Ich wollte nicht, dass du etwas Schlechtes über sie denkst.«

Ich starrte auf die schwarze Kanne in der Tischmitte.

»Was soll ich denn über sie denken, Dad?«

»Sie hat mich geliebt, dich und Felix geliebt und sie war ein herzensguter Mensch«, begann er. »Jedes Bild, auf dem sie lächelt, jede Erinnerung an sie, das war sie, Jessa. Sie war störrisch, humorvoll, verrückt und gleichzeitig unberechenbar. Sie hat sich in alles, was sie angepackt hat, hineingekniet und sie wollte ihren Kindern das bestmögliche Leben bieten. Aber ein Teil von ihr war irgendwann nicht mehr stark genug dazu. Sie war auf eine Weise krank, die nichts mit uns zu tun hat.«

»Du sagst das so ... überzeugt«, erwiderte ich bitter.

»Weil ich daran festhalte. Jeden Tag meines Lebens, Jessa. Ich habe Seiten an deiner Mom gesehen, die niemand außer mir kannte. Wir sind durch dick und dünn gegangen, wir haben uns geliebt und gehasst, aber manchmal sind Gefühle nicht genug, um eine Person am Leben zu erhalten. Ich weiß, wie furchtbar hart das alles für dich sein muss. Ich habe die letzten Jahre meines Lebens nichts anderes als Bedauern gefühlt. Aber jedes Mal, wenn mir klar wurde, dass sie mir zwei wunderbare Dinge hinterlassen hat, nämlich dich und Felix, wusste ich, dass ich sie anders in Ehren halten musste.«

Unter dem Tisch grub ich die Finger in meine Knie.

»Deine Mom war so vieles, Jessa. Ein Fehler hat sie vielleicht ihr Leben gekostet, aber ob dieser auch die Erinnerung an sie trüben kann, ist allein deine Entscheidung. Ich versichere dir, dass ich es dir gesagt hätte. Irgendwann. Aber versetz dich in meine Lage. Was hättest du deinen Kindern gesagt?«

Ich biss mir auf die Unterlippe und schwieg.

»Wieso willst du das Haus verkaufen?«, fragte ich kurz darauf.

»Ich habe das schon öfter versucht, weil ich dachte, es wäre besser für uns. Vielleicht auch nur besser für mich. All diese Erinnerungen ...«

»Nach sieben Jahren, Dad? Sag mir einfach die Wahrheit. Bitte.«

»Ich habe vor ein paar Wochen ein altes Tagebuch von ihr gefunden«, begann er zögernd. »Ich konnte nicht anders, als es zu lesen und danach ... Es war, als stürze, alles, wofür ich so hart gekämpft hatte, wieder ein. Wahrscheinlich war es mehr eine Affekthandlung, aber ich war plötzlich überzeugt davon, dass es besser sei, das Haus zu verkaufen. Das hätte ich damals sofort machen sollen.«

»Dad, versprich mir, dass du es nicht verkaufst«, sagte ich. »Dieses Haus ist neben dem von Tante Claire alles, was uns von Mom geblieben ist.«

»Ich werde darüber nachdenken, Jessa.«

»Nein«, forderte ich. »Du verstehst nicht: Das ist unser Zuhause!«

»Was ist mit diesem Ort?«, meinte Dad und breitete die Arme aus. »Wir könnten hier glücklich werden. Ich habe mit Tante Claire gestern darüber gesprochen.«

»Dazu sind weder Felix noch ich bereit«, sagte ich todernst. »Unser ganzes Leben spielt sich woanders ab. Das kannst du nicht einfach zerstören wollen.«

»Das wird nicht immer so sein, Jessa«, erwiderte Dad. »Bitte, du darfst mich nicht hassen«, fügte er hinzu und schob eine Hand über den Tisch. Ich hatte meine Arme fest vor der Brust verschränkt, streckte nun aber langsam meine linke Hand aus und legte sie in seine.

»Ich hasse dich nicht«, sagte ich. »Ich bin verletzt und durcheinander, aber ich hasse dich nicht. Weißt du … in dem Moment, als ich mich gefühlt habe, als würde ich ins Bodenlose fallen, war jemand da, um mich aufzufangen.«

»Quinn?«, fragte Dad und lächelte matt.

»Quinn«, bestätigte ich.

»Dann bin ich froh, dass du so jemanden in deinem Leben hast.«

»Ich auch. In solchen Momenten weiß ich es noch mehr zu schätzen.«

»Du musst nicht bleiben«, murmelte Dad leise. »Wenn du –«

»Das Frühstück sieht gut aus«, sagte ich mit erstickter Stimme.

»Der Kaffee ist kalt, ich kann neuen machen.«

Ich schüttelte den Kopf. »Schon okay«, flüsterte ich. Mein Dad und ich tauschten einen langen Blick aus, der mir Tränen in die Augen trieb.

»Du musst mir die ganze Geschichte erzählen«, sagte ich.

»Das werde ich, wenn du bereit bist sie zu hören.«

KAPITEL 22

Ich sprach Miranda auf die Mailbox, um die wichtigsten Informationen zusammenzufassen. Im Nachhinein hatte ich das Gefühl, kaum ein Wort mit meinem Dad gewechselt zu haben. Trotzdem fühlte ich mich besser. Erleichtert vielleicht. Um eine Erkenntnis reicher. Anscheinend half es zu sehen, wie viel mehr andere Menschen unter bestimmten Wahrheiten litten als man selbst, um sich wieder ein Stück wohler in seiner Haut zu fühlen. Egoismus war also Selbstschutz. Natürlich konnte nie wieder alles so werden wie früher, aber ein Schritt in die richtige Richtung war getan. Ich konnte Wochen, Monate wütend auf Dad sein, aber der einzigen Person, der ich damit schadete, war ich selbst. Gefühle unter Verschluss zu halten, konnte man mit der Büchse der Pandora vergleichen. Zu viel Unheil auf zu engem Raum versuchte irgendwann seinen Weg in die Freiheit zu finden.

An der Rezeption der Pension suchte ich Tante Claire auf.

»Wie ist es gelaufen?«, fragte sie mit erwartungsvollem Gesichtsausdruck.

»Ganz gut«, sagte ich mit dem Anflug eines schwachen Lächelns.

»Brauchst du etwas? Kann ich helfen. Möchtest du –«

»Wir sollten Felix später aus dem Krankenhaus holen.«

»Dein Dad erledigt das. Er hat angerufen, bevor du gekommen bist.«

»Okay«, murmelte ich. »Wie sieht der Plan für die neue Woche aus?«

»Freizeit, sehr viel Freizeit«, sagte Fin, der in diesem Moment um die Ecke spazierte.

»Ehrlich gesagt habe ich dich nicht mehr eingeteilt«, sagte Tante Claire und kam um den Tresen herum. »Die letzten Wochen der Ferien solltest du genießen. Ein bisschen Spaß haben. Genau wie Fin.«

»Aber, ich war doch kaum hier«, protestierte ich.

»Es geht nicht ums Geld, oder?«, fragte Tante Claire.

»Nein«, antwortete ich.

»Och, ein bisschen extra könnte ich gut gebrauchen«, meinte Fin. »Was? Hab ich euch beide etwa gerade bei einem tiefgründigen Gespräch gestört?«

Er sah zwischen mir und Tante Claire hin und her.

»Nein«, sagte ich wieder. »Danke, Tante Claire, aber du weißt: Wenn irgendetwas sein sollte, dann –«

»Kann ich dich fragen und –«

»Sie und mich«, unterbrach Fin Tante Claire.

»Kann ich dich und Fin fragen, ob ihr Lust habt. Mit den neuen Aushilfen sieht es aber ganz gut aus. Und du, Finley, wolltest du nicht für deine Prüfungen lernen und deshalb ein paar Tage mehr frei haben?«

»Das haben Sie sich gemerkt, Mrs Carrigan?«

»Ich vergesse nie etwas«, sagte sie schlicht. Sie lächelte mich an. »Habe einen schönen Tag und bestelle Felix liebe Grüße von mir, Schätzchen.«

Fin folgte mir nach draußen.

»Wie ist es gestern noch gelaufen?«, fragte er sofort. Ich hob eine Hand, um meinen Blick gegen die Sonne abzuschirmen, die immer weiter stieg.

»Es war grauenhaft, aber wir sind jetzt um dreitausend Dollar reicher.«

»Dreitausend?«, fragte Fin mit ungläubiger Stimme. »Wie hoch ist denn mein Anteil, weil ich die betrunkene Prinzessin nach Hause gebracht habe? Das war übrigens alles andere als angenehm. Ihr Dad hat gedacht, ich wäre an allem schuld, und hat mich zusammen mit seinem Hund vom Grundstück gejagt.«

»Darüber muss ich mit Quinn reden«, sagte ich in verschwörerischem Tonfall.

»Okay, dann habe ich eine andere Idee«, sagte er. Ich erwartete einen weiteren dummen Spruch, einen unmöglichen Vorschlag, aber nicht, dass Fin mein Handgelenk packte, mich zu sich zog und dann einfach küsste. Es war kein kurzer Kuss, aber ein einseitiger. Seine Lippen lagen so lange auf meinen, dass ich die Hoffnung darin fast schmecken konnte, aber ich erwiderte die Geste nicht. Ihn wegzuschubsen, kam mir ebenfalls falsch vor, also wartete ich. Er ließ mich langsam wieder los und lächelte mich breit an.

»Das musste ich zumindest einmal machen«, sagte er.

»Was, mehr sagst du dazu nicht?«, fragte ich verblüfft.

»Na ja, ich habe sofort gemerkt, dass ich dich mag, als wir uns das erste Mal wiedergesehen haben, aber genauso schnell habe ich auch gemerkt, dass du mit Quinn auf einer Wellenlänge warst. Ich bin nicht dumm. Ich verliebe mich nicht in jemanden, dessen Herz bereits einen anderen Weg einschlägt. Aber ich musste dich ein einziges Mal küssen, um diese Vorstellung aus meinem Kopf zu bekommen, Jessa. Es war anders, als ich gedacht habe.«

»Gern geschehen«, sagte ich ironisch.

»Wir sehen uns nächste Woche sicher bei der Sommerparade.«

»Trittst du jetzt die Flucht an?«, fragte ich irritiert.

»Ich kann Quinn förmlich in meinem Nacken spüren.« Fin lachte und setzte sich in Bewegung. »Denk an mich, wenn du die dreitausend Dollar ausgibst!«

Kopfschüttelnd sah ich ihm nach. Dann marschierte ich zu Quinns Zimmer. Ich musste nicht klopfen, weil die Tür bereits geöffnet war und Quinn im Rahmen stand. Wahrscheinlich hatte er alles gesehen. Das war wohl auch besser so, dann musste ich es ihm nicht erklären, denn das hätte ich auf jeden Fall getan. Keine Geheimnisse mehr.

»Ich hab gesehen, wie Fin dich geküsst hat«, sagte er, ohne groß herumzufackeln, und bestätigte damit meine Vermutung.

»Das hatte aber nichts zu bedeuten«, sagte ich nervös.

»Das weiß ich«, sagte Quinn. »Ich vertraue dir, Jessa. Trotzdem kann ich Fin jetzt offiziell deshalb hassen.«

»Du hasst Fin nicht«, sagte ich sanft. »Nur den Gedanken, dass er mich einfach wieder küssen könnte.« Ich schob Quinn zurück ins Zimmer. »Wird er aber nicht. Versprochen.«

Er legte eine Hand an meine Hüfte und drückte die Finger in den luftigen Stoff meines Kleids, als er mich näher zog und seinen Mund auf meinen legte. Der Moment ließ mich Fins Kuss tausend Mal vergessen. Quinns Augen kamen mir plötzlich dunkler vor und mit einem Mal blitzten Erinnerungen in mir auf. An die Nacht, die wir zusammen verbracht hatten. An seine Hände, die jeden Winkel meines Körpers erkundeten, und an die Küsse, die so viel heißer gewesen waren als dieser eine. Quinn biss sich auf die Unterlippe und als wir einander erneut in die Augen sahen, wurde mir klar, dass er eben an genau dasselbe gedacht haben musste.

»Mein Dad hat gestern auf mich gewartet«, sagte ich.

»Was ist passiert? Du siehst ziemlich ... entspannt aus.«

»Vielleicht, weil ich gar nicht daran denken will.«

»Wir können das nicht immer machen, wenn –«

»Du kleiner Heuchler«, murmelte ich und küsste ihn.

»Na, gut, dann bin ich eben ein Heuchler«, sagte er. Hastig schob ich die Tür zu und schloss sie auch gleich ab. Ich ließ meine Jacke zu Boden gleiten und legte meine Tasche ab. Quinns Lippen bewegten sich meinen Hals hinauf. »Ich werde Zeit brauchen, um ihm zu verzeihen«, sagte ich etwas atemlos. »Aber ich will unsere Beziehung nicht zerstören. Gestern Abend hab ich mit Miranda gesprochen und sie hat mir einen guten Rat gegeben.«

»Vielleicht sollte sie mir auch einen geben«, nuschelte Quinn an meinem Ohr. Eine seiner Hände wanderte unter meinem Kleid langsam den linken Oberschenkel hinauf. Ich schob die Finger in den Bund seiner Hose. Seine Lippen erstickten meine nächsten Worte und als seine Zunge meine berührte, hatte ich meine Antwort sofort vergessen. Ich zog den Reißverschluss seines Pullovers herunter und Quinn streifte ihn ab. Er hob mich hoch und ich schlang die Beine um seine Taille. Das Bett war genauso weich, wie ich es in Erinnerung hatte. Quinns Finger waren immer noch wie heißes Wachs auf meiner Haut. Mit jedem Kuss ging ein neues Kleidungsstück verloren und als wir das zweite Mal miteinander schliefen, bereute ich es genauso wenig wie beim ersten Mal. Quinn war alles, was ich wollte. Ich hoffte, das würde noch sehr lange Zeit so bleiben.

KAPITEL 23

Ich hatte schon Villen gesehen, riesige Grundstücke und sogar ein richtiges Schloss, als wir mit der Schule einen Ausflug und eine Besichtigung gemacht hatten. Aber keine meiner Erinnerungen konnte sich mit dieser gewaltigen Realität messen. Drei Buchstaben: OMG. Brady wohnte in Hogwarts!

Während Quinn und ich beschäftigt gewesen waren, hatte Brady Quinn seine Adresse gesimst und gesagt, dass wir jederzeit vorbeikommen könnten. Kaum hatte Quinn die SMS gelesen, waren wir in eine der nobelsten Gegenden von Cape Beach Grove aufgebrochen. Wir waren mit Quinns Wagen unterwegs. Als wir unser Ziel erreicht hatten, hinderte uns ein Tor an der Weiterfahrt. So waren wir ausgestiegen, um uns einen Überblick über die Lage zu verschaffen.

»Glaubst du Dornröschen öffnet uns die Tür, wenn wir klingeln?«, fragte ich und legte den Kopf schief. Quinn runzelte die Stirn und schwieg. »Okay, wohl eher eine Armee von Sicherheitsleuten«, verbesserte ich mich. Ich spähte durch die Gitterstäbe des Tores, das mindestens vier Meter hoch war. Es war die einzige Stelle, von der aus man direkten Blick auf das Grundstück hatte. Neben dem Tor schirmte zu beiden Seiten eine von Efeu überwucherte Backsteinmauer alles andere ab. Mehrere Baumkronen ragten darüber hinweg und ließen das Grün des Gartens erahnen. Ich betrachtete eine lange Auffahrt, in die Mosaike eingearbeitet waren, die abwechselnd einen Mond, einen Stern und eine Sonne ergaben. Das Gras war ordentlich gestutzt. Keine Spur von Unkraut fand sich zwischen den Blumenbeeten, die wie der kunterbunte Setzkasten eines Riesen wirkten.

»Das muss schon immer hier gestanden habe und ich wusste nichts davon«, sagte ich. »Solche Bauten wachsen doch nicht einfach aus dem Boden.«

»Vielleicht warst du einfach nicht der Typ Mädchen, den es interessiert hat, dass irgendwo auf einer Anhöhe ein Prinz in einem Schloss wohnt.«

Ich starrte Quinn vielsagend an.

»Guten Tag, kann ich Ihnen behilflich sein, junge Herrschaften?«, knisterte eine raue Stimme aus zwei Lautsprechern über dem Eingangstor. Ich brauchte nicht lange, um die Gegensprechanlage auszumachen, also trat ich näher und drückte den großen roten Knopf. »Wir wollen zu Brady«, sagte ich.

»Wir gewähren Fremden nicht einfach so Einlass. Bitte, weisen Sie sich aus und halten Sie Ihr Gesicht in die Kamera oben links.«

Die Antwort klang mechanisch, wie von einem Roboter gesprochen.

»Das ist ja ultra fancy«, bemerkte Quinn hörbar fasziniert.

»Kannst du laut sagen«, stimmte ich zu. Ich suchte in meiner Handtasche nach meinem Portemonnaie und zog meinen Ausweis heraus. Dann trat ich näher an die erwähnte Kamera heran und hielt die Plastikkarte und mein Gesicht hinein. »Mein Name ist Jessa Carrigan. Ich bin eine Bekannte von Brady.«

Quinn beäugte die Kamera, die sich langsam in seine Richtung drehte. Mit merklichem Widerwillen zog auch er seinen Ausweis heraus und starrte in die Kameralinse. Mein Blick glitt erneut über das Grundstück.

Es war unheimlich still, wenn man darauf achtete.

»Ich schicke einen Wagen, der Sie am Tor abholt«, kam die Antwort.

»Was? Nein! Schicken Sie Brady heraus!«, protestierte Quinn sofort.

»Dankeschön für Ihre Mühe«, sagte ich und packte Quinn am Arm. »Sei still.« Ich wandte mich wieder der Sprechanlage zu. »Wir sind allerdings mit unserem eigenen Wagen hier. Könnten Sie vielleicht das Tor öffnen?«

»Natürlich. Wir lassen Sie unverzüglich passieren, Miss Carrigan.«

Quinn und ich tauschten einen Blick und gingen zurück zum Wagen.

»Ich will nicht in sein Haus«, flüsterte Quinn. Ich konnte mir vorstellen, was in ihm vor sich ging. Wenn Brady herauskam, bewegten wir uns auf sicherem Terrain. Wenn wir sein Zuhause kennenlernten, würde das unweigerlich dazu führen, dass wir uns ein weiteres Urteil über ihn bildeten und noch schlimmer: vielleicht etwas über Brady lernten, das unsere Meinung ändern könnte. Außerdem war es sprichwörtlich so, als begäben wir uns in die Höhle des Löwen. Das Tor öffnete sich wie versprochen und Quinn lenkte seinen Wagen die Einfahrt hinauf. Es erschien mir wie eine Ewigkeit, bis wir beim Gebäude ankamen und neben dem Haupteingang hielten. Sofort tauchte ein Bediensteter auf, um Quinns Wagen auf einen Parkplatz hinter dem Haus zu fahren. *Das war ja wie im Country Club hier!*

Wir wurden von einer Frau, die ganz in Schwarz gekleidet war, in eine Halle geführt. Sie bat uns zu warten. Etwas unbeholfen standen Quinn und ich uns die Beine in den Bauch. Es dauerte jedoch nicht lange, bis Brady sich blicken ließ. Wie die Diva, die er wohl insgeheim war, stolzierte er in die Halle hinein.

»Jessa, kommst du mich zum Prom abholen?«, scherzte er.

»Scheint so, als hättest du genug Platz deinen eigenen zu schmeißen, wenn du Bock drauf hast – aber so ein Prom ist doch sowieso einfach nicht dein Kaliber.«

»Wenn das nicht aus deinem Mund käme, würde ich fast meinen, dass das ein Kompliment war«, erwiderte Brady. »Wollen wir?« Brady bedeutete uns, ihm durch einen Seiteneingang zu folgen. »Hanna wartet im Wintergarten auf Quinn. Sie meinte, es sei okay, wenn du dabei bist, Jessa.«

Der Wintergarten war wirklich wunderschön. Schon beim Betreten des mit Glas überdachten Raumes, verschlug es mir die Sprache. Das Ganze glich einer kleinen Kuppel, die man an das schlossartige Gewölbe angebaut hatte. Überall standen Pflanzen in Kübeln herum und es gab sogar einige Blumenbeete. Der Boden bestand aus Holzdielen und vor einigen der gläsernen Wände hingen dünne Vorhänge, um etwas Sichtschutz zu bieten. Irgendwo plätscherte eine Fontäne vor sich hin und sorgte damit für Entspannung, wie in einem Spa. Ein massiver Holztisch mit hohen Stühlen nahm die Mitte des Wintergartens ein. Irgendjemand hatte ein paar Gedecke für Kaffee, Tee und Kuchen aufgetragen.

Kurz kam es mir so vor, als habe man uns an einen verzauberten Ort eingeladen, damit man uns offenbaren konnte, dass es so etwas wie Magie tatsächlich gab.

Als Hanna uns kommen sah, stand sie sofort auf und begrüßte uns. Heute sah sie mit der Jeans und der roten Bluse ziemlich gewöhnlich aus – kein Vergleich mehr zu vergangener Nacht. Ich fragte mich, ob sie so eine Art Doppelleben führte. Abends war sie die durchgeknallte Assistentin eines Magiers und tagsüber mimte sie das brave Mädchen. Leider wusste ich kaum etwas über Quinns Schwester, aber das würde sich ja in Zukunft vielleicht noch ändern, wenn heute alles gut lief. Das wünschte ich mir wirklich sehr. Für Quinn und auch für Hanna.

Wir nahmen alle gemeinsam an dem Holztisch Platz.

»Habt ihr gut hergefunden?«, fragte Hanna mit einem freundlichen Lächeln.

Weil Quinn nicht antwortete, tat ich es. »Ich kenne mich hier in der Gegend ganz gut aus«, informierte ich sie. »Meine Familie kommt aus Cape Beach Grove. Der Ort ist sozusagen wie ein zweites Zuhause für mich. Obwohl mir dieses Haus tatsächlich noch nie aufgefallen ist. Ich bin noch nie hier in der Gegend gewesen.«

»Ziemlich beeindruckend, oder?«, fragte Brady mit einem Grinsen.

»Sind wir hier, um über Architektur zu reden?«, mischte sich Quinn ein.

Hanna biss sich auf die Unterlippe. »Entschuldige«, sagte sie. »Den Small Talk heben wir uns wohl besser für ein anderes Mal auf.« Sie atmete tief durch, als brauche sie einen Augenblick, um den Mut zu finden, die folgenden Worte auszusprechen. »Ich werde ein bisschen ausholen, damit du besser verstehen kannst, was ich hier eigentlich mache und wieso du kommen und mich suchen solltest.«

»Will jemand Kaffee oder Tee?«, warf Brady ein. Quinn starrte ihn mit finsterem Blick an. »Okay, vielleicht lieber etwas Härteres? Einen Scotch? Ich liebe Scotch.«

Hanna ignorierte ihren Freund. »Wie du weißt, Quinn, habe ich eine Weile darüber gesprochen, dass ich von zu Hause fortgehen will. Ich wusste damals selber nicht, ob ich das durchziehen könnte, so ganz allein, ohne Geld. Die Sache mit dem Erbe hat mir natürlich die nötigen finanziellen Mittel verschafft, damit ich meinen Plan schneller in die Tat umsetzen konnte, als gedacht. Damals hatte ich gar nicht vor, einfach so mir nichts, dir nichts abzuhauen.«

Hannas Finger strichen über etwas, das auf dem Tisch lag. Briefe.

»Ich war oft in Dads Arbeitszimmer, weil ich mich dort mehr mit ihm verbunden gefühlt habe. Es war wieder einer dieser frustrierenden Abende, an denen ich mit Mom einen Streit hatte, und ich habe mich dorthin zurückgezogen. Da habe ich sie gefunden. Die Briefe.«

Hanna hielt erneut inne und ihr Blick schweifte kurz nach unten.

»Dad hat sie geschrieben«, erklärte sie. »Einer war an dich adressiert und einer an mich. Es lag ein Schreiben vom Notar an Mom dabei, in dem stand, dass diese Briefe nach Dads Tod an uns beide gehen sollten. Zuerst dachte ich, dass es sich vielleicht um ein Versehen handelte. Aber der Zeitstempel auf dem Schreiben des Notars ließ keine Zweifel offen, dass Mom diese Briefe seit Dads Tod verwahrt hatte, ohne sie uns zu geben. Zuerst habe ich nicht verstanden, was das sollte.«

Langsam schob Hanna Quinn einen zerknitterten Umschlag über den Tisch zu.

»Ich war stinkwütend«, sagte Hanna. »Dad war über drei Jahre tot und Mom hatte die Briefe nie auch nur mit einem Sterbenswörtchen erwähnt. Ich habe sie sofort zur Rede gestellt und sie war außer sich. Hat mich beschimpft und gefragt, was ich mir einbilden würde, in Dads Sachen herumzuwühlen.« Quinns Schwester schnaubte. »Auf meine Vorwürfe hin sagte sie lediglich, dass sie die Briefe behalten habe, weil sie uns nur schaden würden. Dass Dad ein Träumer gewesen war, der nicht wusste, was gut für seine Familie sei. Da die Briefe nicht mehr versiegelt waren, wusste ich, dass Mom sie einfach gelesen hat. Sie hat es nicht mal abgestritten und ich bin immer zorniger geworden. Mir reichte es endgültig. Für mich war das ein Vertrauensbruch und ich konnte dieser Frau keinen weiteren Tag mehr in die Augen blicken. Das war die Nacht, in der ich dir einen Abschiedsbrief geschrieben habe und abgehauen bin.«

Quinn sah Hanna mit offenem Mund an. »Mom hat mir nie davon erzählt.«

»Natürlich nicht!«, entfuhr es Hanna. »Mom hat nach Dads Tod in erster Linie getan, was für sie selbst am besten war. Sie hat sich einen Dreck um Dads letzten Willen geschert und die Sache mit den Briefen beweist das eindeutig. Ich wusste nicht wirklich, was ich tun oder wohin ich gehen sollte. Also verbrachte ich die nächsten Tage bei einer Freundin und klärte die Sache mit meinem Sparkonto. Dann ging ich noch einmal zurück, um ein paar meiner Sachen zu holen, als du in der Schule warst. Mom hat nicht mal versucht mich aufzuhalten, Quinn. Sie hat gesagt, wenn ich alles mit Füßen treten will, was sie für mich aufgebaut hat, soll ich mich nie wieder blickenlassen. Das war der endgültige Bruch zwischen ihr und mir.«

»Das wusste ich auch nicht«, sagte Quinn hohl.

»Du musst dir keine Vorwürfe machen«, sagte Hanna in einfühlsamem Tonfall. »Ich bin eine Weile durch die Gegend gefahren, hab einen Road Trip gemacht und mir etwas von der Welt angesehen. Es war wundervoll, Quinn. Genau das, was ich immer hatte tun wollen, und dank Dads Unterstützung konnte ich es auch durchziehen. Auf einer Party in Mexiko habe ich dann Brady kennengelernt. Das war vor ein paar Monaten. Als sich herausstellte, dass er in Cape Beach Grove lebt und das gar nicht so weit von dir entfernt ist, habe ich beschlossen mit herzukommen. Ich nahm mir vor, die Zeit totzuschlagen, bis ich bereit war, wieder Kontakt mit dir aufzunehmen. Für mich stand der beste Zeitpunkt dafür fest: kurz vor deinem Geburtstag, damit du Dads Brief bekommen konntest. Er hätte gewollt, dass wir so wieder zusammenfinden.«

Quinn starrte jetzt auf den Brief. Er brachte es nicht über sich, ihn in die Finger zu nehmen oder gar sofort zu lesen. Seine Augen wanderten wieder zu seiner Schwester. Brady und ich tauschten einen stummen Blick. Selbst der Meister aller blöden Sprüche wusste also, wann man besser den Mund hielt. Hanna nahm ihren eigenen Brief vom Tisch und drückte ihn an ihre Brust, als müsse sie ihn wie ein Schmuckstück verteidigen.

»In meinem Brief stand, dass es meine Aufgabe sei, auf dich aufzupassen, Quinn. Das hat Dad geschrieben. Ich habe mich so unglaublich elend gefühlt, weil ich genau das Gegenteil getan habe«, sagte Hanna. »Ich kann nur ahnen, was in deinem steht – gelesen habe ich ihn selbstverständlich nicht … Aber fest steht, dass Dad vor allem eines für uns wollte: dass wir beide glücklich sind.«

Hanna beugte sich ein wenig über den Tisch.

»Das ist einer der Gründe, warum ich wiedergekommen bin. Ich kann mich für mein Verhalten nur entschuldigen, aber damals konnte ich nicht anders. Alles war ein einziges Chaos und ich habe bei Mom keine Zukunft für mich gesehen. Ich brauchte Abstand und den habe ich gefunden. Vielleicht habe ich einen Fehler begangen und es hätte eine andere Lösung gegeben, aber ich …«

Sie brachte den Satz nicht zu Ende und sah plötzlich niedergeschlagen aus.

»Dad wusste, dass du irgendwann zurückfindest«, sagte Quinn in ruhigem Ton. »Ich kann nicht sagen, dass ich dir sofort verzeihe. Dass du gegangen bist, hat mich damals hart getroffen, Hanna. Ich dachte, es würde immer heißen, wir beide gegen den Rest der Welt – und dann warst du weg. Vieles hat sich verändert. Aber … ein winziger Teil von mir versteht dich zumindest ein bisschen. Die Sache mit den Briefen – unfassbar, was Mom sich geleistet hat.«

Langsam streckte Quinn die Hand nach seinem Brief aus, doch anstatt ihn an sich zu nehmen, strich er mit den Fingern über das verknitterte Papier.

»Der Brief war so lange Zeit im Haus und ich habe das nicht gewusst«, wisperte Quinn sehr leise. »Ich hätte ihn viel früher lesen können.« Er rieb sich mit Zeigefinger und Daumen über den Nasenrücken und schloss kurz die Augen.

»Was wirst du jetzt machen?«, fragte Hanna mit erwartungsvoll aufgerissenen Augen.

Wie zur Antwort erhob sich Quinn von seinem Platz. Er blickte seiner Schwester direkt ins Gesicht. »Nachdenken. Eine Menge nachdenken. Aber das kann ich nicht hier und nicht in deiner Gegenwart. Du lässt mich herkommen, mich nach dir suchen und gibst mir als Hinweis kaum mehr als eine Postkarte. Dann erfahre ich, dass du beim Mitternachtszirkus bist, und dort lässt du Jessa und mich dumme Spiele spielen als … Wie hast du es genannt? Test? Du hast vielleicht einen Fehler gemacht, als du damals gegangen bist, aber das war nicht dein einziger Fehler, Hanna, und gerade fällt es mir schwer, dir irgendeinen davon zu verzeihen, auch, wenn ich das will.«

Hanna erhob sich ebenfalls und versuchte über den Tisch hinweg den Arm ihres Bruders zu ergreifen, aber Quinn trat einen Schritt zurück. »Es tut mir leid«, sagte sie bestimmt. »Mehr als entschuldigen kann ich mich nicht. Und die Sache mit dem Mitternachtszirkus, das war ich. Ich habe Brady gebeten, einen Hinweis unter deiner Tür in der Pension hindurch zu schieben, damit zu weißt, wo ich bin. Die anderen Sachen, das war einfach ... Quinn, so bin ich eben. So sind wir. Seit Dads Tod haben wir beide verrückte Sachen gemacht, uns ins Abenteuer gestürzt, um ein bisschen vergessen zu können. Erinnerst du dich nicht mehr an unseren Schwur?«

Quinn verharrte in seiner Starre, antwortete nicht.

»Wir wollten frei sein«, erinnerte ihn Hanna. »Frei von Erwartungen und Ängsten und vor allem von Moms Regeln. Wir wollten einfach leben, Quinn.«

Ihr Bruder wandte sich ab und marschierte aus dem Wintergarten hinaus. So schnell ich konnte, eilte ich Quinn hinterher und stieß dabei fast eine exotisch aussehende Vase um. Brady war flink zur Stelle, um sie vor einem Sturz zu bewahren, und ich warf ihm einen dankbaren Blick zu, ehe ich weiterging. Obwohl ich schon im Flur war, hörte ich noch, wie Brady Hanna riet, Quinn ziehen zu lassen und es ein anderes Mal erneut zu versuchen. Noch etwas, wofür ich Brady an diesem Tag dankbar war. Doch dann kam er mir nach. Genervt wollte ich schneller laufen, aber Brady rief energisch meinen Namen. Seine Stimme hallte in dem Flur mit der hohen Decke wider und ich blieb stehen.

»Quinn hat seinen Brief vergessen«, sagte Brady und hielt ihn mir hin.

»Danke«, sagte ich und fühlte mich ein wenig unbehaglich, als ich das Kuvert an mich nahm.

»Das lief nicht so gut«, kommentierte Brady. »Was machen wir jetzt?«

»Wir machen gar nichts«, sagte ich ablehnend. »Ich sorge erst mal dafür, dass Quinn vor lauter Wut nicht irgendetwas tut, das er vielleicht noch bereut.« Ich wandte ihm bereits wieder den Rücken zu, als Brady mich ein weiteres Mal aufhielt. »Jessa!«

Widerwillig drehte ich mich erneut herum.

»Lass das Ganze nicht in einer Katastrophe enden.«

Für einen Augenblick standen Brady und ich uns stumm gegenüber. Ich wusste, dass er damit Quinn und Hanna meinte, und konnte nicht anders, als zu nicken. Dann hechtete ich im Eiltempo zurück zur Halle und hinaus in den Garten. Quinn hatte sich bereits seinen Wagen herfahren lassen. Als er mich sah, blitzte Erleichterung in seinen Augen auf.

»Wir verschwinden jetzt sofort«, sagte er in energischem Tonfall.

Ich stieg in den Wagen und kaum hatte ich die Tür geschlossen, trat Quinn auch schon das Gaspedal durch und brauste viel zu schnell die Auffahrt hinunter. Sobald wir das Grundstück hinter uns gelassen hatten, wurde Quinn – und auch sein Fahrstil – etwas ruhiger. Er atmete mehrmals tief durch.

»Kommt dir das auch alles wie ein Traum vor?«, fragte er. »Ich habe das Gefühl, wir balancieren ohne Auffangnetz über ein spindeldürres Drahtseil und jeden Moment kann es so weit sein, dass wir ins Bodenlose fallen.«

»Die letzten vierundzwanzig Stunden waren ein einziger Drahtseilakt«, sagte ich. »Aber, Quinn, sie waren nicht umsonst. Du hast deine Schwester gefunden. Ich verstehe deine Gefühle und ich verstehe deine Wut, aber nichts von all dem war umsonst. Etwas hat sich zum Besseren verändert, verstanden?«

»Das sagst ausgerechnet du, wo deine Mom doch –«

»Im Gegensatz zu Hanna ist sie nicht zurückgekommen!«, unterbrach ich ihn heftig. »Begreifst du das nicht, du Sturkopf? Du und deine Schwester, ihr habt die Chance wieder eine Familie zu sein! Andere haben diese Chance nicht!«

Stille breitete sich im Wagen aus. Ich fuhr mir aufgewühlt durchs Haar und seufzte, aber Schwermut lastete weiter auf meiner Seele. Ich schluckte meine Wut herunter und bemühte mich meine Stimme ruhiger klingen zu lassen. Quinn blickte geradeaus auf die Straße, doch er hielt das Lenkrad so fest umklammert, dass seine Fingerknöchel weiß hervortraten.

»Quinn, ich wollte nur –«

Abrupt trat er auf die Bremse und der Wagen kam zum Stillstand. Mein Herz klopfte mir bis zum Hals, weil ich beim unerwarteten Stopp so durchgeschüttelt worden war. Mechanisch drehte Quinn mir den Kopf zu.

»Ich hab den Brief vergessen. Ich hab Dads Brief vergessen.«

Ich erwartete, dass Quinn jeden Moment vor Wut toben würde, und ich wollte ihm schon sagen, dass ich den Brief hatte. Aber da schloss er mich unvermittelt in die Arme und begann zu weinen. Ich sah seine Tränen nicht, aber ich hörte, wie er schluchzte und sein Atem immer schneller ging, während tiefe Trauer ihn überwältigte.

»Ich hab ihn einfach vergessen«, nuschelte Quinn an meinem Ohr.

So fest ich konnte, drückte ich ihn an mich. »Hast du nicht«, sagte ich und fuhr ihm sanft über den Rücken. »Ich habe den Brief mitgenommen. Brady hat ihn mir gegeben, hörst du?«

Ein paar Sekunden Zeit verharrten wir in dieser Position, bis Quinn sich zurücklehnte. Seine Augen waren leicht gerötet, seine Miene war schwer zu deuten. Dann glitt ein Ausdruck von Erleichterung darüber und er nahm mein Gesicht zwischen seine Hände.

»Was würde ich nur ohne dich tun, Jessa!«

Statt weitere Worte zu verschwenden, küssten wir uns. Vielleicht hatte Quinns Dad Recht behalten – ein Kuss konnte Gefühle beeinflussen. Konnte sie besser ausdrücken, als andere Gesten es manchmal vermochten. Quinn und ich schreckten auseinander, als ein Auto hinter uns hupte, weil wir die Straße blockierten. Wir sahen einander an und mussten kurz lachen. Wieder hupte jemand. Quinn schmiss den Wagen an und wir fuhren weiter.

Zum ersten Mal an diesem Tag fühlte es sich nicht mehr ganz so schlimm an, in eine Richtung zu fahren, von der man nicht wusste, was einen dort erwartete.

KAPITEL 24

Das blaue Haus stand wie eh und je an dem vertrauten Platz, umgeben von Strand und meerblauem Himmel. Es fühlte sich an, als sei ich Jahre fort gewesen. Noch bevor ich die Haustür öffnen konnte, stürmte Felix heraus.

»Jessa!«, brüllte er. »Du bist zurück.«

Ich nahm ihn hoch und wirbelte ihn herum. »Ich hab dich auch ganz schön vermisst, Felix! Was macht denn der Superhelden-Arm der Gerechtigkeit?«

Nachdem ich meinen Bruder fest an mich gedrückt hatte, ließ ich ihn wieder herunter. Felix grinste wie ein Honigkuchenpferd. »Alles super!«, meinte er. Dann erfassten seine Augen Quinn, der ein Stück hinter mir stand. »Quinn!«

Mein Freund trat an meine Seite und gab Felix ein High-Five.

»Na, Kumpel, ich hab gehört, du warst ziemlich tapfer.«

»Sehr tapfer«, sagte Felix mit stolzgeschwellter Brust. »Dad ist sogar wegen mir gekommen.«

»Wow, nur wegen dir?«, fragte Quinn und klopfte Felix auf die Schulter.

»Und wegen Tante Claires Kuchen«, sagte mein Bruder. »Der schmeckt unglaublich gut. Wenn ihr euch beeilt, könnt ihr auch noch ein Stück abbekommen.«

Quinn blieb unschlüssig stehen, also schob ich ihn von hinten an, als sei er ein Wagen, der einen kleinen Schubs benötigte. »Na, los doch, du hast ihn gehört«, sagte ich. »Tante Claires legendären Kuchen darf man nicht verpassen.«

Felix nickte eifrig und huschte wieder ins Haus hinein.

»Meinst du, das ist eine gute Idee?«, fragte Quinn unsicher.

»Mein Dad wird dir schon nicht den Kopf abreißen«, beruhigte ich ihn. »Früher oder später hättest du ihn doch sowieso mal getroffen. Außerdem glaube ich, dass wir beide ein Stück Kuchen gebrauchen können. Kuchen macht alles besser, wie ein Zaubermittel. Zumindest, wenn man daran glaubt.«

Quinn drehte sich zur mir herum und ich ließ von ihm ab.

»Normalerweise trifft man die Eltern erst viel später.«

»Hast du etwa Angst vor meinem Dad?«, fragte ich belustigt.

»Ein bisschen«, gab er zu und der Ausdruck auf seinem Gesicht war unbezahlbar. »Was denn? Ich bin nicht gut mit ... Menschen.«

Ich sah ihm tief in die Augen. »Du bist besser darin, als du denkst.«

Wir ließen uns wohl etwas zu lange Zeit, denn Tante Claire kam in den Flur und blickte neugierig nach draußen. »Was steht ihr denn da noch rum? Kommt rein.«

»Du hast sie gehört«, sagte ich und nahm Quinn an der Hand.

***

Das Aufeinandertreffen von meinem Dad und Quinn war gar nicht so merkwürdig, wie ich erwartet hätte. Die beiden betrieben zwar keinen Small Talk und fielen sich auch nicht hoch erfreut in die Arme, aber sie schienen eine stumme Akzeptanz füreinander zu haben und das reichte mir für den Anfang. Die meiste Zeit plauderte sowieso meine Tante und Felix ließ es sich auch nicht nehmen von seinen Abenteuern im Krankenhaus zu berichten, als wäre er wirklich endlos lange dort gewesen. Vermutlich kam es ihm als Kind tatsächlich so vor. Nachdem wir alle reichlich von dem köstlichen Kuchen gegessen hatten, kam mein Bruder auf die Idee eines der alten Brettspiele auszupacken. Ehe ich michs versah, waren ein paar Stunden vergangen und der Nachmittag war auch schon wieder vorbei. Als es draußen langsam zu dämmern begann, hatte ich das Gefühl, dass die Zeit mit meiner Familie Quinn und mir geholfen hatte ein Stück Normalität zurückzugewinnen. Schließlich zog ich mich mit Quinn aber doch an den Strand zurück und gemeinsam sahen wir uns den Sonnenuntergang an. Wir waren nicht weit vom blauen Haus entfernt und ich hatte das komische Gefühl, dass mein Dad versuchte uns durch die Fenster zu beobachten – aber das war Blödsinn. Es war unmöglich, dass er Quinn und mich hinter den hohen Sanddünen ausmachen oder gar sehen konnte, was wir taten. Zum Glück hatte Tante Claire sofort gesagt, dass wir gehen durften, ehe mein Dad noch etwas Peinliches hatte von sich geben können.

Für eine Weile saßen wir einfach nur nebeneinander im Sand. Genossen den sachten Wind auf der Haut und sahen den Wellen beim Schäumen zu. Und weil ich wusste, dass Quinn nicht als Erster etwas sagen würde, tat ich es.

»Ich habe dir noch nicht den Brief deines Dads gegeben.«

Das hatte ich wirklich noch nicht. Seit unserer Rückfahrt steckte er in meiner Jacke, die ich für den abendlichen Abstecher an den Strand wieder übergeworfen hatte. Je länger man hier saß, umso frischer konnte es werden, das wusste ich aus eigener Erfahrung. Langsam zog ich den Umschlag hervor.

»Du musst ihn ja nicht sofort lesen«, sagte ich und hielt ihn Quinn hin.

Quinn sah nicht zu mir hinüber. Er streckte die Beine von sich und legte den Kopf in den Nacken und blickte in den Himmel.

»Hab ich dir schon mal erzählt, wie er gestorben ist?«, fragte er mit zittriger Stimme.

Wind rauschte mir in den Ohren, weshalb nicht mehr als ein Flüstern bei mir ankam. Ich schüttelte den Kopf, aber das sah er natürlich nicht. Also sagte ich knapp: »Nein, noch nie.« Es war schließlich nicht so, als würden wir uns schon ewig kennen. Und wer stellte sich schon mit seiner ganzen Lebensgeschichte und all deren Details vor? Niemand tat das.

»Er ist krank gewesen«, sagte Quinn tonlos. »Die Diagnose kam damals sehr plötzlich. Krebs im Endstadium. Meine Eltern haben versucht, so gut es ging, zu verheimlichen, was eigentlich los war, bis Dad irgendwann beim Abendessen zusammengebrochen ist und ins Krankenhaus musste. Hanna und ich haben erst nach und nach begriffen, wie schlecht es wirklich um ihn stand. Trotzdem hat Dad immer noch seine Witze gerissen oder mit uns Musik gemacht, als wäre alles normal. Ich wollte das auch gerne glauben, aber irgendwann begreift man, dass vielleicht nichts mehr so sein wird wie vorher. Als er gestorben ist, saß ich gerade in der Schule. Ein Lehrer holte mich aus dem Unterricht und ich wusste sofort, was passiert war. Das habe ich irgendwie tief in mir gespürt.«

Weil ich sehr gut wusste, dass es nichts auf der Welt gab, was das Geschehene besser machen würde, schwieg ich. Stattdessen rückte ich näher an

Quinn heran und legte meinen Kopf auf seine Schulter, zum Zeichen, dass ich für ihn da war.

Der Wind fegte weiter über das Meer hinweg und das aufgewühlte Wasser schien meine Gedankenwelt widerzuspiegeln. Gedanken, die wie Wellen hin und her schwappten und nicht wussten, in welche Richtung es sie ziehen würde.

»Kannst du mir den Brief vorlesen, Jessa?«, flüsterte Quinn.

Ich hob den Kopf. Er hatte die Augen auf mich gerichtet. Ich nickte. Vorsichtig öffnete ich den Umschlag und zog das Blatt Papier heraus. Ich nahm einen tiefen Atemzug, mein Herz klopfte vor Erwartung schneller. Vielleicht war es auch mehr als das. Angst. Sorge. Der Brief war wichtig und würde es für Quinn noch lange sein.

»Lieber Quinn«, begann ich vorzulesen. »Ich habe lange nach einem Anfang für diesen Brief gesucht, weil ich wusste, dass du ihn erst lesen würdest, wenn ich nicht mehr für dich da sein kann. In Filmen und Büchern scheinen die Menschen immer gerne Abschiedsbriefe zu schreiben. Sie geben irgendetwas Heroisches oder Poetisches von sich und es klingt so, als wäre ihr Leben und besonders ihr Abschied ein weltbewegendes Ereignis. Doch die Wahrheit ist, dass ich in meinem Leben nicht die Welt verändert habe – und das wird mein Tod ebenso wenig. Die Wahrheit ist aber ebenfalls, dass ich auf einige, wenige Menschen Einfluss nehmen konnte – und dazu gehören auch Hanna und du. Ich liebe euch. Du hattest es mit deiner Mom und Hanna nicht immer leicht und ich weiß, dass meine Abwesenheit es nicht besser machen wird. Deshalb möchte ich dir einen Rat geben, Quinn. Wenn es etwas gibt, das uns alle verbindet, dann ist es das Leben und auch der Tod (klingt doch zumindest ein wenig heroisch und poetisch, oder?) und das Leben gehört uns nur auf unbestimmte Zeit. Deshalb ist die Zeit, die man mit seiner Familie verbringt, kostbar und ich wünsche mir, dass deine Mom, Hanna und du weiterhin eine Familie bleibt, wenn ich gehe. So wie ich Hanna geschrieben habe, schreibe ich auch dir: Gib auf dich acht. Lass dir nicht deinen Sinn für Humor nehmen oder ausreden, dass deine Musik nichts wert sei. Verwirkliche deine Träume, sei glücklich, bleib du selbst, Junge. Es gibt so viele Dinge, die ich mir für dich wünsche, aber es ist nicht mehr genug Zeit, sie alle auszusprechen. Wenn du das hier liest, will ich, dass du weißt: Es wird immer Menschen geben, die dich akzeptieren und lieben, Quinn. Du bist mein Sohn und der einzige Trost, den ich in meinen letzten Momenten haben werde, ist, zu wissen, dass ich, egal welche Entscheidungen du triffst, immer stolz auf dich sein werde. Und weil Gefühlsduselei nie die Stärke der Paxton-Männer war (auch, wenn ich das zugegeben doch sehr gut hinbekommen habe, findest du nicht?), ein paar Textzeilen zum Abschied.

I'm just about a moonlight mile on down the road.

In Liebe, Dad."

Der Inhalt des Briefes hatte mich emotional mitgenommen. Mir standen Tränen in den Augen und meine Stimme hatte zunehmend belegter geklungen. Es war mir schwergefallen, den Brief bis zum Ende vorzulesen, weil er mich so berührt hatte.

Quinn stieß zitternd den Atem aus.

»*Moonlight Mile* von den *Rolling Stones*«, sagte er. »*I'm just about a moonlight mile on down the road.* Das ist der Lieblingssong meines Dads. Es war das erste Lied, das er mir auf der Gitarre beigebracht hat. Ich kenne jedes Wort auswendig, jede einzelne Note. Es erzählt von einer langen Reise, die immer wieder damit endet, dass man trotz allem, was man erlebt und sieht, zum Schluss wieder nach Hause zurückkehrt. Daran hat er fest geglaubt.«

»Er wollte dir damit bestimmt ein Zeichen geben«, sagte ich mitgenommen. »Dass er, egal, wo er auch sein wird, im Herzen bei deiner Familie ist.«

»Das glaube ich auch«, sagte Quinn atemlos. Er rieb sich mit den Händen über das Gesicht und seufzte schwermütig. »Was mach ich jetzt nur?«, nuschelte er und schien keine Antwort darauf zu erwarten. »Alles ist so wirr.«

»Für heute musst du gar nichts mehr tun«, antwortete ich, griff nach seiner Hand und verschränkte meine Finger mit seinen. Ein warmer Schauer jagte mir den Arm hinauf, als ich Quinns Haut berührte. »Du musst nie wieder mit Hanna reden, wenn du das nicht möchtest, oder mit deiner Mom oder mit sonst jemandem. Aber ich denke, ein Teil von dir weiß schon ganz genau, was er tun wird.«

Die Sonne war inzwischen fast völlig verschwunden. Es sah aus, als sei sie im Meer abgetaucht, denn ihr schwächer werdendes Licht spiegelte sich im Wasser wider und wurde nach und nach von den dunklen Wellen verschluckt. Über uns waren die ersten Sterne zu sehen. Mir war nicht bewusst gewesen, wie lange wir schon hier saßen. Quinn legte mir einen Arm um die Schulter und zog mich zu sich heran.

»Für heute möchte ich einfach nur hier sitzen.«

Er gab mir einen Kuss auf die Wange und ich kuschelte mich enger an ihn.

Man sagt nicht umsonst, dass die Welt an einem neuen Morgen ein ganz anderer Ort sein konnte. Die Vergangenheit ließ sich nicht ändern, aber ein neuer Morgen gab einem immer wieder die Chance, etwas anders zu machen.

KAPITEL 25

Es wäre eine Lüge zu sagen, dass in den kommenden Wochen alles anders wurde. Es gab gute Tage und es gab schlechtere Tage. Aber es entspricht der Wahrheit zu sagen, dass jeder Tag, den ich mit Quinn in diesen Ferien verbrachte, einer war, an den ich mich noch lange erinnern würde.

Nach einer weiteren Aussprache mit Hanna näherte Quinn sich seiner Schwester langsam, aber sicher an und die beiden beschlossen nach den Ferien gemeinsam ein Gespräch mit ihrer Mom zu führen. Hanna hatte inzwischen erkannt, dass man sich manchen Problemen stellen musste, statt vor ihnen wegzulaufen, auch, wenn Brady der Meinung war, ein Glas guter alter Scotch habe dieselbe Wirkung. Darüber mussten Hanna, Quinn und ich gemeinsam lachen.

Mein Dad entschied sich dafür, die Geschäfte vorerst seinen Mitarbeitern zu überlassen und blieb bei Tante Claire, Felix und mir. Der Unfall meines Bruders geriet zwar nicht in Vergessenheit, aber kaum, dass der Gips weg war, wurde er zu etwas Vergangenem, über das nicht mehr viel geredet wurde. Felix war gesund und das war alles, was zählte. Trotzdem beschloss mein Dad, dass es eine gute Entscheidung wäre, zu Hause zusammen mit Felix und mir an Gruppentreffen für Familien teilzunehmen, die einen Verlust zu verarbeiten hatten. Es gab eine Menge, das tief in unseren Herzen steckte und noch nicht abgeheilt war. Das hatten die Dinge, die diesen Sommer passiert waren, bewiesen. Die Sache mit dem Hausverkauf kam nicht mehr zur Sprache, aber es gab mehrere Momente, in denen ich mitbekam, wie mein Dad Anrufe seines Maklers wegdrückte, und ich hoffte, dass das ein gutes Zeichen war. Mit manchen Dingen wollte ich mich erst wieder beschäftigen, wenn meine Familie nach den Ferien in die Realität zurückkehren müsste.

In der letzten Ferienwoche überredete mich Kendra doch tatsächlich für eine ihrer Freundinnen als Blumenmädchen bei der Sommerparade einzuspringen. Und so kam es, dass ich mein letztes Wochenende in Cape Beach Grove damit verbrachte, auf einem bunten Paradewagen in einem lächerlichen Kostüm einen Tanz aufzuführen und anschließend wie wild Blumen in der Masse zu verteilen.

»Danke für deine Hilfe«, sagte Kendra und umarmte mich. »Vielleicht hast du Lust, nächstes Jahr wieder dabei zu sein. Unser Wagen kam echt gut an!«

Wir standen in einer Gasse in der Nähe des großen Rathausplatzes, auf dem das Sommerfest der Gemeinde stattfand, weil hier die Paradewagen zum Abschluss abgestellt worden, nachdem ihre Fahrt ein Ende gefunden hatte. Kendra und ihre Freundinnen waren schon als kleine Mädchen bei der Parade dabei gewesen und ich konnte nachvollziehen, wieso. Es war aufregend und machte irgendwie glücklich, durch ein Meer von Zuschauern zu fahren und ihnen eine kleine Aufmerksamkeit (bei uns in Form von Blumen) zu schenken. So eine Art von Gemeinschaftsgefühl hatte ich noch nie erlebt und es war eine ganz neue Erfahrung für mich gewesen, die ich auf jeden Fall wiederholen würde.

Die Kostüme hatte jemand aus dem »Blumen-Team« selber genäht und sie waren nicht von schlechten Eltern. Sie bestanden aus grünen Kleidern voller Pailletten und einem Kopfschmuck, der ein einziger Blumengarten war. Wenn Miranda mich in dieser Aufmachung gesehen hätte, wäre sie wahrscheinlich ausgetickt – Jessa Carrigan mal in einem ganz anderen Look! Mein Dad hatte sicher drei Millionen Beweisfotos geschossen und würde ihr eines zeigen.

»Morgen reist ihr ab, oder?«, fragte Kendra jetzt.

»Ja, leider«, sagte ich. »Aber wir kommen ganz sicher wieder.«

»Dann solltest du mit Quinn heute Abend auf jeden Fall noch zum Lagerfeuer gehen. Es ist eine alte Tradition dort etwas zu verbrennen, was einen Neuanfang symbolisiert. Zumindest das Ende des Sommers. Es soll Glück bringen.«

Kendra zupfte an meinem Kleiderärmel.

»Jetzt geh dich umziehen, du siehst ja lächerlich aus.«

»Wir tragen beide dasselbe«, erinnerte ich sie.

»Ja, aber mir steht das Kleid wahnsinnig gut.«

Sie zwinkerte mir zu und ließ mich dann stehen. Ich sah zu, wie sie fröhlich durch die Menge rauschte und auf ihre Freundinnen zuging. Die Parade selbst hatte weniger als eine halbe Stunde angedauert, weil die Hauptstraße, die durch Cape Beach Grove führte, wahnsinnig kurz war. Die Straßen waren festlich geschmückt worden. Ich hatte kaum mitbekommen, dass alle Einwohner Hand in Hand gearbeitet haben mussten, um das hinzubekommen.

Als ich nun den Rathausplatz erreichte, sah ich mich einfach nur um und genoss den Anblick des aufgeregten, bunten Treibens. Es gab alles Mögliche. Von den üblichen Ständen, an denen Schmuck und Tücher verkauft wurden, bis hin zu einem Labyrinth aus Strohballen und Ponyreiten für Kids. Das hatte kaum etwas mit einem Großstadtevent gemeinsam, war aber idyllisch.

Ich entdeckte Quinn und winkte ihm zu. Er kam sofort auf mich zu und gab mir einen Kuss zur Begrüßung. Dann beugte er sich vor, um mir ins Ohr zu flüstern: »Dieses Kleid ist wirklich verdammt sexy.« Er lachte leise.

»Ja, ich würde es mir auch am liebsten vom Leib reißen.«

»Das könnte ich für dich übernehmen«, schlug er vor.

»Verlockend«, meinte ich amüsiert. »Aber ich glaube, deine Schwester hätte etwas dagegen. Sie starrt nämlich die ganze Zeit herüber. Wahrscheinlich, weil du sie einfach hast stehen lassen, um mich zu überfallen.«

Quinn blickte hinüber zu dem Brunnen, der genau vor der Treppe zum Rathaus aus dem Boden spross. »Sie hat doch Brady als Gesellschaft.«

»Und der sieht wirklich so aus, als wäre das hier sein Traum.«

Brady sah natürlich total miesepetrig aus. Kein Scotch weit und breit.

»Zwischen dir und Hanna ist alles wieder okay, oder?«, fragte ich.

»Erstaunlich, wo ich doch all meine Hingabe nur dir widme.«

»Du alter Casanova«, erwiderte ich und streckte Quinn die Zunge raus. »Ich werde mich jetzt in den Rathaus-Toiletten mal umziehen gehen. Du holst Hanna und Brady und dann suchen wir meinen Dad, Tante Claire und Felix. Okay?«

Quinn nickte. »Einverstanden.«

***

Das Lagerfeuer am Abend war wirklich ein Highlight. Man hatte auf dem Hinterhof des Rathauses riesige Zweige zusammengetragen und angezündet. Das Flammenmeer war nicht zu übertreffen, besonders nicht, da man irgendetwas ins Feuer gemischt hatte, das die Funken die Farbe wechseln ließ. Es war ein toller Effekt. Unzählige Menschen standen im Schatten der Bäume versammelt und starrten in das Feuer, ihren eigenen Gedanken nachhängend, genau wie ich.

In meinen Händen hielt ich etwas, das ich erst seit wenigen Augenblicken besaß. Es war das Tagebuch meiner Mom. Dad hatte es mir überreicht, bevor er Felix aufgrund der fortgeschrittenen Uhrzeit wieder nach Hause und ins Bett gebracht hatte.

»Bevor wir morgen nach Hause fahren ...«, hatte Dad gesagt, »... musst du eine Entscheidung treffen. Du hast mich um die ganze Geschichte gegeben, aber du entscheidest, ob du sie wirklich hören willst oder ob dir die Erinnerung an deine Mom ausreicht. Das war ihr Tagebuch. Darin steht einfach alles.«

Es musste Dad viel Überwindung gekostet haben, mir das Tagebuch zu überlassen. Ich hatte meinem Dad in die Augen gesehen und auf einmal gewusst, dass ich die Entscheidung schon getroffen hatte. Vergeben war vielleicht nicht vergessen, aber genauso, wie Quinn erkannt hatte, dass er sich mit manchen Dingen auseinandersetzen musste, so hatte ich begriffen, dass ich manche Dinge loslassen musste, um weitergehen zu können. Darüber dachte ich nach, als es immer später wurde. Meine Tante hatte sich vor einer Weile verabschiedet. Brady hatte Hanna schon bei der erstbesten Gelegenheit davon überzeugt, das öde Sommerfest zu verlassen. Also waren es nur noch Quinn und ich, die beim großen Lagerfeuer zusahen. Er war gerade dabei, uns etwas zu trinken zu holen. Mein Blick ruhte auf dem abgenutzten Buch in meinen Händen. Der Ledereinband fühlte sich rau unter meinen Fingern an.

Du musst auf Felix achtgeben, Jessa.

Ich ging auf das Lagerfeuer zu, holte tief Atem und warf das Tagebuch hinein.

Ich muss nicht nur auf Felix achtgeben, Mom, sondern auch auf mich.

Flammen fraßen sich in das Tagebuch hinein und verschlangen Seiten voller Worte, Gefühle und Gedanken. Ich würde nicht mehr stehenbleiben. Nie mehr.

»Sie hatten keine Cola mehr, also hab ich Saft geholt – alles okay?«
Quinn hielt mir einen Pappbecher entgegen und musterte mich.
»Mehr als okay«, antwortete ich. »Das weiß ich sogar ganz genau.«
Er runzelte die Stirn. »Bist du dir sicher?«
Ich nahm ihm den Becher ab. »Lass uns anstoßen!«
»Worauf denn?«
»Auf einen Neuanfang«, sagte ich entschlossen.
Quinn runzelte die Stirn noch mehr, dann lachte er.
»Jessa Carrigan, du bist manchmal echt seltsam.«

EPILOG

»Dann habt ihr es also wirklich getan?«, fragte Miranda aufgeregt.

»Ja, haben wir«, antwortete ich. »Jetzt heißt es Daumen drücken.«

»Ich habe eure Einsendung gesehen und wenn die euch nicht beide nehmen, dann weiß ich auch nicht!«, meinte meine beste Freundin überschwänglich. Am Vortag hatten Quinn und ich unsere Bewerbung für eine bekannte *Art Academy* in der Nähe abgeschickt. Nach den Ferien hatten wir uns gemeinsam hingesetzt und überlegt, welche Colleges und Universitäten für uns beide nach dem Abschluss in Frage kämen. Wir hatten ein paar unterschiedliche ausgesucht, aber auch gemeinsam an Bewerbungen für Schulen gesessen, die auf unser beider Interessensbereiche zugeschnitten waren. Am besten hatte uns die *Mayheim Art Academy* gefallen. Der Campus sah klasse aus und die Kurse dort waren sowohl für Künstler, als auch für Musiker geeignet. Natürlich mussten wir zuerst unser *Senior-Year* überleben. Aber nachdem Quinn sich endgültig gegen ein Stipendium im Ausland entschieden hatte, hatte ich darauf bestanden, dass wir die Sache mit der Zukunft gemeinsam in Angriff nahmen.

Das Warten machte mich jetzt schon irre. Ein Glück, dass es genug Ablenkung, wenn auch in Form von Schule, gab. Seitdem das Schuljahr angefangen hatte, fanden die Lehrer offensichtlich Freude darin, uns andauernd mit irgendwelchen Extraarbeiten zu quälen. Als hätte man in seinem letzten *Highschool*-Jahr nicht etwas mehr Freiheit verdient. Miranda und ich brüteten schon seit über einer Stunde über Geschichtsbüchern, um ein Referat fertigzustellen.

»Meinst du, ich kann diese Aufgabe einfach auslassen?«, fragte sie.

»Ich habe nicht mal Lust die Aufgabe zu lesen. Machen wir Schluss für heute?«

»Also, ich weiß nicht. Mit unseren heißen Freunden abhängen oder weiter lahme Geschichtsdaten büffeln? Die Entscheidung ist verdammt schwer.«

»Quinn hat heute Bandprobe«, sagte ich.

»Stimmt ja, er hat angefangen seine sozialen Kreise zu erweitern.«

»Bei dir klingt das, als ob es etwas Schlechtes wäre.«

»Dann eben nur: Kellen, du und ich«, sagte sie.

»Ich will nicht das fünfte Rad am Wagen sein«, erwiderte ich. »Außerdem hatte ich heute vor, das Grab von meiner Mom zu besuchen. Du weißt schon …«

Miranda schlug sich eine Hand gegen die Stirn.

»Ich bin die schlechteste Freundin der Welt! Wie konnte ich nur vergessen, dass sich heute der Todestag deiner Mom jährt? Es tut mir so leid, Jessa.«

»Das muss es nicht«, sagte ich in sanftem Ton. »Wenn du die letzte Aufgabe heute Abend machst und mich dann morgen abschreiben lässt.«

»Du bist unmöglich!«, tadelte Miranda mich. Sie lächelte matt. »Mal im Ernst. Wie läuft es zu Hause so? Ich habe das Gefühl, dass wir seit Ewigkeiten nicht mehr darüber gesprochen haben. Alles dreht sich nur noch um den Abschluss.«

»Gut«, sagte ich zuerst knapp. »Zwischen meinem Dad und mir besteht immer noch diese kleine Distanz, aber es wird wieder. Immerhin ersparen wir uns die unangenehmen Pausen und können wieder zusammen lachen.«

»Das ist wirklich … gut«, sagte Miranda lahm.

»Außerdem ist das Zu-Verkaufen-Schild endlich im Keller verschwunden«, fuhr ich fort. »Ihm die Schnapsidee mit dem Haus auszureden, hat ewig lange gedauert und ganz überzeugt ist er noch nicht. Vielleicht sollte ich weiter Gerüchte in der Stadt verbreiten, damit alle denken, dass es bei uns spukt!«

»Machst du dir Sorgen, was passiert, wenn du aufs College gehst?«

»Ein wenig«, sagte ich. »Aber uns geht es gut. Das zählt gerade mehr als alles andere. Außerdem hatte Felix letztes Wochenende sein erstes Fußballspiel! Quinn ist nicht der Einzige, der anfängt sich ein paar mehr Freunde zu machen. Diese Eltern-Kind-Gruppe bewirkt wahre Wunder.«

»Das ist total super, Jessa«, sagte Miranda mit einem Lächeln.

»Erzähl mir, was mit Carly ist«, forderte ich. Miranda verdrehte die Augen.

»Sie ist doch jetzt tatsächlich mit diesem Jean-Paul verlobt.«

»Deine Schwester will das also wirklich durchziehen?«

»Ja, und sie spricht immer noch kein Wort Französisch mehr als vor ein paar Wochen. Ich meine, Kellen und ich haben uns praktisch auch im Urlaub kennengelernt. Aber will er mich deshalb gleich an sich ketten? Seltsam!«

»Wir werden nicht heiraten?«, fragte Kellen, der an unserem Tisch erschien. »Aber ich habe mir bei Jean-Paul schon *Tuyaux* geholt, meine kleine *Tartelette*.«

»Jeder, der sich Tipps von dem Verlobten meiner Schwester holt und mich dann noch Törtchen nennt, gehört in die Hölle«, meinte Miranda.

»Mein Vokabular ist auch nicht unerschöpflich.«

Kellen zog Miranda zu sich hoch und gab ihr einen flüchtigen Kuss. Ich hatte das Gefühl, dass es ihm nach all der Zeit immer noch unangenehm war, wenn ich dabei in der Nähe war. Ich lächelte, als Miranda lächelte, weil es ansteckend war.

»Habt Spaß ihr zwei«, sagte ich.

»Kommt nicht in Frage!«, entgegnete sie.

»Nicht?«, fragte Kellen mit verwirrtem Gesichtsausdruck.

»Jessa, ich fahre mit dir.«

»Das ist nicht nötig. Ist mehr so ein Familiending.«

»Bist du sicher?« Forschend betrachtete sie mein Gesicht.

»Sehr sicher«, sagte ich ehrlich. »Na, haut schon ab!«

Ich ließ mir etwas Zeit, um die Bibliothek zu verlassen, damit genug Abstand zwischen mir und meinen Freunden lag. In den Fluren war es totenstill. Meine Gedanken wanderten wieder zu der Bewerbung für die *Art Academy*, wie so häufig in dieser Woche. Quinn und ich hatten eine Art *Draw-My-Life*-Video eingereicht. Normalerweise setzte sich dabei eine Person hin und zeichnete ihr Leben, so gut es ging, während sie etwas dazu erzählte. Bei unserer Version handelte es sich um Material aus den Ferien. Eine Geschichte über unser Kennenlernen, über all die Probleme, die wir durchgestanden hatten, und letzten Endes über all die Hoffnung, die wir ineinander fanden. Das Ganze war so persönlich, dass wir erst gezögert hatten, es einzureichen. Und zugegeben: Es war auch etwas kitschig. Quinn hatte dafür extra einen Song geschrieben und ich hatte all meine Gefühle in die Zeichnungen fließen lassen. Wir hatten ewig daran gesessen und das Projekt bedeutete mir viel. Nachdem ich den Parkplatz überquert hatte, stieg ich in meinen Wagen und besuchte das Grab meiner Mom. Mein Dad und mein Bruder warteten bereits auf mich. Die halbe Stunde, die wir dort verbrachten, war zermürbend. Aber die Erinnerung an den Verlust, den wir alle erlitten hatten, schweißte uns zusammen.

Das Gespräch zwischen den Paxton-Geschwistern und ihrer Mom war nicht sonderlich gut gelaufen, was wohl auch daran lag, dass Quinns Tante wieder ein Wörtchen mitzureden hatte. Quinns Erzählung nach würde es noch ein ganzes Stück harte Arbeit kosten, damit die Familie wieder auf einen Nenner kam. Aber nach dem Brief seines Dads hielt Quinn zumindest an der Hoffnung fest, dass sich das Verhältnis zwischen seiner Schwester und Mom wieder bessern könnte. Ihn selber hatte es auch einiges an Überwindung gekostet, sich mit Mrs Paxton auszusprechen, und der Haussegen hing noch immer recht schief. Aber es gab eben nicht für jedes Problem eine Wunderlösung und weder Quinn und noch ich wussten, was die Zukunft mit sich bringen würde.

Später am Nachmittag, klopfte ich an die Haustür der Paxtons.

»Freundin«, begrüßte Quinn mich und ließ mich herein.

Ich legte meine Schultasche ab und Quinn die Arme um den Hals.

»Eine bessere Begrüßung bekomme ich nicht?«

Quinn begann mich zu küssen. Sein Kuss erschien mir so sanft und leicht, als wolle er mich ärgern, bis mein Herz es nicht mehr aushielt und ich ihn enger an mich zog und wilder küsste. Dieses vertraute Hin und Her machte mich immer noch total verrückt. Küsse. Berührungen. Geborgenheit. Würde ich nun mein früheres Ich treffen, hätte mir die alte Jessa niemals geglaubt, dass ich mich freiwillig für Quinn entscheiden würde. So, wie er sich für mich entschieden hatte.

»Was steht heute an, *Freund?*«, fragte ich.

»Ein paar Dinge«, antwortete Quinn.«

»Erzähl mir mehr von diesen *Dingen*.«

Quinn zog mich noch enger an sich.

»Wenn du in meiner Nähe bist, denke ich immer an besonders viele Dinge«, meinte er mit kehliger Stimme. Quinn fuhr sich mit der Zunge über die Lippen und öffnete leicht den Mund. »So viele Dinge.«

Ich kreischte belustigt, als er mich hochhob, ins Wohnzimmer trug und aufs Sofa warf. Innerhalb von Sekunden beugte er sich über mich und kitzelte die empfindliche Stelle oberhalb meiner Hüfte. Lachend rollte ich mich hin und her.

»Ich glaube, ich brauche ein bisschen Sauerstoff«, nuschelte ich.

Quinn küsste mich.

Wir hatten uns in den letzten Wochen unzählige Male geküsst. Auf alle erdenklichen Arten, mit allen Gefühlen dieser Welt im Herzen. Aber kein Kuss war wie dieser. Dieser Kuss war ein Versprechen für die Zukunft.

»Was immer du willst«, sagte er. »Wann immer du willst.«

DANKSAGUNG

Die Geschichte von Jessa und Quinn ist bereits 2013 entstanden. Ich bin viele Umwege gegangen, bis ihr sie in Händen halten konntet. Während all dieser Zeit hat es viele Menschen gegeben, die der Meinung waren zu wissen, was gut für diese Geschichte oder für mich ist. Sie haben sich alle geirrt. Und trotzdem möchte ich jenen danken, die versucht haben Einfluss auf *Kein Kuss wie dieser* zu nehmen. Manchmal braucht es hundert Stimmen, die einem sagen, was richtig oder falsch ist, damit man seine eigene darin wiederfinden kann. Ich werde nie wieder in einem Meer aus Meinungen anderer untergehen. Diese Lektion habe ich auf all meinen Umwegen gelernt und halte an ihr fest.

Ich möchte mich bei Elif bedanken, die Anfang 2014 meine erste Testleserin war und wahrscheinlich die einzige Person auf der ganzen Welt ist, die den ersten Entwurf dieses Romans vollständig gelesen hat. Schon damals hast du gesagt, dass diese Geschichte unbedingt veröffentlicht werden muss.

Ein großes Dankeschön an Pia Cailleau, die mir Mut gemacht hat, erneut an diesem Roman zu arbeiten, und ihm ein richtiges Zuhause gegeben hat.

Vielen lieben Dank an meine Lektorin Petra Förster. Unsere Zusammenarbeit hat unheimlich viel Spaß gemacht! All dein Input war wundervoll und ohne dich wäre ich niemals so zufrieden mit der Story gewesen, wie ich es jetzt bin.

Es gibt so viele Menschen, die mich beim Schreiben meiner Geschichten begleiten und deren Namen ich normalerweise an dieser Stelle erwähnen würde. Allerdings wissen diese Menschen auch, dass bei diesem Buch vieles anders war als sonst. Seid ehrlich – die meisten von euch hatten absolut keine Ahnung, ob ich jemals dazu kommen würde, überhaupt eine Danksagung zu schreiben! Ihr schuldet mir eine Menge Umarmungen und Schokolade.

Zuletzt möchte ich meinem Kater Tiger danken. Danke, dass du dich dazu entschieden hast, mich nicht mit deinem Po im Schlaf zu ersticken. Mein Gesicht brauche ich zum Schreiben nämlich genauso wie meine Finger.

(Das Schlafen auf meinen Laptop-Tasten gewöhnen wir dir ein anderes Mal ab.)

© Stefanie Voosen

Tanja Voosen wurde 1989 in Köln geboren und lebt heute in der Nähe der Eifel. Während ihres Abiturs begann sie sich zum ersten mal mit dem Schreiben von Geschichten zu befassen und kurze Zeit später auch zu publizieren. Wenn sie nicht gerade damit beschäftigt ist, den Weg nach Hogwarts zu suchen, weil die Realität so schlecht ohne echte Magie auskommt, steckt sie ihre Nase in gute Bücher und treibt sich in der Welt der Blogger herum.

Tauch ein in
romantische Geschichten.
HOL DIR
BITTERSÜSSE
STIMMUNG
AUF DEINEN
E-READER!
E-BOOKS VON IMPRESS HIER:
CARLSEN.DE/IMPRESS
im.
pres
s s
impress IST DAS DIGITALE LABEL DES CARLSEN VERLAGS FÜR GEFÜHLVOLLE
UND MITREISSENDE GESCHICHTEN AUS DER GEHEIMNISVOLLEN WELT DER FANTASY.

Verliebt und verloren

Veronika Mauel
Kai & Annabell, Band 1:
Von dir verzaubert
224 Seiten
Softcover
ISBN 978-3-551-30069-0

Sie gehen auf dieselbe Schule und haben noch nie miteinander gesprochen: Annabell, die behütete Arzttochter, und Kai, der jede Nacht mit seiner Gang um die Häuser zieht. Während Annabell ihre wahre Familiengeschichte hinter einer Sonnenbrille versteckt, verbirgt Kai sein Leben hinter einem abgewetzten Punk-Look. Dass ihn gerade die blonde Schulschönheit um Hilfe bitten würde, hätte er sich nie träumen lassen. So wenig wie Annabell geglaubt hätte, dass sie gerade beim Bad Boy der Stadt Zuflucht finden würde. Wie sehr sie einander brauchen, merken sie jedoch erst, als sich die ganze Welt gegen sie stellt …

im.press

www.impress-books.de

Eine einzigartige, anziehende Aura, voller Wärme

Julia Zieschang
Feuerphönix (Die Phönix-Saga 1)
Softcover
218 Seiten
ISBN 978-3-551-30077-5

Caro weiß nichts von ihren Eltern. Nichts von dem Erbe, das in ihr ruht. Oder über den unheimlichen Typen mit den goldenen Augen, der sie seit ihrem Geburtstag zu verfolgen scheint. Kann es sein, dass eine Verbindung zwischen ihm und den mysteriösen Bränden besteht, die sich immer häufiger in ihrer Gegenwart entfachen? Caro muss erkennen, dass in ihr Kräfte schlummern, die nicht nur für sie äußerst gefährlich werden können. Sie ist die Nachfahrin einer uralten Linie von magischen Wesen – den Phönixen. Und damit fangen ihre Schwierigkeiten erst an.

www.impress-books.de

im.
press

Mr Handsome and Ms Pretty ...

Tanja Voosen
Herbstflüstern
Softcover
310 Seiten
ISBN 978-3-551-30074-4

Blonde Haare, lange Beine, blaue Augen … Wie wenig einen das im Leben weiterbringt, weiß Lucy spätestens, seit sie von ihrer großen Liebe Ben eiskalt abserviert wurde. Da hilft es auch nicht, dass er ständig vor ihrer Tür steht und alles erklären will. Und noch viel weniger, dass ihre große Schwester Taylor auf Reisen ist. Während jene total verknallt durch Amerika tourt, hält sich Lucy mit einem abendlichen Babysitterjob fern von zu Hause. Und beobachtet Jasper, auch Mr Handsome genannt, der jede Nacht ein anderes Mädchen zum Weinen bringt. Bis Jasper sie eines Tages bemerkt …

www.impress-books.de

im.press